SWAN HILL

SAGA « LE VENT DE L'ESPOIR »

Vers la terre promise, L'Archipel, 2024.

SAGA « SWAN HILL »

Les Retrouvailles, L'Archipel, 2024.
Une chance à saisir, Archipoche, 2024.
La Traversée, Archipoche, 2023.
Au bout du rêve, Archipoche, 2022.
Les Pionniers, Archipoche, 2021.

TRILOGIE « LES PIONNIÈRES »

Un rêve à portée de main, Archipoche, 2024.
Un arc-en-ciel dans le bush, Archipoche, 2023.
Une place au soleil, Archipoche, 2022.

TRILOGIE « CASSANDRA »

L'Héritage de Cassandra, Archipoche, 2021.
Cassandra et ses sœurs, Archipoche, 2020.
Le Destin de Cassandra, Archipoche, 2019.

ANNA JACOBS

SWAN HILL

****
Une chance à saisir

traduit de l'anglais
par Catherine Delaruelle et Martine Desoille

ARCHIPOCHE

Ce livre a été publié sous le titre
The Trader's Gift
par Hodder & Stoughton, Londres.

Notre catalogue est consultable à l'adresse suivante :
www.archipoche.com

Éditions Archipoche
92, avenue de France
75013 Paris
Contact : serviceclients@lisez.com

ISBN 979-10-392-0502-3

Prologue

Australie-Occidentale, mars 1870

— Les enfants me manquent, soupira Bram.

— Ils viennent à peine de déménager et ils ne vivent qu'à deux rues d'ici, fit valoir Isabella. Tu pourras les voir aussi souvent que tu le veux. Tu n'es jamais content Bram Deagan.

— Tu sais bien que mon rêve est de faire venir toute ma famille en Australie, ma chérie. À quoi bon avoir acheté une aussi grande et belle maison si nous ne pouvons pas y recevoir nos proches et nos amis ? Et en parlant d'amis, je me demande quand Mitchell et Dougal vont se décider à se chercher des épouses.

— Je te rappelle que Dougal a rencontré quelqu'un lors de son dernier périple. Une certaine Eleanor, dont il semble très épris.

— À ceci près qu'elle est déjà mariée et qu'elle est partie vivre en Angleterre. On devrait lui chercher une femme ici.

— Laisse-le se débrouiller tout seul, Bram.

— Mais il a presque quarante ans et il est toujours vieux garçon. Et puis il y a Mitchell aussi. Il lui faut une nouvelle épouse pour l'aider à élever son fils.

— Tu sembles oublier qu'on manque de femmes respectables à la colonie de Swan River.

— Qui a été rebaptisée Australie-Occidentale, soit dit en passant. Mais pour en revenir à Mitchell…

— Bram !

Ignorant son rappel à l'ordre, il entreprit de compter ses amis célibataires sur ses doigts.

— Ah, et puis il y a Livia ! S'il y en a une qui a besoin d'un mari, c'est bien elle. Ça fait trois personnes à marier.

— Ce n'est pas ton rôle, dit Isabella en posant une main sur son bras. Mitchell et Livia ont tous les deux été mariés jadis et ont tous deux dépassé la trentaine, et Dougal est assez grand pour mener sa vie comme il l'entend. Ils n'ont pas besoin de toi pour trouver l'âme sœur. Et puis tu as déjà bien assez à faire avec ton commerce.

— L'un n'empêche pas l'autre.

— Tu es un incurable romantique.

Il rit et la prit délicatement dans ses bras, à cause de son ventre rebondi de future maman.

— C'est parce que j'ai la meilleure épouse qui soit et que nous allons bientôt avoir trois enfants. J'aimerais bien que ce soit une fille.

Ils restèrent un instant sans rien dire, leurs doigts enlacés amoureusement, puis Isabella se leva pour aller s'occuper de leur petit garçon et de la fillette qu'ils avaient adoptée. Il lui avait parlé de ses amis célibataires afin d'esquiver le sujet embarrassant de la fabrique de glace, car il ne savait comment lui annoncer qu'il allait devoir investir encore plus d'argent dans l'acquisition d'une machine à glace dernier cri.

Isabella, qui tenait les comptes du bazar, s'était montrée réticente à ce nouveau projet dès le départ, mais lui était certain que cela finirait par leur rapporter gros. N'était-ce pas grâce à la glace qu'ils avaient réussi à faire baisser la fièvre de leur petit garçon et à lui sauver la vie ? Qui sait s'ils ne pourraient pas sauver la vie d'autres enfants dans le futur ? Mais toujours est-il que son associé allait devoir patienter jusqu'à ce qu'il ait réuni les fonds nécessaires.

Comme par un fait exprès, Bram croisa Mitchell en ville le lendemain.

— Je voulais justement te parler, lui dit-il.

— Tu as besoin de plus de bois de charpente ? Ne me dis pas que tu vas encore agrandir le bazar ?

— Non. Il ne s'agit pas de cela. Il y a un certain temps déjà que tu parles de te trouver une nouvelle épouse, mais je n'ai pas l'impression que tu aies fait la moindre démarche en ce sens.

— Eh bien si, figure-toi.

Bram en resta bouche bée.

— Tu veux dire que tu as rencontré quelqu'un ?

— Non. Mais comme tu me l'avais suggéré, j'ai écrit à mes cousins en Angleterre pour leur demander s'ils connaissaient une femme qui serait d'accord pour venir en Australie et m'épouser.

Bram le gratifia d'une tape amicale.

— Formidable ! Tu leur as envoyé une photo de toi, au moins ?

— Oui. De moi et de mon fils. Je ne voulais pas qu'il y ait de malentendu sur ma situation.

— Tu es beau garçon, et de constitution robuste. Je suis sûr que tes cousins vont te trouver une femme bien sous tous rapports.

— Une femme bien sous tous rapports ? À dire vrai, son physique m'importe peu. Je l'ai bien spécifié. Ce que je cherche c'est une bonne âme qui ait les pieds sur terre et qui puisse m'aider à construire un foyer et me donner des enfants. Je ne pense pas que je retomberai jamais amoureux. J'ai fait un mauvais choix la première fois et...

Il soupira.

— Et ?

— Après avoir envoyé la lettre, j'ai été pris d'un doute. Qui d'autre que moi pourrait me choisir une épouse ? Comment puis-je être certain qu'elle est de bonne disposition et d'un caractère agréable si je ne l'ai jamais rencontrée ? Sauf que la lettre était déjà partie.

— Dans ce cas, tu vas devoir t'en remettre au destin, déclara Bram, qui jubilait intérieurement.

— Mais à supposer que mon cousin m'envoie une personne qui ne me corresponde pas du tout ?

— Tu devras lui donner sa chance. Tu ne peux pas la juger dès votre première rencontre, alors qu'elle sera certainement dans ses petits souliers. Elle pourrait venir habiter chez nous dans un premier temps, par respect des convenances.

— Comment pourrais-je ne pas donner sa chance à une femme qui va faire le voyage jusqu'en Australie pour me rencontrer ? Si tant est qu'il y ait une candidate, naturellement.

1

Le voyage depuis l'Australie avait pris deux fois plus de temps qu'à l'ordinaire et quand le bateau arriva au port de Southampton, par une froide journée de mars, la santé du mari d'Eleanor Prescott s'était considérablement détériorée. Avec son teint jaune et ses yeux enfoncés, on aurait dit un squelette vivant.

— Cessez de vous en faire, Eleanor, lui avait dit Malcolm lorsqu'elle avait suggéré de consulter un médecin. Je vais me remettre dès que je serai sur la terre ferme, vous verrez.

— Mais vous n'avez pour ainsi dire pas quitté la cabine de tout le voyage.

— Parce que je voulais économiser mes forces afin de pouvoir aider mon frère en cas de besoin. J'espère que Roger sera encore en vie quand nous arriverons. Il disait dans sa lettre que nous allons devoir recueillir ses enfants, quand sa tumeur l'aura emporté. Quelle tristesse ! Et dire qu'en plus sa malheureuse épouse est morte en couches, ainsi que le bébé.

Eleanor le considéra un moment en silence. Après l'interminable périple jusqu'en Australie, Malcolm avait peu à peu repris des forces une fois qu'ils avaient touché terre. Mais sa santé était restée fragile pendant tout le temps qu'ils avaient séjourné à Melbourne, et avait ensuite empiré durant la traversée jusqu'en Angleterre.

Ne voyait-il pas combien ses traits s'étaient altérés quand il se regardait dans la glace ? Croyait-il sincèrement qu'il allait retrouver sa vigueur ? Elle n'avait jamais compris comment il raisonnait et regrettait amèrement de l'avoir épousé.

Tout ce qu'elle espérait, c'est que Malcolm vivrait assez longtemps pour régler les affaires de son frère, car elle était certaine qu'il ne ferait pas de vieux os. Quant à élever sa nièce et son neveu… plus tard, oui, elle s'en chargerait très volontiers.

Mais pour l'heure, son principal souci était que Malcolm n'avait presque plus d'argent. Elle ignorait si Roger avait pris les dispositions nécessaires pour les aider financièrement quand il ne serait plus de ce monde. Émigrer en Australie avait été la pire décision qu'ait prise son époux.

S'il n'avait tenu qu'à elle, elle aurait géré elle-même leur argent, mais Malcolm pensait que les femmes n'entendaient rien aux affaires et avait refusé d'écouter son avis sur leur situation financière.

Eleanor et Malcolm arrivèrent à Courtlands en fin de journée. C'était un joli manoir du Hampshire, vieux d'une centaine d'années, ainsi que l'attestaient la toiture affaissée et la peinture écaillée.

Ils descendirent du fiacre qui les avait amenés depuis la gare, et Malcolm contempla la maison en souriant.

— Je n'ai jamais cessé de considérer Courtlands comme mon chez-moi. Nous avons été si heureux ici, Roger et moi. Nous étions quasiment jumeaux, car il n'avait qu'une année de plus que moi.

Devançant Eleanor, il lui lança par-dessus son épaule :

— Assurez-vous que tous nos bagages sont bien déchargés !

Quand ce fut fait, elle alla rejoindre son époux sur le seuil. Malcolm tira une première fois le cordon de la sonnette et attendit. Juste au moment où il allait sonner à nouveau, ils entendirent des pas et la porte s'ouvrit sur une vieille femme de chambre dont le visage leur était inconnu.

— Je suis Malcolm Prescott. J'arrive d'Australie pour voir mon frère.

— Je m'en occupe, Bertha ! lança une femme entre deux âges qui était apparue derrière la domestique.

Entièrement vêtue de noir, la femme déclara sans préambule, et sans même leur adresser un sourire :

— Roger vous a écrit pour vous demander de revenir mais j'avais espéré que vous ne viendriez pas.

15

La mâchoire de Malcolm s'affaissa.

— Je vous demande pardon ? Je ne comprends pas. Et d'ailleurs, qui êtes-vous ?

— Entrez pour que je vous explique la situation. Laissez vos bagages. Bertha s'en chargera. Je suppose que vous allez rester une nuit ou deux.

Sans attendre de réponse, elle les mena jusqu'à un petit boudoir.

— Je préférerais parler à mon frère, dit Malcolm. Nous avons fait un long voyage pour le voir.

— Roger nous a quittés il y a deux mois, hélas.

À ces mots, Malcolm devint blanc comme un linge et, sans l'intervention d'Eleanor qui l'aida à s'asseoir dans le fauteuil le plus proche, il aurait tourné de l'œil.

— Il n'a pas l'air bien du tout, constata leur hôtesse sans ambages.

— C'est vrai, reconnut Eleanor. Mon mari supporte mal les voyages en mer, mais il va se remettre maintenant que nous sommes sur la terre ferme.

Cependant, à en juger par son expression, il était évident que leur hôtesse n'en croyait pas un mot.

— Où allez-vous habiter quand nous aurons réglé les affaires de Roger ?

— On nous avait promis un toit dès lors que nous étions d'accord pour nous occuper des enfants de mon frère. Nous n'avons nulle part où aller.

Malcolm avait insisté pour vendre tout ce qu'il possédait avant de quitter l'Angleterre, afin d'avoir de l'argent disponible quand ils atteindraient l'Australie, certain qu'ils allaient y faire fortune.

— J'ai bien peur, hélas, qu'il n'y ait pas de place pour vous ici. Je suis la veuve de Roger, Daphné. Il m'a épousée pour que je puisse veiller sur ses enfants après son décès. J'étais jadis leur gouvernante. Je veux bien m'occuper des petits, mais pas de vous.

Désignant discrètement son époux du regard, Eleanor s'approcha de la porte-fenêtre où Daphné alla la rejoindre.

N'ayant d'autre choix que de dire les choses franchement, Eleanor murmura tout bas :

— Il ne nous reste qu'une poignée de livres sterling. Nous avons dépensé tout ce que nous avions pour payer notre billet de retour.

Elle rougit sous le regard implacable de la veuve, se sentant obligée de préciser :

— Malcolm n'a jamais été très bon en affaires. Il nous a entraînés en Australie, persuadé que nous allions rapidement faire fortune.

Étant plus prévoyante que lui, elle avait gardé quelques sous, à l'insu de son époux. Car si elle le lui avait dit, il aurait tout dépensé, et où en seraient-ils à présent ?

Elle s'attendait à une réaction de colère de la part de Daphné, mais son hôtesse se contenta de soupirer et de répondre sur le ton de la confidence :

— Un trait de famille. Roger non plus ne savait pas gérer ses affaires. Raison pour laquelle il ne me reste pas grand-chose. Mais en faisant attention, et en administrant intelligemment l'argent, j'espère mettre de l'ordre dans l'héritage de ses enfants afin de leur assurer un bon départ dans la vie.

— C'est très… louable.

— Et donc, ne comptez pas sur moi pour vous prendre tous les deux sous mon aile.

Comme Malcolm commençait à revenir peu à peu à lui, Eleanor ne put que répéter :

— Nous n'avons pas assez d'argent pour nous loger ailleurs. Je ne demande pas grand-chose, et nous pouvons nous contenter de peu, mais nous avons besoin de votre aide. Nous n'avons personne d'autre vers qui nous tourner.

Pour toute réponse, elle reçut un soupir excédé, si bien qu'elle retourna auprès de son mari.

Voyant son air égaré, elle lui expliqua rapidement qu'il avait perdu connaissance en apprenant la mort de son frère.

— Roger !

Il se prit la tête dans les mains, les épaules secouées de sanglots.

Daphné lui décocha un regard plein de dédain, puis s'adressant à Eleanor :

— Vous pouvez rester ici quelque temps, dit-elle, à condition de ne pas trop solliciter les domestiques. Tâchez de remettre votre mari sur pied, et quand il ira mieux, il pourra chercher du travail. Un emploi de bureau devrait vous permettre de vivre modestement.

— Mais…

— Ne comptez pas vous installer ici de façon permanente en tout cas…

Elle alla sonner et la servante aux cheveux gris entra.

— Bertha, le frère de Mr Prescott et son épouse vont séjourner ici quelques jours. Installez-les au deuxième étage. Ils prendront leurs repas dans la salle de classe, sauf si je les invite à se joindre à moi.

Malcolm pleurait à chaudes larmes à présent, répétant sans cesse le nom de son frère.

— Sans doute me trouvez-vous impitoyable, dit Daphné en se tournant vers Eleanor, mais le monde est cruel, et je vais devoir élever seule deux enfants à présent. Heureusement, vous semblez avoir plus de force de caractère que votre mari. Et maintenant, emmenez-le dans sa chambre. Il y a des livres dans la salle de classe, si vous avez besoin de vous occuper, et les repas vous seront apportés là-haut. Vous savez coudre ?

— Bien sûr.

— Parfait. Je vous donnerai du raccommodage demain. Vous pourrez vous rendre utile. Ce n'est pas l'ouvrage qui manque ici. Faute de moyens, j'ai dû renvoyer la gouvernante.

Eleanor aida Malcolm à monter les escaliers, qui s'étendit aussitôt sur le lit et ferma les yeux, la laissant se charger de tout – comme d'habitude.

Se tournant vers la femme de chambre, elle demanda, penaude :

— Excusez-moi, mais y aurait-il une autre chambre que je pourrais utiliser ? Mon époux est souffrant et il ne dort pas bien.

La servante scruta un instant Malcolm, puis observa :

— Il ressemble beaucoup à son frère, n'est-ce pas ?

— Oui, répondit Eleanor, une pointe d'amertume dans la voix.

C'était Roger qui avait encouragé Malcolm à investir dans cette ridicule entreprise et à s'exiler en Australie, pour faire fortune. Eleanor enviait sa belle-sœur, qui pouvait désormais diriger sa propre vie comme bon lui semblait.

Bertha sortit et, quand elle revint quelques minutes plus tard, annonça :

— Madame dit que vous pouvez prendre la chambre adjacente, mais que vous devrez vous charger vous-même de faire le lit et le ménage.

— Je le ferai bien volontiers.

Malcolm refusa de prendre un vrai repas, se contentant d'un peu de pain et de lait chaud.

Quand Eleanor rapporta elle-même les plateaux à la cuisine en empruntant l'escalier de service, Bertha eut un hochement de tête approbateur.

Ce n'est qu'à la nuit tombée, quand elle se fut enfermée dans sa chambre, qu'Eleanor se laissa aller à pleurer.

Elle redoubla de larmes en songeant à Dougal McBride, le capitaine de la goélette, qui avait été un véritable ami pour elle. Lui, au moins, était digne d'amour, pas comme son mari qui se déchargeait de tout sur elle, et l'obligeait à quémander un toit auprès d'une inconnue.

Mais à quoi bon penser à ce qui aurait pu être ? À l'heure qu'il était, Dougal était sans doute déjà en train de cingler vers l'Australie à bord du *Bonny Mary*, et Eleanor était toujours enchaînée à Malcolm et leur vie misérable.

Daphné ne pouvait tout de même pas refuser de les aider un tout petit peu. Eleanor pourrait peut-être se charger de faire la couture au manoir. Ce n'était pas le raccommodage qui manquait dans une grande maison comme celle-là, surtout avec des enfants.

Les larmes se remirent à couler. C'était terrible d'être constamment sous la dépendance des uns et des autres et de se montrer reconnaissante envers des gens qui vous méprisaient !

Maudit sois-tu, Malcolm Prescott !

Eleanor rencontra les enfants de Roger le lendemain matin quand elle se rendit dans la salle de classe pour emprunter un livre. Malcolm, resté au lit, avait pris une tasse de thé et une simple tranche de pain grillé, puis lui avait demandé de le laisser pleurer en paix son frère disparu.

Les enfants avaient tellement grandi depuis la dernière fois qu'elle les avait vus, plus de trois ans auparavant, qu'ils étaient méconnaissables. Jonathan était âgé de huit ans et Jane de six, et l'attachement entre eux et Daphné semblait réciproque.

Eleanor trouvait cela rassurant, même si cela sous-entendait que Malcolm et elle ne leur étaient d'aucune utilité.

Quand elle retourna s'assurer que son époux allait bien, il ne fit aucun effort pour répondre à ses questions ou lui faire la conversation.

Une pile de linge à raccommoder fut montée dans sa chambre peu avant midi et elle resta seule jusqu'à la fin de la journée. Faire de la couture ne la dérangeait pas. Au contraire, cela lui donnait de quoi s'occuper.

Vers 15 heures, Bertha lui apporta un plateau à thé et une invitation à se joindre à Mrs Prescott pour le dîner.

— J'irai bien volontiers. Y a-t-il des règles à observer ? Je ne voudrais pas offenser mon hôtesse.

La femme de chambre hocha la tête.

— Madame a l'habitude de se changer pour le dîner. Disons qu'elle met quelque chose d'un peu plus habillé que dans la journée.

— Puis-je descendre pour repasser une de mes robes dans ce cas ? J'en ai une en soie grise, mais rien de noir, et j'ai bien peur que mes tenues ne soient passées de mode.

— Je vais la repasser pour vous, madame.

— Non, non. Je peux tout à fait m'en charger. Il faut juste que je la reprise un peu. Je l'ai déchirée la dernière fois que je l'ai portée. Je ne veux surtout pas vous déranger.

Elle était tellement affolée à l'idée de se faire mettre dehors qu'elle en perdait la tête.

— Vous ne me dérangez pas du tout, madame. Et puis vous maniez bien mieux l'aiguille que moi ou que quiconque dans cette maison, alors laissez-moi m'occuper du repassage. Apportez-moi la robe quand elle sera prête. Si vous restez encore quelques jours, nous pourrons rattraper tout notre retard sur le raccommodage. Avec les enfants, on n'arrête pas de rapiécer. Je vais dire à Mrs Prescott combien vous êtes habile. Elle sera contente.

Eleanor se réjouit d'avoir le soutien de la femme de chambre.

— J'aime bien me tenir occupée. Mon mari ne fait rien d'autre que dormir.

— Il est en train de flancher, dit la servante sans prendre de gants. Vous vous en rendez compte, n'est-ce pas ?

— Euh, oui. Il y a un certain temps déjà que je l'ai remarqué.

Quand elle sortit sa robe grise de la malle, Eleanor décida d'y consacrer une heure pour la mettre au goût du jour. En débarquant en Angleterre, elle avait remarqué que les dames ne portaient plus de crinolines, mais que les pans de leur jupe venaient se draper élégamment sur l'arrière de celle-ci. Elle aurait pu facilement façonner une version simplifiée de ce style de robe, car sans crinoline, sa jupe était trop longue.

Elle travailla vite, ramenant sur l'arrière toute l'étoffe en excès. Demain, elle consoliderait le tout, mais en attendant, cela ferait l'affaire.

Quand Bertha revint, elle examina la robe et dit avec un hochement de tête approbateur :

— Ça alors, c'est du beau travail !

— Je vais reprendre toutes mes robes. J'aime coudre.

Aimer coudre était une chose, mais pouvoir en vivre en était une autre. Les couturières qui travaillaient à façon gagnaient une misère.

Quand elle descendit dîner, Daphné l'attendait dans le petit salon. Elle aussi s'était changée. Elle examina la tenue d'Eleanor avec intérêt.

— Bertha m'a dit que vous aviez repris votre jupe. Vous êtes très habile. On la croirait neuve.

— Merci.

— Et vous avez travaillé dur aujourd'hui, m'a-t-on dit.

— Je ne demande qu'à me rendre utile.

— J'imagine que Malcolm n'a pas quitté son lit.

— Non. Et je n'arrive pas à le faire manger ou boire quoi que ce soit.

— Bertha dit qu'il est en train de mourir. Elle sait de quoi elle parle.

C'était un soulagement pour Eleanor de ne plus avoir à faire semblant.

Heureusement, son hôtesse ne s'attarda pas sur ce sujet. Elles passèrent à la salle à manger. Le dîner était simple mais savoureux et servi dans de la véritable porcelaine.

Daphné menait la conversation, la questionnant sur sa vie en Australie.

Sans le vouloir, Eleanor lui révéla le fiasco du voyage du retour en Angleterre, qui leur avait coûté presque tout l'argent qu'il leur restait.

— Votre mari est encore plus inconséquent que je ne l'aurais imaginé. Et ce capitaine a clairement profité de la situation.

À ces mots, le sang d'Eleanor ne fit qu'un tour.

— Le capitaine McBride a fait tout son possible pour nous aider, au contraire, s'indigna-t-elle, et sans lui nous ne serions toujours pas arrivés.

Daphné eut l'air dubitative.

— Quel empressement à prendre la défense de cet homme ! Quand vous parlez de lui, vos yeux s'illuminent.

Eleanor se sentit rougir malgré elle.

— Je n'aime pas qu'on dise du mal de mes amis. Malcolm et moi devons beaucoup au capitaine McBride.

Le sourire de Daphné lui indiqua que la veuve n'était pas dupe. Elle semblait curieuse de tout et continua à la questionner sur leurs voyages. Quand le dîner s'acheva, Eleanor était exténuée.

Daphné dit soudain :

— J'aime bien prendre un verre de porto après dîner. Vous joindrez-vous à moi ?

— Volontiers, dit Eleanor, bien qu'ayant déjà bu deux verres de vin pendant le repas et n'ayant pas envie de boire davantage, surtout sous le regard scrutateur de sa belle-sœur. Mais elle n'avait pas envie de regagner sa petite chambre froide et inconfortable.

Elles rapprochèrent deux fauteuils de l'âtre.

— Votre mari a-t-il pris des dispositions pour après sa mort ? demanda Daphné sans détour.

La main d'Eleanor tressaillit, mais elle parvint à ne pas renverser son verre de porto. Fixant des yeux le liquide rouge-rubis, elle dit :

— Je crois que Malcolm n'a pas conscience de la gravité de son état.

— Oh, moi, je crois que si. Il s'est passé la même chose avec Roger. À la fin, il a renoncé à guérir. Lui et son frère se ressemblent beaucoup, vous ne pensez pas ? (Soudain, elle partit d'un éclat de rire.) Vous ne pensez tout de même pas que j'ai épousé Roger par amour ?

— Je… je pense que ça ne me regarde pas.

— J'ai vu une opportunité. Je me suis rendue utile et j'ai ainsi pu assurer mon avenir. Roger n'y a pas perdu au change. Je vais m'occuper de ses enfants et les élever comme il faut.

— J'ai vu que vous étiez attachée à eux.

— C'est vrai. Et je crois que c'est réciproque. Mais qu'allons-nous faire de vous quand votre époux ne sera plus de ce monde ?

Eleanor secoua la tête.

— Je ne sais pas. Je passe mes nuits à y penser. Je suppose que je vais devoir chercher un poste de gouvernante ou… de dame de compagnie.

— Et le capitaine ? Quel est son nom déjà ?

— Dougal McBride. Mais qu'en est-il de lui ?

— Est-il marié ?

Eleanor secoua la tête.

— Était-il aussi épris de vous que vous semblez l'être de lui ? Pensez-vous qu'il vous aurait épousée si vous n'aviez pas été mariée ?

Eleanor sentit à nouveau ses joues s'empourprer. Son embarras semblait amuser son hôtesse, qui réitéra :

— Eh bien ?

— Il a dit qu'il le ferait. Mais, je ne suis pas libre, n'est-ce pas ? Et quand bien même je le serais un jour, Dougal est en Australie et moi ici, en Angleterre.

— Si vous êtes aussi éprise que vous en avez l'air, quand Malcolm sera mort, vous devriez retourner en Australie et voir si le capitaine tient parole. C'est votre meilleure chance d'assurer votre avenir.

La franchise de son hôtesse mit Eleanor mal à l'aise.

— Dougal aura sans doute rencontré quelqu'un d'ici là. Il faut des mois pour se rendre en Australie. Et Malcolm tardera peut-être à mourir.

— J'en doute. Mais peu importe. Vous disiez qu'on manque de femmes à Swan River. Même en admettant que le capitaine McBride se soit marié, vous trouverez aisément un autre homme là-bas. Si j'ai réussi à me caser ici, malgré mon physique ingrat, vous, qui êtes ravissante, ne devriez avoir aucun mal à faire de même en Australie.

— Je n'aime guère l'idée de retourner là-bas pour m'offrir à Dougal. C'est tellement… osé.

— La fortune sourit aux audacieux, déclara Daphné en se levant pour remplir à nouveau leurs verres.

Eleanor fut tentée de refuser, craignant que le porto ne lui délie trop la langue.

— Je ne suis pas votre ennemie, vous savez. Tenez. Un petit verre ou deux le soir vous aidera à vous détendre. Pas étonnant que les hommes aiment prendre un digestif.

— Entendu, accepta Eleanor en regardant le liquide pourpre se déverser en tourbillonnant dans son verre.

Daphné reprit une gorgée du sien.

— Voici ce que nous allons faire. Je vais payer votre passage pour l'Australie, après quoi, votre avenir sera entre vos mains. Je préfère que vous quittiez l'Angleterre, car ainsi vous ne pourrez plus me demander mon aide. Je ne vais pas vous entretenir indéfiniment quand Malcolm nous aura quittées, même si vous êtes une bonne couturière.

— Mais il n'est pas encore mort ! s'insurgea Eleanor. Comment pouvez-vous parler de lui ainsi ?

Daphné rejeta la tête en arrière et éclata de rire.

— Parce que j'ai moi-même été gouvernante et que j'ai réussi à échapper à ma condition. Ce n'est pas drôle d'être préceptrice. Vous ne faites pas partie de la famille et vous n'êtes pas non plus une domestique. Et donc vous vous sentez très seule. Ne faites pas ce métier sauf en cas d'absolue nécessité.

Elle prit une autre gorgée de porto, faisant tourner le breuvage sucré avec délectation dans sa bouche.

— Les femmes faibles se contentent de ce que la vie veut bien leur donner. Les femmes fortes trouvent toujours un moyen d'améliorer leur condition. À quelle catégorie appartenez-vous ?

Eleanor posa son verre, surprise de constater qu'il était vide, et quand elle se leva, la pièce se mit à tourner.

— Je ne pense pas être une femme faible.

Sans attendre de réponse, elle sortit du salon. Quand elle referma la porte et s'appuya au mur pour retrouver son équilibre, elle entendit Daphné qui riait doucement.

À l'étage, elle alla s'assurer que Malcolm n'avait besoin de rien et le trouva profondément assoupi.

Soudain, elle se prit à le haïr, comprenant qu'elle avait hâte qu'il meure rapidement. Il était veule, égoïste et stupide. Il avait non seulement ruiné sa vie, mais allait la laisser dans l'indigence. Comment avait-elle pu croire qu'il était bon et aimant ? Pourquoi l'avait-elle épousé ?

Parce qu'elle n'avait trouvé personne qui veuille d'une femme sans le sou et sans famille proche. Voilà pourquoi.

Mais trouverait-elle le courage de repartir en Australie... ? À supposer que Dougal ne l'ait pas oubliée... et qu'il n'ait rencontré personne ? Mais si elle s'offrait à lui et qu'il l'éconduisait, comment réagirait-elle ?

Malcolm mit plus de temps à mourir qu'elles ne se l'étaient imaginé. Deux mois, exactement.

Daphné commençait à perdre patience, mais elle ne chercha pas à les mettre à la porte.

Eleanor prodiguait elle-même ses soins à son mari, afin de ne pas solliciter les domestiques. La maigreur cadavérique de Malcolm, qui un an auparavant seulement s'acquittait encore de ses devoirs conjugaux, avait quelque chose de terrifiant.

Chaque fois que le temps le permettait, elle sortait se promener, sinon elle restait enfermée dans sa chambre. Sans ces quelques instants de répit, elle n'aurait pas tenu le coup.

Par un matin de juin radieux, elle entra dans la chambre de Malcolm pour voir comment il allait et le trouva mort. Elle resta comme frappée de stupeur, incapable de penser et n'arrivant pas à croire que son calvaire était enfin terminé.

Elle lui ferma les paupières puis récita une prière, et quand elle quitta la chambre, elle comprit qu'elle éprouvait, non pas du chagrin, mais un immense soulagement. Jusqu'à ce que l'anxiété reprenne le dessus. Qu'allait-il advenir d'elle à présent ? Sa belle-sœur allait-elle réellement la renvoyer en Australie ?

Comme il était encore très tôt, Eleanor descendit trouver Bertha à la cuisine et lui demanda d'annoncer la mort de Malcolm à sa maîtresse lorsque celle-ci se réveillerait.

— Nous allons monter pour nous en assurer, si ça ne vous ennuie pas, dit la femme de chambre.

La chambre était silencieuse et l'odeur était plus pestilentielle que jamais. Bertha hocha la tête quand elle souleva le drap remonté sur le visage de Malcolm.

— Il est mort, sans aucun doute. Et depuis un certain temps déjà.

Se tournant vers Eleanor, elle lui demanda :

— Vous vous sentez bien, madame ?

Eleanor la regarda sans comprendre.

— Oui, bien sûr. Pourquoi cette question ?

— Vous avez eu tant de tracas depuis que vous êtes arrivée ici. Vous avez perdu du poids et, excusez-moi de vous dire ça, mais vous avez l'air épuisée.

— Je ne vais pas m'effondrer, si c'est ce qui vous inquiète.

— Qu'allez-vous faire maintenant ?

Elle savait que Bertha n'avait pas dit cela pour lui tirer des confidences, mais qu'elle était sincèrement désolée pour elle, c'est pourquoi elle lui répondit en toute franchise :

— Je ne sais pas. Votre maîtresse m'a fait une proposition, mais je n'ai pas encore pris de décision. J'étais trop occupée à veiller sur mon mari.

Elle se tourna vers le cadavre, incapable de réprimer un frisson.

— Je vais faire sa toilette.

— Je vais m'en occuper.

— Mais pourquoi feriez-vous une chose pareille ?

— Parce que je l'ai déjà fait maintes fois. C'est moi qui ai fait la toilette de son frère. Ça ne me fait rien, parce qu'il ne m'était rien. Alors que vous risquez d'être plus bouleversée que vous ne l'imaginez.

C'était déjà le cas, songea Eleanor, qui était prise de nausée à l'idée de préparer le corps.

— Mais que va dire votre maîtresse ?

— Rien, du moment que la toilette est faite dans les règles. Pourquoi n'allez-vous pas vous asseoir dans le petit salon ? Je vais dire à Patsy de vous apporter du thé. Je vais m'occuper du corps dès que j'aurai servi son petit déjeuner à Madame.

— Je ne sais comment vous remercier de votre gentillesse.

Eleanor se sentait coupable de rester assise sans rien faire. Mais elle ne trouvait pas la force, ne serait-ce que de prendre un livre ou de jeter un œil au journal de la veille, qui reposait bien proprement sur le guéridon.

Quelques minutes plus tard, Patsy lui apporta un plateau avec des biscuits et du thé.

— Bertha dit que vous devriez manger quelque chose, madame. Elle dit qu'il faut reprendre des forces.

Mais Eleanor fut incapable d'avaler plus qu'un demi-biscuit. L'anxiété avait recommencé à la tarauder.

Elle sursauta quand une voix résonna à côté d'elle.

— Bertha a raison, vous avez une mine de papier mâché.

— Daphné ! s'écria Eleanor en jetant un coup d'œil surpris à l'horloge. Il est vraiment 9 heures ? J'ai dû m'assoupir.

— Venez donc vous joindre à moi pour le petit déjeuner.

Comme à son habitude, Daphné attaqua son assiette de bon appétit, avant de déclarer à brûle-pourpoint :

— Il faut manger plus que ça. Forcez-vous. Je n'ai pas envie d'avoir une autre malade sur les bras.

— Je ne vais pas tomber malade. Je suis en bonne santé.

— Peu importe. Faites ce que je vous dis.

Elles ne parlèrent pas davantage, car Daphné avait commencé à dépouiller son courrier. Une fois le repas terminé, elle s'empara des lettres.

— Laissons Patsy débarrasser et allons parler dans mon boudoir, dit-elle.

Telle une prisonnière qui attend sa sentence, Eleanor la suivit.

— Nous allons réfléchir à la meilleure façon de vous rapprocher de votre capitaine.

S'étant attendue à ce qu'elle lui parle des obsèques de Malcolm, sa remarque la fit sursauter.

— Il est votre meilleure chance de trouver le bonheur, déclara Daphné en pianotant des doigts sur les accoudoirs de son fauteuil. A-t-il une fortune personnelle ?

— Il possède deux goélettes et une jolie maison à Fremantle, dans la colonie de Swan River.

Un autre silence, puis :

— Dans ce cas, le jeu en vaut la chandelle.

— Mais à supposer qu'il ait changé d'avis ? Je vais me retrouver sans le sou dans un pays étranger.

— Vous avez vécu là-bas deux ans, ce n'est pas un pays qui vous est complètement étranger.

— Nous vivions à Melbourne. Swan River se trouve à trois mille kilomètres de là, et la vie y est complètement différente.

À l'évidence, Daphné attendait davantage d'explications, c'est pourquoi elle précisa :

— Il n'y a pas même une route pour les relier. Il faut prendre le bateau pour aller de l'une à l'autre. Les gens de Melbourne ont un profond mépris pour les habitants de Swan River, qu'ils considèrent comme des rustres. Certains l'ont surnommée la Colonie Cendrillon. Malcolm et moi n'avons fait qu'une courte halte là-bas, à la suite de quoi il est tombé malade, si bien que nous n'avons pas...

Daphné l'interrompit d'un geste impérieux.

— Vous vous égarez. Tout ce que je veux savoir, c'est si vous vous sentez le courage d'y aller, ou si vous préférez vous condamner à une vie misérable de gouvernante, qui n'aura jamais ni enfants ni famille ?

Eleanor baissa la tête pour éviter son regard perçant. Elle avait du mal à mettre de l'ordre dans ses pensées.

— Je vois que vous avez besoin de réfléchir un peu, maintenant que vous êtes débarrassée de votre fardeau. Je vais me charger d'organiser les funérailles. Pourquoi ne sortez-vous pas prendre un peu l'air ? Vous me direz ce que vous avez décidé ce soir au dîner.

Quand Eleanor ouvrit la porte, sa belle-sœur lui lança, d'une voix cassante :

— C'est un monde sans pitié pour les femmes. Nous devons saisir toutes les chances d'améliorer notre condition. Attendez !

Elle se retourna.

— Une dernière chose. Je ne paierai que votre passage. Je ne roule pas sur l'or, vous savez.

Eleanor sortit sans même prendre un bonnet ou un châle. Il faisait un temps splendide et à la vue des fleurs, qui emplissaient le jardin de couleurs, elle se sentit soudain beaucoup mieux.

Elle alla se promener du côté de la gloriette ; une jolie structure peinte en blanc et garnie de bancs. Elle s'assit pour contempler un massif de roses, mais bientôt sa vue se brouilla tandis que les larmes lui montaient aux yeux. Malcolm n'avait que trente-six ans. Et elle trente et un. Combien de temps allait-elle vivre ?

Dougal était plus âgé, mais il était vigoureux et semblait bien plus jeune que Malcolm. Elle se remémora le dernier soir passé avec Dougal, et chaque parole qu'il avait prononcée.

Eleanor, si vous vous retrouvez libre un jour, ou même si vous avez simplement besoin d'un ami, je serai là pour vous... Vous êtes la seule femme que j'aie jamais eu envie d'épouser, et il est peu probable que je rencontre quelqu'un d'autre que vous un jour.

Pouvait-elle se fier à ces paroles ?

Il lui avait expliqué comment elle pourrait le retrouver, lui avait dit qu'il lui enverrait de l'argent en

Angleterre pour payer son voyage vers Australie. S'il avait pris ses dispositions, cela signifiait que l'argent se trouvait chez le notaire dont il lui avait donné le nom. Et si c'était le cas... c'est qu'il était sincère, non ?

Que pouvait-il y avoir de plus merveilleux que de l'épouser ? songea-t-elle.

— Je vais le faire, dit-elle, résolue. Oui, je vais le faire !

Cependant, une minute ne s'était pas écoulée qu'elle s'exhorta à ne pas se faire d'illusions.

La vie avait le chic pour vous jouer de mauvais tours, ainsi qu'elle l'avait appris après avoir épousé Malcolm.

Quand Eleanor regagna la maison, deux costauds, supervisés par un homme en noir, dont le haut-de-forme était garni d'une bande de crêpe, venaient d'apporter un cercueil.

Elle resta un instant sur le seuil tandis qu'ils transportaient le cercueil vide à l'étage.

— Entrez, lui lança Daphné depuis l'autre côté du hall. Il va falloir que nous vous trouvions une tenue de deuil présentable.

Après que les hommes eurent chargé leur fardeau dans le corbillard tiré par quatre chevaux noirs, elle se tourna vers Eleanor et dit :

— Vous ne vouliez pas qu'on expose la dépouille, n'est-ce pas ?

Les mots lui échappèrent sans qu'elle puisse se retenir :

— Je ne veux plus jamais voir les traits de Malcolm.

— Je vous comprends. Je n'ai jamais compris pourquoi certaines personnes sont fascinées par les dépouilles mortuaires. Daphné écarta cette pensée d'un revers de main et changea de sujet. Et maintenant, venons-en aux choses pratiques. Je crois me souvenir que nous avons quelques vieux vêtements noirs au grenier. Prenez tout ce qu'il vous plaira, mais dépêchez-vous, car les funérailles seront célébrées après-demain et vous avez des retouches à faire.

— Je vous remercie.

Daphné haussa les épaules.

— Ces vieilles robes ne me sont d'aucune utilité. Elles sont trop petites pour moi. Et puis j'ai décidé de ne plus jamais porter de vieilles nippes. (Elle lissa sa jupe de soie avec un sourire satisfait.) Prenez tout ce que vous voudrez. Je jetterai le reste de toute façon. L'escalier qui mène aux combles se trouve à côté de la salle de classe.

Eleanor monta au grenier, où elle trouva quelques ravissantes robes de soie en parfait état, bien que complètement passées de mode, et qu'elle pourrait aisément retoucher.

Elle les examina soigneusement, choisit celles qui étaient encore mettables, puis fit une autre pile avec les affaires qui pourraient servir ultérieurement.

Elle allait pouvoir se constituer une vraie garde-robe pour son voyage en Australie, et même pour les années à venir, songea-t-elle, satisfaite. La traversée lui semblerait moins longue si elle avait de la couture à faire pour occuper ses journées.

C'est alors qu'elle comprit que sa décision était prise. Elle allait retourner auprès de Dougal, et saurait ainsi s'il était fidèle à sa promesse. Car rien au monde ne lui aurait fait plus plaisir que de devenir sa femme.

— Vous êtes sûre que je peux prendre tout ce que je veux ? demanda-t-elle à son hôtesse quand elle revint dans le salon.

— Sachez que je n'ai qu'une parole.

Elle remonta chercher une première pile de vêtements au grenier, puis une deuxième, sans oublier le linge de corps, les chaussures et les châles.

Elle décida de ne retoucher qu'une seule robe noire, sans quoi les autres passagers n'oseraient pas lui adresser la parole, pensant qu'une jeune veuve en grand deuil voulait être seule pour pouvoir pleurer en paix son défunt mari.

Alors qu'en réalité elle voulait profiter pleinement de la vie, rencontrer des gens… se marier et avoir des enfants pendant qu'il en était encore temps.

Et tant pis si elle ne portait pas le deuil aussi longtemps que l'exigeait la bienséance. Son amour pour Malcolm avait été de courte durée, à tel point qu'elle se demandait si elle l'avait jamais aimé, même si, au début, elle lui avait trouvé certaines qualités.

Quant à lui, après leur mariage, il ne lui avait plus jamais adressé une parole tendre.

Les pensées d'Eleanor revinrent vers Daphné. Sa belle-sœur agissait-elle par bonté d'âme ou pour s'assurer qu'elle était suffisamment bien équipée pour rencontrer un nouveau mari et ne plus jamais revenir ?

De ce côté-là, sa belle-sœur pouvait être tranquille. En Australie, les femmes, quelle que soit leur condition, étaient plus libres qu'en Angleterre. Sans doute parce que là-bas, même les dames de la haute société devaient retrousser leurs manches, faute de trouver à embaucher des domestiques. Et cela finissait par créer des liens, qu'on le veuille ou non.

Elle se rappela soudain le notaire dont Dougal lui avait parlé. S'il lui avait effectivement envoyé de l'argent, c'était bon signe, non ? Elle allait lui écrire sans délai.

De toute façon, elle n'avait pas l'intention de retourner en Australie en voyageant à l'entrepont, où le manque d'intimité et de confort était éprouvant. Elle allait faire la traversée en classe cabine, même si une deuxième classe lui suffirait.

Si Daphné et le notaire lui donnaient de l'argent, elle aurait de quoi payer son passage et subsister quelque temps une fois arrivée à destination si nécessaire.

La réponse du notaire lui parvint deux jours plus tard. Dougal lui avait effectivement envoyé des fonds, et maître Saxby se tenait à sa disposition. Il avait déménagé à Londres d'où il comptait s'embarquer lui aussi prochainement pour l'Australie-Occidentale. Si elle le souhaitait, ils pourraient faire le voyage ensemble.

Immensément soulagée, elle lui répondit et lui donna le nom de l'hôtel que Daphné lui avait recommandé à Londres. Elle aurait pu se débrouiller seule, mais voyager en compagnie de Mr Saxby allait certainement lui faciliter les choses.

Pour la première fois depuis longtemps, elle retrouva l'espoir. Et le goût à la vie.

2

Angleterre, juin 1870 : Jacinta

Quand elle constata que son vieil époux était mort, Jacinta éprouva surtout du soulagement, mais elle se garda bien de le laisser paraître. Elle était passée maître dans l'art de dissimuler ses sentiments.

— Bien entendu, je ne vous demande rien pour mes soins, madame Blacklea, je connais votre situation, lui dit le médecin tandis qu'elle le raccompagnait à la porte. Puis-je me permettre de vous demander ce que vous allez faire ?

— Une fois que Claude sera enterré, j'irai demander de l'aide à ses proches, puisque je n'ai moi-même plus de famille, hormis mon fils.

— C'est une sage décision. Je vais passer chez le pasteur pour l'informer du décès de Claude. Vous devez vous occuper de la cérémonie.

Jacinta prit une profonde inspiration et annonça quelque chose d'impensable pour une épouse d'aristocrate.

— Je n'ai pas les moyens de payer des obsèques, nous devrons nous contenter de la fosse commune.

Le médecin, interloqué, ne sut quoi répondre pendant une bonne minute.

— Vous êtes donc en si mauvaise posture ?

— Oui, et depuis quelque temps déjà. Nous sommes quasiment sans le sou, Ben et moi. Le peu qu'il reste suffira tout juste à payer le voyage.

Le médecin, les sourcils froncés, réfléchit quelques instants.

— Je suis convaincu que le châtelain s'associera à moi pour payer un cercueil et une cérémonie toute simple. Après tout, Claude était notre ami.

Le ton était désapprobateur, comme s'il la considérait comme responsable de cet état de fait. Mais elle n'en tint pas compte et exprima sa gratitude.

— Merci infiniment. Vous êtes très... généreux.

En réalité, elle aurait préféré que l'argent des obsèques aille à elle et à son fils, quitte à envoyer Claude à la fosse commune. C'est tout ce qu'il méritait.

— Qu'allez-vous faire de ses livres ?

— Je ne sais pas encore.

— Je ne demande pas mieux que de vous les racheter. Comme vous le savez, Claude et moi avions les mêmes goûts en matière de lecture. Combien en demanderiez-vous ?

— Votre prix sera le mien, je n'ai aucune idée de leur valeur. Je sais qu'un gentleman comme vous ne cherchera pas à me rouler, ajouta-t-elle en baissant les yeux.

— Hum, je vais réfléchir à la question.

Quand elle se retrouva seule, Jacinta regagna la chambre où gisait son défunt mari. Avec un soupir, elle entreprit la toilette mortuaire. Elle éprouvait moins de répulsion à toucher son corps sans vie qu'elle n'en avait ressenti en se soumettant à ses désirs quand il exigeait son dû. Elle en faisait encore des cauchemars, et avait béni le jour où il avait perdu tout intérêt pour elle.

De temps en temps, elle jetait un coup d'œil vers le rez-de-chaussée de leur cottage exigu, où son fils jouait calmement devant la cheminée avec un chien de chiffon qu'elle lui avait confectionné. Le petit n'était pas autorisé à fréquenter les gamins du village, et cette poupée était sa seule compagnie.

Avant la tombée de la nuit, elle eut besoin de prendre l'air et sortit se dégourdir les jambes avec Ben. Elle lui parla gaiement et ne fit rien pour tempérer son énergie. Pendant les neuf mois qu'avait duré la maladie de son père, le garçonnet avait été obligé de se tenir tranquille. Il était grand temps qu'il se remette à bouger et à gambader en tous sens comme n'importe quel garçon de neuf ans.

Jacinta se dit qu'elle devrait marquer la sépulture d'une façon ou d'une autre, mais elle n'était pas disposée à dépenser un sou de plus pour Claude si elle pouvait l'éviter.

À l'arrière de l'église, elle vit un tas de planches étroites qui gisaient là, abandonnées depuis plus d'un an. Elle alla regarder de plus près. Entre les tiges desséchées de l'année passée, l'herbe nouvelle avait déjà repoussé. Elle s'approcha, laissant Ben qui contemplait avec fascination une toile d'araignée.

Oserait-elle en prendre deux ? Cela ne risquait-il pas de mécontenter quelqu'un ? Et au fait, à qui était ce bois ?

Elle jeta un coup d'œil autour d'elle, il n'y avait personne dans les parages. Puis elle choisit deux planches qui conviendraient pour une croix. Elle se félicita de l'obscurité croissante qui dissimulait son larcin.

Elle peina un peu à rapporter la grande planche jusqu'au cottage, mais Ben trouva très amusant de porter la traverse.

Pour une fois, la chance était de son côté et ils ne rencontrèrent pas âme qui vive. Peut-être des voisins l'avaient-ils observée derrière leur rideau, mais personne ne sortit. Ni pour s'en prendre à elle… ni pour l'aider.

Claude avait toujours tenu le même discours. Même s'ils habitaient un modeste cottage et vivaient « dans la gêne », comme il disait, autrement dit la pauvreté pure et simple, il se considérait socialement très supérieur à ses voisins et ne voulait rien avoir à faire avec eux. Il avait ainsi condamné son épouse et son fils à la solitude, même si Jacinta n'avait pas toujours obéi à son interdiction de fréquenter les villageois.

Avant de préparer le dîner, elle alla frapper chez le menuisier pour lui emprunter sa scie et quémander quelques clous. Après tout, ce ne devait pas être sorcier d'assembler une croix.

— Pour quoi faire, madame Blacklea, si je peux me permettre de demander ? Je n'aime pas beaucoup prêter mes outils à des gens qui n'ont pas l'habitude de les utiliser.

Après un instant d'hésitation, elle lui expliqua ce qu'il en était.

— Dans ce cas, je vais venir. C'est moi qui la ferai.

— Je crains bien de ne pas avoir les moyens de vous payer.

— Je ne vous demande rien. Tout comme vous, quand vous m'avez aidé à prendre soin de ma femme l'hiver dernier.

Elle le remercia d'une voix tremblante. La bonté était rare dans sa vie, et doublement précieuse, désormais. Quand elle regagna le cottage, elle avait retrouvé son calme. Il fallait qu'elle se montre forte, pour son fils.

Après avoir assemblé la croix toute simple, Mr Ketch lui demanda :

— Auriez-vous un peu de peinture pour inscrire le nom ? Je suis un bien mauvais graveur.

— Non, mais je pensais le faire avec le tisonnier chauffé à blanc. Je sais m'y prendre. Quand j'étais jeune, j'ai fait de la pyrogravure.

Le menuisier lui sourit.

— Sauf votre respect, madame Blacklea, vous êtes encore jeunette.

— J'ai l'impression d'avoir mille ans.

Elle avait cessé de se sentir jeune quand on l'avait mariée au vieux Claude Blacklea.

Ses parents étaient morts soudainement d'une mauvaise fièvre, et à peine l'enterrement célébré, sa tante lui avait dit sans y aller par quatre chemins :

— Tu dois te marier, Jacinta. J'ai un prétendant pour toi.

— Qui est-ce ?

— Claude Blacklea se cherche une épouse.

— Pas lui ! Je vous en supplie, pas lui !

— Tu n'as pas le choix, il est le seul à se proposer. Je ne plaisante pas. Tes parents ne t'ont laissé que des dettes, et moi, je dois m'occuper de caser mes filles. Tu es trop jolie pour rester avec nous, tu détruirais leurs chances de trouver un beau parti.

— Mais…

— Si tu refuses, je te chasse de chez moi et tu te retrouveras à mendier dans la rue. Mr Blacklea est disposé à éponger les dettes, et il veillera sur toi. Alors, qu'est-ce que tu choisis ? Le mariage ou la mendicité ?

C'est ainsi que Jacinta avait épousé Claude.

Cela s'était passé aussi mal qu'elle l'avait craint, mais il lui avait donné un fils à aimer. Ce qui avait effacé tout le reste.

À vingt-neuf ans, elle se sentait déjà vieille. Peut-être qu'une fois qu'elle se serait construit une nouvelle vie avec son fils, elle retrouverait l'enthousiasme de la jeunesse. Si la famille de Claude lui accordait ne serait-ce qu'une modeste pension, elle s'en sortirait. Elle savait se débrouiller avec très peu d'argent.

Elle n'avait pas prêté attention aux propos de Mr Ketch.

— Excusez-moi, vous disiez ?

— Vous venez de traverser des mois difficiles, madame Blacklea. J'espère que ça va s'arranger pour vous.

Elle se contenta de hocher la tête. Elle était si peu accoutumée à la gentillesse que ces quelques mots de réconfort lui firent monter les larmes aux yeux. Mais elle avait trop à faire pour se permettre le luxe de se laisser aller.

Le lendemain matin, il lui fallut une bonne heure pour graver l'inscription avec la pointe du tisonnier. Ben l'observa, fasciné. Il mourait d'envie d'essayer, mais elle craignait qu'il se brûle. Et elle voulait en avoir fini le plus vite possible.

Les mots qu'elle grava étaient destinés aux autres. Elle-même aurait volontiers ajouté le qualificatif « imbécile » sur la tombe de son époux. Aucun gentilhomme digne de ce nom n'aurait laissé sa famille dans le besoin comme l'avait fait Claude. Ce n'était pas une femme qu'il avait épousée, mais une servante, qui faisait tout le travail sans être payée.

CLAUDE BLACKLEA
ÉRUDIT ET GENTILHOMME
1807-1870

La brève cérémonie, payée par leurs riches voisins, eut lieu l'après-midi même.

Quand elle fut terminée, le médecin glissa une enveloppe tintinnabulante dans sa poche.

— C'est une bonne somme, dit-il à mi-voix. J'enverrai un domestique prendre les livres demain avant votre départ.

— Merci.

Elle hocha la tête pour prendre congé des trois messieurs qui étaient venus, puis posa une main sur l'épaule de son fils.

— Allez, Ben, rentrons.

Personne ne proposa de l'aider pour quoi que ce soit.

Ben, perturbé par l'étrangeté de ces dernières vingt-quatre heures, était d'humeur rebelle.

— Je veux aller me promener dans les bois.

— Pas aujourd'hui, mon chéri. J'attends de la visite.

Il ouvrit la bouche pour protester, mais le regard que lui lança sa mère lui cloua le bec. Il se contenta de prendre un air boudeur.

Les visiteurs étaient déjà arrivés. Un jeune couple. La femme se tenait sur le seuil, tandis que son mari scrutait l'intérieur par la fenêtre. Il se retourna en l'entendant s'approcher, pas gêné le moins du monde de son indiscrétion. C'était un Prynne, la famille la plus détestable du village. Jacinta savait qu'elle allait devoir se battre pour obtenir un prix correct.

— Nos condoléances, madame Blacklea, lança la jeune femme. Elle suivit Jacinta à l'intérieur, évaluant déjà en propriétaire les maigres richesses que la pièce contenait.

— Combien voulez-vous pour vos meubles ? demanda le jeune homme.

— Cinquante livres.

— C'est trop pour nous. Je vous en donne vingt, annonça-t-il avec un sourire satisfait, certain qu'il allait avoir gain de cause.

Le fait qu'ils étaient décidés à profiter de la situation ne fit que renforcer la résolution de Jacinta. Elle accepta de baisser de dix livres, puis regarda le jeune homme droit dans les yeux.

— Moins de quarante livres serait très injuste, vous le savez aussi bien que moi, monsieur Prynne.

— Je ne suis pas riche. Je m'étonne que vous ayez besoin de marchander avec des gens simples comme nous. Après tout, les Blacklea sont des nobles, non ?

Elle lui révéla alors ce qu'elle avait gardé pour elle toutes ces années.

— Mon époux a perdu toute sa fortune, et il ne me reste quasiment pas un sou. Et votre offre me met tellement en colère que je préférerais brûler ces meubles plutôt que de vous laisser abuser de mon dénuement.

Devant son regard incrédule, elle prit la Bible sur la table. Les Prynne se targuaient sans cesse d'être des bons chrétiens. Elle porta le livre à ses lèvres.

— Je le jure sur les Saintes Écritures.

Ils n'en croyaient pas leurs oreilles.

— Vous ne parlez pas sérieusement.

Elle brandit le livre sous leur nez.

— Que si ! J'ai déjà prêté serment sur cette bible. Comment osez-vous escroquer une veuve avec un enfant à charge et aucune autre source de revenus ?

Les deux prirent une mine perplexe. Jacinta, le regard de marbre, continua sur sa lancée.

— Si vous n'acceptez pas mon prix, je vous garantis que je brûlerai le tout. Quarante livres, c'est une bonne affaire pour vous et vous le savez parfaitement.

— Ajoutez les babioles qui restent et les livres, et nous vous donnerons trente livres.

Jacinta secoua la tête.

— Ces babioles, comme vous dites, ont été vendues à des gens qui ont accepté le prix que j'en demandais. Quant aux livres, le médecin les a déjà achetés.

— Trente-cinq, alors.

— Monsieur Prynne, je suis dans le besoin. Si vous refusez de vous comporter correctement avec moi, ne serait-ce que par charité chrétienne, je vous garantis que vous ne profiterez pas de mon dénuement.

Elle reprit la Bible et la tint serrée contre elle.

— Nous ne pouvons pas aller au-delà de trente-cinq, insista l'homme.

Elle laissa le silence s'installer entre eux, puis passa un doigt sur la surface luisante de la table.

— Avec toute la cire que j'ai passée, ça brûlera vite. (Elle laissa passer un silence.) Quarante. Vous savez comme moi que ça vaut le double.

L'homme soupira et vit sa femme qui lui lançait un regard implorant.

— Bon, c'est d'accord pour quarante. Je vous donne un acompte de dix et vous aurez le reste quand nous aurons emporté les meubles.

Jacinta n'était pas bête à ce point.

— Nous ne ferons affaire que si vous payez l'intégralité de la somme maintenant.

— Mais vous restez en possession des meubles !

— Et alors ? Vous pensez que je vais les emporter cette nuit ? Je vous attendrai ici demain matin. Mon fils et moi partons à 8 heures.

— Nous serons là avant votre départ, pour vérifier.

— Comme vous voulez.

Quand ils furent partis, elle desserra la main qui tenait les billets et s'assit un moment. Elle se sentait épuisée, sans raison, elle qui débordait toujours d'énergie. C'était sans doute tous ces soucis. Et elle n'avait rien mangé.

Elle possédait désormais un peu plus de cent livres. Pour certains, cela aurait représenté une petite fortune, mais elle savait qu'il lui serait très difficile de gagner sa vie avec un jeune enfant à charge. Elle décida de ne rien dépenser tant que leur avenir restait incertain.

Elle n'avait pas écrit aux proches de son mari pour l'informer de sa maladie. Ils avaient renié Claude des années auparavant. Si elle voulait qu'ils lui viennent en aide, mieux valait sans doute se présenter en personne.

Elle ferait appel à leur pitié, les implorerait, se jetterait à leurs pieds. Pour son fils, elle était prête à tout. Sauf à épouser une nouvelle fois un vieillard cruel qui prenait plaisir à battre sa femme.

Le lendemain matin, tandis qu'elle boutonnait le manteau de Ben, le fils de Mr Ketch arriva avec sa carriole pour prendre les livres.

Ben en était tout chagriné.

— Tu as donné les livres de papa. Il m'avait dit qu'un jour, ils seraient à moi.

Elle lui répondit à voix basse :

— Ben, je t'ai laissé en choisir un, nous ne pouvons pas en emporter davantage. Je t'ai expliqué, nous avons besoin d'argent, et nous devons quitter la maison. On ne peut pas prendre les livres, seulement nos habits.

Elle en était malade pour lui, mais elle voulait lui inculquer la force d'âme qui avait tellement manqué à son père. À neuf ans, il aurait dû avoir pour univers l'école et ses camarades de jeu. Mais il avait grandi sans amis, dans un petit cottage, avec sa mère pour institutrice et l'interdiction de parler aux gamins du village.

— Un fils de gentilhomme ne peut pas fréquenter des enfants de paysans, ripostait Claude avec hauteur à chaque fois qu'elle protestait. Ce n'est pas une compagnie acceptable pour mon fils.

— Moi aussi, je suis d'une famille noble, et cela ne m'empêche pas de devoir laver le plancher, et faire la cuisine et la lessive pour vous. Vous ne vous en plaignez pas, n'est-ce pas ? Claude, quel mal peut-il y avoir à le laisser jouer avec des gosses de son âge ?

— Je l'interdis, un point c'est tout. Je n'écouterai pas un mot de plus sur cette question.

Après cet échange, Jacinta avait continué de s'époumoner pour tenter de le convaincre, mais il ne daignait même plus répondre. Si elle s'était opposée à sa décision, il se serait montré violent, elle le savait. En connaissance de cause.

Comme elle avait été malheureuse avec lui ! Mais elle ne pouvait balayer son mariage du revers de la main, car il lui avait apporté Ben. Un fils comme lui valait bien tous les sacrifices.

Alors qu'elle empoignait son sac de voyage tout usé, elle vit le couple Prynne qui approchait dans l'allée, lui marchant à grandes enjambées, sa femme peinant à le suivre.

Il entra sans frapper en jetant autour de lui un regard inquisiteur. Lorsque Jacinta voulut sortir, il lui barra le chemin.

— Vous devez attendre que j'aie tout vérifié.

Son outrecuidance ulcéra Jacinta, qui le repoussa sans ménagement.

— Je ne vous ai pas roulé, ni vous, ni personne !

Tandis que Prynne hésitait, elle sortit en coup de vent en tenant Ben par la main et se hâta de rejoindre l'auberge. Joe Ketch y avait déjà apporté leurs deux vieilles malles.

Le charretier arriva peu après. Aidé de Joe, il chargea les bagages, puis dit à Ben de grimper pour s'asseoir à côté de lui, indiquant à Jacinta la banquette à l'arrière de la carriole. Celle-ci s'installa à côté d'une autre femme qui voyageait avec un panier rempli d'œufs soigneusement nichés dans de la paille.

Ben était tout excité à l'idée qu'il allait voyager en train pour la première fois. Pendant le trajet, il n'arrêta pas de poser des questions sur les endroits qu'ils traversaient. Le charretier, visiblement habitué aux enfants, lui répondit de bonne grâce.

— Toutes mes condoléances, madame Blacklea, dit la femme. Je suis désolée pour votre mari.

Jacinta se força à trouver une réponse de circonstances. Un mensonge. Elle-même n'était pas désolée, tout au contraire.

Maintenant, elle allait pouvoir se refaire une vie meilleure avec son fils.

À la tombée de la nuit, le train s'arrêta à Bearsted, le petit village du Hertfordshire où vivait la famille de son mari. Tous deux étaient fourbus et mouraient de faim.

Claude avait refusé de faire appel à ses proches quand il s'était retrouvé en difficulté, mais elle n'avait pas son orgueil et elle était prête à mendier leur aide, ne serait-ce que pour Ben.

Elle dut dépenser quelques-unes de ses pièces pour payer un fiacre jusqu'au domaine. Elle espérait que, par respect pour le nom qu'elle portait, sa famille leur accorderait au moins l'hospitalité pour la nuit.

Si jamais ils refusaient leur aide, elle ne savait pas ce qu'elle ferait. Elle n'avait personne d'autre à qui s'adresser. Depuis le décès de sa tante, elle avait perdu tout contact avec ses cousins.

Outre l'argent qu'elle avait perçu pour la vente de ses quelques biens, elle ne possédait que son alliance en or et, infiniment plus précieux à ses yeux, le médaillon qu'elle tenait de sa mère.

Une fois, Claude avait tenté de le lui voler, pour le revendre. Il convoitait quelques livres pour ses recherches sur un obscur poète latin. Mais elle l'avait repris et dissimulé en lieu sûr, et il avait eu beau la battre comme plâtre, elle avait refusé de lui révéler la cachette.

Elle savait que, quoi qu'il arrive, elle trouverait le moyen de survivre. Mais son fils méritait mieux que la simple survie, c'était la raison pour laquelle ils s'étaient rendus à Bearsted. Elle voulait que Ben soit élevé correctement, qu'il reçoive une bonne instruction et qu'il puisse ensuite gagner sa vie avec une profession digne de son rang. Avocat, par exemple.

Le fiacre s'arrêta devant une maison d'amples dimensions entourée d'un jardin bien entretenu. Le moral de Jacinta remonta en flèche. Si la famille de Claude était assez fortunée pour posséder une telle demeure, elle pourrait certainement se permettre de lui verser une modeste pension.

Elle réveilla Ben et paya sans laisser de pourboire. Le cocher la regarda de travers, ce dont elle n'avait cure. Deux minutes plus tard, elle était devant la porte, ses bagages à côté d'elle, tandis que le fiacre s'éloignait au trot. Une bonne ouvrit et resta bouche bée devant cette inconnue accompagnée d'un petit garçon. Jacinta comprit son étonnement.

Chancelante, elle dut s'appuyer contre le chambranle. Elle n'avait rien mangé de la journée. Le peu de pain qu'il restait, elle l'avait donné à Ben pendant le voyage, et n'avait pas eu l'occasion d'en racheter en route.

— Je suis Mrs Claude Blacklea, une parente de la famille. Je souhaite parler à votre maître.

Voyant la bonne perplexe, elle ajouta :

— Mr Gerald Blacklea habite bien ici ?

— Oui. Euh... il vous attend ?

— Non. Mais je suis convaincue qu'il acceptera de me voir. Son cousin vient de décéder, et je me retrouve seule avec mon fils. C'est sa seule famille, expliqua-t-elle sans ambages pour convaincre la bonne.

Elle crut voir une lueur de compassion dans les yeux de la jeune femme.

— Bien, madame, asseyez-vous dans l'entrée. Je vais voir si mon maître est disponible.

— Et mes bagages ?

— Je demanderai au jardinier de les apporter.

Sans la présence de Ben, Jacinta aurait pu fondre en larmes, tellement elle était soulagée qu'on les laisse entrer. Mais elle ne voulait pas se laisser aller devant son fils. Quand elle avait éclaté en sanglots après avoir découvert qu'ils n'avaient pas un sou, il en avait été traumatisé.

Un chien déboula soudain dans l'entrée. Le garçonnet, qui était resté debout derrière sa mère, courut dans sa direction. Il adorait les animaux. Plusieurs fois, il avait voulu ramener un chiot à la maison, mais on lui avait fait comprendre qu'il n'y avait pas de quoi nourrir une bouche superflue.

Jacinta essaya de l'arrêter, mais ne fut pas assez prompte. La tête lui tournait et elle dut s'appuyer contre le mur pour ne pas tomber de sa chaise.

Le chien disparut par une porte entrouverte et Ben se précipita derrière lui.

Soudain, il cria. Craignant qu'on ne lui ait fait du mal, Jacinta trouva la force de se lever en hâte pour aller voir.

Elle trouva Ben accroupi sur un tapis à côté du chien, les yeux levés vers un monsieur de haute taille, qui ressemblait vaguement à Claude. L'homme, plus jeune, semblait dans la force de l'âge. Il regardait fixement le garçon comme s'il n'en croyait pas ses yeux.

La bonne s'éclaircit la gorge pour attirer l'attention de son maître.

— Monsieur, cette dame s'est présentée comme la veuve de Mr Claude Blacklea, et le petit est son fils.

Après un moment de silence, le maître répondit.

— Très bien. Conduis l'enfant à la cuisine et veille à ce qu'on lui donne à manger, il semble affamé. Puis tu le mèneras à la salle d'étude. Ensuite, apporte-nous du thé et des gâteaux ici, ajouta-t-il en examinant la visiteuse.

— Excusez-moi d'arriver ainsi à l'improviste, commença Jacinta. Ben s'est précipité à la poursuite du chien avant que j'aie le temps de l'arrêter.

— Je ne comprends pas la raison de votre présence ici. Vous savez sans aucun doute que la famille a renié Claude. Elle lui a donné de l'argent pour qu'il garde ses distances. C'était un fieffé imbécile.

Jacinta se sentit rougir sous le regard méprisant.

— En effet, monsieur. Et il l'est resté ! Il a perdu tout son argent. Lorsqu'il est décédé, je me suis retrouvée sans personne vers qui me tourner. Je vous implore de nous venir en aide, pour mon fils. Nous n'avons pas besoin de grand-chose. Ben ne mérite pas de souffrir de la faim. C'est un enfant si gentil !

Mr Blacklea se contenta de la dévisager en silence.

Elle fut affreusement humiliée par cet examen. C'était encore pire que ce à quoi elle s'était attendue. Sans compter qu'elle était hébétée de fatigue après ce long voyage en compagnie d'un enfant grognon.

Le thé arriva. Il lui indiqua une chaise.

— Servez-nous, si vous voulez bien.

En se forçant, elle prit la théière, vérifia que le thé était assez infusé et lui versa une tasse. Puis elle lui tendit le plateau chargé de petits fours.

Son estomac la trahit en émettant un gargouillis.

Encore une fois, il la scruta, puis demanda :

— Depuis quand n'avez-vous rien avalé ?

Elle rougit, incapable de le regarder dans les yeux.

— Depuis quand ? répéta-t-il.

— Hier. Il ne restait plus beaucoup de pain, et je ne pouvais pas laisser Ben affamé.

— Hum. Prenez des petits fours.

Après qu'elle en eut avalé quelques-uns, il lança d'un ton abrupt.

— Je dois prendre le temps de réfléchir. Sonnez, je vous prie.

Elle s'exécuta. Le maître des lieux ordonna à la domestique de préparer une chambre pour Mrs Blacklea.

La pièce où l'on conduisit Jacinta était confortable, mais il n'y avait aucune trace de Ben.

— Où est mon fils ?

— Dans la salle d'étude, madame, comme l'a ordonné le maître. C'est la gouvernante qui va s'occuper de lui. Les enfants restent à leur étage.

— Je souhaiterais le voir, pour m'assurer qu'il va bien.

— On lui a donné à manger.

La bonne l'escorta à l'étage supérieur. Une dame se leva en les voyant entrer. Sa tenue était celle d'une gouvernante.

— Je vous présente miss Foresby et miss Elizabeth, la fille de Mr Blacklea, annonça la bonne. Mon Dieu, il se fait tard. Nous devons y aller, il ne faut pas contrarier le maître.

Jacinta envoya un baiser à son fils avant de redescendre en compagnie de la bonne.

— Le dîner est servi à 19 heures précises, madame, et le maître ne supporte pas le moindre retard. Vous souhaitez certainement vous rafraîchir et vous changer, n'est-ce pas ?

Jacinta se sentit rougir de gêne.

— Je… je n'ai rien qui convienne. Mon mari nous a fait vivre dans la gêne. Je n'ai pas de tenue plus habillée que celle que j'ai sur le dos.

Sans compter que tous ses vêtements étaient usés. Cela se voyait, elle en était sûre.

— Je vais en aviser la femme de chambre de Madame.

Elle revint quelques minutes plus tard avec une femme d'un certain âge sanglée dans une robe noire de bonne coupe.

La femme de chambre esquissa un soupçon de révérence et dévisagea Jacinta d'un œil méprisant.

— Je peux vous trouver de vieilles tenues de Madame. Il vaut mieux pour vous que vous soyez mise comme il faut. Le maître est très à cheval sur l'étiquette.

Jacinta, quant à elle, ne pouvait se permettre d'être à cheval sur sa fierté.

— Je vous remercie, c'est très aimable à vous. Et, hum… mon mari est décédé il y a peu, pas de couleurs, s'il vous plaît.

La femme de chambre revint avec une robe de soie noire. La tenue allait comme un gant à Jacinta, mais quand celle-ci voulut caresser le tissu chatoyant, sa paume rugueuse accrocha. Elle, qui avait reçu tant de compliments pour ses jolies mains, se rendait compte à quel point elles étaient maintenant rougies et abîmées.

Le dîner était servi dans une petite salle à manger. Jacinta constata avec soulagement qu'il n'y avait pas d'autres invités. Elle était seule avec Gerald Blacklea et son épouse.

— Maria, ma chère, je vous présente la veuve de Claude Blacklea.

La femme assise à côté de lui était menue, vêtue d'une toilette impeccable. Elle se contenta d'adresser à Jacinta un léger signe de tête, sans le moindre sourire, sans un mot de bienvenue.

Pendant le dîner, Gerald Blacklea mena la conversation. Il questionna Jacinta sur sa vie et son milieu d'origine. Celle-ci n'avait aucune raison d'en avoir honte et parla librement. Son père était un respectable homme d'Église. Ils avaient vécu de sa pension jusqu'à son décès, mais il n'avait pas de fortune personnelle et n'avait rien pu lui laisser.

À la fin du repas, Mr Blacklea décréta :

— Vous êtes fatiguée, et pour ma part, je dois réfléchir à votre avenir. Je vous verrai demain matin pour vous informer de ma décision. Vous pourrez prendre votre petit déjeuner dans la nursery avec votre fils.

Il s'adressait à sa cousine comme à une pauvresse dont il aurait eu le sort entre les mains. Elle le trouvait antipathique au plus haut point. Quant à son épouse, elle semblait une pauvre chose soumise.

Jacinta commença à se demander si elle avait eu raison de faire appel à eux. Mais sinon, où aurait-elle pu aller ?

J'espère que tu brûles en enfer, Claude Blacklea !

Quand la veuve fut sortie, Gerald se tourna vers son épouse.

— Que pensez-vous de mon idée, Maria ?

— Je ne suis pas sûre que… Elle a l'air… Vous avez vu ses mains ?

— Ce sont les mains d'une femme qui travaille dur. Elle n'a aucune raison d'en avoir honte. Voilà en tout cas qui prouve que mon oncle a eu raison de renier Claude, qui s'est montré incapable de veiller sur sa famille !

Après un moment de réflexion, il reprit :

— Son fils et elle étaient d'une propreté impeccable quand ils sont arrivés. Ce qui n'est pas si facile pour des gens dans la gêne.

— Et le garçon s'est montré bien élevé quand je suis allée souhaiter bonne nuit à Elizabeth. Il s'exprime bien. On peut supposer qu'il est mieux nourri que sa mère, dont le visage est très émacié, n'est-ce pas ?

— En effet, ce qui signifie qu'elle prend bien soin de lui. De son côté, je ne vois rien de mauvais.

— Mais vraiment, Gerald, de là à prendre le garçon avec nous... Vous êtes sûr ?

— Cela résoudrait notre petit problème, Maria. Vu que vous ne pouvez pas me donner un fils, précisa-t-il d'un ton fielleux. Nous aurons tout le temps qu'il faut pour forger son caractère.

— Il est clair qu'elle l'aime de tout son cœur. Je suis convaincue qu'elle ne sera pas disposée à...

— Laissez-moi m'occuper de cela, coupa-t-il. Je sais ce qu'il faut faire, et comment m'y prendre avec elle.

Maria soupira et baissa la tête.

— Oui, Gerald.

3

Quentin Saxby prit connaissance de la lettre de Dougal McBride. Ce dernier, un ami d'Adam Tregear, lui demandait de porter secours à une certaine Eleanor Prescott. Dans l'éventualité où celle-ci le contacterait, Quentin était autorisé à prélever l'argent nécessaire sur la lettre de change qu'il lui adressait afin d'aider la jeune femme à se rendre en Australie.

Depuis que les navires à vapeur avaient remplacé les voiliers, et grâce à l'ouverture du canal de Suez, un an plus tôt, les gens étaient de plus en plus nombreux à partir tenter leur chance aux antipodes.

C'était le cas d'Adam Tregear, dont Quentin gérait les affaires depuis toujours et qu'il considérait comme son propre fils. À sa majorité, le jeune homme s'était rendu en Australie avec sa tante Harriet pour y recueillir un héritage et avait décidé de s'y établir après avoir rencontré Ismay Deagan dont il avait fait sa femme.

Le départ d'Harriet avait été un déchirement pour Quentin, qui s'en voulait de n'avoir pas trouvé le courage de lui demander sa main. Mais pourquoi ? Pourquoi n'avait-il rien fait pour la retenir ?

Après leur départ, il avait décidé de vendre son étude notariale de Liverpool pour aller s'installer à Londres, où ils avaient des cousins.

Cependant, ses cousins ne s'étaient pas montrés aussi accueillants qu'il l'avait espéré. C'étaient des gens froids et guindés, qui le regardaient de haut quand il leur parlait de ses clients – des navigateurs-aventuriers qui bourlinguaient sur des océans lointains – et il en était venu à se dire que plus rien ne le retenait en Angleterre.

À en croire ses lettres, Adam était le plus heureux des hommes, son seul regret étant de devoir laisser Ismay avec sa tante quand il allait à Singapour.

Mais si Quentin épousait Harriet, Ismay pourrait accompagner Adam dans ses voyages en mer. Il avait entendu dire que certaines femmes le faisaient.

Soudain, il eut l'impression que la terre tressaillait sous ses pieds. C'était un signe. Son instinct lui disait de partir en Australie ! Mais oserait-il tout laisser derrière lui pour refaire sa vie au bout du monde ?

Il laissa un instant errer son regard sur la vitre embuée pour rassembler ses esprits, puis décida de passer à l'action. Il allait réunir toutes les informations nécessaires et se procurer tout ce dont il allait avoir besoin pour le voyage. Il était fou d'excitation. Il avait plus d'argent qu'il ne lui en fallait pour vivre confortablement.

Il espérait juste qu'Harriet accepterait de devenir sa femme. Le fait qu'il ne se soit jamais marié ne voulait pas dire qu'il était incapable d'aimer. Il l'aimait depuis toujours, mais elle avait choisi d'en épouser un autre, son meilleur ami, et n'ayant jamais pu lui avouer ses sentiments, il était resté vieux garçon.

Mais cette fois, le bonheur était à portée de main. Il n'était jamais trop tard pour se lancer dans l'aventure.

Le lendemain de son arrivée à Bearsted Hall, Jacinta fut convoquée dans la bibliothèque par Gerald Blacklea. Ce dernier trônait derrière un bureau, tel un maître tout-puissant. D'un geste de la main, sans même se lever comme l'exigeait la bienséance, il lui fit signe de s'asseoir sur une chaise droite des plus inconfortables.

Elle s'assit et attendit, ses mains croisées sur ses genoux.

Il laissa passer quelques instants avant de prendre la parole.

— Je ne puis tolérer que votre fils, un Blacklea, puisse vivoter dans l'indigence, sans éducation ou sans soutien de ses proches.

Il joignit ses doigts, et la fixant du regard, laissa le silence s'installer jusqu'à ce qu'elle ait envie de se mettre à crier.

— Mais étant donné que vous n'êtes pas une Blacklea, votre avenir ne me concerne pas.

Il se tut et se mit à la dévisager comme un chat qui s'apprête à bondir sur une souris.

Cette fois, ce fut elle qui prit la parole, en murmurant :

— Je ne comprends pas où vous voulez en venir, monsieur. Je suis la mère du garçon, et par conséquent une Blacklea par alliance.

— Oui, mais vous avez épousé la brebis galeuse de la famille – comme vous aurez certainement eu l'occasion de vous en rendre compte après coup. Claude était un imbécile. C'est pourquoi je me fais du souci pour l'éducation de votre fils.

Elle avait les mains moites et la gorge sèche. Il avait dit cela comme s'il… avait eu l'intention de lui prendre son fils. Non, assurément, il ne pouvait pas être aussi cruel ?

— Je suis prêt à accueillir Benjamin chez moi, à l'élever comme mon propre fils et à faire de lui mon héritier dès lors que mon épouse ne peut plus me donner d'enfants. Il jouira de tous les avantages d'une telle condition et recevra la meilleure éducation, comme il sied au futur maître de cette maison.

— Mais vous avez un enfant, objecta Jacinta.

Il balaya sa remarque d'un geste.

— Une fille. Les femmes font de mauvaises héritières. Elles ne savent pas administrer une fortune. Mais si ma fille épousait votre fils, tous deux y trouveraient leur compte, et d'ici là, j'ose espérer qu'il aura appris à gérer un domaine et à vivre comme se doit de le faire un Blacklea.

Posant sur elle un regard plein de mépris, il ajouta :

— Quoi qu'il en soit, je ne veux pas que vous exerciez une quelconque influence sur votre fils. C'est pourquoi j'ai décidé de vous aider à vous placer comme gouvernante ou autre... dans une colonie. Vous avez ma parole que Benjamin sera élevé comme un fils de gentilhomme et qu'il ne manquera de rien.

Oh, comme elle détestait cette expression « fils de gentilhomme » que Claude lui avait si souvent jetée à la figure, et comme elle détestait cet homme !

— Mais je ne le ferai qu'à la condition que vous me donniez votre parole de ne jamais revenir en Angleterre ou de chercher à revoir Benjamin.

Jacinta sentit son sang se glacer. Une telle cruauté la laissait sans voix.

Il se renversa dans son fauteuil et attendit, l'air agacé.

Lorsqu'elle retrouva enfin le courage de parler, elle dit :

— Je crains de ne pas pouvoir renoncer à mon fils.

— Vous êtes égoïste. Songez à tout ce qu'un tel arrangement signifierait pour votre garçon. Les femmes sont incapables de raisonner. Je vais donc vous laisser le temps de considérer ma proposition plus avant. Vous avez trois jours. Cela devrait vous permettre de faire vos adieux à Benjamin.

Il leva la main, comme si elle avait cherché à prendre la parole, et lança :

— Pas un mot de plus ! Pas tant que vous n'aurez pas pris le temps de réfléchir !

Le ton de sa voix coupa court à toute velléité de protestation de la part de Jacinta.

Il se leva, puis étrécissant ses yeux gris et froids, ajouta :

— J'ai décidé d'accueillir le garçon dans ma maison et ma famille, et je le ferai, car j'obtiens toujours ce que je veux. *Toujours.* Je pourrais employer d'autres procédés, beaucoup moins charitables, pour me débarrasser de vous, que de vous envoyer dans les colonies, croyez-moi.

L'hôte, qui lui avait si aimablement fait la conversation la veille au soir, au cours du dîner, était subitement devenu un monstre. Et de fait, il la terrorisait.

— À présent, retirez-vous et songez à la chance que cela représenterait pour ce fils que vous prétendez tant aimer. Je vous suggère d'aller faire un tour. Il fait beau et le village ne se trouve qu'à un mille. Allez donc vous recueillir à l'église et demander au Seigneur de vous guider.

Elle inclina la tête. Il était inutile de chercher à discuter. Elle avait commis une terrible erreur en venant ici sans s'être d'abord renseignée sur Gerald Blacklea. Il avait tous les pouvoirs que concèdent l'argent et la méchanceté, et maintenant qu'elle lui avait amené son fils, elle était à sa merci.

Rien d'étonnant à ce que son épouse ait été aussi réservée et timorée.

Elle s'empressa d'aller chercher son bonnet, puis sortit de la maison et prit la direction du village.

Elle savait déjà qu'elle n'allait pas accepter l'offre sans avoir d'abord essayé de trouver une échappatoire. Mais comment faire pour tirer Benjamin de ce traquenard ?

Et si elle y parvenait, comment ferait-elle pour le garder hors des griffes de cet ogre aux allures de gentleman ?

Il se lancerait à leurs trousses, à coup sûr. Il se servirait de son argent et de son pouvoir pour les retrouver. Il fallait qu'elle imagine un plan, faute de quoi chercher à fuir ne ferait qu'aggraver les choses, y compris pour Ben.

Une fois au village, Jacinta hésita quant à la direction à prendre, puis suivant les conseils de Gerald, se rendit à l'église.

Celle-ci était petite mais jolie, avec une tour carrée de style normand et d'étroits vitraux colorés. Elle entra et longea la travée jusqu'à une petite chapelle latérale, où elle pourrait se recueillir en paix.

Quand elle s'assit, les larmes qu'elle avait retenues jusque-là jaillirent, et elle dut se retenir pour ne pas sangloter tout haut et attirer l'attention sur elle.

— Chère madame, prenez donc ceci.

Un mouchoir atterrit dans sa main et elle s'en servit pour essuyer son visage trempé de larmes.

Elle se moucha vigoureusement en s'efforçant de contrôler ses émotions, et pour la première fois leva les yeux vers l'homme qui se tenait à côté d'elle. Plus âgé qu'elle, il avait des traits paisibles, des cheveux clairsemés et grisonnants et une expression de bonté.

— Je suis Peter Stanwell, le vicaire de cette paroisse. Vous êtes nouvelle dans la région ?

Elle hésita, n'osant pas se confier à lui de crainte qu'il n'aille rapporter ce qu'elle lui dirait à Gerald Blacklea.

— Tout ce que vous direz restera strictement entre nous. Je vous le promets. Mais peut-être devrions-nous aller dans le sanctuaire pour parler plus librement. Les dames du village ne vont pas tarder à arriver pour fleurir l'autel.

Il se recula et lui offrit son bras. Elle posa sa main tremblante sur la manche de son élégante redingote, incapable de refouler la terreur qui l'habitait malgré tous ses efforts pour contrôler ses émotions.

Il la mena en silence jusqu'à une petite porte ménagée sur un côté de la nef. De là, un étroit corridor les conduisit jusqu'à une pièce lambrissée éclairée par deux vitraux multicolores qui captaient magnifiquement le soleil du matin.

— Ils sont beaux, n'est-ce pas ? dit-il en désignant les vitraux. Ce sont des copies récentes des anciennes fenêtres de l'église. J'ai eu beaucoup de chance d'avoir été nommé dans cette paroisse. Mais asseyez-vous donc.

Elle se laissa tomber sur une chaise, épuisée, et joignit ses mains sur ses genoux.

— Je pourrais demander à ma femme de chambre de nous apporter une tasse de thé. Mais si vous souhaitez que notre entretien reste confidentiel, il ne vaut mieux pas. Cette pauvre Jeanne ne sait pas tenir sa langue.

— Je veux en effet que ma visite reste secrète. Mais… me promettez-vous de ne répéter à personne ce que je vais vous dire et qui me plonge dans un terrible désarroi ?

Il posa une main sur sa bible.

— Je vous promets de ne rien dire de ce que vous me confierez sans votre consentement.

Elle l'aurait cru sans qu'il prête serment tant son expression était bonne et miséricordieuse. C'est pourquoi elle se mit à lui raconter ses malheurs en s'arrêtant de temps à autre pour essuyer ses larmes.

Il garda le silence si longtemps après qu'elle eut fini de se confier à lui, qu'elle se demanda s'il n'était pas en train de chercher un moyen de l'aider. Puis son expression se fit soudain maussade.

— C'est à mon tour, chère madame, de vous prier de garder pour vous ce que je vais vous dire. Je n'ai que mépris pour Gerald Blacklea et son arrogance. Lui et son homme de main sont une épine dans le pied de cette paroisse. Blacklea contrarie tous mes efforts pour essayer d'alléger les souffrances des pauvres, mais veille à garder l'église en parfait état de conservation. Comme si les pierres et les vitraux valaient plus que les âmes et les corps de ceux qui viennent prier ici, comme s'il n'avait cure que ses métayers et les gens du village meurent de faim !

Elle lui adressa un regard plein de sympathie.

— Vous aurez compris, j'imagine, que je n'ai aucune intention de vous trahir auprès de Mr Blacklea.

Jacinta acquiesça.

— Mais je ne vois pas comment vous pourriez m'aider. Gerald Blacklea est... terrifiant. Simplement, je ne supporte pas l'idée de perdre mon fils. Ben est ma seule consolation dans la vie, et ma raison d'être.

Après un moment de silence, elle ajouta :

— Qui plus est, je ne veux pas qu'un homme comme lui élève mon garçon et lui apprenne à se montrer impitoyable et sans scrupule.

— Dans ce cas, il faut que nous trouvions un moyen de vous sortir de ce traquenard. Ça ne sera pas facile, car Gerald Blacklea est un individu sans foi ni loi. Mais il y a certainement une solution.

Les yeux du prêtre se perdirent dans le vague, tandis que ses lèvres remuaient comme s'il priait tout bas, et son visage s'éclaira peu à peu.

— Je ne suis pas absolument certain que cela pourrait marcher, mais il y a une chose que je puis faire pour vous.

— Et pour mon fils ?

— Oui, pour lui aussi.

Elle poussa un soupir de soulagement.

— Je ferai tout ce que vous voudrez.

— Attendez d'abord de voir ce que je vous propose, dit-il en se levant. Je dois aller chercher quelque chose dans la maison. Ne sortez de cette pièce sous aucun prétexte. Je vais verrouiller les deux portes, si cela ne vous ennuie pas, pour que personne ne puisse vous déranger.

Jacinta scruta ses traits tandis qu'il la considérait d'un air grave. Allait-il la garder enfermée ici pendant qu'il allait chercher Gerald ? Non, son visage exprimait trop de bonté pour cela.

— Elle finit par acquiescer.

Mr Stanwell s'immobilisa un instant sur le seuil et dit :

— Vous êtes en sécurité ici, à l'abri des regards grâce aux vitraux.

Restée seule, elle se laissa retomber sur sa chaise, et pria de toutes ses forces pour que son opinion du prêtre fût la bonne.

Quand la clé tourna à nouveau dans la serrure, elle sursauta. Elle était si profondément plongée dans ses pensées qu'elle avait perdu la notion du temps.

Mr Stanwell entra et referma la porte derrière lui. Il tenait à la main un petit paquet dont il sortit ce qui ressemblait à une lettre.

— S'il vous plaît, lisez ceci.

Elle prit la missive et la déplia.

Mon cher cousin,

Comme je te l'ai dit dans ma dernière lettre, je suis désormais installé dans la colonie de Swan River où je vis bien. Mon fils, Christopher, semble avoir repris du poil de la bête, même s'il lui arrive encore de faire des cauchemars.

Je ne sais trop comment présenter les choses, mais disons qu'un bon ami à moi m'encourage vivement à prendre une épouse et que je commence à y songer sérieusement.

Mon ami a raison. Un homme n'est pas fait pour vivre seul, et j'ai besoin d'une épouse pour m'aider à élever Christopher et à l'entourer d'affection. Le seul souci étant que dans ce pays les hommes sont dix fois plus nombreux que les femmes.

J'ignore si tu peux m'aider à trouver quelqu'un, mais tu es la seule personne en qui j'ai confiance pour mener à bien mon projet. Connaîtrais-tu une dame qui serait d'accord pour venir en Australie et m'épouser ?

Peu m'importe qu'elle soit belle, ou même jolie, ce que je veux c'est qu'elle ait bon cœur et surtout qu'elle soit d'une nature aimante et maternelle, pour Christopher.

Tu pourras lui expliquer combien mon fils a souffert à cause de sa mère et de son amant. Cette pensée me révulse au point que j'ose à peine la coucher sur le papier.

Il faut que la dame soit disposée à être mon épouse dans tous les sens du terme. J'aimerais beaucoup avoir d'autres enfants. Si c'est une veuve qui a déjà un enfant, je serais heureux de l'adopter.

En retour, je promets de lui assurer une vie simple mais confortable et de tout faire pour la rendre heureuse.

Suis-je trop exigeant ? Est-il possible de trouver une femme telle que celle-là à ton avis ?

Je te joins une photo de moi et Christopher prise récemment. Tu vas être surpris de voir comme il a grandi. Ainsi, la dame pourra constater que je ne suis pas un monstre – même si j'ai l'air un peu sévère. Il n'est pas facile de rester parfaitement immobile pendant une minute entière devant l'objectif du photographe.

Le dépôt de bois marche bien, et j'ai élargi mon champ d'activité à la rénovation et la construction de maisons. Je suis en train de construire une nouvelle maison pour moi-même, à côté du dépôt, et elle devrait être achevée quand tu recevras cette lettre.

Fremantle est une bourgade agréable, et plutôt petite si l'on considère qu'il s'agit du port principal de l'Australie-Occidentale. Perth se trouve à l'intérieur des terres, à environ vingt kilomètres en remontant la rivière Swan. Les deux villes (si on peut les qualifier ainsi) comptent approximativement trois mille habitants.

Je me suis fait de bons amis ici, qui seraient heureux d'accueillir une nouvelle épouse dans leur cercle. Et d'ailleurs, c'est mon grand ami Bram Deagan qui m'a conseillé de t'écrire cette lettre. Il est commerçant, et lui et sa femme sont des gens chaleureux, avec le cœur sur la main. Elle travaille avec lui et sa spécialité est l'importation de soieries venues de Singapour.

Dans les colonies, il est fréquent que les messieurs écrivent en Angleterre pour se chercher une épouse, de sorte que la dame peut être rassurée. Personne ne va jaser sur son compte.

Je m'en remets entièrement à ton jugement, mon cher cousin. Mon fils est comme une plante qui grandit trop vite et qui a besoin d'être entourée de soins pour pouvoir s'épanouir. Et moi, je suis un homme solitaire, qui a autant besoin d'une compagne que d'une épouse.

Je m'y suis repris à trois fois pour écrire cette lettre, et cette version est celle qui exprime le mieux la situation et mes attentes. S'il te plaît, demande à la dame qui lira ces lignes d'en excuser la maladresse.

Si tu trouves quelqu'un qui pourrait convenir, s'il te plaît, porte la lettre de change ci-jointe à ma banque afin de retirer l'argent nécessaire au prix du billet. Assure-toi que la dame voyage en classe cabine.

Je te remercie par avance de toute l'aide que tu pourras m'apporter.

Ton cousin,

Mitchell

PS : J'allais oublier : au cas où la dame ne souhaiterait pas m'épouser quand nous aurons fait connaissance, je m'engage à pourvoir à ses besoins jusqu'à ce qu'elle ait trouvé un mari qui lui

*convienne mieux. Ce ne sont pas les messieurs qui
manquent ici.*

Jacinta relut encore une fois la lettre, plus lentement cette fois. La franchise de Mitchell Nash,
ainsi que le post-scriptum, l'émurent. Rares étaient
les hommes aussi généreux. Le fait que Mitchell
ait eu du mal à écrire cette lettre était bon signe.

Relevant la tête, elle demanda :

— Puis-je voir la photo ?

Peter la sortit de l'enveloppe et la lui tendit.

Mr Nash avait les cheveux bruns et une expression grave, austère même, comme il l'avait écrit.
Mais il tenait son fils par les épaules, et le garçon se
serrait affectueusement contre lui. Elle ne pouvait
s'imaginer Gerald Blacklea dans une telle posture,
et encore moins avec Ben.

— Vous connaissez votre cousin, monsieur
Stanwell. Si vous pensez que je pourrais lui convenir, je suis d'accord pour partir en Australie et
l'épouser. Mon seul souci concerne Benjamin.
Comment vais-je pouvoir l'arracher aux griffes
de cet homme ? Je suis quasiment certaine que
Blacklea va nous prendre en chasse.

— Pensez-vous pouvoir vous enfuir pendant
la nuit ?

— Il verrouille soigneusement toutes les portes.

Mr Stanwell sourit.

— J'ai un ami qui a eu maille à partir avec
Blacklea par le passé, et son valet, jadis braconnier,
ne le porte pas non plus dans son cœur. S'il y a

quelqu'un qui peut s'introduire dans la maison, c'est bien Tam.

— Je ne pourrai pas emporter d'affaires, cependant.

— Je donnerai à Tam de quoi vous acheter une garde-robe. La banque de mon cousin est toute proche. Je peux y aller aujourd'hui même avant la fermeture.

— Vous n'aimez vraiment pas Blacklea, n'est-ce pas ?

Il soupira.

— J'essaie de ne détester personne, mais je pense que cet homme-là est totalement dénué de scrupules quand il s'agit d'obtenir ce qu'il veut. Je pense qu'il est injuste de séparer une mère de son enfant, en particulier quand elle aime son fils comme vous aimez le vôtre.

Il lui tapota la main.

— J'ai fait le serment, depuis un certain temps déjà, de ne plus jamais laisser Blacklea détruire la vie d'innocents si je peux l'en empêcher. Maintenant, il faut que nous réfléchissions à un plan.

Il resta un instant pensif, puis ajouta :

— Moi, je ne peux pas bouger d'ici, pour ne pas éveiller les soupçons, mais le valet de mon ami vous aidera à vous enfuir. Et maintenant, je vous conseille de rentrer avant que ce démon de Blacklea ne songe à vous enfermer à double tour dans votre chambre.

— Très bien.

— Dès que tout le monde sera couché, descendez à la cuisine avec votre fils et attendez que Tam Bennett vienne vous chercher. N'emportez rien avec vous que vous ne puissiez porter facilement.

Elle acquiesça.

— Et rendez-moi mon mouchoir, il porte mes initiales. Il ne faut pas qu'il sache que nous nous sommes vus. Je vais sortir le premier et m'assurer que la voie est libre. En longeant l'allée qui traverse le bosquet sur l'arrière de l'église, vous arriverez au manoir.

Elle suivit ses instructions.

Quand elle rentra à la maison, elle ne fit rien pour cacher le fait qu'elle avait pleuré. Après tout, quoi de plus naturel en pareilles circonstances ? Elle vit bouger les rideaux à la fenêtre de la bibliothèque et songea qu'il devait l'observer.

Elle passa la journée dans sa chambre, mais fut autorisée à emmener Ben faire le tour du parc en fin d'après-midi, sous la surveillance d'un palefrenier. Elle ne dit rien de ses plans à son fils.

Blacklea les attendait quand ils rentrèrent de promenade.

— Retourne vite à la nursery, Benjamin.

À la façon dont le garçon regarda Blacklea, Jacinta comprit qu'il le craignait lui aussi.

Elle laissa échapper un sanglot et essuya une larme.

— Vous pourrez lui faire vos adieux demain soir. Tant que vous ferez ce que je vous demande, je vous traiterai avec bienveillance. Je ne veux pas que Benjamin garde un mauvais souvenir de vous, ou qu'il me prenne en grippe.

Elle s'obligea à le remercier, fût-ce du bout des lèvres.

Ce qui eut l'air de le satisfaire, car il reprit :

— Ensuite, vous serez transférée dans un lieu où vous resterez jusqu'à ce que j'aie acheté votre passage pour l'Australie ou le Canada.

Elle eut l'impression que ses yeux transperçaient son dos lorsqu'elle gravit les escaliers pour regagner sa chambre. Elle avait l'impression d'être observée comme un insecte qu'on s'apprête à écraser.

Quand le gong du dîner résonna, une femme de chambre vint la chercher.

— Je n'ai pas faim.

— Je vous conseille de descendre, madame Blacklea. Le maître a exigé que vous dîniez avec lui.

Jacinta passa les deux heures suivantes au supplice, s'obligeant à manger, ne serait-ce que pour prendre des forces, et à écouter Gerald lui parler de ses projets pour son fils. La vie de Ben serait misérable s'il restait ici ! Lui qui aimait tant courir dans les champs et détestait l'étude.

Quand l'heure vint de se coucher, elle se déshabilla, quoiqu'en gardant son linge de corps, puis enfila deux épaisseurs de vêtements, au cas où elle ne pourrait pas emporter de bagage, et se mit au lit.

Elle entendit des bruits ici et là dans la maison, puis il y eut le traditionnel couplet « Bonsoir, monsieur, bonsoir, madame », avant que les portes de Gerald et de son épouse, seuls occupants de l'étage noble, ne se referment.

Il y eut ensuite des pas dans l'escalier qui menait au quartier des domestiques. Puis plus rien.

Quand une heure se fut écoulée, elle entassa des couvertures sous la courtepointe de façon à donner l'illusion que quelqu'un dormait dans le lit, et après avoir jeté pêle-mêle quelques effets à l'intérieur d'une taie d'oreiller, elle fit une prière et sortit dans le couloir.

Ne détectant aucune présence, elle s'approcha à pas de loup de l'escalier principal et jeta un coup d'œil par-dessus la rampe. Il n'y avait de lumière nulle part, mais elle demeura quelques minutes sans bouger, à l'affût du moindre bruit.

Enfin, elle s'enhardit à longer le couloir jusqu'à la chambre de son fils.

Le petit s'éveilla en sursaut quand elle s'age-nouilla à côté de son lit, mais elle plaça une main sur sa bouche et lui murmura :

— Il faut que nous nous évadions, mon chéri.

— Tant mieux. Je n'aime pas cette maison.

— Moi non plus. Mais devons rester parfaite-ment silencieux jusqu'à ce que nous soyons hors de portée de voix, sinon cet homme va nous rattraper et nous séparer. Je vais t'aider à t'habiller.

Elle lui fit enfiler deux épaisseurs de vêtements puis emballa quelques affaires dans un baluchon.

Juste comme elle s'approchait de la porte, celle-ci s'ouvrit brusquement.

On les avait démasqués !

Elle écarquilla les yeux en voyant la gouvernante debout sur le seuil.

Elles se dévisagèrent l'une l'autre sans rien dire, puis la femme tourna les talons.

Jacinta fut parcourue d'un frisson d'appréhension, et il lui fallut un moment avant de trouver le courage de recommencer à avancer. Prenant son fils par la main, elle lui chuchota :

— Suis-moi.

Puis elle l'entraîna vers l'escalier de service plongé dans l'obscurité, et entreprit de descendre les marches à tâtons, en s'assurant de temps à autre que Ben la suivait.

Quand ils eurent atteint l'étage inférieur, elle s'arrêta. Son cœur battait la chamade, et tous ses nerfs étaient en alerte tandis qu'elle épiait chaque son pour s'assurer qu'ils n'étaient pas suivis.

Mais tout était calme.

Elle poussa la porte de la cuisine dont les gonds, heureusement, étaient bien huilés, afin que le maître ne soit pas dérangé par le va-et-vient des femmes de chambre, puis regarda autour d'elle sans trop savoir ce qu'elle devait faire ensuite.

— Nous allons sortir et attendre dehors, murmura-t-elle.

Mais la porte était munie de deux gros verrous qu'elle n'osait pas faire tourner de peur qu'ils se mettent à grincer.

— Psst.

Elle fit volte-face et se retrouva nez à nez avec une silhouette sombre.

Il lui fallut une éternité – ou n'était-ce que quelques secondes ? – avant de comprendre que ce n'était pas Gerald Blacklea.

L'inconnu lui fit signe d'approcher, puis lui glissa à l'oreille :

— Je suis Tam Bennett. C'est le pasteur qui m'envoie. Il faut partir d'ici tout de suite. On va passer par la buanderie. La porte n'est pas verrouillée.

Ses dents blanches scintillèrent dans l'obscurité lorsqu'il dit en souriant :

— Suivez-moi. Et toi, petit, pas un bruit !

Ben hocha la tête, chaque muscle de son corps se tendant tandis qu'ils emboîtaient le pas à leur guide. Pour le garçon, c'était une aventure. Pour elle c'était une question de vie ou de mort.

Gerald était resté vague dans ses menaces mais elle le savait capable de la tuer pour obtenir ce qu'il voulait.

Ils traversèrent la buanderie, en ressortirent par la porte extérieure, puis Tam les entraîna promptement en direction des bois.

À part les vêtements qu'elle portait sur elle, les deux baluchons et l'argent que lui avait rapporté la vente des meubles et des livres de son époux, elle n'avait rien.

Mais elle avait son fils, et c'était le principal.

À la lueur de la lune, Tam mena Jacinta et Ben à travers champs jusqu'à une ferme où une carriole les attendait sur un petit chemin buissonnier. Le cocher, un chapeau rabattu sur ses yeux et le bas du visage enveloppé dans une écharpe, ne proféra pas un mot, comme s'il cherchait à cacher son identité.

— On va passer par l'arrière, dit Tam à voix basse. Après quoi, je vous dirai quel est mon plan, madame Blacklea.

Un garçon était déjà assis à l'arrière de la carriole. Il leur adressa un grand sourire et se poussa pour faire de la place à Ben.

— C'est mon fils aîné, Johnny, dit Tam. Il a quatorze ans et la tête sur les épaules.

Tandis que le cocher lançait le cheval au pas, Tam poursuivit, confirmant les pires craintes de Jacinta :

— Soyez certaine, madame Blacklea, que *cet homme* est prêt à tout pour obtenir ce qu'il veut, y compris le meurtre.

— Je sais, dit-elle. Il m'a menacée des pires représailles quand il m'a annoncé qu'il allait me retirer mon fils de gré ou de force.

— Et maintenant, écoutez-moi attentivement. Monsieur le pasteur et moi-même avons imaginé un plan. Mon Johnny est un petit gars vif comme l'éclair. Il va prendre le même train que vous pour Londres, mais il voyagera avec Ben. Deux frères faisant la route ensemble, vous voyez le tableau ? Si notre homme interroge les gens du village, personne n'aura vu une dame et son garçon.

— Oui, c'est une bonne idée.

— On va habiller Ben comme un petit paysan, et les deux garçons et vous voyagerez dans deux voitures différentes. Quand vous arriverez à Londres, vous sortirez de la gare de votre côté avant de rejoindre votre fils.

Elle acquiesça à contrecœur. Elle savait qu'il avait raison, mais l'idée de perdre Ben de vue ne serait-ce qu'une minute la mettait dans tous ses états.

— Mon épouse m'a donné quelques hardes rapiécées pour vous aussi. Nous allons bientôt nous arrêter pour que vous puissiez vous changer derrière un taillis. Il faut vous grimer pour avoir l'air la plus vieille possible. Vous trouverez un paquet de farine dans le baluchon, pour vous blanchir les cheveux. Gardez un fichu sur la tête et marchez avec le dos voûté en avançant lentement.

Jacinta acquiesça de nouveau.

— J'aimerais pouvoir venir avec vous, madame Blacklea, mais je dois rester ici et vaquer à mes occupations habituelles pour ne pas éveiller les soupçons de qui vous savez. En tout cas, il n'ira sûrement pas imaginer que Johnny est dans le coup. Je parie qu'il ne connaît aucun enfant du village.

— Je ne sais comment vous remercier.

— C'est inutile. J'aime rendre service, surtout quand c'est pour l'empêcher de nuire. Je vous mettrai dans le train des laitiers demain matin. Vous devriez être loin d'ici quand ils se rendront compte que vous avez disparu de la maison. Le principal problème sera d'embarquer pour l'Australie. Nous ne savons pas quand le prochain bateau lève l'ancre. Mr Stanwell m'a donné de l'argent pour que vous puissiez payer vos passages en classe cabine. Mais vous devrez vous en charger vous-même.

— Il est très bon, dit Jacinta, soulagée de ne pas avoir à voyager à l'entrepont, et de ne pas avoir à débourser elle-même le prix des billets. Elle allait devoir veiller à économiser le peu d'argent qu'il lui restait, au cas où Mr Nash ne lui conviendrait pas.

— Il fait beaucoup de bonnes actions, le plus souvent discrètement. Vous savez que les bateaux partent de Southampton, n'est-ce pas ? De sorte que vous allez devoir changer de train. Mon Johnny ne vous accompagnera pas plus loin que Londres, bien sûr.

— Oui, bien sûr.

— Mr Stanwell a écrit une lettre pour son cousin en Australie. Il a insisté pour que vous alliez le voir, même si vous changez d'avis en cours de route au sujet du mariage.

Tam produisit un petit ballot ainsi qu'une bourse en cuir fermée par des cordons.

— Voici l'argent, diverses lettres et une photo. Et maintenant, je vais m'arrêter pour que vous puissiez vous changer.

Lorsqu'ils se remirent en route, elle dit sans même réfléchir :

— C'est tout de même un comble que je parte en Australie alors même que Gerald Blacklea m'avait menacée de m'y expédier.

Tam écarquilla les yeux.

— Non ! Sérieusement ?

— Oui, oui.

— Dans ce cas, restez sur vos gardes… Il va probablement envoyer un de ses hommes à Southampton pour vous chercher lorsqu'il aura écrémé tout le district en vain. Il ne s'avouera pas facilement vaincu, et son homme de main ferait n'importe quoi pour de l'argent. Un certain Bernard Pearson. Grand, les cheveux gris, à peu près mon âge, avec une cicatrice sur le menton. Ouvrez l'œil. Il est aussi redoutable que son maître.

Un frisson de peur la parcourut.

— Que vais-je faire si je dois attendre plusieurs semaines avant de pouvoir embarquer ? demanda-t-elle.

— Prenez un faux nom et déguisez-vous. Pas en veuve. On vous repérerait d'emblée. Vous pourriez peut-être engager un homme pour veiller sur vous deux jusqu'à ce que vous ayez embarqué. Vous devriez avoir assez d'argent si vous faites attention.

Elle était prête à tout, y compris à sacrifier sa vie, pour garder son fils hors de portée de Gerald Blacklea.

4

Lorsque arriva la lettre d'Eleanor, Quentin Saxby fut ravi de constater que son intuition avait été juste. Au fond, il n'était pas étonné. Si Dougal McBride avait demandé l'aide d'Adam et envoyé des fonds, cela signifiait qu'il se doutait bien que la femme qu'il aimait serait prête à le rejoindre après le décès de son mari.

Impatient de mener sa mission à bien, Quentin aurait volontiers dépensé trois shillings dans un télégramme pour que cette dame soit informée sans délai qu'il était à sa disposition. Mais le village où elle habitait était isolé et il n'y avait pas de service télégraphique. Il dut se résoudre à envoyer une lettre par la poste. Cela ne prenait qu'un jour de plus, somme toute.

Elle lui répondit par retour du courrier en lui donnant l'adresse d'un hôtel à Londres où elle se rendrait d'ici trois jours. Elle le remerciait d'avoir réagi si vite, et lui était reconnaissante de toute aide qu'il pourrait lui prodiguer.

Quentin se dit qu'elle allait être étonnée d'apprendre que lui aussi avait décidé de partir pour l'Australie. Il croisa son reflet dans le miroir et y vit une expression juvénile qui le fit sourire. Un air d'adolescent chez un homme de soixante-deux ans !

Cela faisait longtemps qu'il ne s'était pas senti aussi vivant.

Eleanor montra les lettres à Daphné. Elle avait compris que sa belle-sœur serait beaucoup mieux disposée à son endroit si elle était au courant de la situation dans ses moindres détails.

Daphné alla jusqu'à payer le train pour Londres et elle donna à Eleanor de quoi acheter un billet à l'entrepont, plus dix livres pour les « faux frais ».

Le matin de son départ, Eleanor était si nerveuse qu'elle ne put rien avaler au petit déjeuner. Pour une fois, son hôtesse n'insista pas. Elle l'accompagna à la porte.

— Si vous avez le temps d'écrire, je serais ravie de savoir comment cela se passe pour vous. Mais n'attendez plus de moi le moindre penny.

— Bien entendu, je comprends. Soyez assurée de ma gratitude.

— Je ne vois pas ce que j'aurais pu faire d'autre. Et puis, ajouta-t-elle après une brève hésitation, je suis heureuse de donner un coup de main à une femme qui ne se contente pas de se lamenter sur son sort sans rien faire.

Le train démarra dans un bruit de ferraille. Eleanor reposa sa nuque sur l'appuie-tête. Elle se sentait comme hébétée. Cela faisait des mois qu'elle n'avait pas connu le moindre répit.

Elle était plus que jamais décidée à partir pour l'Australie, mais se demandait si Dougal serait vraiment heureux de la revoir, ou s'il se contentait d'honorer la promesse qu'il lui avait faite par sentiment d'obligation.

Étaient-ils réellement tombés amoureux l'un de l'autre ? Tout cela s'était passé si vite…

Même s'il voulait toujours l'épouser, elle ferait bien d'attendre qu'ils se connaissent mieux. Les quelques semaines passées sur le bateau de Dougal, avec son époux malade confiné dans sa cabine, lui semblaient maintenant irréelles. Un mariage, c'était autre chose qu'une attirance romantique nourrie par quelques conversations. Et Dougal ne l'avait embrassée qu'une seule fois, quand ils s'étaient dit au revoir !

Eleanor espérait retrouver ce qu'elle avait ressenti auprès de lui. Elle avait beau se dire qu'ils avaient de bonnes chances d'être heureux ensemble, parfois, le doute l'envahissait. Qui sait si elle ne se nourrissait pas d'illusions ?

Quoi qu'il en soit, que cela marche entre eux ou non, elle se débrouillerait. Comme elle l'avait toujours fait.

Eleanor descendit à l'hôtel Stourby. Elle prit l'une des chambres les moins chères, au troisième étage, et fit porter un message à l'adresse que lui avait indiquée l'avoué. La chance semblait lui sourire car maître Saxby était lui aussi arrivé à Londres.

Elle changea sa tenue de grand deuil pour une robe bleu nuit, l'une des deux qu'elle avait eu le temps de retoucher. Elle ne voulait plus porter le deuil de Malcolm. Il lui semblait qu'elle avait perdu son mari depuis des lustres.

À son étonnement, un chasseur de l'hôtel monta l'informer qu'on l'attendait dans le hall. Un certain maître Saxby. L'avoué avait dû accourir dès qu'il avait reçu son billet.

Elle vérifia d'un coup d'œil dans le miroir qu'elle avait l'air respectable et descendit à la suite du groom.

Un monsieur d'un certain âge se leva en les voyant arriver.

— Voici maître Saxby, madame.

— Merci.

Elle fouilla dans son sac, mais l'avoué la devança et déposa une pièce dans la main tendue du jeune homme.

— Pouvez-vous nous faire porter du thé et des gâteaux ?

— Oui, maître. Tout de suite, maître.

Eleanor échangea une poignée de main avec l'avoué, notant la main ferme et le sourire chaleureux. Saxby la dévisagea ouvertement puis hocha la tête, comme pour indiquer qu'il était satisfait de ce qu'il voyait. Il lui offrit son bras.

— Madame Prescott, je pense que nous pouvons nous installer dans le salon réservé aux clients de l'hôtel.

— Oui, bien sûr.

À son grand soulagement, le salon était désert. Elle s'assit et lui indiqua un siège.

— Je ne sais pas ce que le capitaine McBride vous a dit à mon sujet.

— Parlons franchement, si vous le voulez bien. Mr McBride m'a écrit que votre mari était gravement malade, et qu'il serait heureux de vous épouser au cas où vous vous retrouveriez veuve. Il espère que vous lui ferez confiance et que vous n'aurez pas peur de retourner seule en Australie, sachant qu'il lui serait très difficile de laisser ses bateaux pour venir vous chercher en Angleterre. Mais s'il n'y avait pas eu d'autre solution, il serait venu.

— Oh ! Je m'étais dit... qu'il avait peut-être changé d'avis, répondit Eleanor en se sentant rougir.

— Il ne semble avoir aucun doute. Je ne connais pas personnellement Mr McBride, mais s'il est un ami et un associé d'Adam Tregear, qui est comme un fils pour moi, je suis convaincu que c'est un homme honnête.

Elle était tellement heureuse d'apprendre que Dougal ne l'avait pas oubliée qu'elle n'arrivait pas à suivre les propos de l'avoué.

On leur apporta le thé et les gâteaux, mais Eleanor, toute à son bonheur, n'avait pas le moindre appétit.

— Quand votre mari est-il décédé ?

— Il y a trois semaines. Il était très malade depuis des années, et cela a été une libération. Je...

je ne porterai pas le deuil. J'ai fait mon devoir, je me suis occupée de mon époux jusqu'à la fin, mais je n'étais plus heureuse avec lui depuis longtemps.

Elle leva les yeux vers lui, craignant sa réaction. Il répondit d'une voix aimable et compatissante.

— Cela a dû être très difficile pour vous.

Eleanor opta pour la franchise.

— Oui. Ces derniers mois, Malcolm était insupportable.

— Et vous êtes certaine que vous êtes disposée à aller jusqu'en Australie pour retrouver le capitaine McBride ?

— Oui. Il faut que je sache si nous souhaitons toujours être ensemble. Je ne peux rien promettre tant que je n'aurai pas passé du temps avec lui. Si je me remarie, je dois connaître l'homme que j'épouse. Je ne veux pas répéter la même erreur. Cette fois, je veux être sûre que je ne me fourvoie pas.

— Voilà qui est très sage.

Il lui sourit, et Eleanor se détendit.

— Je dois vous dire que cela m'ennuie de devoir prendre l'argent de Dougal pour le voyage.

— Ne vous faites pas de souci, le capitaine McBride n'en est pas à quelques livres près. Cette rencontre est une chance, tant pour lui que pour vous, et il faut la saisir, même si vous ne vous précipitez pas devant l'autel dès votre arrivée en Australie. Croyez-moi, la vie peut être bien solitaire quand on prend de l'âge et qu'on se retrouve sans enfants, sans personne pour vous témoigner de l'affection.

Une expression mélancolique avait assombri son visage. Des enfants ! De tout son cœur, Eleanor espérait qu'il n'était pas trop tard pour en avoir.

— Bien, passons aux questions pratiques. Un paquebot quitte Southampton dans quelques jours. Pensez-vous pouvoir être prête en si peu de temps ?

— Je suis déjà quasiment prête. Il faut juste que je fasse quelques achats en prévision de la traversée.

Elle avait besoin de matériel de couture pour reprendre les vêtements et la lingerie qu'on lui avait donnés. Il y en avait deux malles pleines.

— Parfait.

Il recula sur son siège et lui lança un sourire malicieux qui laissa soudain transparaître l'enfant qu'il avait été. Déjà, ce monsieur lui était sympathique.

— Il faut que je vous fasse un aveu, je pars moi aussi. Sur le même bateau que vous. Permettez-moi de vous expliquer. Harriet, la tante d'Adam, a accompagné ce dernier en Australie. Elle était mon amie la plus chère, et elle me manque beaucoup, au point que j'ai décidé d'aller la voir. Il n'est pas impossible que je m'établisse là-bas si... tout se passe selon mes vœux. Je n'ai plus aucun proche en Angleterre.

— Je suis enchantée à l'idée d'avoir de la compagnie à bord.

Il y avait chez Mr Saxby quelque chose de rassurant et de gentil. Si elle avait eu un père comme lui, jamais elle ne se serait retrouvée dans cette situation, elle en était convaincue.

L'avoué finit son gâteau, avala une dernière gorgée de thé et se leva.

— Je vais de ce pas à la compagnie maritime pour confirmer la réservation des deux cabines.

Eleanor se leva à son tour.

— Et… l'argent que vous m'avez remis ?

— Il est à vous, vous pouvez en disposer comme bon vous semble. Je m'occupe des billets, et dès que je les aurai, je vous communiquerai les derniers détails. Peut-être pourrions-nous aller ensemble à Southampton ?

— J'en serais ravie.

Une fois seule, elle s'enfonça dans son fauteuil, envahie par une langueur qui ne lui ressemblait pas. Les dés étaient jetés. Elle s'était engagée à aller retrouver Dougal en Australie.

Une fois arrivée à Londres, Jacinta sortit de la gare de Paddington en clopinant, continuant de se faire passer pour une vieille dame. Personne ne fit attention à elle, et elle décida de garder son déguisement pour le trajet jusqu'à Southampton.

Elle croisa son reflet dans une vitrine et nota qu'elle avait l'air très fatiguée. Rien d'étonnant à cela, elle n'avait même pas besoin de faire semblant. Elle n'avait pas fermé l'œil de la nuit et bien qu'il ne fût pas encore midi, elle avait l'impression qu'elle voyageait depuis des jours.

Le jeune homme et le garçon l'ignorèrent et la dépassèrent en bavardant. Elle les suivit, répugnant à perdre Ben de vue. Elle fut soulagée qu'ils s'arrêtent à un coin de rue, hors de vue de la gare.

— Est-ce qu'on peut acheter à manger, maman ? demanda Ben immédiatement.

Elle devait réfléchir à tous ses faits et gestes. Elle se tourna vers Johnny.

— Que comptez-vous faire, maintenant ?

— Manger un morceau puis reprendre le train pour rentrer chez moi.

— Alors, mangeons tous ensemble. Ainsi, personne ne se souviendra d'une femme seule avec un enfant.

— Bonne idée, madame Black…

— Madame Jackson, corrigea-t-elle immédiatement en sortant le premier nom qui lui passa par la tête. Tâchons de trouver un bouillon.

Ils dégotèrent une cantine qui proposait des repas chauds pour six sous.

— Mangeons en vitesse, murmura-t-elle à voix basse. Nous ne devons pas nous éterniser ici.

Une fois le déjeuner avalé, elle se renseigna et apprit qu'elle devait aller à la gare de Victoria puis, de là, prendre un train pour Southampton. Elle héla un fiacre et, histoire de ne pas faire mentir son apparence, demanda le prix de la course avant de monter.

— Pour vous, ce sera un shilling, ma bonne dame.

Le cocher, à son émerveillement, réussit à se frayer un chemin parmi la multitude de véhicules qui encombraient la chaussée. La capote rabattue permettait la conversation.

— La nouvelle ligne de chemin de fer a été inaugurée il y a peu, vous savez. Où allez-vous ?

Elle lâcha le mot de Southampton sans réfléchir, et s'en voulut. La fatigue commençait à lui jouer des tours.

— Vous verrez, le voyage en train est très agréable avec la nouvelle ligne. On n'est pas secoué et il n'y a plus tous ces retards. Vous rendez visite à de la famille ?

— Oui, mes cousins vivent juste en dehors de la ville.

— Pourquoi as-tu choisi le nom de Jackson ? chuchota Ben.

— Je n'en ai pas la moindre idée. Maintenant, tu t'appelles Billy Jackson. Tu te souviendras ?

— Oui. C'est amusant, n'est-ce pas ? Je suis tellement content que nous ayons échappé à ce monsieur affreux. Tout le monde avait peur de lui dans cette maison… et moi aussi.

— Nous ne lui aurons pas échappé tant que le navire n'aura pas quitté Southampton.

Ben leva les yeux vers sa mère.

— Tu as peur qu'il nous rattrape ?

— Oui. Il faut que nous soyons très prudents. Ne parle à personne sauf si tu es obligé, surtout ne dis jamais d'où nous venons.

— Nous sommes arrivés, ma petite dame, annonça le cocher.

Elle paya la course, ajoura un petit penny de pourboire comme si cela lui coûtait beaucoup, et entra en hâte dans la gare avec son fils.

*

Comme l'avait annoncé le cocher, le trajet en train fut plaisant, même en troisième classe, et ils arrivèrent à Southampton avant l'heure du dîner.

Jacinta arrêta de faire semblant d'être vieille, tout en gardant sa tenue de pauvre femme. Elle prit une chambre dans une pension respectable non loin du port puis sortit dîner avec Ben.

Le garçon bâillait déjà lorsqu'ils regagnèrent leur chambre, et elle n'eut aucun mal à le convaincre de se coucher plus tôt que de coutume.

Elle décida d'en faire autant.

Elle se peigna, contente de débarrasser sa chevelure de toute cette farine. Il en restait un peu, qu'elle tenta d'éliminer, sans grand succès, à l'aide d'une serviette humide.

Une fois couchée, elle se dit qu'elle n'allait jamais trouver le sommeil, avec toutes les pensées qui l'occupaient. Elle devait trouver des billets et implora le Ciel qu'il y eût un navire en partance. Elle pria avec encore plus de ferveur pour qu'on ne les retrouve pas. Ils changeraient de pension le lendemain matin, de sorte que personne ne remarquerait qu'elle avait rajeuni de trente ans.

Peut-être réussirait-elle à convaincre Ben de se déguiser en fille... non, il n'accepterait pas, mais alors ils pourraient...

Jacinta se réveilla, stupéfaite de constater qu'elle avait dormi jusqu'au matin d'un sommeil profond. Leur logeuse se révéla une précieuse source de renseignements. Elle expliqua à ses pensionnaires comment réserver des places sur le prochain navire et, apprenant qu'on leur avait volé leurs bagages, leur indiqua où ils pourraient acheter des vête-ments, et même une malle de seconde main.

La femme ne semblait pas avoir remarqué le changement d'aspect de Jacinta, du coup celle-ci décida de ne pas déménager. La pension était propre, et la nourriture excellente.

À la compagnie maritime, on lui annonça qu'un navire partait dans deux jours. Le soulagement la laissa sans voix. Gerald n'aurait pas le temps de les rattraper !

Avec Ben, elle fit le tour des magasins qui ven-daient tout ce dont on pouvait avoir besoin durant la traversée. Cela allait coûter cher au regard de ses maigres ressources, mais elle n'avait pas le choix. La traversée durait deux mois, même avec le canal de Suez récemment ouvert. Son fils et elle avaient besoin non seulement de vêtements de rechange, mais aussi de quoi s'occuper pendant la traversée.

Quand elle demanda une cabine, et non des billets à l'entrepont, l'employé de la compagnie maritime la regarda de haut.

— Vous êtes sûre que ce n'est pas trop onéreux pour vous, madame ?

— Absolument. On a volé nos malles et nos valises, mais j'ai gardé avec moi le sac qui contenait mon argent. Une cabine, oui, pas en première classe.

— Il ne manquerait plus que cela…, marmonna-t-il dans sa barbe.

Elle fit semblant de ne pas avoir entendu.

Vers la fin de la journée, la fatigue la terrassa de nouveau. Ben avait été un ange. Il était tellement obéissant que parfois, elle s'en inquiétait. Elle lui promit de passer du temps avec lui quand ils auraient embarqué, et de lui faire la lecture. À cette perspective, le visage de l'enfant s'éclaira.

— J'espère que tu rencontreras d'autres enfants à bord, et que tu pourras jouer avec eux. Ton père a eu tort de t'interdire de fréquenter les enfants de ton âge, continua-t-elle en voyant son air sceptique.

— Mais je ne sais pas jouer avec les autres enfants !

— Observe-les et fais comme eux. Tu verras, très vite tu trouveras cela amusant.

Ce que Claude avait fait de leur fils la blessait à vif. Elle ne laisserait pas un autre homme le traiter durement. Jamais plus.

Le lendemain, ils durent se soumettre à l'examen médical. Jacinta revêtit ses habits neufs et veilla à ce que Ben ait lui aussi belle allure. Elle vérifia leur mise dans le miroir avant de sortir. Impeccable.

Tous deux avaient désormais l'air parfaitement respectables.

Une femme attendait en même temps qu'eux, l'air sympathique. Les visites prirent du retard, une phtisie ayant été diagnostiquée chez un des passagers. Ces deux heures d'attente les poussèrent à entamer la conversation.

Un employé souriant apporta des livres pour Ben.

— Mieux vaut les occuper, sinon ils risquent de faire des bêtises.

Ben était ravi.

— Je ne les ai pas lus !

— Ça tombe bien.

À la maison, il n'avait eu que quelques livres aux pages écornées que lui avait charitablement donnés la femme du châtelain.

Le garçonnet s'absorba immédiatement dans la lecture.

— Quel bonheur de voir un enfant qui aime lire ! commenta la voisine de Jacinta. Permettez-moi de me présenter. Eleanor Prescott. Vous partez aussi pour l'Australie ?

— Oui. Madame Jackson, et voici mon fils, heu... Billy. Je me demande quand cette attente va prendre fin. On nous a volé nos bagages et j'ai encore des achats à faire.

— Ma pauvre ! Votre mari vous attend de l'autre côté ?

— Je suis veuve.

— Moi aussi. Mais je ne m'habille plus en grand deuil.

— De même pour moi.

Comme si elle allait porter le deuil de Claude !

Quand enfin le médecin les reçut, l'examen fut des plus sommaires et elles sortirent ensemble du dépôt. Ben les suivait, triste d'avoir dû abandonner sa lecture.

— Maman, il y a un homme qui nous guette. Je l'ai vu quand nous sommes arrivés. Il est là, sur la droite.

Jacinta jeta un regard en biais. Sa nouvelle amie ralentit l'allure en même temps qu'elle.

— Quel homme ?

— Celui qui a une veste marron.

C'était un costaud avec un visage de brute. Il était possible que Ben fasse erreur, mais ce type avait tout à fait le profil d'un homme de main envoyé par Gerald Blacklea pour lui reprendre son fils, par la force si nécessaire.

Que faire ? À court d'idées, Jacinta décida de jouer franc-jeu.

— Est-ce que je peux vous demander votre aide ? Les proches de mon mari ne veulent pas que nous allions en Australie. Ils sont prêts à tout pour nous en empêcher. Plus précisément, c'est B… Billy qu'ils veulent. Moi, ils seraient ravis de m'expédier aux antipodes. Mais je ne veux pas le leur confier. Ils sont très stricts, ce sont des gens sinistres. Et puis j'aime mon fils de tout mon cœur.

Eleanor la fixa d'un air étonné. Mais quelque chose dans son expression dut la convaincre, parce qu'elle répondit à mi-voix :

— Dites-moi ce que je peux faire pour vous aider.

— Pourriez-vous me prendre le bras, comme si nous étions amies, et nous laisser rentrer avec vous à votre hôtel ? S'il vous plaît ? Billy et moi trouverons bien le moyen de ressortir sans être vus.

— Oui, allons à mon hôtel. Je vais vous appeler « cousine » au cas où cet homme entendrait nos propos. Quel est votre prénom ?

— Jacinta, lança-t-elle sans réfléchir. Merci, madame Prescott.

— Cousine Eleanor.

— Oui. Ben, ne t'éloigne pas de moi. Jacinta se rendit compte qu'elle s'était trompée de prénom. Nous avons changé nos noms, expliqua-t-elle, mais je suis tellement inquiète que j'oublie. Son vrai nom, c'est Ben, pas Billy. Je ne suis pas une bonne menteuse, on dirait.

— C'est tout à votre honneur.

— Est-ce que votre hôtel est encore loin, madame Prescott ? Ne devrions-nous pas prendre un fiacre ?

— J'envisageais de rentrer à pied.

— Ben, regarde discrètement derrière toi et dis-moi s'il nous suit toujours.

Après un moment de silence, l'enfant confirma.

— Oui, il est là, maman.

— Mon Dieu !

— Alors, prenons un fiacre.

Mais lorsqu'ils descendirent, ils virent un autre fiacre s'arrêter derrière eux, et le même homme en sortir.

— Il vous suit, cela ne fait aucun doute. Allons directement à ma chambre, dit Eleanor.

Tandis qu'ils montaient l'escalier, elle changea d'avis.

— Non, allons plutôt dans la chambre de mon ami. Il est sûrement rentré.

Un vieux monsieur ouvrit la porte.

— Pouvez-vous nous faire entrer, monsieur Saxby ?

— Très certainement.

Eleanor referma la porte immédiatement.

— Que se passe-t-il ? demanda Saxby.

L'expression bienveillante de l'avoué rassura Jacinta.

— Cette dame a des problèmes avec sa famille. Je lui ai offert mon aide, mais je pense que la vôtre serait aussi bienvenue.

Eleanor expliqua la situation.

On frappa à la porte.

— Il nous a suivis ! lança Jacinta sans réfléchir.

Mr Saxby mit un doigt sur ses lèvres et d'un geste, les envoya se cacher dans l'angle de la chambre qui était invisible de la porte. On frappa de nouveau.

Il ouvrit et se trouva nez à nez avec le garçon d'hôtel.

— Un monsieur demande Mrs Prescott, monsieur. Je me suis dit qu'elle était peut-être avec vous.

— Cela fait un moment que je ne l'ai pas vue. Elle est allée faire des achats.

— Je l'ai vue rentrer, monsieur. Mais elle n'est pas dans sa chambre, j'ai frappé trois fois.

— C'est curieux ! Elle a sans doute sympathisé avec d'autres dames, et elles seront allées prendre le thé ensemble. Vous connaissez les dames, n'est-ce pas ?

Alors que Quentin allait refermer la porte, le valet tenta d'entrer en regardant partout dans la chambre.

— Au revoir.

Une fois la porte fermée, il guetta des bruits de pas lui indiquant que le groom était parti. Ne les entendant pas, il rouvrit. Le jeune homme avait l'oreille collée à la porte.

— Tu veux autre chose ?

— Non, monsieur.

Le groom tourna les talons.

Quentin attendit de l'avoir vu disparaître pour refermer.

— De toute évidence, quelqu'un a demandé à ce gamin de vous espionner.

Jacinta était soulagée de pouvoir compter sur l'avoué.

— Vous me croyez, donc ?

— Bien entendu, ma chère dame. Ma longue expérience d'homme de loi m'aide à comprendre la nature humaine et les comportements suspects. Qu'un valet tente ainsi d'entrer dans ma chambre, quelle impudence !

— Merci.

Jacinta avait les larmes aux yeux, et elle dut se moucher avant de commencer à expliquer sa situation en détail. Quand elle eut terminé, Saxby conclut :

— Je pense que demain, il va falloir faire très attention au moment d'embarquer. En attendant, vous devez rester discrète. Je vais de ce pas me plaindre auprès du directeur, concernant le comportement du chasseur qui vous espionnait. Je lui demanderai s'il y a une sortie à l'arrière de l'hôtel.

Il revint après une vingtaine de minutes, l'air satisfait.

— Le directeur est de notre côté. Il nous fera sortir par la porte de service si vous voulez vraiment regagner votre pension. Je me suis fait passer pour votre avoué. Il est absolument furieux de la conduite de son groom et je vous garantis que ce garçon n'adressera plus jamais la parole à l'homme qui vous suivait, de peur de perdre son travail.

— Merci infiniment.

— Il a aussi suggéré que je vous prenne une chambre ici pour cette nuit, madame Blacklea, et c'est ce que j'ai fait. Avec Mrs Prescott, nous irons chercher vos bagages, si vous voulez bien écrire un mot à l'intention de votre logeuse.

Elle les regarda sans mot dire, incrédule devant tant de bonté.

— Je ne sais comment vous remercier, finit-elle par articuler.

— Je suis heureux de pouvoir vous venir en aide. Ne vous inquiétez pas, ajouta-t-il. Demain, nous trouverons le moyen de vous faire monter à bord avec votre fils en toute sécurité.

Jacinta, morte de peur, attendit avec Ben le retour de leurs nouveaux amis. Elle se raidissait dès qu'elle entendait un bruit de pas dans le couloir. Mais personne ne frappa ni ne s'arrêta derrière la porte. Ils restèrent ainsi, loin de la fenêtre, tandis que les minutes s'égrenaient interminablement. Ben ne faisait aucun bruit.

— Tout va bien se passer, chuchota-t-elle. Maintenant, nous avons des amis.

— Je ne veux pas retourner dans cette horrible maison, répondit Ben en tremblant.

Elle se dit avec colère que les enfants ne devraient pas vivre dans la peur. Et elle non plus, au demeurant.

5

Fremantle, Australie-Occidentale

Mitchell Nash s'immobilisa à l'entrée du dépôt de bois. Contempler son entreprise florissante et la nouvelle maison qu'il était en train de faire construire lui procurait une immense satisfaction.

À côté du portail se trouvait la baraque où vivait Tommy, un ancien forçat qui lui servait d'homme à tout faire et de gardien de nuit. Mitchell savait qu'il avait pris un risque en l'engageant, mais il n'avait pas à s'en plaindre. C'était un bon travailleur. Chaque semaine, Tommy devait se rendre chez le juge, même si Mitchell avait expliqué aux autorités qu'il était pleinement satisfait de son employé.

Mitchell soupira. Rien ne manquait à son bonheur, à part une vie de famille. Il enviait Bram qui venait d'avoir un bébé, en plus de ses deux autres enfants.

Ses débuts en Australie n'avaient pas été glorieux. Il était venu jusqu'ici pour retrouver sa femme, qui s'était enfuie avec un autre homme. Non pas qu'il ait voulu se remettre avec Betsy, mais il tenait absolument à récupérer son fils, Christopher, qu'il aimait plus que tout.

Il les avait traqués jusqu'à Sydney, mais il était arrivé trop tard pour empêcher le fou qui lui avait volé Betsy de la tuer. La pauvre femme n'avait pas mérité une telle fin. Heureusement, une voisine charitable avait caché Christopher et lui avait épargné le pire.

Il avait ramené son fils avec lui à Swan River, où il s'était fait des amis et avait ouvert un dépôt de bois à Fremantle. C'était le métier qu'exerçait sa famille en Angleterre et il avait une véritable passion pour le bois. Le bois ici n'était pas le même, mais Mitchell avait vite appris à connaître les qualités des différentes essences disponibles en Australie.

Il en était là de ses pensées quand Bram arriva en sifflotant et s'arrêta comme toujours, pour faire un brin de causette.

— Tu es à court de bois de charpente ?

— Je devrais recevoir prochainement deux cargaisons d'eucalyptus d'un nouveau fournisseur qui connaît bien son métier.

— Le bois de jarrah est mon préféré, dit Bram. Il prend une belle teinte d'un brun profond une fois ciré. Je le préfère à l'acajou. Lee Kar Ho voudrait que tu lui envoies une cargaison d'eucalyptus à Singapour. Ses ciseleurs l'apprécient particulièrement.

Mitchell sourit.

— Dans ce cas, je vais devoir envoyer un homme de plus en expédition.

Deux de ses hommes prospectaient déjà l'arrière-pays à la recherche de bois de charpente, qu'ils se chargeaient ensuite de faire livrer à Fremantle. C'étaient des gaillards qui aimaient bourlinguer et détestaient la vie sédentaire.

— Rien de tel qu'un bon réseau de partenaires commerciaux pour gagner de l'argent, dit Bram. Et Lee Kar Ho a toute ma confiance.

— En ce qui me concerne, la construction me rapporte autant que le dépôt.

La plupart des maisons ici étant en bois, Mitchell avait de quoi faire, et il avait déjà construit deux immeubles. Les architectes étaient rares dans les colonies, mais il savait comment construire une bâtisse solide.

De plus, il avait du goût, songea-t-il en portant son regard sur sa future maison.

— Attention ! lança Bram en riant. Voilà la terreur.

Le cœur de Mitchell s'emballa dans sa poitrine à la vue de son fils, qui arrivait droit sur eux en courant.

— Papa ! Papa ! J'ai une super nouvelle pour l'école.

À dix ans, Christopher était un garçon robuste qui promettait d'être aussi grand que son père.

— Tu n'as pas dit bonjour à Mr Deagan.

— Pardon, monsieur Deagan. J'espère que vous allez bien, et votre épouse et le bébé aussi.

— Oui, oui, tout le monde va bien. Et maintenant, je vous laisse. Ton père et toi avez des choses à vous dire.

Bram commença à s'éloigner en sifflotant gaiement.

Mitchell passa un bras autour des épaules de son fils tandis qu'ils se dirigeaient vers la baraque où ils demeuraient pendant que leur maison était en train d'être construite. Les vêtements de Christopher n'étaient malheureusement jamais aussi impeccables que ceux des garçons qui avaient une mère, et les siens non plus. C'était là l'une des raisons pour lesquelles il s'était forcé à écrire à son cousin Peter en Angleterre, pour lui demander de lui chercher une épouse convenable.

Un homme n'était pas fait pour dormir seul et Mitchell était encore assez jeune pour vouloir d'autres enfants.

Tandis qu'il attendait la réponse de Peter, qui semblait ne jamais devoir arriver, et alors que la nouvelle maison était presque terminée, Mitchell se sentait tiraillé. Tantôt il espérait que son cousin allait lui trouver une femme désireuse de venir en Australie pour l'épouser, tantôt il regrettait amèrement de lui avoir écrit, car enfin, quelle sorte de femme pouvait accepter de se marier avec un parfait étranger ?

Bram disait qu'avant de se ronger les sangs, il aurait mieux fait d'attendre de recevoir une réponse. Après tout, ces choses-là prenaient du temps.

Mais à supposer qu'une femme odieuse débarque dans la colonie sans tambours ni trompettes et exige que Mitchell l'épouse ? Que ferait-il ? Car il aurait le devoir moral de s'occuper d'elle.

Quoi qu'il en soit, il n'épouserait jamais une femme qui refusait de prendre soin de Christopher. Son fils avait suffisamment souffert comme cela avec sa propre mère.

Dans le local où s'entassaient les pièces détachées, Bram Deagan posa sur l'ingénieur un regard consterné.

— Ne me dites pas que vous avez encore besoin d'argent, Chilton ! Regardez tout l'équipement que je vous ai déjà fourni.

— Nous touchons au but. Mais il me faut des pièces de meilleure qualité, et donc plus chères. Elles doivent être usinées spécialement à Melbourne, puis expédiées par bateau.

— Je suis désolé, mais je ne peux plus vous donner d'argent. Vous allez devoir vous contenter de ce que vous avez jusqu'à ce que j'aie réuni d'autres fonds.

Ce fut au tour de Chilton d'avoir l'air ahuri.

— Mais le bulletin de commande est parti. Sans quoi il aurait fallu attendre des semaines le départ du prochain cargo. Vous étiez prêt à financer une nouvelle fabrique de glace.

Bram le regarda bouche bée.

— Je sais, mais il n'a jamais été question de débourser autant d'argent. Quand j'ai accepté de m'associer avec vous, nous nous étions mis d'accord sur une somme bien moindre.

Chilton se renfrogna.

— Je ne me doutais pas que cela coûterait autant. Je suis ingénieur et inventeur, pas homme d'affaires.

— Ne faites plus rien, et ne commandez plus une seule pièce. Je vais voir ce que je peux faire.

Bram était paniqué quand il rentra chez lui. La situation devenait de plus en plus critique. À supposer qu'il ait un besoin urgent d'argent pour autre chose, ou qu'il fasse faillite et perde tout ce qu'il avait ? Il ne pourrait pas payer les nouvelles pièces – tout au moins pas toutes. Il allait devoir attendre que le bateau d'Adam revienne de Singapour avec une nouvelle cargaison dont il vendrait une partie à bas prix pour pouvoir réunir rapidement des fonds.

C'était la pire solution, mais il n'avait pas le choix.

Et comment allait-il annoncer la nouvelle à sa femme ? Isabella était sa comptable et il ne pouvait rien lui cacher.

Quand il rentra, elle le regarda d'un drôle d'air, puis demanda :

— Il y a quelque chose qui ne va pas ?

— Non, non.

— Dis-moi la vérité.

Avec un regard appuyé en direction de Sally, leur femme de chambre, et les enfants, il suggéra :

— Allons dans le salon pour parler tranquillement.

Il n'y avait pas encore de meubles dans le grand salon, juste la promesse d'une grande pièce élégante où ils pourraient un jour recevoir leurs amis et la famille – à condition que cette maison soit encore à lui s'il parvenait à finir de la payer.

Ne voyant aucun moyen d'amortir le choc, il lança, de but en blanc :

— Chilton a passé une nouvelle commande de matériel sans me consulter. Et je ne crois pas, ou plutôt, je suis certain que… nous n'avons pas de quoi payer.

— Combien ?

Lorsqu'il lui annonça la somme, elle n'en crut pas ses oreilles. Elle fit la moue, puis commença à se mordiller nerveusement le pouce, comme chaque fois qu'elle réfléchissait. Ne sachant que dire, il se tut et promena son regard autour de lui. Quelle mouche l'avait piqué d'acheter cette grande maison qu'il n'avait même pas fini de rénover ou d'agrandir ?

Se rapprochant de lui, elle passa son bras sous le sien.

— J'ai un peu d'argent de côté pour ouvrir une boutique de soieries. Mais cela attendra. Je vais faire les comptes, mais on devrait pouvoir régler la facture.

— Oh, ma chérie, tu es tellement généreuse. Il l'enveloppa tendrement de ses bras, et lui murmura à l'oreille. Je ne veux pas de ton argent. Je sais combien tu aimerais avoir ta propre boutique.

— Tu comptes plus que ma boutique, Bram. Beaucoup plus. Simplement… il y a d'autres factures qui vont tomber bientôt, alors sois ferme avec Chilton. Il n'aura plus un sou, point final.

— On a vu un peu trop grand dès le départ, tu ne penses pas ?

— Dans un sens, oui. Mais toute la marchandise que nous importons de Singapour trouve preneur. On a gagné beaucoup d'argent, mais il en faut encore plus pour consolider l'entreprise.

Il allait sans dire que tout se serait bien passé – et même mieux que ça – s'il n'avait pas investi autant d'argent dans la fabrication d'une machine à glace, ainsi que deux autres petites entreprises dont les propriétaires étaient irlandais, comme lui.

— Adam va bientôt revenir avec une cargaison pour nous. On pourrait organiser une grande braderie pour amasser rapidement des fonds. Et puis Dougal sera de retour dans quelques semaines avec encore plus de marchandises. On va retomber sur nos pieds, tu verras.

— Oui, on finit toujours par trouver une solution, n'est-ce pas, ma chérie ?

Elle lui décocha un regard sévère.

— Mais dorénavant, je t'interdis de donner de l'argent à quiconque sans me demander mon avis, Bram. *Pas un sou.*

Il savait parfaitement à quoi elle se référait. Il avait l'habitude de donner généreusement sa petite monnaie aux mendiants qu'il croisait dans la rue et qu'il prenait en pitié, ayant lui-même connu la faim plus souvent qu'à son tour.

Tout le monde n'avait pas eu sa chance. Mais voilà que sa chance à lui aussi commençait à tourner. Grands dieux, que leur arriverait-il s'il faisait faillite ? Il avait une épouse, de jeunes enfants et un bébé à nourrir. Tout ce qu'ils possédaient pouvait leur être retiré.

Un frisson glacé lui parcourut la colonne vertébrale. Il avait connu la misère dans sa jeunesse et il ne voulait surtout pas que sa famille connaisse le même sort.

Adam Tregear avait rebaptisé sa goélette *Bonny Ismay*, en l'honneur de sa femme, comme le voulait la tradition quand on reprenait un bateau. C'était sa première traversée en tant que capitaine, et il aimait son voilier presque autant que son épouse.

Depuis qu'ils avaient quitté Singapour, faisant cap au sud, en direction de l'Australie-Occidentale, la houle s'était levée. Il scruta le ciel d'un œil inquiet : de longs nuages blancs annonciateurs de tempête filaient en direction du sud-ouest.

Le baromètre avait chuté, et s'il continuait de chuter, ils allaient devoir se préparer à un coup de tabac.

Le vent se renforça et les vagues de plus en plus grosses avaient pris une couleur d'encre. Une frange de nuages gris arrivait dans leur direction.

L'équipage s'était assuré que tout était en place, et les hommes qui s'affairaient autour d'eux portaient des suroîts et des harnais de sécurité qui les arrimaient au pont.

Adam et son second, Tucker, regardaient approcher le vent du sud. Le mieux à faire était de garder le cap et d'avancer aussi vite que possible, quoiqu'en carguant les huniers et en prenant des ris.

Les vagues, à présent immenses, ballottaient le bateau, le précipitant dans des creux vertigineux, faisant se soulever l'estomac des marins pourtant aguerris.

Dieu merci, la goélette était solide, parmi les meilleures dans sa catégorie. Et Dieu merci, ce n'était pas la saison des cyclones.

Ils eurent de la chance. Au bout d'une heure, le vent tomba puis se mit à tourner lentement dans le sens des aiguilles d'une montre. Le temps était gros, mais il put poursuivre sa route en direction de Fremantle, son port d'attache.

Cela étant, il était inquiet pour la marchandise achetée auprès de Lee Kar Ho, un excellent associé.

Mr Lee était un homme avisé et très habile en affaires. Il s'était fait construire une immense maison à Singapour où il avait invité Adam et son épouse la prochaine fois qu'ils prendraient la mer.

C'était un grand honneur de la part d'une famille chinoise, mais l'épouse de Bram avait une relation particulière avec les Lee. Isabella avait séjourné chez eux pendant plus de deux ans durant lesquels elle leur avait enseigné l'anglais, et elle était amie avec la sœur de Mr Lee, qui la fournissait en soieries.

Adam rêvait d'emmener Ismay à Singapour, qu'elle avait visité une fois, et qu'elle serait ravie de revoir. Le problème était sa tante Harriet, qui détestait naviguer et qui s'était juré de ne plus jamais mettre les pieds sur un bateau, sauf s'il était solidement amarré au port. Il ne pouvait pas décemment la laisser seule à Fremantle pendant plusieurs semaines, alors qu'elle était venue en Australie exprès pour être avec lui.

S'il l'avait pu, il aurait emmené Ismay avec lui à chaque voyage, car elle adorait la mer. Peu lui importait que les gens se gaussent des capitaines qui emmenaient leurs épouses, et même parfois leurs enfants, avec eux dans leurs périples.

Pour faire cela, il fallait être certain de pouvoir essuyer une tempête sans dommages.

— Je crois que nous avons évité le pire, dit soudain Tucker, tirant Adam de ses pensées.

Ce dernier acquiesça. Plus âgé que lui, Tucker était doté d'une longue expérience et d'un solide bon sens.

La plupart des hommes s'étaient réfugiés dans le coqueron et seule une poignée était restée sur le pont pour braver la tempête. Ils allaient se relayer toutes les deux heures pour pouvoir souffler un peu.

Juste au moment où Adam se disait qu'ils avaient échappé au pire, il vit des objets flottants ballottés à la surface des vagues à quelque distance de la proue du bateau.

— Qu'est-ce que c'est, et d'où est-ce que ça vient ? s'interrogea Tucker.

Quelques minutes plus tard, ils aperçurent l'épave d'un bateau qui ressemblait à une jonque, mais aucun homme d'équipage mort ou vif.

Ils virent ensuite la cargaison, des planches qui flottaient juste au ras de l'eau et qui se cognaient les unes aux autres et se redressaient brusquement comme pour saluer la tempête.

Adam n'avait aucun moyen d'éviter toutes les épaves, car la mer était toujours déchaînée. Il manœuvra le gouvernail pour tenter de se frayer un chemin entre les débris flottants les plus gros, mais pas tous. Ses hommes et lui virent se rapprocher dangereusement les paquets de planches ballottés par la houle.

Ils avaient échappé à la tempête, et voilà qu'ils se retrouvaient face à un autre danger. Il pria comme il n'avait jamais prié de sa vie.

Mais la prière ne suffit pas. La mer encore houleuse projetait rageusement les épaves en direction du *Bonny Ismay*, et certaines vinrent transpercer la coque.

L'équipage s'agrippait au bastingage et aux cordes, en hurlant et en jurant, tandis que les débris les plus petits volaient dans les airs.

Le cri d'un homme s'arrêta subitement lorsqu'il tomba par-dessus bord. Heureusement, son harnais de sécurité était bien arrimé et l'homme parvint à se hisser de nouveau sur le pont avec l'aide de ses compagnons.

Adam poussa un grognement quand un énorme madrier alla se ficher dans le toit de la cabine, la transperçant de part en part. L'eau s'engouffrait dans l'orifice à chaque fois que la goélette fendait une vague.

Certains débris qui ne s'étaient pas logés dans la coque avaient malgré tout causé des dégâts sur le pont.

— Des malheureux ont perdu leur bateau ! s'écria Adam.

— Et leurs vies, dit Tucker en se signant rapidement avant de s'agripper de nouveau au bastingage tandis que la goélette se hissait au sommet d'une vague avant de retomber dans un creux immense.

La houle était moins forte, mais suffisamment tout de même pour ballotter le bateau et projeter des débris sur le navire.

Dieu merci, personne ne semblait sérieusement blessé, même si le timonier avait été touché à la main par une esquille qui avait pénétré profondément la chair.

Adam jura quand d'autres planches vinrent percuter de plein fouet la proue, ouvrant un trou béant dans la coque.

Dans cette tempête il était impossible de se faire entendre, mais plusieurs hommes étaient venus spontanément en renfort pour aider leurs camarades.

Suivant les signaux manuels que leur adressait le second, ils attachèrent ensemble des morceaux de bois dont ils se servirent comme tampons pour colmater les brèches afin d'empêcher l'eau d'inonder la cale.

S'agrippant au garde-corps, Adam regagna le timon. Il aurait voulu participer davantage à l'action, mais en tant que capitaine son rôle était de superviser le déroulement des opérations.

Peu à peu, le chaos cessa. Les madriers avaient cessé de percuter la coque même si quelques débris continuaient de dériver à la surface de l'eau.

Mais tant que la goélette serait ballottée comme un bouchon par la mer déchaînée, ils ne pourraient pas évacuer l'eau qui était entrée dans la cale.

Après ce qui leur sembla une éternité, la mer se calma un peu. À présent, ils pouvaient entendre le clapotis de l'eau dans la cale, mais la coque avait été colmatée. Les hommes avaient bien travaillé.

Adam regarda autour de lui et eut soudain l'impression d'avoir failli à Dougal, même s'il ne voyait pas comment il aurait pu éviter ce désastre, et cela au cours de son premier voyage en tant que capitaine.

— Vous n'y pouvez rien, dit sèchement Tucker. Tout le monde sait que la mer est perverse. Et puis qui aurait pu prévoir que nous allions croiser une épave ? Nous avons plutôt bien résisté à la tempête, parce que ce bateau est solide et que nous avons un bon équipage. Mais pour le reste, c'est de la malchance et rien d'autre.

Les planches et les restes du navire continuaient d'être visibles à la surface de l'eau, certains semblant suivre le même chemin que la goélette.

Après un long moment, la tempête passa et la mer redevint plus calme.

Quand Adam estima qu'ils pouvaient descendre inspecter la cale, il grommela en découvrant les dégâts à l'intérieur du bateau. Bien que soigneusement emballée, une partie de la porcelaine était en miettes, mais c'étaient surtout les caisses contenant les soieries qui avaient souffert. L'eau de mer les avait certainement pénétrées et elles seraient hors d'usage.

Bram allait devoir attendre plusieurs semaines avant de recevoir sa prochaine cargaison et il ne dégagerait guère de profits de cette expédition.

Dougal et Adam non plus. Et puis il allait falloir mettre le bateau au radoub et patienter jusqu'à ce qu'il soit réparé et puisse reprendre la mer.

Adam sentait bien qu'une idée cherchait à germer dans sa tête, quant à un moyen de limiter les pertes, mais il était épuisé et n'arrivait pas à penser.

Cependant, il ne pouvait pas abandonner son poste pour aller se reposer. Un capitaine était responsable de son bateau, de sa cargaison et de son équipage.

*

À Southampton, Quentin et Eleanor quittèrent leur hôtel en passant par le quartier des domestiques, puis montèrent dans un fiacre que le directeur leur avait personnellement recommandé ; un homme de toute confiance qui avait l'habitude de transporter les clients de l'hôtel en toute discrétion.

À la pension de famille, la logeuse leur sembla quelque peu fuyante, de sorte que Quentin ressortit pour demander au cocher d'arrêter quiconque ayant un comportement suspect.

Quand il remonta dans la chambre, Eleanor était en train de collecter les quelques effets que Jacinta avait laissés derrière elle et de les ranger dans les valises et la malle. Après quoi, Quentin et elle ressortirent de la pension avec de petits sacs.

Ils n'avaient pas franchi le seuil que Quentin vit le cocher qui tentait de retenir un garçon qui se débattait furieusement.

— Retenez-le ! s'écria-t-il.

— J'ai rien fait, protesta le garnement.

— Et tu ne feras rien, rétorqua le cocher avant d'ajouter à l'adresse de Quentin : Je peux le retenir, mais vous allez avoir besoin d'aide pour charger vos bagages. Eh, toi ! lança-t-il à un badaud qui passait par là. Tu veux gagner un shilling ?

Un grand costaud accourut, tout sourire, pour aider Quentin à porter la grosse malle et à la hisser sur le porte-bagages à l'arrière de la voiture.

Ce n'est qu'une fois cela fait que le cocher demanda à Quentin la permission de s'occuper personnellement du garçon.

— Laissez-moi faire, dit le notaire, puis se tournant vers le garnement, il lui décocha un regard glacial et déclara : Je te conseille de ne pas essayer de nous suivre, sans quoi j'appellerai la police et ils t'enfermeront. Je suis un homme de loi, crois-moi, ils m'écouteront.

Une femme qui se tenait là observait la scène d'un air renfrogné, quoique sans chercher à intervenir. Lorsque Quentin le relâcha, le garçon courut vers la femme qui lui donna une tape sur la nuque puis l'entraîna à l'intérieur. Sa mère ? Se pouvait-il qu'elle soit elle aussi impliquée dans cette affaire louche ?

Ils retournèrent à l'hôtel où ils empruntèrent à nouveau l'entrée de service, mais Quentin était inquiet. Si on les avait vus en train d'aider Jacinta, cela risquait de leur attirer des ennuis au moment de l'embarquement.

Comment s'assurer que Ben ne soit pas repris à sa mère ?

Quand Eleanor fut entrée dans l'hôtel avec les bagages, Quentin alla s'entretenir avec le cocher.

— Quand je vous emmènerai sur le port, demain matin, lui dit l'homme, je viendrai avec un ami, au cas où on nous attaquerait.

— Bonne idée, approuva Quentin, en le gratifiant d'un gros pourboire.

Lorsqu'il monta retrouver les deux femmes dans leur chambre, Jacinta était dans tous ses états, et il en déduisit qu'Eleanor lui avait rapporté la scène entre le garçon et le cocher.

— Je ne sais comment vous remercier, pour votre aide, maître Saxby, lui dit-elle. Mais imaginez qu'ils nous empêchent d'embarquer demain ?

— Nous trouverons un moyen de vous faire monter à bord, répondit Quentin. Oh, et seriez-vous assez aimable pour me désigner votre homme de loi ? Ainsi, je serai en mesure de vous défendre et de vous aider.

— Je m'en remets entièrement à vous et je serais enchantée de vous prendre comme homme de loi, dit-elle, l'air encore plus inquiète, mais...

Il lui sourit gentiment.

— Mes honoraires s'élèveront très exactement à un shilling.

Le soulagement qu'il lut sur ses traits fut sa récompense.

Il la laissa en compagnie d'Eleanor, et alla s'entretenir une fois de plus avec le directeur.

À 5 heures le lendemain matin, un charretier vint livrer des légumes frais à l'hôtel. L'homme fut ravi de se voir offrir une demi-guinée pour rendre un service à Mr Saxby et au directeur.

Il ne fut pas bien difficile de cacher un petit garçon sous des sacs de pommes de terre vides. Le charretier leur assura qu'il avait des amis sur le port qui lui donneraient volontiers un coup de main en cas de besoin.

D'autres pièces changèrent de mains pour récompenser lesdits amis.

Quentin éprouvait une profonde satisfaction à l'idée d'aider une personne en détresse. Seuls ceux qui faisaient de bonnes actions méritaient le nom d'êtres humains.

Dès que son fils quitta leur chambre, Jacinta se fit un sang d'encre. Elle aurait préféré garder Ben à ses côtés, au lieu de l'envoyer sur le bateau avant elle. Mais Mr Saxby lui avait promis que le garçon serait en sécurité et bien traité. Le directeur, qui connaissait le charretier depuis des années, s'était porté garant de son intégrité.

De toute façon, elle n'avait pas le choix. Elle ignorait ce que Gerald et ses hommes de main avaient manigancé, mais elle était convaincue que quelque chose allait se passer aujourd'hui.

On aurait dit que le temps s'était arrêté, et chaque minute passée à attendre l'embarquement lui semblait une éternité. Elle n'osait pas imaginer ce qui serait arrivé sans l'aide de ses nouveaux amis. D'abord Mr Stanwell, le plus gentil pasteur qu'il lui ait été donné de rencontrer. Et maintenant ce notaire, et Eleanor.

Elle priait pour que la chance ne tourne pas tant que Ben ne serait pas hors d'atteinte de Gerald Blacklea, et pour que l'homme qui l'attendait en Australie soit quelqu'un de bon. En dehors de cela, elle n'espérait pas grand-chose de lui, et n'avait de toute façon pas eu le temps de se poser de questions à son sujet, occupée qu'elle était à veiller sur son fils.

Mais voilà que l'idée de partir aussi loin pour épouser un parfait inconnu – si tant est qu'ils parviennent à quitter l'Angleterre – refaisait surface et la taraudait.

Elle poussa un soupir de soulagement quand le réveille-matin que lui avait prêté Mr Saxby lui indiqua qu'il était l'heure de descendre pendre le petit déjeuner. Le directeur, qui attendait dans le hall, échangea quelques mots avec Mr Saxby, qui le gratifia d'une tape amicale sur l'épaule.

Quand ils furent attablés, Mr Saxby lui glissa à l'oreille :

— Tout s'est bien passé. Le « colis » a été confié aux bons soins d'un des garçons de cabine.

— Vous voulez dire qu'il… qu'il est à bord ?

— Absolument, ma chère.

Elle ferma les yeux, en proie à un immense soulagement. Mais bien que Ben fût à présent en sécurité, elle ne parvint pas à avaler quoi que ce soit hormis deux tasses de thé.

Après quoi, l'attente recommença.

Jamais les minutes ne lui avaient paru aussi longues. Elle s'efforça de faire la conversation à Eleanor, par politesse, mais n'était pas certaine que ses propos étaient cohérents.

Tout ce qu'elle voulait, c'était retrouver son fils et s'assurer qu'il était bien sain et sauf !

À 11 heures précises, tous trois se rendirent dans le hall, d'où l'on avait vue sur la rue au-dehors, et montèrent la garde.

— Ah, les voilà ! dit soudain Mr Saxby.

Jacinta vit deux fiacres s'immobiliser devant l'hôtel, l'un conduit par le même homme que la veille, et l'autre par un inconnu à l'aspect râblé. Quand les deux hommes entrèrent dans l'hôtel pour prendre les bagages, elle remarqua qu'ils jetaient des coups d'œil méfiants autour d'eux, comme pour s'assurer qu'il n'y avait pas de danger imminent.

Les dames prirent place à bord de la première voiture tandis que Mr Saxby montait dans la seconde avec les bagages.

Jacinta osait à peine respirer tant elle était paniquée à l'idée qu'on puisse l'attaquer, et même essayer de l'assassiner durant le court trajet jusqu'au port.

Quand les deux fiacres s'arrêtèrent à côté du navire, les cochers firent signe à des garçons de surveiller les chevaux tandis qu'ils escortaient Mr Saxby et les deux dames jusqu'au bateau.

Juste avant qu'ils atteignent la passerelle, trois individus surgirent de derrière une pile de caisses, des brutes à la mine patibulaire.

Notre compte est bon ! songea Jacinta dont l'estomac se noua d'un coup.

L'un des hommes leur barra le passage et beugla :

— Une minute !

— Hep ! Vous ! cria le matelot en poste au pied de la passerelle. Dégagez !

— Pas avant que j'aie coffré cette dame. Elle est recherchée pour vol.

Il parlait si fort que tout le monde autour se retourna pour observer la scène.

Mr Saxby passa un bras protecteur autour des épaules de Jacinta.

— Est-ce là le seul stratagème que votre maître ait pu imaginer ? demanda-t-il avec dédain.

Faisant signe au second qui se tenait sur le pont, il cria :

— Pourrait-on avoir de l'aide, je vous prie ? Cet individu porte des accusations mensongères contre ma cliente afin de l'empêcher de quitter le pays.

Les deux cochers s'étaient approchés et se tenaient à présent à côté des dames pour les protéger.

D'un signe de tête, le second ordonna à l'un de ses hommes d'équipage d'aller voir de quoi il retournait.

— Qui êtes-vous ? demanda ce dernier aux brutes.

— Pearson, au service de Mr Gerald Blacklea. Cette femme est une voleuse. Elle a emporté de l'argenterie qui appartient à mon maître.

— Et quand ce vol est-il censé avoir eu lieu ? demanda Quentin.

— Avant qu'elle ne prenne la fuite, dit Pearson en agitant une feuille de papier. Voici la lettre de Mr Pearson, l'accusant de vol.

Mr Saxby prit le document, le parcourut rapidement, puis le montra à l'officier, et se tournant à nouveau vers Pearson, demanda :

— Mais, si elle est recherchée pour vol, comment se fait-il que la police ne soit pas avec vous ?

Le cerbère le foudroya du regard.

— C'est une parente. Il veut pas mêler la police à tout ça.

— Et je ne le voudrais pas, moi non plus, si je portais des accusations mensongères envers autrui.

Quentin se tourna alors vers l'officier de marine :

— Je suis le représentant légal de cette dame, qui craignait justement qu'un de ses proches ne cherche à l'empêcher de quitter l'Angleterre.

Il sortit une carte de visite de sa poche et la tendit à l'officier.

— Ma cliente s'est en effet enfuie, mais elle n'a rien emporté avec elle. Elle s'est enfuie parce qu'elle avait peur de Gerald Blacklea, l'auteur de la lettre. Elle ne lui a jamais volé quoi que ce soit.

Comme Mr Saxby était occupé à parler au matelot, l'une des brutes bondit subitement vers Jacinta et l'attrapa par le bras tandis que ses deux compères dispersaient la foule.

Un fiacre qui attendait non loin de là s'approcha, le cocher faisant claquer son fouet pour faire fuir les curieux. Dans la confusion qui s'ensuivit, les molosses parvinrent à entraîner Jacinta en direction de la voiture. Mais les hommes d'équipage n'avaient pas l'intention de les laisser faire. Deux matelots s'élancèrent vers la voiture avant que les brutes n'aient eu le temps de kidnapper la passagère, et une empoignade générale éclata.

Jacinta en profita pour fausser compagnie à ses ravisseurs et se rua vers la passerelle.

Le second lui fit signe de monter à bord, puis bloqua complètement l'accès au bateau. Entre-temps, le capitaine alerté par les cris, était sorti sur le pont.

À bout de souffle et le cœur battant à tout rompre, Jacinta s'efforça de remettre ses vêtements et sa coiffure en ordre.

Il se passa un bon moment avant que le gra-buge ne prenne fin et que Quentin puisse venir la rejoindre à bord.

Le chef de la bande, qui avait réussi à se faufiler jusqu'en haut de la passerelle, criait à tue-tête :

— C'est une voleuse ! Et vous ne m'empêcherez pas de la ram…

Quentin coupa court aux vociférations du cerbère.

— Il devrait être facile de vérifier que les allégations de cet individu sont infondées, capitaine. Pourquoi n'inspectez-vous pas les bagages de Madame pour voir s'il s'y trouve des pièces d'argenterie ?

On fit monter la malle de Jacinta depuis la cale, puis l'une des hôtesses de bord inspecta son maigre contenu, exposant au grand jour chaque pièce de sous-vêtements rapiécée.

Quand elle eut fini, la femme déclara :

— Aucune trace d'argenterie, ni même d'argent, juste le strict minimum de linge nécessaire pour faire le voyage.

— Eh bien, qu'est-ce que je vous disais ? demanda Quentin.

Le capitaine se tourna vers le ravisseur.

— Ma foi, Pearson, je constate qu'il n'y a aucun objet volé dans les bagages de cette dame. Je vous prierai donc de bien vouloir quitter ce bateau. Et estimez-vous heureux que je n'engage pas de poursuites contre vous.

— Et le garçon ?

Le capitaine le regarda sans comprendre.

— Elle ne serait pas partie sans le gamin.

Se tournant vers Jacinta, Pearson voulut savoir :

— Où est-ce que tu le caches ?

Comme elle ne répondait pas. Il s'adressa à nouveau au capitaine :

— C'est son fils que réclame mon patron. Gardez la bonne femme si ça vous chante. Mais Mr Blacklea est le tuteur du garçon et elle n'a pas le droit de l'emmener où que ce soit, et encore moins en Australie.

Il sortit une autre lettre.

Il y eut un long silence durant lequel Jacinta crut qu'elle allait tourner de l'œil. À supposer que le capitaine le croie et qu'il les expulse, son fils et elle, du bateau ? Qu'adviendrait-il d'eux ?

6

Jacinta vit le capitaine qui la regardait, attendant sa réponse. Elle se reprit et dit d'une voix calme et assurée.

— Gerald Blacklea n'est pas le tuteur de mon fils ! C'est un cousin éloigné de mon défunt mari qui n'avait jamais vu Ben jusqu'à il y a deux jours, quand je suis allée lui demander son aide parce que mon mari nous a laissés sans un sou. Claude ne communiquait plus avec sa famille, qui l'avait renié, et je ne savais pas quoi faire d'autre.

— Elle ment ! beugla Pearson. Ne l'écoutez pas.

— Je vous ai déjà ordonné de vous taire. Si vous n'obéissez pas, je vous fais descendre à quai, coupa le capitaine d'un ton sans appel.

Il se tourna et porta sur Jacinta un regard très inquisiteur. Celle-ci eut l'impression qu'il comptait tous les cheveux qu'elle avait sur la tête. Mais cela ne l'intimidait pas, car elle se savait dans son bon droit.

— Maintenant que son père n'est plus, c'est moi, et moi seule, qui ai la charge de Ben.

— Mais alors, pourquoi Gerald Blacklea prétend-il être son tuteur ? intervint Quentin.

— Parce qu'il n'a pas d'héritier mâle. Il veut élever mon fils, pour ensuite le marier à sa fille.

— Ce serait très avantageux pour votre fils, ne croyez-vous pas ?

— Il n'y a aucun avantage à être élevé par un homme méchant. Et puis j'aime mon fils de tout mon cœur, et je ne l'abandonnerai sous aucun prétexte. Jamais !

— Pourquoi avez-vous fait appel à moi ? demanda Quentin, qui voulait que les choses soient claires pour le capitaine, seul maître à bord.

Jacinta hésita avant de répondre.

— Parce que j'ai très peu d'argent.

— Dans ce cas, comment comptez-vous subvenir aux besoins de votre fils une fois en Australie ?

Jacinta demanda au capitaine si elle pouvait s'entretenir avec lui en privé. Ils se réfugièrent de l'autre côté du pont.

— Dans le village de Mr Blacklea, j'ai fait la connaissance d'un homme d'Église qui s'est montré très serviable. Il a un cousin en Australie qui cherche à se marier, et il a pensé que je pourrais convenir. Ce monsieur a aussi un fils à élever, voyez-vous, conclut-elle en se sentant rougir.

— C'est une situation courante, madame Blacklea. Vous êtes loin d'être la première fiancée que je conduis aux antipodes. À mon avis, ces mariages ont autant de chances que les autres de réussir. Je vous remercie de votre franchise. Nous ferions bien d'aller retrouver Pearson avant qu'il n'explose.

Ils rejoignirent le petit groupe en haut de la passerelle.

— Où est votre fils ? demanda le capitaine.

Jacinta ne voulait rien révéler avant qu'ils aient levé l'ancre. Elle lança à l'avocat un regard implorant. Celui-ci secoua la tête d'un air désolé.

— Ma chère, nous ne pouvons plus tenir Ben caché. Le capitaine est responsable de ce navire, et il doit savoir qui est à bord. Expliquez-lui ce que nous avons imaginé.

Elle aurait préféré mille fois qu'il s'en charge et ne comprenait pas pourquoi il lui confiait ce fardeau. Elle sentit les larmes lui monter aux yeux et eut du mal à parler.

— Ben a été amené à bord ce matin à l'aube, caché dans un chargement de nourriture. Nous craignions qu'on ne tente de l'enlever avant l'embarquement. Visiblement, nous avions raison.

— Votre officier peut confirmer ces faits, intervint Quentin.

— Mais non ! protesta Pearson. Nous voulions juste parler avec cette dame pour la convaincre de se comporter comme il se doit.

— C'est faux, rétorqua le capitaine, et mentir ne va pas arranger votre cas. J'ai vu de mes propres yeux ce qu'il s'est passé.

— En fait, je ne sais pas exactement où se trouve Ben, avoua Jacinta, mais il y a certainement quelqu'un qui est au courant à bord.

Le capitaine se tourna vers l'hôtesse de bord qui avait inspecté les valises.

— Avez-vous vu cet enfant, Jane ?

— Oui, il donne un coup de main en cuisine, capitaine. Il se faisait un sang d'encre pour sa mère et on s'est dit que ça l'occuperait. C'est un gentil garçon, très bien élevé. La cuisinière l'a pris en sympathie, alors qu'en général, elle n'aime pas avoir des gosses dans les jambes.

— Allez chercher le garçon.

— Vous devrez me le remettre, annonça Pearson.

Le capitaine se raidit.

— C'est moi qui décide de ce que je dois faire.

Pearson prit une profonde inspiration et se força à prendre un ton conciliant, sans grand succès.

— Excusez-moi, capitaine, je ne voulais pas vous manquer de respect. Mais mon maître est décidé à avoir cet enfant... je veux dire à le re-prendre.

L'hôtesse réapparut suivie de Ben.

Dès que l'enfant vit sa mère, il se précipita dans ses bras. Elle l'étreignit, fermant les yeux de soula-gement, et pria de toute son âme que le capitaine ne le lui arrache pas.

— Comme vous pouvez le constater, observa Quentin à mi-voix, l'enfant est très attaché à sa mère, comme elle à lui. Pourquoi voudrait-elle le confier à un cousin éloigné ?

— Hum... Donnez-moi cette lettre, Pearson.

Après l'avoir lue, il reprit :

— N'importe qui aurait pu écrire une telle déclaration. Existe-t-il un document attestant que la garde du garçon a été confiée à votre maître ?

— Je suis convaincu que Mr Blacklea dispose de tous les documents nécessaires pour prouver son bon droit.

Le capitaine passa la lettre à Quentin.

— Vous êtes juriste, monsieur. À votre avis, cette lettre prouve-t-elle quoi que ce soit ? En votre âme et conscience.

Quentin lut la lettre à son tour et haussa les épaules.

— Comme vous le disiez, n'importe qui aurait pu écrire ces mots. Pour autant que je puisse en juger, cette lettre ne fait aucunement foi. En outre, je crois ce que nous a dit Mrs Blacklea. Tout comme vous, je me fie à ce que je constate moi-même, et ce que j'ai vu, c'est que ce monsieur est prêt aux pires agissements. Il a dépêché des hommes de main pour enlever la mère et le petit. Quel traitement réserverait-il à l'enfant, d'après vous ?

— Hum… Mrs Blacklea est une bonne mère, cela saute aux yeux. Jane nous dit que Ben est un garçon bien élevé et elle n'a aucune raison de mentir. Son éducation n'est donc pas à critiquer.

Jacinta attendait que l'avocat plaide en sa faveur, mais il s'abstint et se contenta d'une brève remarque.

— Je sais que c'est à vous de trancher, capitaine, je n'ajouterai rien d'autre.

— Je vais faire larguer les amarres comme prévu, avec tous mes passagers. Quant à vous, monsieur Pearson, je vous prie de quitter le navire immédiatement. Vous pourrez dire à votre maître qu'il se cherche un autre héritier.

La situation resta en suspens un moment, puis Pearson tourna les talons et redescendit la passerelle. Il envoya immédiatement un de ses acolytes faire une course et resta sur le quai en compagnie de l'autre. Il prit sa montre, fronça les sourcils en voyant l'heure et lança un regard furieux dans leur direction.

Jacinta se dit qu'il semblait attendre quelqu'un. Pourvu que ce ne soit pas Gerald Blacklea ! Elle comprit que le capitaine lui parlait.

— Jane va vous conduire tous les deux à votre cabine, madame. Je vous conseille de ne pas en sortir tant que nous n'aurons pas largué les amarres. Ne vous inquiétez pas. À bord, vous serez en sécurité.

— Je vous remercie.

Elle sentit les larmes couler sur ses joues mais ne se donna pas la peine de les essuyer. Tout ce qu'elle voulait, c'était se réfugier à l'abri des regards. Elle prit Ben par l'épaule et, la démarche vacillante, suivit l'hôtesse à l'intérieur.

Le capitaine se tourna vers Quentin.

— Vous avez été bien inspiré de vous en remettre à ma décision.

— Et assez avisé aussi, je l'espère, pour savoir qui disait la vérité.

— Sur ce point, je suis d'accord avec vous. Ce Pearson ne m'inspire aucune confiance. *Tel maître, tel valet*, comme on dit. Souvent à juste titre, comme j'ai pu le constater maintes fois. Mais que fera Mrs Blacklea en Australie si l'homme qu'elle va retrouver ne lui convient pas ? A-t-elle de la famille là-bas ?

— Je n'en sais rien. En cas de besoin, je suis disposé à l'aider, car elle a gagné mon respect. Un respect paternel, je précise tout de suite. J'ai assez d'argent pour faire ce que je veux. Mais j'espère que ce mariage lui conviendra. Un enfant a besoin d'une mère et d'un père.

— Elle a de la chance de vous avoir rencontré, maître Saxby. Maintenant, si vous voulez bien m'excuser, je dois lancer les ordres de départ.

Quentin se tourna vers Eleanor qui avait assisté à la scène de loin, sans rien dire.

— Si nous allions nous installer dans nos cabines, ma chère ? Mais peut-être voulez-vous vous assurer auparavant que Mrs Blacklea s'est remise ? Elle était très perturbée, et il y a de quoi !

Deux heures plus tard, alors que le navire venait tout juste de se mettre en mouvement, un fiacre déboula sur le quai et en homme en bondit en brandissant un document. Il était suivi d'un autre, plus âgé.

— Hé, vous ! Stoppez ce bateau immédiatement ! cria le plus jeune. J'ai ici une ordonnance qui me confie la garde du garçon ! Et le magistrat qui l'a signée est avec moi.

Ce dernier vint se poster à côté de son compagnon, les deux mains posées sur une canne à pommeau d'argent.

Quentin, sur le pont, contemplait le départ. Il alla avertir le second qui surveillait les manœuvres.

— Ce doit être Gerald Blacklea, l'homme qui veut lui prendre son enfant.

— Qu'est-ce qu'il croit ? Il peut bien montrer tous les documents du monde, la marée n'attend pas.

L'officier lança un clin d'œil à Saxby et resta un moment sans rien faire tandis que le navire s'écartait lentement des deux silhouettes à quai, puis il envoya un mousse prévenir le capitaine.

Le mousse revint seul.

— Le capitaine dit que maintenant, il ne peut plus stopper les moteurs sinon nous allons perdre la marée.

Le second sembla satisfait. Il se tourna alors vers l'étendue d'eau qui s'élargissait entre le navire et le quai et lança d'une voix de stentor en direction de Gerald Blacklea.

— Je suis désolé, monsieur. On ne peut plus s'arrêter.

Blacklea lâcha sa canne, agita le poing en direction du bateau et se mit à trépigner de rage, presque comme s'il dansait. Même de loin, on voyait son visage cramoisi.

— Vous n'avez pas le droit d'arracher un enfant à son tuteur légal, hurla-t-il. Que la peste vous emporte ! J'exige que vous me le rameniez !

Personne ne répondit, et il continua de proférer des menaces tandis que le navire s'éloignait de plus en plus.

Portés par l'eau, ses derniers mots arrivèrent jusqu'à leurs oreilles.

— Vous le regretterez, Jacinta Blacklea. J'irai vous chercher. Vous ne serez plus jamais en sécurité. Nulle part !

— Écoutez-moi ce fou ! s'exclama l'officier. Je comprends qu'elle ne veuille pas lui confier son fils. Une brute pareille, je ne lui donnerai même pas un chiot à élever.

Quentin était contrarié, et il espérait plus que jamais que ce Mitchell Nash serait à la hauteur des attentes. Jacinta avait besoin de quelqu'un pour la protéger. Seul un fou à lier pouvait envisager d'aller jusqu'en Australie pour une histoire pareille, mais on ne savait jamais.

Eleanor le rejoignit sur le pont.

— Je n'aimerais pas être sous la coupe de cet homme.

— Moi non plus. Où sont Jacinta et Ben ? Ils ne veulent pas jeter un dernier regard sur l'Angleterre, maintenant que nous sommes loin du quai ?

— Ils sont restés dans leur cabine. Jacinta ne souhaite pas monter sur le pont tant que nous ne serons pas hors de portée des remorqueurs et des bateaux-pilotes. Et puis elle s'est dit que s'il les voyait, cela risquait d'envenimer la situation.

— Elle peut sortir, maintenant. Nous prenons de la vitesse, et il ne sera plus en mesure de la reconnaître au milieu des autres passagers. Elle ne risque rien.

— Je vais lui dire.

Eleanor lui sourit et ajouta :

— Vous semblez aimer venir en aide aux autres, monsieur Saxby.

— Vous êtes la deuxième personne à me le dire aujourd'hui. J'essaie de me conduire en bon chrétien, et en ami avec tous ceux auxquels je peux rendre service.

— Je suis très heureuse de pouvoir, moi aussi, bénéficier de votre soutien.

Il la regarda s'éloigner. La brise lui caressait le visage. Il entendait les marins s'appeler d'une voix forte pour dominer le bruit des machines. La mer était calme et les passagers avaient le sourire. La traversée semblait démarrer sous de bons auspices.

Il était content de s'être décidé à partir. Quoi qu'il advienne, au moins il aurait connu l'aventure avant de mourir.

Même si Harriet n'était pas disposée à l'épouser, il se dit qu'elle serait heureuse de le voir, et qu'ils resteraient amis.

Et si elle voulait de lui ? Alors, il serait le plus heureux des hommes. Peut-être pensait-elle qu'elle avait passé l'âge de l'amour. Lui ne se sentait pas trop vieux, bien au contraire. Maintenant qu'il avait un but dans la vie, il avait l'impression de rajeunir de jour en jour.

Il avait fait tout ce qui était en son pouvoir, le reste était entre les mains des dieux. Mais il pouvait espérer, et prier. Et nourrir des rêves merveilleux.

Bram ne put s'empêcher de glisser un penny à une femme qui mendiait au coin de la rue. Tout en elle indiquait qu'elle avait faim. Il avait promis à Isabella ne plus gaspiller un sou, et vraiment, il avait réduit ses aumônes.

— Que Dieu vous bénisse, monsieur Deagan, lui lança la femme d'une voix éraillée.

Il s'éloigna en soupirant. Pour un sou, elle l'avait béni !

Mais peut-être qu'elle lui avait porté chance. En arrivant à la fabrique de glace, il fut accueilli par un Chilton tout sourire.

— Les nouvelles pièces sont arrivées, annonça l'ingénieur sans se donner la peine de saluer son visiteur. Dès la semaine prochaine, je vais pouvoir produire plus de glace. Vous verrez !

— J'espère que vous dites juste, mon garçon.

— Je suis désolé d'avoir dépensé autant d'argent, monsieur Deagan. J'étais certain d'avoir compris comment m'y prendre.

— Et cette fois ? Qui me dit que vous ne vous trompez pas de nouveau ?

— Je crois que j'ai résolu le problème. Nous serons fixés dimanche. Nous pourrions vendre trois fois plus de glace, facilement. Et nous y arriverons, je vous le dis.

— À quelle heure, dimanche ?

— Vers midi.

— J'y serai. Je veux voir cela de mes yeux.

Bram, ne souhaitant lire aucun doute sur le visage de Chilton, repartit sans ajouter un mot.

Il se rendit au port, mais il n'y avait aucune trace du *Bonny Ismay*. Où Adam pouvait-il bien être ? Le bateau aurait dû être rentré depuis longtemps.

Le *Bonny Ismay* avait-il eu un problème ? Et s'il avait coulé ? Si un malheur était arrivé à Adam, le pire serait bien évidemment pour Ismay. Mais pour lui, la perte de sa cargaison signifierait la faillite et cette perspective lui était insupportable.

En cet instant, il décida de ne plus jamais compromettre l'avenir de sa famille, pas même pour l'investissement le plus prometteur du monde.

La nuit fut tendue à bord du *Bonny Ismay*. La mer était encore agitée et les débris du naufrage flottaient tout autour, il fallait faire très attention.

Adam résista tant qu'il put mais à un moment, il sentit que s'il ne prenait pas quelques heures de sommeil, il allait s'écrouler sur le pont. Entretemps, son second avait dormi un peu, et il prit la relève.

— Heureusement que c'est presque la pleine lune, s'exclama Tucker. On y voit assez pour distinguer les plus gros débris et rester à distance, ou au moins les repousser.

Mais il y avait aussi quantité de petits fragments, dont certains étaient quand même assez gros pour endommager la coque. Adam s'étendit tout habillé sur sa couchette, persuadé que l'inquiétude allait l'empêcher de dormir.

Il se réveilla en sursaut quand on lui secoua l'épaule.

— Que se passe-t-il ?

— Rien, capitaine, mais vous m'avez demandé de vous réveiller au bout de quatre heures. Il va bientôt faire jour et le second pense que…

Le marin n'eut pas le temps de finir sa phrase. Adam était sorti en trombe de la cabine et il était déjà sur le pont, regardant les flots agités autour de lui.

— Pas de problème, Tucker ?

— Non, capitaine, quelques grosses planches nous ont heurtés, mais il n'y a pas eu de choc frontal, et pas de dégâts. Nous avons réussi à les repêcher. Je crois que l'une d'elles porte le nom du bateau. C'est écrit en chinois. Nous l'avons récupérée juste avant l'aube.

— Bien joué. À part cela, est-ce que nous prenons l'eau quelque part ?

— Plus depuis que nous avons laissé la tempête derrière nous. La coque n'a pas beaucoup souffert. C'est le pont qui a pris l'essentiel des chocs. Les hommes ont bien colmaté les brèches. Ce sont de bons marins. Nous devrions bientôt pouvoir écoper la soute.

— Ouf ! Un verre de rhum pour chacun pour commencer la journée. Qu'en penses-tu ? Ça nous réchauffera l'estomac.

— Voilà qui va leur faire plaisir.

— Ils le méritent.

Ragaillardi par le rhum qu'il accompagna d'une tranche de pain rassis avec un peu de confiture, Adam se sentit de nouveau sur pied.

C'était étrange de voir tous ces fragments d'épave. Autour d'eux, la mer était jonchée de planches et de grumes. La tempête les avait poussées dans la même direction que le *Bonny*. Les planches étaient de bonne qualité…

— Fais venir le menuisier, ordonna-t-il, pris d'une idée subite.

Harry le rejoignit à la barre, en bâillant et en s'étirant. Adam lui donna le temps de se réveiller avant de lui demander son avis.

— Il me semble que ce bois, c'est du teck. Est-ce que je me trompe ?

Le menuisier se pencha par-dessus le bastingage et observa les planches les plus proches. De toute évidence, ce n'était pas un débris de l'épave mais un élément de la cargaison. Il prit la longue-vue pour en examiner quelques-unes de près.

— Oui, capitaine, on dirait du teck. Et bien fraisé, en plus.

— En effet… (Adam examina à son tour les pièces de bois.) Je me demandais…

Harry et Tucker le laissèrent réfléchir, commençant à comprendre ce qu'il avait en tête.

— C'est une cargaison de prix, n'est-ce pas ?

Il se tourna vers eux. Tous deux hochèrent la tête lentement.

— Cela ne compenserait pas ce que nous avons perdu, mais ce serait déjà ça. Je ne connais pas le cours du teck, en tout cas on nous donnerait au moins une récompense, et qui sait, peut-être la valeur marchande, vu qu'il risque d'être difficile de retrouver le propriétaire de ce navire chinois. Le teck ne craint pas l'eau de mer, n'est-ce pas Harry ?

— En principe, non. Elle peut même l'aider à bien vieillir.

— Penses-tu qu'on y arrivera ? demanda Adam à son second. Il faut trouver le moyen de remorquer le plus de pièces possible. On ne va pas pouvoir les charger toutes sur le pont.

— Je sais que ça se fait, même si je n'ai jamais essayé. Quand nous les rassemblerons, nous pourrons en profiter pour inspecter les alentours, au cas où il y aurait des rescapés.

— Hélas, c'est très peu probable, après une tempête pareille, remarqua Harry. Le bateau a été réduit en miettes. Il devait être vieux, nous avons repêché des planches à moitié pourries.

— Tu as sans doute raison, mais il vaut quand même mieux regarder.

— Oui. Et l'équipage sera plus que d'accord.

C'était l'espoir de tout marin. Qu'en cas de naufrage, on vienne à leur rescousse.

— Nous ne pouvons rien faire tant que la mer ne sera pas redevenue calme, capitaine. Peut-être demain matin. En attendant, nous réfléchirons à la façon de procéder et nous préparerons l'opération.

— Heureusement, le vent pousse le bois dans la même direction que nous.

Maintenant qu'ils avaient le nom du bateau chinois, du moins l'espéraient-ils, ils n'avaient plus besoin de recueillir les débris de l'épave. On établit un quart pour garder l'œil sur le bois et les marins commencèrent à spéculer sur ce qu'il pourrait rapporter. Chacun recevrait sa part.

L'équipage au grand complet se retrouva sur le pont avant l'aube. Parmi les marins de quart, certains préférèrent rester plutôt que de regagner leur couchette. Ils étaient de bonne humeur à l'idée de ce profit inespéré, même si on n'avait encore aucune idée de la quantité de bois récupérable.

Ils scrutèrent les flots toute la journée et toute la nuit suivante, mais il n'y avait pas trace de survivants, rien que des pièces de bois qui dansaient sur les vagues.

Le lendemain, le calme et le soleil étaient revenus. Quand on fut assez proche de la masse de planches, on déroula une grosse corde derrière le *Bonny*. Quelques marins descendirent à l'eau avec l'un des deux canots et rejoignirent à la rame la cargaison flottante. Ils plaisantaient et interpellaient leurs camarades restés à bord. Adam se dit qu'il avait un bon équipage. Il était fier de ses hommes.

Ils tombèrent tout de suite sur un lot de pièces de teck qui était resté attaché. Ils l'enroulèrent dans le cordage jeté depuis la poupe du navire et, de l'autre côté, fixèrent une ancre flottante pour stabiliser la masse et empêcher qu'elle ne vienne percuter la coque.

Ils travaillèrent dur toute la journée. En se relayant sur le canot de sauvetage, l'équipage réussit à récupérer tous les lots de planches et de poutres qui flottaient dans les parages, et même les pièces isolées, qui furent hissées à bord et solidement arrimées sur le pont.

Ils n'aperçurent pas le moindre corps, et pas l'ombre d'un naufragé vivant. La tempête avait dû faire couler le navire en un rien de temps. Peut-être faisait-il route vers un des petits pays au nord de l'Australie, ou bien, qui sait, vers la colonie de Swan River. À moins qu'il y ait quelqu'un qui attendait la cargaison à Fremantle, ils ne le sauraient jamais.

Harry resta à bord. Il devait s'assurer que leurs réparations de fortune allaient tenir, sans quoi il ne leur servirait à rien de récupérer tout ce bois. Des hommes se relayèrent pour écoper la soute.

Adam ne voyait pas ce qu'il pouvait faire de plus. L'essentiel de sa cargaison était perdue, ou si endommagée qu'il n'en retirerait qu'une somme ridicule. Une partie lui appartenait, le reste était à Dougal et à Bram. Et aucun d'eux n'était assez riche pour ne pas souffrir d'une telle perte.

Le *Bonny* avançait beaucoup plus lentement, avec le bois à remorquer.

Même s'il y avait peu de passage dans ces eaux, ils avaient fixé à l'extrémité de cet étrange convoi un petit mât avec des pavillons signalant aux autres

bateaux qu'ils remorquaient une charge : un dra-
peau bleu avec une croix de Saint-André blanche,
et un autre à rayures verticales rouges et blanches.

7

Une fois la crise passée, il fallut un certain temps à Eleanor pour convaincre Jacinta de laisser Ben sortir sur le pont.

— Si vous ne voulez pas l'accompagner, pour-quoi ne pas demander à Mr Saxby de s'occuper de Ben ? suggéra-t-elle.

— Je ne voudrais pas abuser de la gentillesse de Mr Saxby, hésita Jacinta.

— Quelle idée ! répondit Eleanor avant de lancer sans transition : Viens, Ben ! Allons le chercher !

Quand Eleanor revint auprès de Jacinta, comme elle s'y attendait, elle la trouva en larmes.

Elle vint s'asseoir à côté d'elle et lui passa un bras autour des épaules en murmurant des paroles réconfortantes.

Peu à peu ses larmes se tarirent, et Jacinta dit dans un soupir :

— J'ai eu si peur de perdre Ben. J'ai cru que cet horrible individu allait arriver à ses fins.

— Mais non, grâce à Mr Saxby.

Jacinta se moucha bruyamment.

— Je suis désolée. Je n'ai pas l'habitude de me laisser aller ainsi.

— Nous avons tous besoin de nous épancher à un moment ou à un autre.

— Mais pour quoi faire ?

— Pour alléger nos peines, répondit Eleanor avec une pointe d'amertume. Moi non plus, je n'ai pas été heureuse en mariage, et j'ai pleuré plus d'une fois en secret.

Elle tapota la main de Jacinta et attendit, espérant un échange de confidences.

— J'ai été obligée d'épouser Claude, dit Jacinta de but en blanc. Toute ma famille était décédée, à l'exception d'une tante qui a arrangé le mariage. Elle m'avait prévenue qu'elle ne ferait rien de plus pour m'aider. C'était ça ou l'hospice. Et Claude m'a fait plutôt bonne impression la première fois que je l'ai rencontré, si bien que j'ai accepté de devenir sa femme.

— Ces hommes-là peuvent se montrer agréables quand ils veulent quelque chose, commenta Eleanor tristement.

— Sans doute. Mais il s'est révélé odieux, d'un égoïsme forcené. Ce qu'il voulait c'était une domestique, pas une épouse.

Elle rougit, ajoutant à voix basse :

— Il ne voulait même pas de moi dans son lit après une année de mariage et j'ai dû aller dormir dans la chambre de Ben. N'eût été mon fils, j'aurais tenté de m'enfuir – même si je n'avais nulle part où aller.

Il y eut un silence durant lequel Jacinta se leva, puis se glissant tant bien que mal dans la minuscule cabine jusqu'à la cuvette de toilette, s'aspergea la figure d'eau fraîche.

— Allons faire quelques pas sur le pont, l'encouragea Eleanor. L'air marin et le soleil vous feront le plus grand bien. Ben et vous êtes libres désormais.

Jacinta fit volte-face.

— Libres ? Vous avez entendu les menaces de Gerald ?

— C'est une chose de proférer des menaces dans un moment de colère, mais c'en est une autre de les mettre à exécution. Imaginez un peu. Cela supposerait qu'il vous traque jusqu'au bout du monde. Ne m'avez-vous pas dit qu'il était propriétaire terrien ? Il ne quittera jamais sa maison et sa famille pour vous prendre en chasse. Aucune personne saine d'esprit ne ferait une chose pareille.

— Aucune sauf lui. C'est un homme froid et méchant. Son épouse le craignait comme la peste, et il semblait prendre plaisir à la dominer et à lui donner des ordres à tout bout de champ.

— Quand bien même, je ne pense pas qu'il irait aussi loin. Et puis une fois que vous serez mariée à Mr Nash, il ne pourra plus rien faire.

— J'espère que vous avez raison. En tout cas, je ne l'épouserai pas si je ne suis pas absolument certaine qu'il sera bon envers mon fils et moi.

Jacinta hésita un instant, puis serra Eleanor dans ses bras et murmura :

— Merci.

— Pourquoi ?

— Pour m'avoir consolée. Je ne m'étais encore confiée à personne depuis la naissance de Ben.

— Je suis sûre que vous feriez la même chose pour moi. Allons, respirer la brise marine.

Jacinta hésitait toujours.

— Les gens vont voir que j'ai pleuré.

— Les gens sont en train d'admirer l'océan. Ils ne vous verront pas. Et puis vous n'êtes sûrement pas la seule à avoir pleuré.

Eleanor avait raison. Il y avait au moins autant de tristesse que d'espoir dans le cœur de ceux qui entreprenaient un aussi long voyage, et savaient qu'ils ne reverraient probablement plus jamais les êtres chers qu'ils avaient laissés derrière eux.

Lorsque Quentin prit Ben en charge, il fut frappé par son air craintif. On aurait dit que le garçon n'osait pas faire un geste sans en avoir reçu l'injonction.

— Je propose que nous laissions ces dames bavarder entre elles, dit-il d'un ton enjoué. Je suis sûr que Mrs Prescott et ta maman vont bien s'entendre. Tu veux faire le tour du pont ?

— Si vous le souhaitez, monsieur.

— Je ne suis jamais monté sur un aussi gros bateau, alors que j'ai grandi dans le port de Liverpool. Tu avoueras que ce n'est pas banal.

N'obtenant de Ben qu'un hochement de tête poli, Quentin décida de jouer franc jeu.

— Écoute, Benjamin, je n'attends pas de toi que tu sois toujours d'accord avec moi, ou que tu te taises. Quand je converse avec quelqu'un, j'aime que l'autre personne me dise ce qu'elle pense vraiment, pas qu'elle se fasse l'écho de mes propres opinions.

Comme il disait cela, deux garçons passèrent en courant devant eux.

— Tu vas avoir envie de te faire des camarades pendant la traversée. Les enfants de ton âge aiment bien chahuter, pas vrai ?

— Mon père ne voulait pas que je joue avec les gamins du village.

— Ton père n'est plus de ce monde. Ce qui importe désormais, c'est ce que veut ta maman... et ce que tu veux toi.

— Je ne sais pas comment jouer, remarqua Ben après un silence.

— Dans ce cas, observe-les, et tu sauras comment t'y prendre. Mais souviens-toi de ne jamais écouter les mauvais conseils, ou de faire des choses dangereuses. Pense à ta mère, qui a déjà eu son lot de malheurs.

Ben demanda à brûle-pourpoint :

— Vous êtes sûr qu'il ne peut plus nous faire de mal ?

— Oui. Nous l'avons laissé sur le quai.

— Mais j'ai entendu ce qu'il a crié à ma mère. Il me fait peur, monsieur Saxby. Tout comme il fait peur à sa fille, Elizabeth, et à sa gouvernante.

— Comment t'entendais-tu avec Elizabeth ? Elle est ta cousine, n'est-ce pas ?

Ben répondit par un haussement d'épaules.

— Tu ne jouais pas avec elle ?

— La gouvernante nous lisait des histoires, nous apprenait à dessiner, ou nous emmenait en promenade. Mais il fallait toujours veiller à ne pas faire de bruit pour ne pas déranger le maître de maison.

— Eh bien, ici, tu vas pouvoir t'en donner à cœur joie, tu vas pouvoir courir et crier comme tous les garçons de ton âge.

L'ayant laissé méditer ces paroles, Quentin changea de sujet :

— Que sais-tu de l'Australie ?

— Rien, monsieur.

— Dans ce cas, allons faire un tour à la bibliothèque pour voir s'il n'y aurait pas des livres qui traitent de ce sujet. Et que dirais-tu de t'inscrire à des ateliers pour passer le temps ?

Le garçon hocha gravement la tête, puis son regard s'illumina soudain.

Quentin se retourna pour voir la raison de ce changement, et aperçut Jacinta. Son visage à elle aussi s'éclaira quand elle vit son fils.

Que d'amour ! songea Quentin, qui espérait que l'homme qu'elle allait épouser saurait l'entourer d'affection. Elle ne serait pas difficile à aimer, il en était certain. Mais si les choses n'allaient pas comme prévu pour elle en Australie, il continuerait de l'aider.

Lui aussi espérait que tout irait bien de son côté. Il avait hâte de revoir Harriet. Mais serait-elle heureuse de le revoir ?

En proie à une rage indicible, Gerald Blacklea faisait les cent pas sur le quai, Pearson le suivant sans rien dire.

Peu à peu, la colère commença à retomber et une idée se mit à germer dans sa tête : *Cette femme allait payer pour ce qu'elle avait fait, et il récupérerait le garçon, dût-il débourser une fortune pour cela.*

Il dit à Pearson :

— Nous allons faire un tour à l'agence P&O. Sais-tu où elle se trouve ?

— Oui, monsieur. Par ici.

Chez P&O, on leur dit qu'il leur était possible de rattraper le bateau en prenant le train jusqu'à Marseille, mais à condition de quitter Londres dès le lendemain.

— Je souhaite réserver une place à l'entrepont.

— Bien, monsieur. À quel nom ?

Pearson tira sur la manche de son maître et lui glissa à l'oreille :

— Si vous ne voulez pas que nous soyons impliqués dans une affaire louche, monsieur, il vaudrait mieux donner de faux noms.

Gerald prit le temps de réfléchir, puis se tournant vers l'employé, déclara :

— Je ne sais pas encore lequel de mes hommes va se rendre en Australie. Mettez le billet au nom du valet de Mr White.

L'agent le scruta un instant avec défiance, avant de répondre :

— Bien, monsieur.

Dans le train pour Londres, les deux hommes étaient seuls dans le compartiment. Gerald en profita pour mettre Pearson dans la confidence et lui expliquer, sans tolérer la moindre interruption, comment il comptait reprendre le garçon. Mais tout d'abord, il faudrait se charger d'éliminer la mère. Sans quoi elle ne laisserait jamais partir Benjamin.

— Nous allons donc nous débarrasser d'elle pour toujours, dit-il pour conclure, et mettre ainsi le garçon à l'abri de ses idées ridicules.

— Oui, monsieur.

— Je pense que c'est toi que je vais envoyer là-bas. Tu as l'habileté qu'il faut pour mener cette affaire à bien, et je sais que je peux compter sur toi.

Il y eut un silence, puis :

— Je ne peux pas le faire, monsieur.

Gerald s'empourpra :

— Je te paie pour faire ce que je t'ordonne. Aurais-tu des scrupules, subitement ?

— C'est-à-dire que…

Gerald sentit à nouveau la colère monter en lui.

— Si je te dis d'aller sur la lune, tu iras, Pearson. Je te paie grassement, j'exige un service irréprochable en retour.

— Je suis désolé, monsieur. Je me suis mal exprimé. Je veux dire que je ne vais pas pouvoir la prendre par surprise étant donné qu'elle me reconnaîtra. De même que son homme de loi, ainsi que plusieurs membres de l'équipage. Ça ne marchera tout simplement pas.

Gerald tapota nerveusement des doigts sur ses genoux. Force lui était de reconnaître que Pearson avait raison.

— Hum. En effet. Le problème c'est que je ne connais personne d'autre qui puisse faire le travail sans bavure.

— En fait...

— Nous n'avons pas le temps de tergiverser si nous voulons attraper le bateau à Marseille. Connais-tu quelqu'un qui soit capable de s'en charger ?

— Mon neveu, monsieur. Un brave garçon qui ne demande qu'à faire ses preuves. Alfred. Malin comme un singe, le fils de mon frère.

— Épargne-moi ton histoire familiale, Pearson !

— Désolé, monsieur. Toujours est-il qu'il pourrait partir à ma place. Et puis c'est un costaud qui saura employer la force s'il le faut.

— Quel âge a-t-il ?

— Vingt-cinq ans, monsieur.

— Marié ?

— Oui, monsieur, et père de trois enfants.

— Bien. Comme ça, il sera plus enclin à travailler proprement et à revenir ensuite.

Après cela, Gerald se mura dans le silence.

Pearson attendait. De tous ses hommes de main, il était celui qui avait tenu le plus longtemps, parce qu'il savait se faire discret et qu'il était prêt à faire n'importe quoi pour contenter son maître, y compris enfreindre la loi. Et cela lui avait rapporté gros. Blacklea savait se montrer généreux quand il exigeait de vous une tâche délicate.

Si son neveu était grassement payé, il n'hésiterait pas à faire le travail. Alfred n'avait guère eu d'occasions de prouver de quoi il était capable… pour l'instant… et il tirait le diable par la queue à cause de son idiote de femme, qui ne comprenait pas le sens du mot « parcimonie ». Réalisant que son maître avait repris la parole, Pearson s'arracha à sa rêverie.

— Il faut que je rencontre ton neveu au plus vite. Dès que nous serons de retour au village, tu iras le chercher. J'espère qu'il travaille dans les environs ? Sinon, nous n'aurons pas le temps de mettre notre plan à exécution.

— Oui, monsieur, tout près. Il est garçon d'écurie au relais de poste, mais ce n'est plus un métier d'avenir, maintenant que le chemin de fer s'implante un peu partout.

— Dis au patron de l'auberge…

— Mr Jeavins ?

— Oui, c'est ça. Dis-lui que je dois parler de toute urgence à Alfred.

— Bien sûr, monsieur.

— Si la tête de ton neveu me revient, je le lancerai sur les traces de cette folle.

Dès sa descente du train, Pearson s'empressa d'exécuter les ordres de son maître. Alfred avait beau dire que sa place de palefrenier lui convenait, l'appât du gain serait le plus fort, et Ruth n'aurait de cesse de tarabuster son mari jusqu'à ce qu'il accepte la proposition de Mr Blacklea.

Quand la calèche de Blacklea revint au village, Peter Stanwell constata à son grand soulagement que ni le garçon ni la femme n'étaient avec lui. Et à en juger par la mine renfrognée du propriétaire terrien, quelque chose était allé de travers.

Mrs Blacklea et son fils avaient-ils finalement réussi à lui échapper ? Pour savoir ce qu'il s'était passé, il ne pouvait que s'en remettre aux commérages, n'étant pas un proche de Blacklea, avec qui il n'échangeait qu'un vague salut quand ils se croisaient dans la rue.

Il ne connaîtrait précisément les circonstances de la cavale qu'une fois la lettre qu'il avait adressée à Mitchell Nash serait arrivée en Australie et qu'un autre bateau lui aurait rapporté la réponse de son cousin. Autrement dit, pas avant six mois au bas mot.

— Seigneur, accorde-moi la patience nécessaire, murmura-t-il. Et donne-moi un signe pour me rassurer.

Pearson s'en fut trouver aussitôt le patron de l'auberge.

— Mr Blacklea demande à voir Alfred. Sur-le-champ.

Mr Jeavins se rembrunit.

— Et pourquoi cela ?

— Je n'en sais rien, mais c'est urgent.

— Sauf qu'Alfred est occupé et que c'est moi qui le paie, pas ton maître.

— Mais Mr Blacklea est le propriétaire de l'auberge.

Jeavins soupira sans soulever davantage d'objections.

Pearson alla trouver son neveu.

— Mr Blacklea veut te voir. Va faire un brin de toilette.

Alfred se lava les mains et la figure, en espérant qu'il ne dégageait pas une trop forte odeur de crottin.

— Que se passe-t-il, mon oncle ?

— Je ne peux rien te dire.

Ruth sortit en courant de chez elle et leur barra le chemin.

— Où est-ce que tu vas comme ça, Alfred ? Tu t'es pas fait virer au moins ?

— Non, répondit-il sèchement. Mr Blacklea demande à me voir. Et j'ignore pourquoi.

Pearson intervint, craignant qu'une querelle n'éclate entre les époux.

— Ne t'occupe pas de ça, Ruth. Si le maître a demandé à voir mon neveu, ça ne peut être qu'une bonne nouvelle.

Elle le dévisagea avec méfiance, puis ravalant une remarque désagréable, se recula pour les laisser passer.

Alfred suivit son oncle en traînant des pieds. Il aurait aimé savoir ce que lui voulait ce Mr Blacklea, un aristo mal embouché, qui traitait aussi mal ses hommes que ses chevaux.

On le fit entrer dans une vaste pièce remplie de livres. C'était la première fois qu'il pénétrait dans cette partie du manoir, et il ne put s'empêcher de jeter des regards intrigués autour de lui. Son oncle alla se poster à côté du bureau, à quelques pas derrière son maître et son neveu face à face.

Lorsqu'ils lui expliquèrent ce qu'ils attendaient de lui, Alfred protesta, affolé :

— Mais je ne connais rien aux bateaux ou à l'Australie !

— Tu sais ce que gagner de l'argent veut dire ? lui dit son oncle.

Alfred écouta alors attentivement ce qui suivit et quand il apprit combien il allait être payé, les yeux lui sortirent de la tête. Cinquante livres ! Il aurait vendu son âme au diable pour une telle somme. Et puis, cela calmerait peut-être Ruth – au moins jusqu'à ce qu'elle ait tout dépensé. Mais de là à commettre un meurtre. Il n'était pas certain d'en être capable. Il tourna un regard implorant vers son oncle, mais ce dernier lui fit signe de se taire.

— L'argent ne te sera versé qu'à ton retour, précisa Mr Blacklea.

— Mais comment ma femme va-t-elle se débrouiller ? Elle va devoir nourrir les enfants quand je serai parti.

Gerald se tourna vers Pearson, attendant qu'il trouve une solution :

— Ils occupent une de vos métairies, monsieur, vous pourriez leur faire cadeau du loyer. Et leur verser une petite pension chaque semaine pour manger, suggéra Pearson. Qu'est-ce qu'une poignée de shillings pour un homme comme vous ? Surtout en échange d'une mission aussi importante. Vous pouvez compter sur Alfred, je vous assure.

— Hum. Dans ce cas, tu verseras une pension à sa femme. Mais juste ce qu'il faut. Il n'est pas question qu'elle se vautre dans le luxe à mes frais.

— Bien sûr, monsieur. Et aussi, Alfred va avoir besoin d'un trousseau pour le voyage, qui va durer deux mois. Il faut qu'il ait suffisamment de vêtements de rechange, comme tout un chacun, s'il ne veut pas attirer l'attention sur lui.

Il leur fallut une heure pour régler tous les détails, après quoi Alfred et Pearson reprirent le chemin du village.

Brusquement, Alfred s'arrêta de marcher, et posant une main sur le bras de son oncle, déclara :

— Je ne me sens pas capable de tuer quelqu'un.

— Bien sûr que si. Songe aux cinquante livres.

— Non, je n'y arriverai pas.

— Mais si. Il te suffit de la pousser par-dessus bord. Ni vu ni connu. Si tu te débrouilles bien, il n'y aura pas de témoins et on pensera que c'était un accident.

Alfred n'était pas convaincu.

— Je ne pourrai pas.

Son oncle lui balança un coup de poing dans l'estomac qui lui coupa le souffle.

— Tu feras ce qu'on te dit. J'ai donné ma parole au maître. Il va être furieux si tu te désistes. Il va se venger sur ta femme et tes enfants, et vous chasser du village par-dessus le marché.

Alfred frotta son ventre endolori, ne sachant que dire.

— Callie, c'est ton aînée, n'est-ce pas ?

Il hocha la tête.

— Si tu ne fais pas ce que je te dis, c'est elle qui va souffrir.

— Si vous la touchez, je…

— Tu fais quoi ? Le maître obtient toujours ce qu'il veut, et tu le sais. Alors tu vas obéir, oui ou non ?

Alfred ne put qu'acquiescer.

— Il m'a donné un pistolet pour toi.

— Je n'ai pas besoin d'un pistolet. C'est dangereux quand on ne sait pas s'en servir. Et puis si on découvre que je suis armé, je vais m'attirer des ennuis quand je serai sur le bateau.

— Hum. Peut-être bien. Mais on ne *lui* dira pas. L'important c'est que tu fasses ce qu'il t'ordonne. Tu cacheras le pistolet sous le chaume du toit et tu prendras un couteau à la place. Et tu emporteras des petits morceaux de bois à sculpter pour passer le temps, comme tu le fais toujours. Ça ne surprendra personne. Tu peux aussi bien la tuer avec un couteau de poche qu'avec un pistolet au fond. Et ce sera plus discret en plus. Mais l'idéal serait de la pousser par-dessus bord.

Alfred soupira. Il avait déjà cogné Ruth quand elle le rendait fou avec ses jérémiades. Surtout quand les gosses n'arrêtaient pas de chouiner. Ça le rendait fou. Si seulement il avait eu des garçons au lieu de toutes ces filles qui passaient leur temps à brailler !

Mais toujours est-il que… pour tuer quelqu'un, il fallait un sacré sang-froid. Et même en admettant qu'il y arrive, il ne fallait pas qu'il se fasse prendre. Il n'avait pas l'intention de finir au bout d'une corde en plus !

Par contre, voir le vaste monde ne lui déplaisait pas. Et c'était l'occasion ou jamais.

De sorte qu'il ferait ce qu'on lui demandait… jusqu'au bout. Il n'avait pas le choix.

*

Le dimanche, Bram s'efforça de mettre une note d'optimisme dans sa voix quand il annonça à Isabella qu'il se rendait à la fabrique de glace.

— Est-ce que la nouvelle machine fonctionne ? s'enquit-elle aussitôt.

Comme il ne pouvait pas lui mentir, il déclara :

— Nous n'allons pas tarder à le savoir.

Chilton l'attendait.

— La glace devrait être bientôt prête. J'ai lancé la nouvelle machine ce matin, dit-il tout guilleret en l'entraînant vers la salle de fabrication, sur l'arrière de la boutique.

Y avait-il une chose en ce monde qui puisse entamer la bonne humeur de ce type ? se demanda
Bram, qui en était venu à détester cet endroit.
L'odeur qui régnait ici et le bruit des machines,
dont il n'avait pas la moindre idée de comment
elles fonctionnaient, l'insupportaient.

Mais comme il ne savait pas quoi dire tant qu'il
n'aurait pas vu le résultat, il attendit en silence.

Au bout d'un moment, il tira sa montre de sa
poche et demanda, les sourcils froncés :

— La glace n'est pas encore prête ?

Chilton haussa les épaules.

— Ça prend plus de temps que prévu, mais c'est
en bonne voie.

Il alla remettre une goutte d'huile dans les
rouages, passa un coup de chiffon sur l'ensemble,
puis se mit à bricoler dans son coin.

Bram s'exhortait silencieusement à la patience,
bien qu'il fût à bout de nerfs.

Il y avait des pièces de rechange étalées absolument partout. Jamais il n'aurait pu travailler dans
un tel capharnaüm. Il s'obligea à ne pas consulter
sa montre. Pas encore. Il allait attendre sans rien
dire, comme il avait appris à le faire quand il était
garçon d'écurie sous les ordres d'un maître odieux.

Juste au moment où Bram n'y tenait plus, Chilton
tira sa vieille montre cabossée de son gousset.

— Ça devrait être bon.

Il s'approcha de la machine et ouvrit un compartiment dont il sortit un plateau qu'il tendit à
Bram en souriant.

— Et voilà !

Bram tendit le bras et toucha la glace d'un doigt tremblant. Le soulagement qu'il éprouvait était tel qu'il en eut presque le tournis.

— Je vais devoir faire des réglages pour augmenter la cadence, monsieur Deagan, mais nous devrions pouvoir vendre de la glace chaque jour.

— Surtout, ne changez rien. Absolument rien ! Je n'ai plus les moyens d'acheter de nouvelles pièces.

— Vous ne voulez pas que la machine fonctionne à plein rendement ?

— Je veux juste qu'elle me rapporte de quoi rentrer dans mes frais.

Chilton haussa les épaules.

— Très bien. Nous verrons comment les choses évoluent dans ce cas.

Quand Bram prit le chemin du retour, il se sentait comme un condamné à mort qu'on avait gracié à la dernière minute. Certes, les machines ne fonctionnaient pas aussi bien qu'il l'avait espéré, mais elles fonctionnaient, et l'important était qu'elles rapportent de l'argent et non pas le contraire.

*

Maria Blacklea avait entendu la conversation à son insu. Elle était assise dans le jardin, au coin de la maison, et profitait des rayons du soleil, quand elle avait entendu la voix de son époux. Trop tard !

Il l'aurait vue passer devant sa fenêtre si elle avait essayé de bouger.

Le banc se trouvait à l'extérieur de la bibliothèque, à côté d'une des vastes baies vitrées qui captaient délicieusement la chaleur du soleil. Si les domestiques avaient remarqué qu'elle venait souvent s'asseoir ici, ils n'en avaient jamais rien dit.

Quant à Gerald, il se moquait de savoir à quoi elle occupait ses journées du moment qu'elle ne sortait pas du domaine et ne rendait visite à personne sans sa permission.

Quand le vent soufflait dans une certaine direction et que les fenêtres de la bibliothèque étaient ouvertes, c'est-à-dire presque tout le temps, elle entendait tout ce que disait son époux.

La première fois qu'elle s'en était rendu compte, son sang s'était glacé. Car comment aurait-il réagi s'il l'avait su. Fort heureusement, cela n'était jamais arrivé et elle continuait de venir se réfugier ici pour profiter du calme et du beau temps.

Elle n'avait jamais répété à personne les choses qu'elle entendait, mais plus d'une fois, cela l'avait tirée d'un mauvais pas, c'est pourquoi elle continuait d'écouter aux portes.

Aujourd'hui, elle avait découvert à son grand effroi que son mari comptait éliminer Jacinta Blacklea et ramener son fils de force au domaine.

Non pas qu'elle ait été contre le fait que Benjamin épouse un jour sa fille Elizabeth. C'était un gentil garçon, calme et posé, contrairement à son propre époux, ou à Claude, le père de Benjamin, qui n'était pas non plus quelqu'un de très aimable à ce qu'on disait.

— Nous autres, les Blacklea, arrivons toujours à nos fins, quels que soient les moyens employés, se plaisait à lui répéter Gerald. Je serai fait lord un jour, je vous le garantis.

Elle savait combien il pouvait être implacable. Quand il s'était mis en tête de l'épouser, à cause de ses relations, il l'avait poursuivie sans relâche. Et bien qu'elle ait été amoureuse d'un autre, ses parents l'avaient obligée à accepter la main de Gerald.

De toute façon, elle n'aurait jamais osé lui refuser quoi que ce soit tant il était irascible.

Mais de là à commettre un meurtre ! Elle n'aurait jamais cru son époux capable d'une chose pareille, si elle ne l'avait pas entendu le dire lui-même de ses propres oreilles.

Et s'il était prêt à tuer quelqu'un, il aurait pu tuer n'importe qui. Souvent, elle s'était fait la réflexion qu'un jour ou l'autre il déciderait de se trouver une épouse plus fertile qui aurait pu lui donner un ou deux fils. Il était encore dans la force de l'âge, et en pleine possession de ses moyens, alors qu'elle était d'une santé fragile et qu'avoir un autre enfant risquait de la tuer aussi sûrement que si elle avait pris du poison.

Mais sa famille était là, et son frère, qui avait remplacé son père à la tête du domaine, veillait sur elle.

Toujours est-il que si Gerald décidait de se débarrasser d'elle, il pourrait aisément lui briser la nuque puis la jeter du haut des escaliers en prétendant qu'elle avait fait une chute. Une fois ou deux, il l'avait prise à la gorge en menaçant de l'étrangler, lui laissant sur le cou des marques bleues qu'elle s'était efforcée de dissimuler sous un foulard.

Depuis lors, Maria faisait des cauchemars dans lesquels elle suffoquait, Gerald se réjouissant de la voir souffrir.

Quant à cet horrible Pearson, avec son sourire cauteleux, il était tout aussi dénué de scrupules que son mari. Il suffisait de voir comment il traitait leurs métayers, les maintenant dans la terreur pour les obliger à faire tout ce que Gerald exigeait d'eux.

Son neveu était sans doute du même acabit, sans quoi il n'aurait pas accepté de tuer Jacinta.

Mais qu'aurait-elle pu faire pour aider cette malheureuse sans risquer sa propre vie ?

Si seulement, il y avait un moyen, elle n'hésiterait pas ! Car elle n'avait aucune envie d'aller brûler en enfer après sa mort, si elle ne faisait pas une bonne action.

C'est alors qu'une idée germa dans son esprit. Elle irait parler à Mr Stanwell la prochaine fois qu'elle irait à l'église pour fleurir l'autel. Il était si bon, il n'irait sûrement pas la dénoncer à Gerald.

En quelques heures, la nouvelle se répandit dans tout le village : Mr Blacklea allait envoyer Alfred Pearson en Australie pour exécuter une mission, même si personne ne savait, pas même la propre épouse d'Alf, de quoi il s'agissait.

Le cœur de Peter Stanwell chavira. Cela signifiait-il que Blacklea avait l'intention de kidnapper le garçon ou… Blacklea n'allait tout de même pas oser éliminer sa mère, si ?

Il ne lui fallut pas longtemps pour comprendre que le propriétaire terrien était prêt à recourir à tous les expédients pour arriver à ses fins. Les villageois qui avaient tenu tête au « maître » avaient été rossés sans pitié, et certains avaient même dû prendre la fuite en pleine nuit pour échapper à sa colère.

Mais comment Peter pouvait-il aider la pauvre femme ?

D'après son cousin Mitchell, la colonie était un endroit très reculé, sans ligne de chemin de fer et sans télégraphe.

Tout ce qu'il pouvait faire dès lors était de prier avec toute la ferveur de son âme.

Dès lors qu'il ne pouvait pas résoudre le problème lui-même, il allait s'en remettre à Dieu et le supplier de sauver Jacinta et son fils des griffes de ce sinistre individu.

Une fois de plus, Peter songea à demander sa nomination dans une paroisse où les propriétaires terriens étaient plus enclins à la charité chrétienne. Mais il était tiraillé à la pensée de laisser cette pauvre Maria Blacklea à la merci de son époux. Tout le monde savait qu'il la terrorisait.

Et puis renoncer à exercer son sacerdoce là où il pouvait se rendre utile ne lui ressemblait pas.

Après tout, il avait déjà réussi à aider certaines de ses ouailles, comme Jacinta et son fils.

8

Le lendemain matin, Alf monta dans le train pour Londres. Après avoir franchi la Manche, il allait devoir traverser la France jusqu'à Marseille. Son maître lui avait tout montré sur la carte. Il en avait le tournis.

Le voyage prendrait cinq jours en comptant les correspondances qui exigeaient qu'il fît escale pour la nuit. Il tenta d'imaginer comment il allait vivre sans rien faire, coincé dans un compartiment pendant tout ce temps. Une perspective qui était tout sauf agréable pour un homme d'extérieur comme lui.

Son oncle, de sa plus belle main, avait consigné les instructions pour le voyage. Le feuillet était à l'abri dans la poche intérieure de sa veste, mais il en avait appris le contenu par cœur, au cas où. Il ne voulait pas risquer de contrarier Mr Blacklea.

Il avait une excellente mémoire, il le savait. S'il l'avait compris quand il était petit, peut-être se serait-il donné plus de mal à l'école. Il avait préféré le grand air, loin de la salle de classe poussiéreuse et de la baguette du maître, un vieux croûton qui avait la main lourde.

Alf adorait s'occuper des chevaux. Son rêve le plus cher était d'avoir un cheval à lui, mais avec sa maigre paye, c'était hors de question.

On lui avait donné tout un tas de vêtements pour la traversée, il n'en revenait pas. Des tenues démodées qui avaient appartenu à Mr Blacklea avant qu'il ne prenne de l'embonpoint, et des affaires de son oncle, qui avait à peu près la même carrure que lui. Jamais il n'avait possédé autant d'habits. Et jamais il n'aurait imaginé être aussi grand que son maître. Rien que cela !

Il avait caché presque tout son argent dans sa ceinture, gardant juste quelques pièces pour les frais du voyage. C'était une sacrée somme ! Son oncle lui avait dit qu'il n'en fallait pas moins pour aller jusque là-bas et ramener le garçon. Il avait prélevé deux guinées au passage, et Alf n'avait pas osé protester.

Mr Blacklea lui avait dit de consigner toutes ses dépenses au penny près, et son oncle lui avait répété la même chose. Apparemment, le maître vérifiait les comptes dans les moindres détails.

— Ce sera facile de compenser ma petite commission, avait dit Pearson. Tu n'as qu'à ajouter un penny par-ci, un penny par-là, jusqu'à ce que tu arrives à deux guinées.

Alf avait opiné. Il déplorait le larcin de son oncle, mais, en même temps, il avait compris qu'il pouvait en faire autant. Il fallait que les comptes semblent justes, même s'ils ne correspondaient pas exactement à ce qu'il avait dépensé. S'il s'y prenait habilement, il pouvait mettre un bon paquet de côté.

Et si en plus il touchait la prime promise pour se débarrasser de la femme, il aurait de quoi s'établir. Ailleurs, le plus loin possible du village et de son oncle.

Et pour Ruth, ce serait à prendre ou à laisser.

Ils eurent de la chance dans le golfe de Gascogne. Le temps était couvert et un fin crachin tombait, mais ils ne subirent aucune tempête.

Jacinta avait autant le pied marin qu'Eleanor, et toutes deux passaient beaucoup de temps sur le pont avec Mr Saxby. Au début, ce dernier montrait un teint pâlichon mais peu à peu, il s'habitua au roulis.

Quand il y avait un grain, Ben ne semblait même pas le remarquer, et les mouvements du navire qui les obligeaient soudain à s'accrocher partout où ils le pouvaient le faisaient rire aux éclats.

Malgré l'amabilité des autres passagers, ils formèrent bientôt un quatuor d'amis, passant la plupart du temps ensemble, bavardant de tout et de rien tout en surveillant le garçonnet de loin.

Se rappelant sa conversation avec Ben, Quentin prit à part la mère d'un des enfants qui jouaient sur le pont et lui expliqua que son père avait été très strict avec lui et lui avait interdit de jouer avec les gamins de son âge. La mère transmit le message à son fils Neil.

Neil avait bon cœur. Jusque-là, il avait traité avec un certain mépris ce garçon si tranquille, mais il fit un effort. Ils n'étaient que deux à avoir le même âge parmi les passagers de cabine et, malgré leurs tempéraments opposés, ils forgèrent bientôt une de ces amitiés qui naissent parfois des circonstances, quand deux personnes qui n'éprouvent pas d'aversion l'une pour l'autre partagent un même espace pendant un certain temps.

— Je n'ose crier victoire pour Ben, avoua Jacinta à sa nouvelle amie. Il n'a jamais eu d'ami. Mais il semble content de jouer avec Neil, qui est gentil avec lui.

Eleanor observa les deux gamins en souriant. Si Neil faisait preuve de bonne volonté, c'était sans doute parce que Ben le laissait commander.

— Je vous avais dit qu'il se débrouillerait sans problème.

— C'est une bonne idée qu'il y ait des cours. Il peut y rencontrer d'autres enfants.

— Pour nous aussi, ils sont une bénédiction. Nous allons rester deux mois coincées sur ce bateau, c'est long, même en très bonne compagnie. Je ne serai pas fâchée d'arrivée.

Jacinta acquiesça, mais elle n'était pas si sûre d'avoir envie que la traversée se termine.

— Vous vous faites du souci à propos de Mr Nash ?

— Comment pourrais-je ne pas m'inquiéter ? Je vais en Australie pour épouser un homme que je n'ai jamais vu. Et s'il ne me plaît pas ?

— Eh bien, vous resterez avec nous jusqu'à ce que vous rencontriez celui qui vous conviendra. Quant à moi, je vous le rappelle, je retourne vers un homme qui m'a dit qu'il m'aimait, mais qui ne sait pas que je suis libre. J'espère que Dougal n'a pas changé d'avis. Sinon, je me retrouverai comme vous… à chercher un mari.

— J'admire votre désinvolture !

— On manque de femmes, en Australie. Même les laiderons sont courtisés et trouvent bientôt à se caser. Quant à vous, vous êtes très jolie maintenant que vous mangez à votre faim. Vous n'aurez que l'embarras du choix.

— Merci du compliment, mais je me soucie peu de mon apparence.

— Vous avez tort. Votre blondeur est sans égale, et quand nous aurons fini de retoucher quelques robes parmi celles que Daphné m'a laissées, vous serez ravissante.

— Vous êtes sûres que vous n'avez pas besoin de ces robes ?

— J'en suis certaine. J'ai pris tout ce qu'elle me donnait au cas où j'aurais besoin d'en vendre pour survivre. Je vais veiller à ce que nous débarquions en Australie avec des toilettes dernier cri.

— Vous êtes merveilleuse.

Le train approchait de Marseille. Alf n'en pouvait plus de ce trajet interminable et l'énergie qu'il n'avait pas dépensée était prête à exploser en lui. Au début, il avait regardé par la fenêtre, curieux de voir la France. Sa première déception avait été de constater que ça ressemblait à l'Angleterre : des champs, des fermes, des arbres, du bétail, et de temps en temps une ville plantée dans le paysage comme un amas sale et enfumé.

Ses compagnons de voyage s'étaient révélés tout aussi décevants. Il n'avait rien en commun avec eux, et il se dit qu'il allait devenir fou à rester enfermé dans son compartiment. Son voisin descendait un jour après Paris, dans une ville au nom qu'Alf jugea imprononçable. Il lui laissa son journal.

— Merci beaucoup.

Alf lisait avec difficulté, mais au moins, ce déchiffrage laborieux allait l'occuper.

Le lendemain, une autre pensée déprimante l'envahit. Il allait devoir subir le même cauchemar au retour, qui plus est accompagné d'un gamin qui n'avait sans doute aucune envie de retourner en Angleterre. Personne ne lui avait expliqué comment il était censé le convaincre de rentrer avec lui.

Il ne fallait surtout pas que le garçon se doute qu'Alf était l'assassin de sa mère, sinon la mission dont Mr Blacklea l'avait chargé était vouée à l'échec.

L'idée qu'il allait tuer une femme le tracassait, il avait du mal à s'y faire. La tâche n'allait pas être facile, contrairement à ce que prétendait son oncle.

Parfois, il se disait qu'il aurait bien étranglé Ruth, mais cela n'avait rien à voir, sans compter que Ruth était une peste, de toute façon. Et si cette femme était sympathique, et qu'elle lui plaisait ?

Il observa le couple âgé qui était monté dans le train au dernier arrêt. Des *Frenchies* qui bavardaient sans interruption. Leur charabia sans queue ni tête était incompréhensible. Pas étonnant que les Anglais soient les maîtres du monde !

En face de lui, de jeunes mariés se chuchotaient des mots doux et se tenaient la main à la dérobée. Ces tourtereaux ridicules n'allaient pas tarder à déchanter, comme les autres.

Au cas où il aurait entamé une conversation, Alf avait un baratin tout prêt : il était veuf et partait en Australie rejoindre un cousin qui avait réussi là-bas. Mais il ne trouva aucune personne avec qui bavarder. Il aurait bien aimé que son histoire soit vraie. Et comment !

Hélas, une fois la tâche accomplie, il allait retrouver Ruth et une maison pleine de filles. Au moins, d'ici là sa femme ne tomberait pas en cloque. Il avait demandé à son oncle de la tenir à l'œil, au cas où elle aurait été tentée par un flirt ou pire encore.

À l'arrivée à Marseille, Alf était en sueur et poisseux de crasse. Aux escales, il s'était contenté de se laver les mains et le visage. La grande toilette qui avait précédé le départ devait suffire. Mais maintenant, il rêvait d'un bain et de vêtements propres. Il avait promis à son épouse qu'il changerait de sous-vêtements tous les dimanches, comme à la maison.

Avant tout, il devait trouver ce satané navire. Il demanda conseil à un de ses voisins de compartiment.

— Si tu m'aides avec mes bagages, mon garçon, répondit l'homme qui n'était plus tout jeune, je te montrerai. Je connais le port, j'ai déjà fait le voyage, je vis là-bas. Je suis retourné en Angleterre après le décès de mon épouse pour rendre visite à ma famille, mais à mon âge, c'est sans doute ma dernière traversée.

— L'Australie est un pays où on réussit ?

— On s'est bien débrouillés, mon fils et moi. Ton sort est entre tes mains, mais il faut travailler dur. Tu prends le navire de la P&O ?

— Oui.

— Viens avec moi, alors.

Alf aida volontiers Mr Cantley, qui lui avait fait bonne impression. Le voyageur aguerri appela un porteur pour les malles et demanda au jeune homme de ne pas les perdre de vue tandis qu'ils se frayaient un chemin sur les quais. Heureusement, le vieux monsieur parlait quelques mots de français. On était bien obligés, à force de l'entendre. Même Alf avait appris ce que signifiaient « bonjoor » et « mercy ».

La vue du navire le laissa pantois. C'était un bâtiment immense, beaucoup plus imposant que ce qu'il avait imaginé. Ils le longèrent, et Alf garda les yeux levés vers la coque gigantesque. C'était sans doute une bonne chose, qu'il soit si grand. On devait y être plus en sécurité.

En se préparant à embarquer, il eut l'impression qu'il allait être avalé par un monstre, d'autant que Mr Cantley, qui avait une cabine, avait emprunté une autre passerelle et qu'Alf se retrouvait seul à faire la queue avec les autres passagers de l'entrepont.

Depuis son départ d'Angleterre, il était envahi par un sentiment d'impuissance, et il détestait ça. C'était un grand gaillard, un costaud habitué à la vie au grand air. Cet enfermement lui était étranger et pénible.

Sur le pont, Jacinta et Ben, accoudés au bastingage, observaient l'embarquement. Deux vieilles ladies furent escortées avec un empressement obséquieux jusqu'à leurs cabines de luxe. Puis suivit un monsieur qui, voyageant en deuxième classe, eut droit à beaucoup moins d'attentions.

Un homme se distinguait dans la foule des passagers de l'entrepont. Plus grand que les autres, il avait l'air renfrogné et jetait des regards mal à l'aise autour de lui.

Eleanor les rejoignit.

— Je doute que les deux dames que nous venons de voir passer soient de bonne compagnie. Je parie qu'elles n'assisteront pas au concert. Le vieux monsieur semble plus sympathique, ne trouvez-vous pas ? J'espère qu'il y aura des passagers plus jeunes. Le temps va sembler long jusqu'à l'Australie.

— La chorale des enfants chantera trois chansons au concert, annonça Ben. Mr Teesdale me dit que j'ai une bonne voix. J'aime bien chanter.

Jacinta lui lança un regard plein de tendresse. Son fils était heureux de toutes ces activités, et il commençait déjà à se montrer plus indépendant. Il avait sympathisé avec Neil, qui était le seul garçon de son âge parmi leur classe de passagers.

— Tu auras sûrement des répétitions.

— Oui. C'est amusant de vivre sur un bateau, non ?

— Il n'y a sans doute que toi à bord pour y prendre autant de plaisir, mon garçon, lança Eleanor en riant.

— J'aime bien qu'on ait autant de choses à faire, répondit l'enfant avec ce sourire timide qui le caractérisait. Regardez le monsieur, sur la passerelle, reprit-il. C'est sûrement lui le plus fort sur le bateau, encore plus que les marins, même.

Jacinta ne dit rien, mais le visage de ce passager ne lui plaisait pas, elle lui trouvait un air brutal.

Il était rare qu'elle juge les gens au premier coup d'œil, et sa propre réaction l'étonna.

Quelque chose chez cet homme lui était familier. C'était impossible. Il n'était pas sur le bateau quand ils avaient quitté l'Angleterre, comment aurait-elle pu le rencontrer avant ?

Elle n'était pas fâchée qu'il voyage à l'entrepont, loin de leurs cabines.

*

Une fois à bord, Alf se rendit compte qu'il n'y avait au fond rien de nouveau. On lui ordonnait quoi faire, où se tenir, et il avait encore moins de liberté que chez lui.

Il pouvait voir les riches qui se pavanaient sur le pont avant dans leurs beaux habits, sans rien faire. Une bande de paresseux ! Ceux qui avaient de l'argent, qu'ils l'aient mérité ou non, profitaient toujours de ce qu'il y avait de mieux dans la vie, et les autres devaient se débrouiller comme ils pouvaient.

Alf attendit son tour pour descendre à l'entrepont par un escalier qui ressemblait à une simple échelle, et qu'on appelait une descente, un nom idiot ! Il avait les pieds trop grands pour les étroits barreaux et faillit tomber.

On lui indiqua une cabine qu'il allait devoir partager avec d'autres hommes. Elle était assez exiguë, et quand il vit ce qui allait être son lit, il fit grise mise. Comment un gaillard de près de deux mètres allait-il pouvoir tenir sur cette mince couchette, il n'en avait pas la moindre idée.

Le surveillant des hommes le regarda poser sa valise et observa d'un ton méprisant :

— J'espère que maintenant, vous allez faire une grande toilette et vous changer, monsieur Walsh.

Il fallut un bon moment à Alf pour se rappeler que c'était le nom dont son oncle avait choisi de l'affubler. Il dut demander au steward de répéter ce qu'il venait de dire.

— Vous êtes sourd ? Après votre voyage, vous êtes sale et, pour parler franchement, vous sentez mauvais. Si vous voulez que ça se passe bien avec vos compagnons de cabine, vous devrez vous laver souvent. Nous voulons que nos passagers soient propres, vu qu'ils partagent le même espace.

Alf se sentit rougir de gêne. Au moins, personne n'avait entendu ces propos.

Le steward prit un ton moins rude.

— Ne vous faites pas de souci. Les autres sont sur le pont, ils prennent l'air. Je vais vous montrer où se trouve l'eau pour votre toilette. J'espère que vous avez des vêtements propres.

— Bien sûr ! Alf se força à adopter un ton conciliant. Merci de votre aide. Cela fait un moment que je veux me laver, mais ces derniers jours, je n'en ai pas eu la possibilité.

Une fois le surveillant parti, Alf entreprit de se laver de pied en cap. Après, il se sentit rafraîchi. Il faisait chaud à l'entrepont, et le vieux monsieur lui avait dit que ce n'était que le début.

Il se contempla dans le miroir accroché au mur de la cabine. Il allait devoir soigner son apparence, désormais, s'il ne voulait pas attirer l'attention sur sa personne. Même si, avec sa carrure de géant, il lui était impossible de passer inaperçu et il en effrayait plus d'un. C'était parfois bien commode, mais là, vu ce qu'il mijotait, cela ne ferait que lui nuire.

Propre comme un sou neuf, comprenant enfin pourquoi il avait dû emporter autant de vêtements pour la traversée, Alf monta sur le pont rejoindre les autres passagers.

La plupart bavardaient en regardant la ville. Il ne connaissait personne et, après toutes ces journées d'immobilité, il avait envie de se dégourdir les jambes. Il se mit à longer le pont d'un pas vif, mais lorsqu'il tenta d'aller à l'avant du navire, un marin l'en empêcha.

— Pourquoi est-ce que je ne peux pas passer ? Il y a plein de monde de l'autre côté.

— Cet espace est réservé aux passagers des cabines. Comme vous voyagez à l'entrepont, vous n'avez pas le droit de dépasser les cheminées.

On appelait l'avant la « proue », et elle était réservée à quelques privilégiés, tandis que tous les autres étaient entassés à l'arrière. Alf vit une particule noire voleter avant de se déposer sur sa main fraîchement lavée. Il leva la tête et comprit qu'elle provenait de la cheminée, qui crachait de la fumée.

— Ils font chauffer les moteurs, expliqua le marin. Vous n'avez pas fini d'être arrosé de cendres !

Alf haussa les épaules et se remit à arpenter le pont de long en large, observant au passage ses compagnons de l'entrepont. Une foule de miséreux, surtout des gens des villes.

Quand il se retrouva de nouveau sous la cheminée, il s'arrêta pour observer les passagères des cabines, se demandant laquelle était Mrs Blacklea. Il vit six dames qui pouvaient faire l'affaire, mais deux lui semblaient trop jeunes. Restaient quatre candidates potentielles.

Un vieux monsieur bavardait avec deux d'entre elles, moins jeunes mais encore très jolies. Le temps ne semblait pas avoir de prise sur les riches. Sa Ruth, elle, faisait peur à voir, alors qu'elle avait été un sacré beau brin de fille. La plus belle du village.

Un garçonnet se précipita vers une des dames, qui l'étreignit affectueusement. Un geste rare, chez ces gens-là.

Je suis certain que c'est elle, se dit Alf. Et lui, c'est Ben.

Il était frappé par la tendresse que montrait la mère. Il ne fallait pas s'étonner qu'elle ne veuille pas confier son fils à Mr Blacklea. Personne n'avait jamais regardé Alf de cette façon, même si sa grand-mère avait été gentille avec lui. Sa mère, elle, avait trop à faire avec sa flopée de marmots.

Il avait le temps de vérifier son intuition. La traversée allait être longue, nul besoin de se précipiter. En son for intérieur, Alf était certain que c'était elle.

Mais il se rappela qu'il devait la tuer, et cette pensée le fit frémir.

Il la chassa de son esprit et commença à échafauder un plan.

Il devait d'abord entrer en contact avec le fils. Il savait s'y prendre avec les enfants, en tout cas avec ceux du village. Ils aimaient bien lui donner un coup de main à l'écurie, ou le regarder sculpter de petits animaux avec son canif. Il avait emporté le canif, ainsi que des bouts de bois.

Le gosse ne devait pas être si différent des gamins du village. Il semblait d'une nature calme. Un enfant gentil, probablement.

Il ne serait pas heureux chez Mr Blacklea, le pauvre petit. Mais ce n'était pas le problème d'Alf. Sa propre famille passait en premier. S'il ne remplissait pas sa mission, Mr Blacklea les chasserait du village.

Ce n'était pas le moment de vaciller. On l'avait chargé d'un travail, et il allait l'accomplir, un point c'est tout.

*

À l'approche de Fremantle, le *Bonny Ismay* attira l'attention avec son mât cassé et son étrange cargaison flottante.

Adam prit son temps pour l'amener au port, et se fit aider de plusieurs remorqueurs pour gérer le train de planches.

Une fois le bateau bien amarré, il ordonna à l'équipage de sortir le bois de l'eau. Il fit venir des treuils pour soulever les lots et les déposer sur le quai.

Puis il envoya un gamin chercher Mitchell Nash, le négociant en bois, dont il connaissait l'honnêteté. Il informa la police de ce qui était advenu. Il fallait s'assurer que ce bois n'appartenait plus à personne. Sinon, il devrait se contenter d'une récompense, sûrement inférieure à ce qu'il pouvait obtenir de ce précieux chargement qu'ils avaient récupéré à la sueur de leur front.

Bram accourait à grandes enjambées. Adam alla à sa rencontre.

— C'est vrai ? demanda-t-il avant même de monter à bord.

— Quoi ?

— Que la cargaison a été gravement endommagée dans une tempête.

— Hélas, oui.

— Mon Dieu ! Que vais-je faire ? Je comptais sur la vente pour payer des factures urgentes.

Bram s'assit sur le rebord d'une écoutille, le teint cendré.

Avant même qu'Adam ait le temps de lui demander plus de détails, Mitchell Nash arriva.

Adam laissa son beau-frère et alla expliquer la situation au nouvel arrivant.

— Je vous ferai une offre correcte pour tout le bois s'il est en bon état. Vous n'avez pas besoin de chercher un autre acheteur.

Le marché fut scellé d'une poignée de main.

— Nous devons attendre la décision de la police quant au statut de la cargaison avant que vous ne puissiez l'emporter.

— D'après le récit que vous venez de me faire, ce bois est à vous sans l'ombre d'un doute. Mais cela prendra un jour ou deux. Dites-moi, votre beau-frère a l'air bien sombre.

Mr Stanwell lui parla d'une voix très douce.

— Asseyez-vous, je vous en prie.

Elle s'exécuta et réprima ses larmes. Il ne fallait pas qu'elle ait les yeux rougis en rentrant. Elle se lança dans un récit entrecoupé de pauses où elle tentait de reprendre son calme.

— Chère madame, c'est là un fardeau très lourd à porter seule.

Elle hocha la tête en silence.

— Mais je ne vois pas ce que je pourrais faire pour vous, hélas.

Elle n'attendait rien d'autre de lui qu'un peu de sympathie.

— Cela dit, si vous souhaitez lui échapper définitivement, venez me trouver et je vous aiderai à partir.

Quelle idée merveilleuse ! Mais la lueur d'espoir s'éteignit vite et la réalité reprit le dessus.

— Je ne peux pas laisser ma fille Elizabeth. Parfois, j'arrive à détourner la colère de mon mari sur moi, pour la protéger. C'est peu de chose, mais ce n'est pas inutile.

— Je n'ai malheureusement aucune autre aide à vous offrir.

— Vous m'avez aidée en me montrant votre soutien, votre compréhension.

Elle se leva, contente d'avoir réussi à se maîtriser. Elle n'avait versé que quelques larmes, rien qui pût la trahir. Elle croisa son reflet dans un petit miroir et constata que son visage avait repris

— Il a besoin de l'argent que lui aurait rapporté la cargaison, chuchota Adam.

— Le pauvre, il ne mérite pas une telle tuile.

Bram se leva et les rejoignit d'un pas lourd.

— Il est inutile que je traîne ici. Adam, vous enverrez au Bazar ce qui reste de la marchandise, n'est-ce pas ?

— Bien entendu, dès que possible.

Tandis qu'il surveillait le déchargement, Adam vit sa femme et sa tante qui s'approchaient. Il s'apprêta à expliquer une fois de plus ce qu'il était arrivé.

Il courut à leur rencontre et prit sa femme dans ses bras. Puis il embrassa Harriet et, incapable de résister, étreignit sa femme de nouveau.

Quand il eut tout raconté, Ismay le regarda, en état de choc.

— Bram a perdu son chargement ?

— Presque. Et il m'a dit qu'il comptait sur lui.

— Le problème, c'est la fabrique de glace. Isabella est très inquiète de tout l'argent qu'il a investi. Il faut que je parle à mon frère. Je peux sûrement faire quelque chose.

— J'espère que Bram va se remettre du choc, dit calmement tante Harriet lorsque Ismay se fut éloignée.

— Moi aussi.

— Il est très perturbé ?

— Oui. Il est devenu tout pâle et a dû s'asseoir. Je ne l'ai jamais vu dans un état pareil. D'habitude, il est si joyeux, si optimiste.

— Il va avoir besoin d'argent. Je peux l'aider à redresser sa situation, je suis certaine qu'il me remboursera.

— De mon côté, je ne peux malheureusement pas faire grand-chose. Moi aussi j'ai beaucoup perdu dans la tempête. J'espère que le bois que nous avons récupéré compensera les dégâts.

— Alors, c'est peut-être toi que je devrais dépanner, mon cher neveu.

— Mais non ! J'ai de quoi couvrir mes pertes. Je suis encore très prudent pour mes activités de négoce.

— Tu es certain que tu vas t'en sortir ? Tu sais que je te donnerai bien volontiers jusqu'à mon dernier penny.

Il la prit un instant dans ses bras.

— Tante Harriet, gardez votre argent et ne le prêtez à personne. Vous en avez besoin pour vivre, et j'espère que vous avez encore de très nombreuses années de vie devant vous.

*

Gerald Blacklea inspectait sa demeure en long et en large trouvant toujours quelque chose à redire. Il n'avait jamais été un maître facile mais là, il passait les bornes.

Les femmes de chambre étaient terrorisées. Quant à la cuisinière, elle donna son congé en expliquant qu'elle avait passé l'âge de vivre dans la peur d'une réprimande.

Maria réussit à la convaincre de rester, puis alla se réfugier dans sa chambre pour échapper à la fureur de Gerald. Son mari ne comprenait pas qu'on puisse parlementer avec une domestique.

Elle se rendit à l'église dans l'après-midi pour changer les fleurs. Elle n'avait que rarement l'occasion de sortir, mais Gerald approuvait cette activité. Elle ne risquait pas de rencontrer grand monde à cette heure.

Mr Stanwell entra alors qu'elle finissait le premier bouquet. Il la laissa terminer sans se manifester.

— Vos compositions florales sont magnifiques, madame Blacklea.

— Merci !

Maria ne se souvenait plus de la dernière fois qu'on lui avait fait un compliment. Soudain, une vague d'angoisse la submergea et elle ressentit le besoin de s'épancher.

— Est-ce que je peux… vous parler ? En toute confiance ?

— Bien entendu.

Sans un mot, elle ramassa ses gants, son sécateur et le reste des fleurs, et les dissimula derrière le grand vase, en espérant que personne ne la chercherait.

Avant d'entrer dans la sacristie, elle se figea. Et si Gerald apprenait cette entrevue ? Elle faillit changer d'avis, mais ce qu'elle avait entendu par hasard pesait trop sur sa conscience, elle ne pouvait plus le garder pour elle.

l'expression impassible qu'elle avait adoptée depuis longtemps. C'était sa meilleure arme, contre lui.

— Merci, monsieur Stanwell. Il est temps que je retourne dans l'église.

Elle était en train de terminer de fleurir le deuxième vase quand elle entendit quelqu'un s'approcher. C'était lui. Son pas lourd était reconnaissable entre mille.

— Ah, vous voilà ! lança-t-il.

Elle attendit sans réagir. Gerald allait-il lui interdire cela aussi ?

— Très joli. Vous êtes douée pour les compositions florales.

— Merci, Gerald. Je pense que c'est bien de donner l'exemple, de montrer aux villageois que je participe à la vie de notre paroisse.

— Et pour nous, il n'est pas inutile que l'on sache que la grande maison s'intéresse aux affaires de l'église.

Son mari, en revanche, ne participait jamais à quoi que ce soit. Entre Mr Stanwell et lui régnait une antipathie mutuelle perceptible à un kilomètre, prête à exploser, et tous deux se tenaient sagement à distance l'un de l'autre.

— Oui, je suis d'accord, Gerald. C'est important pour moi de vous aider à faire bonne figure.

— Parfait, parfait. Vous êtes prête à rentrer ?

— Oui, j'ai terminé.

Elle ramassa ses outils et les rangea dans le sac de toile qu'elle avait apporté. Elle ne nettoya pas aussi bien qu'elle en avait l'habitude. Gerald détestait qu'elle s'abaisse à accomplir des tâches subalternes.

Il lui offrit son bras et la conduisit à la calèche. Elle était tellement soulagée qu'il ne soit pas arrivé plus tôt qu'elle en avait le tournis.

Maintenant, elle savait que si elle voulait se sauver, le pasteur l'aiderait. Mais il faudrait vraiment qu'elle n'ait pas le choix, parce que cela signifiait qu'elle devrait abandonner Elizabeth à son sort.

9

La traversée de la Méditerranée ne dura que quelques jours, et la plupart des passagers semblaient prendre plaisir à voguer sur des eaux calmes baignées de soleil. À ceux qui se plaignaient de la chaleur, l'hôtesse de bord expliqua que la température allait grimper à mesure qu'ils se rapprocheraient de l'équateur.

Comme elle l'avait fait avec Eleanor et Jacinta, elle conseilla aux dames de porter des vêtements légers et d'éviter les corsets ; une idée jugée scandaleuse par certaines qui préféraient souffrir plutôt que de sombrer dans pareille indécence.

Quand ils arrivèrent à Port-Saïd, tout le monde sortit sur le pont. Tous avaient entendu parler ou avaient vu dans les journaux des images du canal de Suez, cette merveille de la technologie moderne, mais ce n'était rien comparé à la réalité.

Réduisant son allure, le bateau dépassa les deux gigantesques obélisques qui se dressaient à l'entrée nord du canal. L'eau était calme et une brume de chaleur scintillait au-dessus des champs, donnant par endroits l'impression que l'air limpide se déversait en cascades.

— Le canal est beaucoup plus étroit que je ne l'imaginais, dit Jacinta. Il n'y a pas assez de place pour que deux navires puissent s'y croiser. Comment font-ils ?

— Ils peuvent se croiser à la hauteur du Grand Lac Amer, et il existe plusieurs voies d'eau élargies où un bateau peut jeter l'ancre pour laisser passer les autres, s'empressa d'expliquer un officier. C'est ce que les Français appellent des *gares*.

— Merci, répondit sèchement Eleanor, qui trouvait le jeune matelot un peu trop entreprenant.

— Vous avez bien fait de le remettre à sa place, murmura Jacinta à son amie. Si seulement il pouvait cesser de nous suivre partout comme un petit chien.

— Il en pince pour vous, visiblement, la taquina Eleanor.

— Sauf que ce n'est pas réciproque, et que, même si c'était le cas, je ne répondrais pas à ses avances étant donné que je me rends en Australie pour épouser un autre homme. De plus, j'ai remarqué que cet officier vous faisait les yeux doux à vous aussi, ainsi qu'à toutes les autres femmes.

— Mais pas plus que vous je ne réponds à ses avances, souligna Eleanor tout en comparant mentalement le jeune homme à Dougal.

Elle pensait souvent à son capitaine. Il n'était pas beau, mais ses traits respiraient la gentillesse et il était de bonne disposition, ce qui, pour elle qui avait vécu pendant des années sous la férule d'un homme odieux, était essentiel.

L'année précédente, lorsqu'ils s'étaient rendus à Suez à bord de la goélette de Dougal, elle n'avait pas cherché à se rapprocher du capitaine, du moins pas physiquement, mais ce dernier avait pris une grande place dans son cœur. Elle se sentait si bien avec lui ! Ils avaient toujours quelque chose à se dire, et même quand ils ne se parlaient pas ils appréciaient la compagnie l'un de l'autre.

Elle eut un pincement de nostalgie. Elle se languissait de lui.

Elle avait beau faire bonne figure en présence de Jacinta et Mr Saxby, elle ne cessait de se ronger les sangs quand venait la nuit. Il fallait plus de deux mois pour rallier l'Australie depuis l'Angleterre, et elle avait laissé Dougal sans nouvelles pendant qu'elle s'occupait de son époux mourant. Peut-être avait-il rencontré quelqu'un entre-temps. Si c'était le cas, la femme qu'il épouserait ne connaissait pas son bonheur.

Voyant que son amie la regardait d'un drôle d'air, elle s'obligea à sourire et lança gaiement :

— Vous venez au cercle de lecture ce matin ?

— Non. Je préfère m'occuper à coudre. Je n'aime pas qu'on me fasse la lecture. J'imaginais qu'on s'échangeait des livres, et qu'on en discutait entre nous. Si j'avais su, je ne me serais pas inscrite.

— Mais Mrs Morton est une excellente lectrice, vous ne trouvez pas ?

— Oh, je n'ai rien contre Mrs Morton, soupira Jacinta. En fait, c'est Claude qui m'a à jamais dégoûtée de la littérature. Il pouvait passer des heures à nous lire des ouvrages ennuyeux à mourir à Ben et moi. Et il se mettait en colère quand Ben s'impatientait, même quand il était tout jeune. Un jour, il a failli le frapper parce qu'il n'était pas assez attentif. J'ai dû m'interposer pour l'empêcher de lever la main sur lui.

Et c'est sur elle que Claude avait passé ses nerfs, en rugissant : « Un mari se doit de châtier sa femme quand elle ne lui obéit pas ! »

Peu après cet incident, il avait exigé qu'elle aille dormir dans la même chambre que son fils, et n'avait plus jamais cherché à avoir de rapports avec elle. Ce qui était un immense soulagement. Mais il continuait de la rosser à l'occasion, même si elle se défendait.

Réalisant qu'Eleanor l'observait avec curiosité, elle dit d'un ton léger :

— Mais ces temps-là sont révolus, Dieu merci !

— Je ne crois pas aux châtiments corporels. Les enfants ne devraient être punis que lorsqu'ils ont fait de grosses bêtises, comme mentir ou voler.

— Je n'ai jamais levé la main sur Ben, quoi qu'il ait pu faire. Je l'aime trop pour cela. Mais je ne crois pas qu'il pourrait voler ou mentir de toute façon. Sur ce, je vais aller me mettre à ma couture et employer mon temps utilement. Il me faut quelques vêtements convenables pour rencontrer

Mr Nash. Vous avez été si généreuse, Eleanor. Je ne sais comment vous remercier.

— Pensez-vous. On m'a cédé une telle quantité de robes, dont beaucoup ne me vont pas et qui sont passées de mode par-dessus le marché. Je peux facilement me passer de celles que je vous ai données. Et de quelques autres pour que vous puissiez faire bonne impression à votre nouvel époux.

— Je ne peux pas en accepter davantage.

— Mais bien sûr que si. D'ailleurs, cet après-midi, au moment de la douche, nous allons demander à l'hôtesse la permission de descendre dans la cale pour y chercher d'autres vêtements qui seraient susceptibles de vous aller. C'est étrange cette coutume de prendre des douches éclair pour se rafraîchir, vous ne trouvez pas ? J'ai hâte que nous nous éloignions de l'équateur pour ne plus avoir à rester à couvert toute la journée.

Comme Jacinta ne disait rien, Eleanor poursuivit :

— Si nous arrivons à nous attirer les bonnes grâces de l'hôtesse, je suis sûre qu'elle sera d'accord.

— Oh, mais je… je ne veux pas…

— Vous allez avoir besoin de davantage de sous-vêtements.

Jacinta pouvait difficilement prétendre le contraire, mais elle protesta.

— C'est trop. Je ne peux pas accepter. À supposer que tout ne marche pas comme prévu et que vous ayez besoin de vendre des effets. C'est bien pour cela que vous les avez emportés, n'est-ce pas ?

Cette fois, Eleanor changea de sujet. Elle était heureuse de pouvoir aider une femme avec qui elle s'était si vite liée d'amitié. Quand elle était mariée à Malcolm Prescott, elle n'avait jamais réussi à se faire d'amies, car ils étaient constamment en déplacement.

Elle n'avait même pas eu un enfant sur qui reporter son affection. Quant à Prescott, il s'était marié uniquement parce que sa mère était morte et qu'il avait besoin d'une femme pour tenir son ménage. Jamais il ne s'était soucié de savoir ce qu'elle pouvait ressentir ou désirer.

Tandis que le navire continuait sa lente progression le long du canal, Eleanor s'occupait de surveiller Ben et son camarade.

Tout le monde admirait le paysage. Deux bateaux les précédaient, et plusieurs autres les suivaient, quoique de trop loin pour pouvoir les voir distinctement.

Çà et là, des autochtones vêtus de longues robes et coiffés d'étranges couvre-chefs se regroupaient sur la berge, et les garçons s'extasiaient à la vue des chameaux chargés de marchandises qui avançaient d'un pas nonchalant.

Quand ils eurent franchi le canal et qu'ils pénétrèrent dans l'océan Indien, le bateau reprit de la vitesse. Au soulagement général, les voiles se gonflèrent sous la brise, et les turbines, qui faisaient un bruit infernal, purent être mises un temps à l'arrêt.

Un jour, Ben vint trouver sa mère tout excité et lui annonça qu'un nouvel atelier allait être proposé aux garçons.

— Reprends-toi et explique-moi calmement de quoi il s'agit, lui intima Jacinta qui ne comprenait rien à ses bafouillages.

— Il y a un homme – Mr Walsh – qui sculpte… des petits animaux en bois. Il va nous apprendre à faire la même chose. Mère, *s'il vous plaît*, inscrivez-moi ! Je vous en prie.

— Est-ce que cela suppose de se servir d'un couteau ?

Il la regarda comme si elle avait dit une énormité.

— Comment pourrions-nous tailler le bois sans couteau ?

Mr Saxby, qui se trouvait là, s'approcha et dit :

— Je peux prêter mon canif à Ben, mais seulement si vous m'y autorisez, naturellement, Jacinta.

Elle plissa le front, dubitative.

— J'avoue ne guère aimer l'idée qu'il puisse se servir d'un engin tranchant. Qui est ce Mr Walsh ?

— Un passager de l'entrepont qui nous a rejoints à Marseille. Il façonne de très jolies figurines. Il est vraiment doué.

— Il faut d'abord que je lui parle. Je veux voir à quoi il ressemble et qu'il m'explique en quoi consiste l'atelier.

— Je vais le chercher.

Sans attendre de réponse, Mr Saxby se dirigea aussitôt vers l'entrepont en sifflotant. Jacinta lui enviait sa perpétuelle bonne humeur. Il s'entendait à merveille avec les passagers de toutes les classes, et avec l'équipage, qui était aux petits soins pour lui.

Il revint quelques minutes plus tard avec un homme de grande taille qu'elle avait remarqué quand il avait embarqué à Marseille et dont la présence à bord lui avait procuré un certain malaise. Son cœur se serra. Était-ce l'homme de Blacklea ?

Toutefois, elle ne trouva rien à reprocher à Mr Walsh, qui répondit patiemment à toutes ses questions et qui souriait lorsque Ben tentait de s'immiscer dans la conversation.

Le garçon était tellement survolté à l'idée d'intégrer l'atelier que Jacinta n'eut pas le cœur de le décevoir. Ben avait été privé d'activités intéressantes pendant si longtemps.

Fixant Mr Walsh droit dans les yeux, elle posa une condition.

— Si jamais mon fils se blesse par inadvertance, je vous tiendrai personnellement pour responsable. C'est pourquoi j'attends de vous que vous soyez très vigilant.

— Je le serai, soyez sans crainte, madame Blacklea, même si une petite écorchure de temps à autre est inévitable. Pour autant, avant de les laisser se servir d'un canif, je vais leur apprendre les règles de base. Et ceux qui ne suivent pas mes instructions seront renvoyés illico.

Il plongea une main dans sa poche et en sortit un petit oiseau en bois sculpté.

— Me ferez-vous l'honneur d'accepter ceci ? C'est un modeste exemple de ce qu'on peut faire avec un canif et une brindille.

Elle le prit et le fit tourner dans sa main. Le petit sujet, sculpté avec une précision remarquable, représentait un passereau perché sur une branche. Elle n'osa pas refuser de peur de l'offenser, mais elle aurait préféré ne rien accepter de lui.

— Vous êtes très habile, monsieur Walsh.

Sa remarque sembla le mettre mal à l'aise, et il rougit légèrement, comme quelqu'un qui n'est pas habitué à recevoir des compliments.

— Ce n'est qu'un passe-temps, madame Blacklea. Je suis palefrenier de mon état.

Une fois de plus, tandis qu'elle le regardait s'éloigner, elle eut l'impression de l'avoir déjà vu. Ce n'était pas tant son visage que sa démarche et sa silhouette en général. Mais peut-être n'était-ce qu'une simple ressemblance avec quelqu'un qu'elle connaissait sans se souvenir précisément qui. Elle aurait dû lui demander d'où il venait. Cela l'aurait peut-être aidée à le remettre.

Lorsqu'elle rapporta l'oiseau dans sa cabine, Ben ne cessa de jouer avec et de l'examiner sous toutes les coutures. Il voulait apprendre à faire la même chose, lui dit-il. Elle eut beau lui expliquer qu'un tel niveau de savoir-faire requérait des années de pratique, il semblait certain d'y parvenir.

Son fils et elle étaient habitués à partager la même chambre, même si jamais auparavant ils n'avaient partagé un aussi petit espace. Elle était obligée de lui demander de s'allonger sur sa couchette, la tête tournée vers le mur, quand elle faisait sa toilette ou se changeait, et elle faisait la même chose quand il faisait ses ablutions.

Tous deux savouraient pleinement la liberté dont ils jouissaient maintenant que Claude était mort. Et Jacinta n'en éprouvait aucune culpabilité, car Claude ne l'avait jamais aimée. Il s'était servi d'elle, c'est tout.

Mais était-elle pour autant libérée de ce monstre de Gerald Blacklea ? Allait-il les pourchasser jusqu'en Australie ? Cette pensée la tourmentait.

Les jours s'écoulaient paisiblement, tandis qu'ils faisaient route vers leur prochaine escale, un port du nom de Galle, et Alf en arrivait à oublier la raison pour laquelle il était ici.

À sa surprise, il prenait un réel plaisir à diriger son petit atelier, et sans vouloir se vanter, il était un bon professeur.

Et puis il aimait l'alternance de journées chaudes et de nuits fraîches, et même la nourriture lui semblait délicieuse après les plats peu ragoûtants de Ruth.

Son oncle et Mr Blacklea n'auraient certainement pas apprécié qu'il prenne du bon temps, mais c'étaient deux canailles qui ne valaient pas mieux l'une que l'autre, et la mission qu'ils lui avaient confiée le rebutait encore plus maintenant qu'il avait appris à mieux connaître la dame qu'il devait supprimer, et découvert que c'était une bonne mère.

Quoi qu'il en soit, rien ne pressait, d'autant qu'il ne savait toujours pas comment il allait s'y prendre. La meilleure façon eût été de la pousser par-dessus bord, comme l'avait suggéré son oncle. Mais avec tous les gens qui déambulaient sur le pont, on risquait de le surprendre.

Il se réveillait parfois la nuit en sursaut et ruisselant de sueur après avoir rêvé qu'il tombait à l'eau et appelait en vain à l'aide.

Pouvait-il vraiment faire une chose pareille à une pauvre femme innocente ?

Sauf que s'il ne le faisait pas, sa propre famille en pâtirait. Ses sentiments pour Ruth n'étaient plus ce qu'ils étaient, mais il aimait sincèrement sa petite Callie.

D'autres fois, il rêvait qu'on lui passait la corde au cou tandis que résonnait la sentence « condamné à être pendu par le cou jusqu'à ce que mort s'ensuive ».

Dans ces moments-là, l'homme qui occupait la couchette au-dessus de la sienne le secouait pour le réveiller, parce qu'il faisait trop de bruit et l'empêchait de dormir. Alf se sentait alors obligé de s'excuser auprès de tous ses compagnons de cabine et d'expliquer qu'il était sujet aux cauchemars.

Le lendemain, Ben se présenta de bonne heure à l'atelier et s'assit à côté d'Alfred en attendant que le reste des garçons arrive. C'était un gamin joyeux et plein de vie, même s'il disait parfois des choses qui laissaient supposer qu'il n'avait pas toujours eu la vie rose.

— Vous avez l'air fatigué aujourd'hui, monsieur Walsh. Vous n'avez pas bien dormi ?

— Hum… non, j'ai fait des cauchemars.

— Moi, aussi, je faisais des cauchemars avant. Mais plus maintenant.

— Et de quoi rêvais-tu ?

Ben jeta un regard furtif autour de lui pour s'assurer que personne ne pouvait l'entendre et murmura :

— De mon père. Il battait ma mère et moi j'étais trop petit pour la défendre. Mais il est mort à présent, et tout va bien.

Alfred savait par son oncle que Gerald Blacklea battait sa femme et qu'il y prenait plaisir. Il se demanda ce qu'il ferait à ce brave petit gars si jamais il tombait entre ses griffes.

Ce soir-là, il eut du mal à trouver le sommeil. Au bout d'un moment, il finit par se dire que ce qui arriverait à Ben n'était pas son problème. On lui avait une mission et s'il ne voulait pas que sa famille subisse de représailles, il n'avait d'autre choix que d'obéir.

Deux semaines après avoir quitté Suez, ils mirent le cap sur Ceylan, où ils allaient faire escale au port de Galle. Là-bas, les passagers qui se rendaient en Australie allaient devoir changer de bateau et Jacinta, qui sentait que la fin du voyage approchait, commençait à se ronger les sangs.

Une fois arrivée à destination, elle allait faire la connaissance de Mitchell Nash, et sauf si l'homme était imbuvable, elle serait obligée de l'épouser, avec tout ce que cela supposait comme obligations. Ce n'était jamais très agréable pour une femme, mais c'était le prix à payer. Et si l'acte marital, si déplaisant soit-il, lui permettait d'avoir d'autres enfants qu'elle aimerait tendrement, ce serait sa consolation.

De plus, force lui était de reconnaître que la vie avec un mari serait plus facile. Pas seulement à cause de l'argent, mais parce que son fils serait en sécurité s'il lui arrivait malheur.

La veille de leur arrivée à Galle, ils étaient étendus sur leurs couchettes quand Ben lui demanda à brûle-pourpoint :

— Il est comment, monsieur Nash ?

— Tu as vu sa photo. Je n'en sais pas plus que toi. Mais il est parent avec Mr Stanwell, qui est un très brave homme.

— Mr Nash n'est pas aussi vieux que mon père, mais il n'a pas l'air souriant.

— Il faut poser pendant très longtemps sans bouger quand on vous tire le portrait. C'est difficile de sourire tout le temps.

— Son fils a l'air gentil en tout cas.

— Oui, il s'appelle…

— Christopher, vous me l'avez déjà dit, et il a dix ans. Mais est-ce qu'ils seront *comme* nous ? Est-ce qu'ils seront aimables avec nous ?

— Je l'espère. Mais si ce n'est pas le cas, je n'épouserai pas Mr Nash.

— Comment saurez-vous s'il est bien disposé ou non ?

— Je vais prendre mon temps et apprendre à le connaître avant de prendre ma décision. Et puis on verra bien ce que les gens disent à son sujet.

— Mais à supposer qu'il soit méchant ?

— Dans ce cas, Mr Saxby a promis de nous aider.

— Tant mieux. J'aime bien Mr Saxby.

Il y eut un silence, puis :

— Vous ne pourriez pas vous marier avec lui plutôt ?

Elle rit.

— Non, mon trésor. Il est trop âgé, et de toute façon il va en Australie pour retrouver une dame qu'il espère épouser.

Elle entendit un bâillement dans l'obscurité, puis une respiration régulière dans la couchette au-dessus de la sienne. Elle sourit. Ben n'avait jamais de mal à trouver le sommeil, et elle-même dormait mieux depuis qu'ils étaient en mer.

*

Gerald Blacklea se rendit dans la bibliothèque plus tôt qu'à l'ordinaire et y trouva la femme de chambre en train d'allumer le feu.

— Que fais-tu ici à cette heure-ci ? s'emporta-t-il. Tu aurais dû avoir fini ton ouvrage il y a long-temps.

Terrorisée, elle se releva d'un bond, laissant tomber les copeaux de bois qu'elle portait dans son tablier et qui se répandirent sur le fauteuil du maître.

— Espèce d'idiote ! Regarde ce que tu as fait ! rugit-il, et sans même réfléchir, il la repoussa d'une gifle.

Elle tomba de tout son long en arrière en poussant un cri de douleur quand sa tête heurta le pied de la table.

Il la considéra sans rien dire, attendant qu'elle se relève, puis voyant qu'elle ne bougeait pas, sortit en pestant de la pièce.

Il entra sans bruit dans la salle à manger et sonna pour qu'on lui apporte son petit déjeuner.

Alors que le majordome lui apportait du thé, quelqu'un appela depuis la bibliothèque.

— Monsieur Marston ! Monsieur Marston ! Venez vite !

— Si vous voulez bien m'excuser un instant, monsieur, murmura le majordome.

— Sers-moi d'abord mon thé !

Ce n'est que lorsque le majordome se fut exécuté qu'il put aller voir quelle était la cause des cris qui résonnaient dans le hall.

Dans la bibliothèque, Mr Marston trouva la gouvernante et une femme de chambre penchées au-dessus de Megan, la petite bonne, qui se tenait la tête en gémissant.

— Que se passe-t-il ? Cessez de crier, vous importunez le maître.

Megan sanglotait.

— Il m'a frappée, monsieur, il m'a assommée.

— Qui cela ?

— Le maître.

Il y eut un silence, puis la gouvernante dit :

— Je ne sais pas quoi faire, monsieur Marston.

— Tu es certaine que c'est le maître ?

Megan hocha la tête en grimaçant de douleur.

— Je n'ai pas envie d'être battue pour rien, je m'en vais.

Quand elle expliqua à Marston ce qui s'était passé, ce dernier poussa un profond soupir. Son regard croisa celui de la gouvernante, mais ni l'un ni l'autre ne livra le fond de sa pensée.

— Payez-lui son dû et donnez-lui une bonne lettre de recommandation, madame Phillips, finit par dire Marston, puis se tournant vers Megan : Et toi, pas un mot à quiconque de ce qui est arrivé. Sans quoi, il cherchera à se venger. Tu le sais, n'est-ce pas ?

Elle hocha la tête en reniflant.

— Alors, tiens ta langue et tu auras de bonnes références ainsi que ce petit supplément pour t'aider à tenir jusqu'à ce que tu aies trouvé à te placer ailleurs.

Il plongea une main dans sa poche et en ressortit une guinée. Dieu merci, Mr Blacklea ne regardait pas à la dépense quand il s'agissait de diriger la maison.

Quand la femme de chambre et Megan furent sorties, la gouvernante ouvrit la bouche pour dire quelque chose.

Mais Marston leva la main pour l'empêcher de parler, et se rapprochant, articula sans bruit :

— Parlez tout bas.

— Il est de pis en pis. Je ne suis pas sûre de vouloir rester moi-même.

— Donnez-lui une chance. Il paie bien.

— S'il s'en prend encore une fois à une femme de chambre, je lui rends mon tablier.

— Je vais lui parler.

Elle lui jeta un regard surpris.

Il eut un petit rire sec.

— Je vais y mettre les formes, naturellement, mais je pense qu'il comprendra qu'il ne peut pas se permettre de perdre tous ses domestiques.

— Vous êtes plus courageux que moi, monsieur Marston.

Il sourit tristement et alla trouver son maître. S'il avait tenu pendant toutes ces années sous les ordres de ce monstre, il pouvait tenir encore deux de plus. Après quoi, il aurait suffisamment d'argent pour pouvoir lui donner son congé et ouvrir une pension pour messieurs, son rêve de toujours.

*

À Galle, il y eut une grande agitation quand les passagers débarquèrent. Un autre navire devait les emporter à Albany, situé au sud-ouest de l'Australie, puis à Melbourne et enfin à Sydney à l'est. Jacinta n'en revenait pas de la distance qui séparait Albany des autres villes. C'était aussi loin que d'aller de Londres à Moscou !

Plus petit et moins pimpant que le premier, le deuxième navire n'en était pas moins muni d'un moteur à vapeur et de deux mâts pour voguer à la voile le cas échéant.

La cabine de Jacinta et Ben était tellement exiguë qu'elle eut tout le mal du monde à caser leurs affaires sous les couchettes.

On frappa à la porte et Eleanor passa la tête par l'embrasure.

— Les cabines sont vraiment minuscules cette fois. Et dire que je vais devoir partager la mienne avec une autre dame.

— Comment est-elle ?

— Revêche. Elle ne m'a pour ainsi dire pas adressé la parole, grimaça Eleanor. Heureusement que nous sommes presque au bout du voyage !

— Et Mr Saxby ? Il est bien installé ?

— Je ne l'ai pas vu, mais il a les moyens de s'offrir une cabine plus spacieuse. Je l'envie. L'année dernière, sur le *Bonny Mary*, on était à l'étroit, car c'était un cargo et il n'y avait de place que pour une poignée de passagers, mais tout le monde s'entendait bien et c'était très agréable.

— Et puis vous aviez le capitaine McBride pour vous faire la conversation.

Jacinta regarda son amie, puis son fils.

— Tu peux sortir sur le pont, si tu veux, Ben, mais à condition de ne pas t'approcher du bastingage.

Comme il roulait les yeux, elle rit et ajouta :

— Je radote, je sais, mais je n'ai pas envie de te perdre.

— Maman, j'ai neuf ans. Je ne suis plus un bébé.

C'est vrai, songea-t-elle en le regardant s'éloigner. Il grandissait à vue d'œil.

Quand les deux femmes furent seules, Jacinta dit sans mâcher ses mots :

— Vous êtes appréhensive maintenant que le voyage touche à sa fin ?

— Oui, et vous ?

— Terriblement. J'ai commis une grosse erreur en épousant Claude. J'espère ne pas me tromper à nouveau.

— Moi, je sais que Dougal est un homme merveilleux. Je n'ai donc pas de souci à me faire de ce côté-là. En revanche, je ne sais pas s'il voudra encore de moi. Peut-être a-t-il rencontré quelqu'un entre-temps et changé d'avis ? Je n'ai pas envie qu'il se sente obligé de m'épouser par charité.

— Ah, vous voilà, mesdames ! lança une voix à l'extérieur de la cabine.

C'était Mr Saxby.

Il les scruta un instant du regard et demanda :

— Vous semblez soucieuses. Quelque chose ne va pas ?

— Nous parlions des hommes que nous allons épouser.

— Vous n'êtes obligées d'épouser personne, dit-il. Personne ne peut vous forcer.

— Mais nous avons besoin de maris, soupira Jacinta. La vie est difficile pour une femme seule, et puis un garçon a besoin d'un père.

Elle ne mentionna pas le manque d'argent, mais il connaissait sa situation.

— Si l'une ou l'autre d'entre vous se retrouvait dans l'embarras, j'espère que vous savez que vous pouvez compter sur moi. Je suis prêt à vous aider de toutes les façons possibles.

— Mais nous n'avons aucun droit de vous demander quoi que ce soit, dit Jacinta.

— C'est tout de même très gentil de votre part, ajouta Eleanor. Et si nous rencontrons des problèmes, nous viendrons vous trouver.

Il leur sourit tristement.

— Si j'avais eu des filles, j'aurais aimé qu'elles soient comme vous.

Sans réfléchir, Jacinta le serra dans ses bras, après quoi Eleanor l'imita.

Il hésita, puis dit doucement :

— Pourquoi est-ce que vous ne m'adopteriez pas ? Ça me ferait tellement plaisir que vous m'appeliez « mon oncle ».

— Mais bien sûr ! s'écria aussitôt Jacinta, tandis qu'Eleanor acquiesçait.

— Dans ce cas… à partir de maintenant, je serai votre oncle Quentin.

Tandis qu'il sortait son mouchoir et se mouchait énergiquement, Eleanor et Jacinta échangèrent un sourire furtif.

— Et maintenant, je propose que nous allions voir ce que fait notre petit chenapan, ma chère Jacinta. Je vous laisse le soin de lui annoncer que vous m'avez adopté, ce qui fait de moi son grand-oncle. Grands dieux, ça ne me rajeunit pas !

Ne voyant pas Ben sur le pont, Jacinta eut un moment de panique, jusqu'à ce qu'elle l'aperçoive au niveau inférieur, en grande conversation avec Mr Walsh, le regard brillant et gesticulant tant et plus.

C'est alors qu'elle réalisa, à son grand déplaisir, que Mr Walsh avait embarqué sur le même navire qu'eux.

Quelque chose chez cet homme la mettait mal à l'aise, mais elle avait beau se triturer les méninges, elle ne comprenait pas pourquoi.

10

Après le petit déjeuner, Ismay et tante Harriet se rendirent au port pour jeter un œil sur le bois qui avait été récupéré. Adam leur avait dit qu'on l'avait soigneusement empilé sur le quai, et que le bateau avait été nettoyé pour que les réparations puissent démarrer sans attendre.

Quand elles atteignirent le *Bonny Ismay*, la jeune femme tira sur la manche de tante Harriet. Elle avait toujours un petit pincement quand elle voyait son nom inscrit sur le flanc du bateau. Elle avait été fière comme un coq quand Adam, Dougal et Mr Lee avaient choisi de donner son nom à leur nouvelle embarcation.

Elle le murmura à voix basse : « *Bonny Ismay* ». Elle l'aurait volontiers crié à tue-tête, mais elle ne devait pas oublier qu'elle était femme de capitaine. Il fallait garder sa dignité.

— Comme j'aimerais naviguer avec Adam, lança-t-elle sans réfléchir.

— Je sais que c'est à cause de moi que tu restes à terre. Je t'en suis reconnaissante, parce que je ne me sens pas encore chez moi en Australie.

— Vos vieux amis vous manquent, n'est-ce pas ?

— Quelques-uns, oui, je l'avoue. Surtout Quentin. Les amis de jeunesse sont irremplaçables. Quand ils vous regardent, ils voient la jeune fille que vous avez été, pas la vieille dame de soixante ans. Mon corps a pris de l'âge mais mon esprit est resté jeune. Je ne sais pas si les autres sont comme moi, mais je ne me sens pas du tout vieille, au fond.

— J'espère que je serai comme vous quand j'aurai votre âge. Malgré vos cheveux gris, vous n'avez pas une ride et votre peau est merveilleusement douce. Et puis surtout, vous êtes d'une compagnie très agréable.

— Je suis flattée. Tu vas me dire que j'ai gardé la taille de mes vingt ans, aussi ?

— Peut-être pas, rétorqua Ismay en riant, mais votre embonpoint fait plaisir à voir. Moi, je ressemblerai sans doute à une vieille sorcière décharnée, comme notre voisine d'en face. Je n'arrive jamais à prendre un gramme.

Une fois arrivées à la passerelle, elles levèrent les yeux.

— Dieu soit loué, il s'est sorti de cette abominable tempête. C'est un vraiment bon bateau ! Les dégâts font peine à voir mais je suis certaine qu'Adam va tout faire réparer.

Apercevant son mari, Ismay se précipita sur la passerelle en l'appelant à tue-tête.

— Adam ! Adam !

Harriet gloussa. Ismay et son sens de la dignité !

Le jeune homme était comme un fils pour elle. Elle le regarda accueillir sa femme en la faisant tourbillonner dans ses bras et, peu soucieux du qu'en-dira-t-on, lui planter un baiser sonore sur la joue. Ces deux-là étaient fous amoureux l'un de l'autre.

Harriet était tout émue. Elle s'était occupée avec affection de cet enfant illégitime dont le père pourvoyait à peine à ses besoins. Maintenant, c'était lui qui veillait sur elle. Elle savait qu'elle avait de la chance de l'avoir. Elle ne pouvait pas se plaindre, mais depuis la mort de son mari, la tendresse et les câlins lui manquaient. Beaucoup de choses lui manquaient.

Elle ne devait pas se laisser aller à la nostalgie. Le soir même, elle écrirait à Quentin. Elle lui raconterait la tempête, et le sauvetage du bois à l'initiative d'Adam. Elle savait que cela l'intéresserait.

Le sourire aux lèvres, elle rejoignit le jeune couple.

*

Une semaine après le départ de Galle, la mer devint houleuse. Il ne faisait pas froid, et on rassura les passagers. Ce n'était pas une tempête, juste un peu de gros temps.

Ben se portait comme un charme mais Jacinta avait un léger mal de mer et elle insista pour que son fils reste avec elle dans la cabine.

Elle s'étendit et réussit à dormir un peu. Quand elle se réveilla, elle était seule. Elle avait ordonné à Ben de ne pas sortir, et avec tout ce roulis, elle s'inquiéta immédiatement pour sa sécurité.

Elle jeta un coup d'œil à l'extérieur et ne vit que quelques intrépides qui bravaient les éléments sur le pont, malgré le vent qui cinglait cheveux et habits. Mais il n'y avait aucune trace de Ben et la nuit tombait rapidement, comme c'est le cas sous les tropiques.

Contrariée que son fils lui ait désobéi, elle s'enveloppa dans un châle et sortit. Elle avança en trébuchant, se raccrochant à tout ce qu'elle pouvait. Elle inspecta soigneusement le pont avant, sans succès.

Ben était-il allé retrouver Mr Walsh, comme il le faisait souvent ? Il s'était pris de passion pour la sculpture sur bois et était en train de lui façonner un objet pour son anniversaire.

Ni l'oncle Quentin ni Eleanor n'étaient sur le pont. Ils s'étaient sans doute réfugiés dans le salon pour bavarder en attendant l'heure du dîner.

Il y avait peu de chances que son fils soit avec eux, il détestait rester enfermé. Elle les rejoindrait dès qu'elle l'aurait trouvé, et lui ordonnerait de rester dans le salon. Le temps s'envenimait.

Tandis qu'elle se dirigeait vers le pont arrière, elle dut contourner une grande caisse à claire-voie qui faisait office de poulailler. Grâce à ces pauvres poules, fort mal en point depuis qu'elles avaient quitté la terre ferme, les passagers pouvaient déguster des œufs frais à bord.

Pendant un instant, elle ne fut plus visible des autres passagers. Une bourrasque défit son chignon et ses cheveux lui tombèrent sur les yeux. N'y voyant plus rien, elle se cogna brutalement contre quelqu'un qui arrivait en sens inverse. Elle s'écarta avec un cri de surprise et s'approcha du bastingage. Elle allait l'agripper lorsque le passager la heurta de nouveau, avec une telle brutalité qu'elle fut projetée en arrière et se retrouva le dos contre la rambarde.

Alors qu'elle assurait sa prise sur le métal glissant, le navire tomba soudain dans le creux d'une vague et elle bascula de l'autre côté du bastingage.

La peur, paradoxalement, lui donna des forces et elle ne lâcha pas la rambarde, résistant de toute sa volonté. Elle appela à l'aide à pleins poumons.

Tout sembla se dérouler comme au ralenti. Elle croisa le regard de Mr Walsh et, interloquée, y lut de la haine.

Il avançait les mains pour la pousser une dernière fois. Elle lança un hurlement. Elle était sûre qu'elle allait mourir, qu'il allait la faire tomber par-dessus bord.

Les secondes s'écoulaient avec une infinie lenteur. Son assaillant immobilisa ses mains à hauteur de son torse, mais ne fit pas un geste pour lui venir en aide.

Allait-il la laisser mourir ?

— Aidez-moi, implora-t-elle, sentant son bras faiblir et n'osant tenter de se relever. Elle savait qu'elle ne pourrait plus tenir longtemps.

— Je vous en prie, aidez-moi !

Il lança un juron, l'agrippa par les cheveux et lui prit un bras en appelant au secours. Luttant contre le vent et le roulis, il la releva.

Elle ne lâchait pas la rampe, de peur qu'il ne la pousse encore. Il ne dit rien, ne prononça pas un mot.

Soudain, une foule de gens surgirent. On la souleva et elle fut ramenée de l'autre côté, sur le pont.

Elle s'effondra sur le sol, le corps agité de gros soubresauts. Il s'en était fallu d'un cheveu ! Elle n'était pas en état de parler. Aspirant l'air goulûment, elle tenta de maîtriser la terreur qui coulait encore dans ses veines.

Il lui fallut un certain temps pour comprendre qu'elle était bien vivante, en sécurité sur le pont. Mr Walsh l'avait bel et bien sauvée, en fin de compte.

Mais pourquoi avait-il hésité si longuement ?

Il continuait de darder sur elle un regard furieux, comme si elle avait fait quelque chose de mal. Pourquoi ?

Elle ferma les yeux pour échapper à sa haine, mais les rouvrit quand un petit corps se précipita dans ses bras. C'était Ben qui la serrait de toutes ses forces.

Mr Walsh avait reculé d'un pas, son visage avait pris une expression neutre.

Elle était certaine qu'il s'était apprêté à la pousser par-dessus bord, ce n'était pas le fruit de son imagination. Puis il avait hésité, et l'avait presque laissée tomber vers sa mort.

Pour quelle raison ?

Un passager posa une main sur l'épaule du jeune homme.

— Vous êtes un héros, vous lui avez sauvé la vie.

Le groupe se resserra autour de lui et l'applaudit.

Walsh secoua la tête. Il recula puis fit demi-tour et s'éloigna en se frayant un chemin entre les badauds.

— Et modeste, avec ça ! lança une femme.

— Il n'en est pas moins un héros.

Jacinta savait ce qu'il s'était passé. La rencontre n'avait rien eu de fortuit. Il l'avait bousculée délibérément, deux fois de suite, et poussée contre le bastingage.

Un steward et une hôtesse arrivèrent à leur tour et l'aidèrent à se relever. Ils la raccompagnèrent à sa cabine en la soutenant de part et d'autre. Elle restait agitée de tremblements irrépressibles.

D'être passée si près de la mort lui faisait prendre conscience de la vulnérabilité de l'être humain. La peur s'était insinuée jusqu'au plus profond de son âme.

Ben marchait devant eux. Il se retourna une fois pour s'assurer qu'elle était toujours là.

Pour son fils, Jacinta devait se reprendre. L'essentiel, c'est qu'elle était vivante, et hors de danger. Elle ne voulait pas que l'incident laisse des traces chez l'enfant et qu'il devienne angoissé.

Il ouvrit la porte de la cabine et s'écarta pour la laisser passer.

Au grand soulagement de Jacinta, Eleanor relaya l'hôtesse et aida son amie à entrer. Quentin prit Ben par la main.

— Je m'occupe de lui. Vous savez que vous pouvez me faire confiance. Enfilez vite des vêtements secs. Vous grelottez, ma chère.

Elle savait qu'elle pouvait lui faire confiance. Mais une mise en garde s'imposait :

— Ne laissez pas Ben seul avec Mr Walsh.

Il lui lança un regard étonné, mais elle fit un signe de tête en direction de son fils pour indiquer qu'elle ne pouvait pas en dire plus pour l'instant.

L'oncle Quentin acquiesça comme s'il avait compris son message muet.

— Je ne le laisserai pas s'éloigner d'une semelle.

Ce n'est qu'une fois qu'ils furent sortis qu'elle put enfin se laisser aller. Elle s'écroula dans les bras de son amie, dont la force la réconforta.

Elle était en sécurité, certes, mais comment le rester ? Mr Walsh n'allait-il pas regretter son geste et tenter de la tuer une nouvelle fois ? S'il n'était pas allé jusqu'au bout, c'était sans doute parce qu'il avait vu quelqu'un. C'était un géant. Dangereux. Désormais, elle devait rester sur ses gardes en permanence.

On lui parlait. C'était l'hôtesse. Elle se força à écouter cette voix qui lui semblait si éloignée.

— Vous devez vous changer, madame Blacklea.

Elle contempla avec étonnement sa tenue encore ruisselante.

— Je vais vous apporter de l'eau chaude pour que vous vous débarrassiez de tout ce sel. Et du thé. Il n'y a rien de plus réconfortant qu'une tasse de thé bien chaud.

— Merci.

— Allez, retirez-moi ces vêtements tout trempés, intima Eleanor une fois l'hôtesse sortie.

Jacinta ne savait pas si elle devait se confier à son amie.

— Comment cela est-il arrivé ? demanda celle-ci. Vous êtes si prudente quand vous vous déplacez à bord, d'habitude.

— Je ne suis pas sûre, mais je crois…

Jacinta s'interrompit, puis reprit d'une voix précipitée :

— Je ne peux rien prouver, mais je crois que Mr Walsh a tenté de me pousser par-dessus bord. Ensuite… je sais que ça a l'air idiot, mais il m'a ramenée sur le pont.

Eleanor était glacée d'horreur.

— Mais pourquoi aurait-il fait une chose pareille ?

Un long silence suivit, mais quand elle se décida à répondre, Jacinta était certaine de ne pas se tromper.

— Il y a une personne qui souhaite ma mort. Vous avez entendu vous-même ses menaces.

— Gerald Blacklea.

— Walsh n'est monté qu'à Marseille. Je pense que Blacklea l'a envoyé à mes trousses. Son visage me dit quelque chose. J'ai tenté en vain de savoir pourquoi. Peut-être que je l'ai croisé dans le village lors de mon séjour chez les Blacklea.

— Vous êtes sûre de ce que vous avancez ?

— Oui. Walsh a bel et bien tenté de me tuer, mais à moins qu'il y ait un témoin, je ne pourrai pas le prouver. Et donc je ne peux l'accuser de rien. Sinon, pourquoi aurait-il voulu me pousser par-dessus bord ?

— C'était peut-être un accident.

— Je ne pense pas. Malheureusement, j'avais les cheveux dans les yeux à cause du vent, et je ne l'ai pas vu s'approcher.

— Peut-être que le tangage l'a projeté contre vous ?

— Deux fois de suite ? Et la deuxième fois, il m'a envoyée dans la direction opposée. Le choc était si violent que je me suis retrouvée de l'autre côté du bastingage. Je me suis agrippée et j'ai tenu bon, Dieu soit loué. Sinon je serais morte à l'heure qu'il est.

Elle regarda ses mains et éclata d'un rire amer.

— Qui aurait deviné que toutes ces années de labeur à la maison et dans le jardin me sauveraient la vie ? À force de couper du bois, j'ai des mains plus musclées que la plupart des femmes, je pense.

L'hôtesse revint avec une grosse bouilloire fumante et une bouillotte. Elle promit que le thé arrivait.

En quelques minutes, Jacinta se lava de l'eau de mer. Elle enfila sa chemise de nuit, et comprit soudain qu'il lui manquait quelque chose.

— Oh, j'ai perdu mon châle. Il a dû tomber à l'eau.

— Je vous apporte un des miens.

— Merci.

Douillettement enveloppée dans un grand châle, elle se blottit dans le lit, la bouillotte recouverte de flanelle entre les mains.

— J'ai besoin de me reposer, maintenant. Je vais repenser à… ce qui est arrivé. Est-ce qu'oncle Quentin et vous pouvez veiller sur Ben ?

— Évidemment.

— Ne le perdez pas de vue une seconde.

— Je vous le promets.

Jacinta, épuisée, ne fut pas fâchée de se retrouver seule.

Elle se redressa quand l'hôtesse revint avec le thé. Elle lui demanda de lui verser une tasse et de laisser le plateau à côté de la couchette.

Elle but son thé à petites gorgées, la tasse entre les paumes, repassant l'incident dans sa tête. Mr Walsh avait tenté de la tuer. Sur ce point, elle n'avait guère de doute. Mais pourquoi l'avait-il sauvée *in extremis* ? C'était ce qu'elle ne comprenait pas. Pour lui, rien de plus facile que de la laisser tomber à la mer.

Était-elle encore en danger ? Allait-il de nouveau changer d'avis et faire une deuxième tentative ?

Elle plongea dans un sommeil tourmenté et se réveilla en sursaut. Ben était à côté d'elle.

— C'est moi, maman.

— Dieu soit loué ! Tu veux bien mettre le plateau dans la coursive, mon trésor ?

Une fois qu'il fut bien installé dans la couchette au-dessus d'elle, elle fut prise d'une inspiration subite et coinça une chaussure sous la porte, de sorte que personne ne puisse l'ouvrir sans l'alerter. Ben crut que c'était un jeu, et elle ne le contredit pas.

Puis elle dormit, cette fois d'un sommeil plus paisible même si elle s'éveilla à plusieurs reprises. Une fois, il lui sembla qu'on tentait d'ouvrir la porte mais la chaussure tint bon. Ou était-ce un rêve ?

Au réveil, la lumière du soleil qui remplissait la cabine la remplit d'aise. L'hôtesse, qui lui apportait son thé du matin, l'appelait anxieusement derrière la porte, inquiète de ne pouvoir ouvrir. Elle apportait une bonne nouvelle : le calme était revenu.

— Je ne veux pas que tu quittes le pont avant, ordonna Jacinta à Ben.

— C'est compris. Je vais veiller sur toi. Mr Saxby me l'a demandé.

C'était un bon prétexte pour le garder à côté d'elle.

Quand ils gagnèrent la salle à manger pour le petit déjeuner, les passagers se précipitèrent, l'aidant à s'asseoir comme si elle était devenue invalide du jour au lendemain. Elle savait qu'ils voulaient juste se montrer attentionnés mais aurait préféré qu'on la laisse tranquille.

Ben, contrairement à son habitude, mangeait en silence.

On leur avait annoncé qu'il restait encore deux semaines avant d'atteindre l'Australie-Occidentale. Jacinta se demanda comment elle allait passer le temps, et surtout comment elle allait occuper son fils sans qu'il coure à droite et à gauche.

— Vous êtes au courant ? entama sa voisine de table. On demande des volontaires pour donner des cours aux passagers de l'entrepont.

— À tous les passagers, rectifia Eleanor.

La femme renifla d'un air dédaigneux.

— Pour ma part, je n'ai besoin d'aucun cours et je n'ai pas la moindre intention de me mêler à la populace.

— Je vais proposer des cours de couture, annonça Eleanor. Je pense que cela devrait surtout intéresser les passagers de l'entrepont, que je ne qualifierais pas de populace. Il faut que l'hôtesse nous trouve un peu de tissu. Nous pourrions confectionner des tabliers, ou des mouchoirs. Pourquoi ne le faisons-nous pas ensemble, Jacinta ?

— Je vais réfléchir.

Ses yeux se portèrent spontanément sur Ben.

— Il se débrouillera, observa Eleanor à mi-voix. Personne n'a tenté de lui faire du mal. D'ailleurs, si votre hypothèse est juste, il n'a absolument rien à craindre.

Ben fut invité à jouer avec un autre enfant, sous le regard vigilant des parents, qui semblaient gentils. Jacinta ne put s'empêcher de demander.

— Vous ne le perdrez pas de vue, n'est-ce pas ?

— Nous veillerons sur lui comme sur notre propre fils. Vous devez être tendue, après ce qu'il s'est passé hier soir. Vous êtes sûre que ça va, madame Blacklea ?

— Oui, merci. J'ai juste besoin d'un peu de calme. Mon amie et moi allons probablement faire de la couture.

Heureusement, les flots s'étaient apaisés. Après le petit déjeuner, Jacinta s'installa avec oncle Quentin et Eleanor dans un recoin où ils pouvaient parler en toute discrétion.

— Enfin, je vous vois seule. Dites-moi ce qu'il s'est passé exactement, demanda Quentin.

— On m'a poussée. Deux fois de suite, expliqua Jacinta d'une voix ferme. C'était Walsh.

— Vous êtes sûre ?

— Absolument certaine, même si je ne peux pas le prouver. On a sans doute envoyé Walsh pour me tuer. Pourquoi, sinon, aurait-il tenté de me faire tomber par-dessus bord ?

Quentin mit quelques instants à répondre.

— Gerald Blacklea.

— En effet.

— Mais alors, pourquoi Walsh n'est-il pas allé jusqu'au bout ? Cet endroit était désert, il aurait pu facilement vous pousser à la mer au lieu de venir à votre rescousse.

— C'est ce que je ne comprends pas. Peut-être a-t-il entendu des pas ?

— C'est possible. Voulez-vous que je lui parle ?

— Surtout pas, je vous en prie. Il ne sait sans doute pas que j'ai compris ce qu'il s'apprêtait à faire. Mais s'il pense que je risque de l'accuser de tentative de meurtre, il pourrait recommencer, pour se débarrasser de moi.

— Vous avez raison. Nous devons faire en sorte que vous ne soyez jamais seule.

— Il me semble qu'on a tenté d'ouvrir la porte de la cabine, cette nuit. Mais j'avais coincé une chaussure de Ben, et il était impossible d'entrer sans fracas.

— Mais comment allons-nous assurer votre sécurité ?

— Je serai très prudente, je vous le promets.

Eleanor intervint à son tour.

— Peut-être que le steward pourrait faire poser un loquet, ou même un verrou ? Vous pourriez dire que vous craignez que Ben ait des accès de somnambulisme et que cela vous empêche de dormir, par exemple.

L'oncle Quentin sembla approuver la suggestion.

— C'est une bonne idée. Je vais lui en toucher deux mots. J'ai un argument pour le convaincre, ajouta-t-il en frottant ses doigts l'un contre l'autre.

— Est-ce que je m'inquiète sans raison ?

— Je ne vous crois pas du genre à vous laisser emporter par votre imagination. Et nous avons

tous entendu les menaces qu'a proférées Gerald
Blacklea quand nous appareillions à Southampton.

— Que va-t-il se passer quand nous serons en
Australie ?

— Si vous trouvez Mr Nash à votre goût, nous
lui raconterons l'incident. Il saura quoi faire pour
vous éviter tout danger.

— Cela pourrait aussi le dissuader de m'épouser.

— C'est peu probable. Vous arrive-t-il de vous
regarder dans un miroir, ma chère ?

Elle le fixa, bouche bée.

— Vous êtes une très jolie femme, et qui plus
est une bonne mère. Je pense qu'il ne peut être
qu'agréablement surpris. Et heureux à la perspective que son fils puisse lui aussi profiter de votre
affection.

— Oh… Elle se sentit rougir sous le compliment. Mais je suis trop maigre.

— C'était le cas avant le départ, mais vous vous
êtes remplumée à bord, avec toute cette bonne
nourriture. Je vous garantis que n'importe quel
homme serait fier d'avoir une femme comme vous
à son bras.

— Oncle Quentin, vous me flattez !

— Pas du tout. C'est la vérité pure et simple.

Elle ne put s'empêcher de l'étreindre brière-
ment. Il avait calmé son angoisse, et réussi à lui
donner confiance en elle. Quel homme charmant !
Son Harriet allait être enchantée de le revoir, cela
ne faisait aucun doute.

Ben alla trouver l'oncle Quentin pendant l'après-midi.

— Je ne comprends pas ce que j'ai fait de mal. Mr Walsh m'a dit qu'il ne veut plus me voir, et qu'il arrête de m'apprendre à sculpter le bois.

— On ne peut pas l'obliger.

— Mais je n'ai pas fini l'oiseau que je veux offrir à maman, et il refuse de m'aider. C'est bientôt son anniversaire et je n'ai pas de cadeau pour elle.

— On trouvera autre chose. Tu pourrais lui composer un poème.

— Ce n'est pas un vrai cadeau.

— Je pense que cela lui plairait plus qu'un oiseau sculpté. Elle n'aime pas beaucoup Mr Walsh.

— Mais il lui a sauvé la vie ! Quand je l'ai remercié, il s'est mis en colère contre moi. Je n'y comprends rien.

— Peut-être que ça ne lui plaît pas d'être un héros.

Walsh se sentait peut-être mal à l'aise qu'on le couvre ainsi d'éloges. Et ce n'était que justice !

— Tu sais, mon garçon, les gens sont parfois compliqués. En tout cas, ne t'approche plus de lui. Moi, en revanche, je serai ravi d'avoir ta compagnie. Et je peux t'aider avec le poème, si tu veux. Ensuite, tu le recopieras de ta plus belle main, et tu décoreras la feuille d'un dessin. Les dames adorent ce genre de cadeau, je te le garantis. J'ai tout ce qu'il faut pour dessiner dans ma cabine. Tu pourras y travailler en secret.

— Pourquoi pas ? Merci beaucoup, monsieur Saxby.

— Désormais, je suis oncle Quentin, ne l'oublie pas.

L'enfant sourit à ce rappel.

— Ça me plaît d'avoir un oncle, mais en fait, vous êtes mon grand-oncle, n'est-ce pas ?

— C'est vrai. Et moi aussi, ça me plaît beaucoup d'avoir des nièces et un petit-neveu.

Une fois qu'il eut sagement ramené Ben auprès de sa mère, Quentin alla faire un tour vers le pont arrière.

Il n'aborda pas Walsh mais lui adressa un salut en passant. Il ne voulait pas que l'homme se doute qu'on le soupçonnait. Jacinta avait raison sur ce point, elle serait beaucoup plus en sécurité si Walsh pensait qu'elle n'avait pas percé ses intentions à jour.

L'homme faisait grise mine, comme s'il était en colère contre le monde entier. Pourquoi ? S'en voulait-il d'avoir échoué dans sa mission ?

Repensant à la tragédie évitée de justesse, Quentin se mit à réfléchir en homme de loi. Si jamais quelque chose arrivait à Jacinta, Walsh se dépêcherait de dire que la seule famille de l'enfant était en Angleterre, et n'importe quel juge renverrait Ben chez son oncle Blacklea.

Cette pensée lui trotta dans la tête. Déambulant à pas lent sur le pont, il échafauda une solution.

Après le dîner, il regagna sa cabine avec Ben, où l'enfant termina le dessin qu'il destinait à sa mère. Quentin l'aida à ranger les pinceaux.

— Nous peindrons le reste quand cette partie sera sèche. J'ai à faire, maintenant, tu dois rester avec ta mère. Je t'accompagne.

— Mais, oncle Quentin, je suis capable de la trouver tout seul !

— Elle tient à ce que tu ne coures aucun danger, inutile de l'inquiéter pour rien. Si elle sait que tu n'es jamais seul, cela lui fera un souci de moins. Tu connais les femmes…

Quentin s'en voulait de caricaturer ainsi Jacinta, qui n'avait rien d'une faible femme et d'une mère trop protectrice, mais Ben haussa les épaules et accepta le raisonnement.

Une fois de retour dans sa cabine, Quentin prit son écritoire et rédigea un acte qui confiait la charge de Ben à lui-même et à Eleanor au cas où Jacinta disparaîtrait avant que son fils n'ait atteint sa majorité.

Après une brève hésitation, il ajouta une sorte de codicille expliquant que Jacinta n'avait aucune confiance dans la bienveillance des Blacklea envers son fils, et qu'elle souhaitait expressément qu'il ne leur fût point confié.

Il n'était pas sûr que ce document tiendrait devant un tribunal si un homme riche et puissant comme Blacklea le contestait, mais en tout cas, il entendait bien veiller sur Jacinta jusqu'à la fin du voyage. Une fois qu'ils seraient arrivés à la colonie de Swan River, il ferait en sorte que Mitchell Nash soit informé que sa promise était peut-être menacée.

Il était très regrettable de devoir prendre toutes ces précautions, mais il devait agir en homme raisonnable et faire son possible pour protéger les êtres qui lui étaient chers. Jacinta était passée à deux doigts de la mort.

Les êtres qui lui étaient chers ! Quentin sourit en pensant à quel point il s'était attaché à ces deux femmes et à Ben. Il espérait que les projets de mariage connaîtraient un heureux dénouement, et qu'Eleanor et Jacinta auraient d'autres enfants.

Il lui semblait que, pour la première fois de sa vie, il pouvait enfin employer à bon escient les trésors d'affection qu'il portait en lui.

11

Sur le quai, Mitchell Nash inspectait le stock de bois qui avait réchappé au désastre. Soigneusement empilées, les planches en teck bien lissées et de bonne qualité allaient lui rapporter gros, une fois mises sur le marché.

Un bruit de pas le fit se retourner. C'était Bram, qui arrivait dans sa direction. Mitchell lui fit un signe de la main, mais contrairement à son habitude, son ami ne réagit pas. Bram semblait perdu dans ses pensées et contrarié. Comment aurait-il pu en être autrement dès lors que l'essentiel de sa cargaison avait été englouti par la tempête ? N'étant établi à son compte que depuis peu, il n'avait sans doute pas les reins assez solides pour supporter une telle perte.

Le malheur des uns faisait le bonheur des autres, songea Mitchell, non sans ressentir une pointe de culpabilité à l'idée que lui venait de faire une excellente affaire en rachetant le bois sauvé des eaux.

— Bonjour, Bram.

— Euh… oh, pardon, je ne t'avais pas vu. J'étais… distrait. Bonjour.

Mitchell ravala la question qui lui brûlait les lèvres. Si Bram était dans l'embarras, il y avait au moins une dizaine d'amis qui n'hésiteraient pas à voler à son secours, exactement comme Bram l'aurait fait pour eux s'ils avaient été dans la même situation. Toutefois, il eût été indélicat d'aborder frontalement les questions d'argent. En pareil cas, il fallait attendre que la personne se confie à vous, ou l'amener à parler par une voie détournée.

— Un coup dur pour toi, j'imagine. Tes marchandises étaient assurées ?

— Le bateau l'était, mais assurer une cargaison c'est une autre affaire.

— Le bois qui a pu être repêché devrait compenser un peu le manque à gagner, non ?

— Pour mon beau-frère, oui, et je me réjouis pour Adam et Ismay. Mais moi, je ne détiens pas de parts dans le bateau.

Il soupira tandis que son regard se perdait dans le vide.

Mitchell attendit.

— J'ai perdu une grande partie de mes marchandises dans ce naufrage, et mes récentes dépenses ont sérieusement entamé nos réserves, dit-il comme s'il se parlait à lui-même. Mais ce n'est pas ton problème. Nous allons trouver une solution. Notre affaire tourne bien. Simplement, faire venir de la bonne marchandise jusqu'ici depuis Singapour pour remplacer celle que nous avons perdue demande du temps. Il va falloir des semaines.

Bram s'obligea à sourire, mais à l'évidence le cœur n'y était pas.

Au diable le tact ! songea Mitchell.

— Si tu as besoin d'une avance, j'ai un peu d'argent de côté que je peux te prêter.

Bram cligna des paupières et dit, visiblement ému :

— Oh... c'est très gentil de ta part ! Vraiment très gentil. Mais je ne veux pas t'ennuyer avec ça. Isabella et moi allons nous débrouiller. Oui, oui, nous allons nous débrouiller.

Sur ce, il toucha le bord de son chapeau et reprit son chemin, la tête basse.

Mitchell remarqua que son ami écrasait furtivement une larme et son cœur se serra. Si Bram Deagan avait besoin d'argent, il insisterait pour lui en prêter, et lui forcerait la main le cas échéant.

S'il avait eu une épouse, il aurait pu lui demander d'aller parler à Isabella Deagan – il était toujours délicat pour un homme de s'entretenir en privé avec une femme.

Cette pensée en appela soudain une autre, et le front de Mitchell se plissa. Il y avait des mois qu'il avait écrit à son cousin et n'avait toujours pas reçu de réponse. Certes, il avait besoin d'une épouse, mais était-il prêt à épouser une parfaite inconnue ?

Il s'en voulait d'avoir été aussi impulsif dans sa demande. Ça ne lui ressemblait pas.

Le navire de la P&O était attendu incessamment à Albany. À supposer qu'une femme qui se trouvait à bord vienne le trouver. Que ferait-il ?

Une femme prête à se rendre au bout du monde pour épouser un parfait étranger ne pouvait être qu'une vieille fille qui n'avait pas trouvé à se caser en Angleterre. Sans doute un laideron acariâtre qui voulait un mari coûte que coûte.

Alors que lui voulait une épouse au vrai sens du terme, pas juste une ménagère pour tenir sa maison. Comme tout homme normalement constitué, il avait des besoins qui le tenaient parfois éveillé la nuit. Et il savait que son fils aurait bien aimé avoir des frères et sœurs.

Par le passé, Mitchell avait été à plusieurs reprises invité à dîner chez des gens qui voulaient lui présenter une parente célibataire, et il n'avait pas osé refuser, car dans une aussi petite ville, il fallait veiller à ne froisser personne.

Il frissonna au souvenir de ces soirées où tout le monde épiait ses réactions tandis que la malheureuse prétendante, rougissante et nerveuse, approuvait chaque mot qui sortait de sa bouche, sans jamais exprimer d'opinion personnelle, de sorte qu'il lui était impossible de se faire une idée de son caractère.

Était-il trop exigeant ou irréaliste ? Après tout, un mariage était autant une question de convergence d'intérêts que d'affinités électives. Oui, il était sans doute trop exigeant, mais il avait de bonnes raisons pour cela. Il voulait une meilleure épouse que celle qu'il avait eue par le passé, quelqu'un en qui il ait confiance et qui se conduise décemment.

Il s'éloigna du bord du quai. Il fallait qu'il arrête de se monter tout seul le bourrichon. Si son cousin Peter lui avait envoyé une femme désireuse de l'épouser, ce n'était certainement pas une harpie. De sorte qu'il devrait l'accepter de bon cœur.

Mais, au cas où elle et lui seraient totalement incompatibles, il allait s'occuper de lui trouver un endroit où loger. Il devait d'abord apprendre à la connaître avant de s'engager.

C'était la meilleure solution pour tous les deux.

*

Quand le capitaine annonça qu'ils arriveraient à Albany le lendemain, tous les passagers, y compris ceux qui ne devaient pas débarquer, sortirent de leur apathie.

Quentin avait lu tout ce qu'il avait pu dénicher sur l'Australie-Occidentale, et avait découvert à sa stupéfaction que le port d'Albany était situé sur la côte méridionale d'une colonie dix fois plus étendue que la Grande-Bretagne et représentant approximativement un tiers de la surface de l'Australie. Et pourtant, les gens l'avaient surnommée la Colonie Cendrillon, en raison de sa faible population et de son peu de ressources industrielles ou agricoles. En fait, la colonie tout entière ne comptait pas plus de trente mille habitants.

Les passagers concernés avaient été priés de préparer leurs bagages avant d'aller se coucher, et de se tenir prêts à débarquer immédiatement après le petit déjeuner.

Impatients de découvrir leur nouvelle patrie, les nouveaux arrivants se répandaient en interrogations auxquelles un homme, qui avait déjà fait le voyage une fois, s'efforçait de répondre au mieux.

Le capitaine était tenu d'informer les autorités locales de la présence à bord d'éventuelles maladies contagieuses et de leur fournir la liste détaillée des marchandises qu'il transportait. Enfin, il avait l'obligation de donner la nationalité de tous les passagers étrangers – cette dernière mesure ne s'appliquant pas dès lors que tous les voyageurs étaient des sujets britanniques.

Ceux qui continuaient jusqu'à Melbourne s'étaient amassés sur le pont pour observer le déroulement des opérations et rompre ainsi la monotonie du voyage.

Dès avant le petit déjeuner, on avait hissé les drapeaux de signalisation afin de prévenir les autorités portuaires que le bateau allait faire escale, puis le vapeur était entré dans la baie quasi déserte.

— Je suis contente d'être arrivée, dit Jacinta.

— Certes, mais Albany n'est pas notre destination finale, lui rappela Eleanor. Il va nous falloir encore plusieurs jours avant de rallier Fremantle, car il n'y a pas de chemin de fer ici.

— Vous, au moins, vous avez une idée de ce à quoi ressemble l'Australie-Occidentale.

— Une très vague idée, car mon mari, qui souffrait terriblement du mal de mer, a voulu que nous débarquions pendant la nuit. Résultat, nous avons loupé le départ du bateau le lendemain. Malcolm avait oublié de prévenir la directrice de la pension de famille où nous résidions de nous réveiller. La femme pensait que nous étions venus pour nous installer dans la colonie.

— Je n'arrive pas à croire que votre époux ait pu oublier une chose pareille, s'étonna Jacinta.

— C'était quelqu'un de très désorganisé. Ce qui ne l'empêchait pas de vouloir tout décider tout seul, car il était *l'homme* de la famille. Nous avons eu de la chance que le capitaine McBride accepte de nous transporter jusqu'à Galle sur sa goélette, expliqua Eleanor avec un sourire ému, comme chaque fois qu'elle mentionnait le nom de Dougal.

Oncle Quentin laissa passer un ange, puis dit gentiment :

— Fremantle se trouve à environ mille kilomètres au nord. Nous sommes tous inscrits sur la liste du vapeur côtier qui doit lever l'ancre demain, et nous allons faire en sorte d'être réveillés à l'heure cette fois.

— Et nous allons veiller sur Jacinta, au cas où cet homme nous suivrait toujours, dit Eleanor.

— Oui. J'y ai pensé et j'en suis venu à la conclusion que le mieux serait que moi et Ben partagions la même chambre d'hôtel tandis que vous et Jacinta partagerez la vôtre. Ainsi, aucun de nous ne sera seul. Qu'en dites-vous ?

— C'est une bonne idée, répondit Eleanor sans hésitation. Je n'ai personnellement aucune envie de me retrouver seule.

Quand ils débarquèrent, un homme, sur le quai, attendait les passagers de classe cabine pour les emmener à Perth. Il avait une grande carriole avec l'inscription *CHUSAN HOTEL* peinte en toutes lettres sur le côté.

— Drôle de nom pour un hôtel, commenta Jacinta.

— C'est le nom d'un des premiers navires à avoir accosté dans ce port, expliqua l'homme qui était déjà venu en Australie. C'est un endroit plutôt confortable. Le propriétaire est un cousin à moi. Et de toute façon, vous n'allez y passer qu'une nuit. Je suppose que…

Il s'interrompit soudain et héla un groupe de personnes qui se trouvait un peu plus loin : Mary Ellen ! Je suis de retour !

La femme qu'il avait appelée éclata en sanglots tandis qu'un jeune homme lui tapotait l'épaule.

— Ma femme pleure qu'elle soit joyeuse ou triste, dit l'homme avec un sourire ému, puis il s'élança pour serrer son épouse dans ses bras et essuyer ses larmes. Cette dernière, à présent consolée, passa son bras sous le sien tandis qu'ils attendaient les bagages qui furent rapidement inspectés par l'officier des douanes.

— C'est émouvant, ces retrouvailles, dit Quentin en observant le couple qui bavardait à présent gaiement.

Eleanor sentit soudain ses pieds se dérober sous elle et s'agrippa au bras Quentin.

— Désolée, dit-elle. Je n'ai pas encore retrouvé mon sens de l'équilibre.

— Quel bonheur de pouvoir à nouveau marcher sur la terre ferme, dit Jacinta. J'ai hâte de pouvoir faire de longues promenades. Se tournant vers son fils. Tu te souviens de ce que tu m'as promis, Ben ?

— Oui, maman. Je ne sortirai jamais seul.

— Tu ne dois aller *nulle part* seul, même à l'intérieur de l'hôtel.

— Oui, maman, dit-il sans enthousiasme.

L'unique chose qui avait terni la joie de leur arrivée en Australie était la vue de Walsh, qui attendait de débarquer avec les passagers de l'entrepont. Il lança un regard appuyé dans leur direction.

Se tournant vers l'oncle Quentin, elle demanda :

— Pourquoi cet homme me regarde-t-il comme si j'avais fait quelque chose de mal ?

— Parce qu'il a mauvaise conscience, j'imagine.

Elle secoua la tête.

— Non, je n'ai pas l'impression. Il y a quelque chose qui le tourmente, mais je n'arrive pas à savoir quoi. Vous avez mis le testament en lieu sûr, n'est-ce pas ? Au cas où il m'arriverait malheur.

— Allons, ma chère, je vous promets que le testament et vous êtes en sécurité.

Après avoir débarqué, Alf suivit les autres passagers de l'entrepont jusqu'au gîte qui leur était réservé. Il avait été contrarié d'apprendre qu'il avait encore de la route à faire, et il était furieux d'avoir laissé passer sa chance d'en finir avec *cette femme*.

— Si Fremantle est le principal port de la colonie, comment se fait-il que les bateaux viennent tous accoster à Albany, qui se trouve à mille kilomètres de là ? C'est stupide.

— On voit que vous ne connaissez pas grand-chose aux bateaux ou à la navigation, dit l'homme qui marchait à côté de lui. Ici, les eaux du port sont profondes, contrairement à Fremantle où il est impossible d'accéder au rivage. Là-bas, les bateaux sont obligés de jeter l'ancre en haute mer, puis de décharger leur cargaison sur de plus petites embarcations.

— Mais les choses commencent à changer, dit un autre homme. Ils ont rallongé la digue et certains bateaux peuvent y accoster désormais. Mais les gros navires comme ceux de la P&O continuent de venir mouiller à Albany.

Le gîte était muni de châlits et divisé en deux parties. Les hommes d'un côté, les femmes de l'autre, même si vous étiez mariés. La femme d'Alf ne lui manquait pas, mais son lit, si. Il en avait assez de dormir sur des banquettes étroites et dures.

Il avait remarqué une femme qui lui souriait quand ils étaient sur le bateau, mais il était trop préoccupé pour lui faire la cour. Et de toute façon, il avait une épouse, même si parfois il aurait préféré être célibataire.

Il s'était renseigné sur les diverses façons de se rendre à Fremantle sans avoir à emprunter encore une fois un de ces maudits rafiots. Mais la route par voie de terre était interminable et il ne voulait surtout pas perdre Mrs Blacklea de vue. Il fallait qu'il coure réserver sa place à bord du vapeur côtier avant que l'agence ne ferme.

Quand on lui montra le bateau qu'il allait devoir prendre, il lui sembla minuscule à côté du navire de la P&O. Mais c'était le seul moyen de rallier Fremantle et il n'avait pas le choix. Il n'avait réussi à réserver qu'un siège dans la cabine commune, ce qui promettait d'être inconfortable pour un voyage qui allait durer trois jours.

Il avait dû se présenter de très bonne heure à l'embarquement, même s'il ne comprenait pas pourquoi, car ensuite il avait attendu toute la matinée, parqué sur une toute petite portion du pont où il avait interdiction de bouger tant que le bateau n'aurait pas été entièrement chargé.

Du moins, le temps n'avait pas l'air d'être à l'orage, même s'il faisait frisquet, surtout après la chaleur des tropiques.

Mrs Blacklea et ses amis étaient montés à bord, ainsi que tous les passagers de la classe cabine, juste avant midi, et ils avaient pu s'installer dans leurs quartiers immédiatement. Ces veinards voyageaient dans le confort !

Alf s'était senti honteux quand le garçon lui avait jeté un regard de reproche depuis la passerelle, car

Ben était un brave petit, un fils dont n'importe quel père aurait été fier.

Mais qu'allait-il faire au sujet de sa mère ? Cette pensée l'empêchait de dormir la nuit, car il se voyait mal rentrant au pays et annonçant à Mr Blacklea et son oncle qu'il n'avait pas fait ce qu'ils lui avaient ordonné.

Pourquoi n'avait-il pas poussé Jacinta Blacklea par-dessus bord quand il en avait eu l'occasion ?

Parce qu'elle lui avait adressé un regard suppliant, voilà pourquoi.

Il allait falloir qu'il réfléchisse à un moyen de la tuer sans avoir à la regarder dans les yeux. Il bâilla. Et ensuite…

Il se réveilla en sursaut, comprenant que la femme assise à ses côtés se serrait contre lui. Il ne pouvait pas distinguer ses traits, car l'unique lampe qui éclairait la pièce commune était éteinte. Mais c'était sans importance, car il était de toute façon trop fatigué et transi pour la repousser.

Dire qu'il allait devoir voyager dans ces conditions déplorables pendant trois jours.

Et tout ça parce qu'il s'était dégonflé à la dernière minute.

Il chassa cette pensée et ferma les yeux. De toute façon, il n'y avait rien qu'il pût faire pour éliminer cette maudite bonne femme sur cette coque de noix pleine à craquer.

Au moment d'embarquer sur le petit vapeur côtier à l'aspect peu reluisant, Jacinta aperçut Walsh, et lorsque leurs regards se croisèrent, elle fut parcourue d'un frisson d'épouvante.

Heureusement, ses amis et elle furent immédiatement dirigés vers leurs cabines.

— Grands dieux ! s'écria Eleanor, nous sommes encore plus à l'étroit que sur le précédent bateau. Comment allons-nous faire pour nous habiller et nous déshabiller ?

— Moi, c'est la porte qui m'inquiète, remarqua Jacinta en faisant jouer la poignée. Il n'y a pas de verrou, et nous n'avons même pas une chaise pour la bloquer.

— Non, mais nous sommes deux. Vous allez prendre la couchette du haut, c'est plus sûr. Et nous mettrons les bagages devant la porte, pendant la nuit, pour que personne ne puisse entrer.

— Est-ce que je suis une poule mouillée qui voit du danger partout ?

— Non. Cet homme a essayé de vous tuer, Jacinta, et il y est presque parvenu, répondit Eleanor en lui passant un bras autour des épaules pour la rassurer.

— Je ne sais pas ce que je ferais sans vous et l'oncle Quentin.

— Vous feriez face bravement. Vous êtes une femme courageuse, qui a su élever son fils en des circonstances difficiles.

Jacinta ne put réprimer un sourire devant ce compliment.

— De toute façon, la traversée jusqu'à Fremantle ne va durer que trois jours et deux nuits. Il me semble que des escales sont prévues à Busselton et Bunbury.

Alf découvrit que la femme qui s'était blottie contre lui, la veille au soir, n'était autre que celle qu'il avait remarquée quand ils étaient sur le navire. C'était une Irlandaise de son âge, à l'accent chantant et à la silhouette agréablement enrobée.

— Vous êtes un compagnon de sommeil plaisant, dit-elle en guise de salut.

— Vous n'êtes pas mal non plus.

— Moi, c'est Bridie Folane.

Elle lui tendit la main, comme l'aurait fait un homme, de sorte qu'il n'eut d'autre choix que de la serrer.

— Moi, c'est Alf Walsh.

— Enchantée. Je suis veuve et je suis venue rejoindre mon cousin en Australie. Il paraît qu'il a bien réussi, mais allez savoir si c'est pas des racontars.

Elle l'avait acculé dans une encoignure et il aurait été obligé de la pousser pour se dégager – pour aller où, de toute façon ? Il remarqua que Bridie avait une cicatrice qui creusait sa joue comme une fossette et donnait l'impression qu'elle souriait en permanence.

À sa surprise, il comprit qu'il aimait le son de sa voix, et comme faire la conversation aidait à passer le temps, il entra dans son jeu.

— Pas d'enfants ?

— Non. Je n'ai jamais eu d'enfants en douze ans de mariage, et je ne le regrette pas.

— La plupart des femmes veulent des enfants.

— Pas moi. Notre mère en avait un presque chaque année et j'ai dû m'occuper des plus petits à partir du moment où j'ai été capable de porter un bébé sans risquer de le faire tomber. Quand j'ai épousé Perry, j'ai insisté pour qu'on quitte le village et qu'on aille s'installer à Enniskillen, loin de toute cette marmaille, sans quoi on n'aurait pas pu s'en dépêtrer.

Une femme pleine de bon sens, songea-t-il. Il aurait aimé avoir une épouse comme elle.

— Ce coin, Enniskillen, c'est en Irlande ?

Elle sourit de toutes ses dents.

— Oui, et c'est une jolie petite ville. Ah, vous autres, les Anglais ! Vous n'avez pas la moindre idée de ce à quoi ressemble l'Irlande ni où se trouvent les villes, pas vrai ?

— Je n'ai jamais eu les moyens de voyager. Et l'Irlande n'est sûrement pas aussi merveilleuse que vous le dites, sans quoi les gens n'en partiraient pas.

En Angleterre, ce n'était pas les Irlandais qui manquaient, mais Mr Blacklea ne voulait pas en employer un seul sur son domaine ou même au village.

— L'Irlande est un beau pays, monsieur Walsh, mais il n'y a pas assez de travail. Et quand il y en a, c'est mal payé. J'en ai eu assez de ne manger que des pommes de terre quand j'étais petite. C'est tout ce qu'il y avait à la maison. Et les rares fois où il y avait de la viande, nous, les gosses, on n'avait droit qu'à du jus de rôti.

— Nous, c'était un peu mieux, mais pas beaucoup. Continuez.

Elle lui sourit.

— J'ai tendance à trop parler. Je peux me taire, si vous préférez.

— Moi, je ne parle guère. À nous deux, on fait la paire.

— Bref, Perry et moi, on vivait plutôt bien, et on avait même réussi à mettre un peu de sous de côté pour les imprévus. Et moi, je veillais à bien nous nourrir. On travaillait dans un pub, et les clients lui payaient un coup à boire de temps en temps, si bien qu'il dépensait pas les sous du ménage en boisson. De toute façon, je l'aurais pas laissé faire.

Son regard se perdit un instant dans le vague et elle ajouta en soupirant :

— Moi, j'ai toujours voulu partir et je pensais : prochaine escale, l'Angleterre.

Son sourire s'évanouit.

— Et puis voilà que Perry, cet idiot, est mort en voulant arrêter un cheval fou qui était sur le point de piétiner une petite fille. Le père de la fillette m'a donné dix guinées après cela, et le propriétaire du cheval aussi – parce que j'ai réclamé. Mais ça n'a pas compensé la perte d'un salaire d'homme. Pourquoi est-ce que les hommes gagnent plus que les femmes ? Les femmes aussi ont besoin de manger et de se vêtir !

— Qu'avez-vous fait quand votre mari est mort ?

— J'ai continué à travailler au pub. Mais c'est pas pareil quand on n'a pas un homme pour vous protéger. Et puis j'ai dû m'installer dans une mansarde pour pouvoir joindre les deux bouts. Les clients s'imaginaient qu'une veuve c'est une femme facile. Mais pas moi, ça non, alors. Et je vous prierai de vous en souvenir.

— J'ai fait quelque chose qui vous a déplu ?

— Non, pas vous. Mais un ou deux types m'ont demandé de dormir à côté d'eux ce soir, et je sais pourquoi. Ils ont déjà essayé de me tripoter.

— Vous n'aurez qu'à rester à côté de moi, si vous préférez. Je veillerai sur vous.

— Sans rien exiger en échange ?

— Vous m'avez dit que vous n'étiez pas une femme facile. Il désigna la salle d'un geste circulaire et ajouta, mécontent : Vous ne vous imaginez tout de même pas que je ferais ce genre de choses en public, comme un animal ?

Elle l'étudia un instant.

— Non. Et moi non plus. Donc tout va bien.

— Et donc, qu'est-ce qui vous a amenée en Australie ?

— J'ai écrit à mon cousin, Rory, pour lui demander s'il y avait du travail pour les femmes ici. Il m'a répondu qu'il y en avait plein, surtout pour les femmes, et qu'il y avait plein d'hommes qui cherchaient une épouse. Il m'a dit qu'il allait m'aider à m'installer, mais comme il vient juste de se marier, je ne vais pas pouvoir rester trop longtemps chez lui. De toute façon, je suis travailleuse, et s'il y a de l'ouvrage, je vais facilement trouver à me caser. Mais quant à me chercher un mari, c'est une autre histoire.

Elle attendit, le regardant d'un œil rêveur, puis s'exclama :

— Et voilà que je recommence à parler comme un moulin. Mais, et vous ? Pourquoi êtes-vous venu en Australie, monsieur Walsh ? Vous avez une femme et des enfants en Angleterre qui vont venir vous rejoindre ?

Il n'avait aucune envie de penser à Ruth : les querelles, la maison mal tenue, les enfants qui braillaient et le manque d'argent chronique.

— Non, je suis comme vous. Veuf et sans enfants.

Sa réponse eut l'air de la satisfaire, et elle reprit la parole. Laisse-la faire, songea-t-il. Le voyage était interminable. Le vapeur côtier avançait à l'allure d'une tortue, ne se servant que rarement de son moteur, et il n'y avait rien d'autre à faire qu'à prendre son mal en patience, et comme les attroupements sur le pont étaient interdits, il fallait rester dans la cabine, assis sur des bancs durs comme la pierre.

— Et donc ? répéta Alf. Vous allez faire quoi dans la colonie ?

Bridie avait des projets plein la tête. Elle allait commencer par ouvrir une pension de famille.

— C'est là votre projet ?

— Je préférerais tenir un pub, mais c'est impossible sans mari. Il n'y a pas grand-chose d'autre qu'une femme seule puisse faire, à part tenir une pension – si elle est respectable. Mais d'abord, il va falloir que je gagne un peu d'argent. J'ai dépensé une partie de mes économies pour acheter mon billet et des affaires pour le voyage. C'est pour ça que je voyage à l'entrepont, pour économiser le plus possible.

— Tenir un pub, ça a l'air d'un bon plan.

— C'est beaucoup de travail, mais on gagne bien sa vie si on sait y faire. Gagner de l'argent tout en ayant du temps à soi, c'est si simple, pas vrai ? En tout cas, je vais pas dépenser un penny de plus que nécessaire, et un jour, je vivrai comme une grande dame.

Il lui lança un regard admiratif et dit :

— S'il y a quelqu'un qui peut le faire, c'est vous.

Il pensa à Ruth. Elle ce n'était pas un penny qu'elle dépensait, mais deux ou trois. Elle avait même essayé de lui soutirer les sous qu'il mettait de côté pour se payer à boire, mais il avait refusé tout net. Au village, un homme qui ne pouvait pas s'offrir une pinte de bière, n'était pas un homme.

Le deuxième jour, ils le passèrent à bavarder, ou plutôt Bridie lui faisait la conversation et posait des questions.

À un moment, le voyant sourire, elle lui demanda :

— Pourquoi me regardez-vous comme ça ?

— Je trouve que vous êtes une sacrée bonne femme.

— Ah ouais ? Et vous, vous êtes un sacré bonhomme, Alf Walsh ?

— Je ne crois pas. Je m'y connais en chevaux, mais guère plus.

— Et votre dame, elle était comment ?

Il haussa les épaules.

— Elle n'était pas aussi robuste qu'elle en avait l'air. Elle est morte de la fièvre. L'été dernier nous avons eu une terrible épidémie.

— Bah, je suis sûre qu'un beau gars comme vous va trouver rapidement à se marier.

Si seulement ! songea-t-il. Mais il n'était pas libre.

Le deuxième soir, tandis que la nuit tombait, Bridie lui demanda de garder sa place pendant qu'elle allait au petit coin. Quand elle revint, elle s'enroula dans une couverture à côté de lui.

— Je hurle, si vous me touchez, le mit-elle en garde.

À la clarté de la lune, il vit qu'elle souriait.

— Vous êtes un homme bien, monsieur Walsh. Vous m'avez jamais fait d'avances ou autres alors qu'on est serrés comme des sardines.

Il n'était pas un homme bien, mais elle l'aidait à se sentir mieux dans sa peau. Et puis elle le faisait rire, tout au moins quand il avait le cœur à rire, et il prenait plaisir à voyager en sa compagnie.

Quant au reste, ça pouvait attendre. Mr Blacklea ne pouvait pas savoir à quoi Alf occupait son temps, et ne le saurait jamais.

12

Lorsque Pearson vint prendre ses ordres pour la journée, Blacklea lui lança de but en blanc :

— Ils devraient arriver en Australie ces jours-ci.

— Sans doute, monsieur.

— Si ton neveu a fait son travail, elle ne sera pas avec eux.

Son maître regardait fixement un point au-dessus de sa tête. Bernard attendit sans broncher. Il savait que lorsque Blacklea était de cette humeur, mieux valait ne pas intervenir, et surtout ne pas changer de sujet. Qu'importait, du moment qu'il recevait sa paye !

— Tu penses que ton Alfred s'est vraiment débarrassé de la femme ?

— Mais oui, monsieur. C'est un garçon très capable.

Pearson espéra que sa voix ne trahissait pas son doute. En réalité, il n'était pas convaincu qu'Alf convienne pour ce genre de besogne. Son neveu était comme un de ces chevaux qui se laissent géné-ralement guider sans renâcler, mais qui parfois, au moment où on s'y attend le moins, ruent des quatre fers et vous jettent à terre.

Réflexion faite, Alfred n'était pas assez bête pour oser désobéir à Mr Blacklea.

— Je vais devoir attendre des mois avant qu'il ramène le garçon !

— Hélas oui, monsieur.

— L'Australie, c'est à l'autre bout du monde. Pourquoi est-elle partie là-bas, selon toi ?

— Je n'en sais rien, monsieur. Qui comprend le comportement des femmes ?

Son maître opina, et Pearson réprima un sourire. Blacklea tenait les femmes en piètre estime, y compris sa propre épouse.

Mrs Blacklea devait être très futée pour avoir tenu toutes ces années avec un mari de cet acabit. D'autant plus qu'elle ne lui avait pas donné de fils. Sans doute le fait d'avoir une famille puissante l'avait-il protégée.

Pearson était bien décidé à quitter le comté un jour ou l'autre. Mais s'il ne voulait pas risquer sa vie, il devait trouver le moyen de partir sans que son maître en soit contrarié.

*

Quand ils arrivèrent à Fremantle, Quentin découvrit à son étonnement que le port et la ville étaient beaucoup plus petits que ce qu'il avait imaginé. Sur un flanc de colline s'étalaient des maisons éparses et comme disposées au hasard, avec quelques bâtisses plus importantes, qui formaient sans doute le centre. Plusieurs façades de calcaire éclataient de blancheur sous le soleil. Il nota deux églises dont l'une était de proportions imposantes.

Un monsieur qui rentrait au pays les avait prévenus, le sable était omniprésent.

Comme toujours, les passagers de cabine eurent le privilège de débarquer en premier. Heureusement pour Ben, se dit Quentin. Le garçonnet n'en pouvait plus de l'immobilité forcée de cet interminable voyage.

— Quand on marche, c'est pareil qu'en Angleterre, observa l'enfant une fois à terre.

— Tu t'attendais à autre chose ?

— Oui, je pensais que ce serait différent !

— Le climat est plus doux, non ? Et nous sommes en septembre, ce qui, ici, correspond au printemps. Il va bientôt faire très chaud, d'après ce qu'on m'a dit.

— Il paraît qu'il ne neige pas ? Qu'il ne gèle jamais ? C'est incroyable !

Quentin était ravi de cette perspective, lui qui détestait l'hiver.

Une fois leurs malles sorties de la soute et descendues à quai, un jeune porteur avec un diable proposa ses services. Il n'y avait pas assez de place pour leurs bagages dans la calèche.

— Tu penses pouvoir tout entasser là-dessus ?

— Non, monsieur. Nous avons besoin d'une deuxième charrette. Il vous en coûtera un shilling pour chaque. Cela vous convient ?

— C'est bon, va chercher l'autre.

Le gamin siffla dans ses doigts. Un jeune confrère surgit en tirant une grosse brouette dont les roues grinçaient.

Le temps qu'ils entassent leurs malles, le jour était déjà sur le déclin. La première chose à faire était de trouver un hébergement. Ils avaient décidé d'attendre le lendemain avant de contacter qui que ce soit.

Quentin s'enquit auprès du jeune porteur.

— Nous devons trouver un hôtel ou une pension, l'important est que ce soit propre, et confortable. Si tu nous indiques un bon endroit, tu auras un autre shilling.

— Allez chez ma tante, vous ne trouverez rien de mieux ! Elle ne prend que de gens comme il faut, et elle cuisine bien. Vous serez comme des coqs en pâte, chez elle. Vous comptez rester longtemps à Freo ?

— Nous ne savons pas encore. Freo ? C'est comme ça qu'on appelle la ville ?

— En général, oui.

Ils préférèrent aller à pied. On leur avait dit que la ville n'était pas grande et tous éprouvaient le besoin de se dégourdir les jambes.

Quentin fut heureux de constater que les passagers de l'entrepont n'avaient pas été autorisés à débarquer. Les marins étaient encore occupés à décharger leurs bagages. Alf Walsh, en haut de la passerelle, les regardait d'un air impatient. Il risquait d'en avoir encore pour un moment avant

qu'on apporte sa malle à quai. Heureusement !
Cela donnait à Quentin le temps de réfléchir.

Lorsqu'ils virent la pension, tous avaient des
crampes après ces deux mois passés presque sans
bouger. Ils ne furent pas fâchés d'être arrivés.

Leur guide s'éclipsa à l'intérieur et ressortit
quelques instants plus tard en compagnie d'une
robuste matrone qui s'essuyait les mains sur son
tablier.

— Voici ma tante.

La dame lui enfonça un index dans les côtes.

— Dennis ! Cela fait cent fois que je te dis
que tu dois me présenter correctement. Je suis
Mrs Haslop, la propriétaire de cette pension.

Elle les regarda quelques instants en silence, puis
hocha légèrement la tête comme s'ils avaient réussi
l'examen.

— Quentin Saxby, et voici mes nièces,
Mrs Blacklea et Mrs Prescott. Ce gentil garçon est
mon petit-neveu, Mr Benjamin Blacklea. Nous sou-
haiterions vous louer deux chambres. Les dames en
partageront une, et je m'installerai avec l'enfant.

— J'ai d'autres chambres si vous préférez avoir
plus de place, monsieur.

— Non, nous aimons bien partager.

— Combien de temps comptez-vous rester ?

— Quelques jours, peut-être davantage.

Eleanor s'avança.

— S'il vous plaît, madame Haslop, pouvons-
nous voir les chambres ?

La patronne haussa les épaules et les escorta dans la maison.

Les chambres étaient propres et bien meublées, mais assez exiguës.

— Est-ce qu'il y a un endroit où nous pourrions entreposer nos malles ? demanda Eleanor.

— Vous pouvez prendre une troisième chambre. Comme ça, vous aurez vos affaires à portée de main. C'est généralement ce que font les gens qui arrivent directement du bateau. Je vous la cède à moitié prix, vu qu'il n'y aura pas besoin de linge ni de repas.

Quentin vit qu'Eleanor était d'accord.

— Entendu. Je suis sûr que nous serons très bien ici.

Les dames se retirèrent dans la chambre du fond en attendant que Dennis leur apporte leurs bagages. Quentin profita de leur absence pour préciser à voix basse :

— Je me charge de la note. Ne le mentionnez pas à ces dames. Mes nièces, qui sont veuves toutes les deux, ont des moyens limités, mais elles ont leur fierté.

— Elles ont bien raison ! Souhaitez-vous dîner ce soir, monsieur ?

— Si cela ne vous dérange pas trop.

— Je vous préviens, ce sera simple, mais bon et nourrissant. J'ai deux autres pensionnaires, des messieurs. Le dîner est servi à 18 heures précises.

Dennis et l'autre porteur arrivèrent tout pantelants à l'étage et déposèrent les lourdes valises.

— Choisissons les lits, proposa Quentin à Ben. Puis sortons nos affaires pour la nuit.

— Ça fait bizarre de se retrouver sur la terre ferme, n'est-ce pas, oncle Quentin ? J'ai l'impression que ça bouge, comme sur le bateau.

— Ça passera vite, tu verras. C'est agréable d'arriver à bon port après un long voyage, tu ne trouves pas ? Mais tu sembles tracassé. Qu'est-ce qu'il y a ?

— Je me demande si Mr Nash va nous aimer.

— Évidemment qu'il vous aimera !

— Comment pouvez-vous en être sûr ?

— Parce que ta mère est une personne charmante. Elle est gentille et, de surcroît, très jolie.

— Il a déjà un fils. Qui me dit qu'il sera content d'en avoir un autre ?

— Il a écrit à son cousin en Angleterre qu'il serait ravi d'accueillir un enfant.

Le pauvre garçon n'était pas convaincu. Il recula pour laisser passer les deux porteurs, qui revenaient chargés comme des baudets.

— S'il ne nous aime pas, ça ne me dérangerait pas de transporter des bagages pour de l'argent.

Quentin réprima un sourire. Ben était grand pour ses neuf ans, mais loin d'être assez costaud pour porter de lourdes charges.

— Ce ne sera sûrement pas nécessaire. La meilleure chose que tu puisses faire, c'est de bien travailler à l'école, de façon à avoir un bon métier quand tu seras grand.

— Je ne suis jamais allé à l'école.

— Ah bon ?

— Non, parce que…

Ils durent interrompre leur conversation. Dennis, et un homme, qui était probablement Mr Haslop, venaient d'apporter une malle. Ils la traînèrent jusqu'à la chambre destinée aux bagages.

— Alors, l'école ne te plaisait pas ?

— Père ne voulait pas que je me mêle aux enfants du village. Il m'avait dit qu'il me ferait l'école lui-même, mais il n'avait jamais le temps. C'est maman qui m'a appris à lire et à écrire, et beaucoup d'autres choses aussi. Mais je suis certainement moins savant que les autres. Nous n'avions pas beaucoup de manuels scolaires.

— Moi, j'ai remarqué que tu apprends vite. Tu rattraperas ton retard en un rien de temps, et si ça se trouve, tu seras le meilleur de ta classe en lecture.

Ben lui lança un de ses sourires timides qui faisaient fondre Quentin de tendresse. Comme il aurait aimé avoir un petit-fils qui lui ressemble !

— Ne te fais pas de souci, mon garçon. Si rien ne se concrétise avec ce Mr Nash, je prendrai soin de ta mère et toi.

Sans crier gare, le gamin se précipita dans les bras de Quentin et se serra contre lui, puis il recula d'un air apeuré, comme s'il craignait d'avoir fait quelque chose de mal.

Quentin l'attira à lui et l'embrassa, puis il lui donna une petite claque dans le dos.

— Allons voir comment se débrouillent ces dames. Il ne faut pas que j'oublie de payer les porteurs, et il est presque l'heure de descendre dîner.

Il donna quatre shillings aux gamins, dont le visage s'éclaira à la vue du pourboire.

— Êtes-vous prêtes mes chères nièces ?

Il les laissa passer avec Ben et descendit à leur suite.

Quentin était soulagé qu'ils aient décidé d'attendre le lendemain pour aller voir Mr Nash et le capitaine McBride. Il valait toujours mieux aborder les tâches importantes avec des idées claires et, bien qu'il ne fût pas prêt à l'admettre, il était assez fatigué.

Sans compter qu'il y avait le problème d'Alf Walsh, qui visiblement n'avait pas renoncé à les suivre. Pour quelle raison, que diable ? Il n'allait quand même pas se risquer à agresser Jacinta ici, avec tout ce monde.

Il vint à l'esprit de Quentin que Walsh pouvait tenter d'enlever Ben. Mais comment comptait-il s'y prendre ? Il n'y avait pas de chemin de fer, et le seul moyen de s'enfuir était un caboteur aux horaires aléatoires.

Dougal McBride, sur le pont du *Bonny Mary*, contempla les flots qui scintillaient sous le soleil. Il avait beau apprécier la beauté du spectacle, il restait soucieux. Normalement, il ne se sentait jamais aussi bien que lorsqu'il naviguait en haute mer aux commandes de son navire. Mais depuis qu'il avait quitté Eleanor et son mari, il se sentait en proie à une agitation qui ne le quittait pas. Comme s'il attendait...

Il ne pouvait pas être certain qu'elle reviendrait vers lui, mais rien ne lui interdisait d'espérer. Parfois, l'espoir lui faisait tout voir en rose, parfois, au contraire, il était très abattu.

À Singapour, son associé et ami Lee Kar Ho avait remarqué qu'il avait changé et lui avait demandé s'il avait besoin d'aide, mais Dougal ne souhaitait pas se confier. De toute façon, ses marins s'étaient certainement laissés aller à quelques potins, si loyaux fussent-ils. Lee aurait pu apprendre ce qui le tracassait s'il avait voulu s'en donner la peine.

Dougal soupira, puis s'en voulut de ce comportement de tourtereau enamouré.

La lettre de sa sœur, qu'il avait trouvée à Singapour, n'avait fait que raviver son impatience. Flora était une épouse comblée. Elle avait enfin épousé l'homme de sa vie après que leur mère eut tout fait, pendant des années, pour empêcher ce mariage.

Dougal en voulait encore à leur défunte mère de tous les mensonges qu'elle avait échafaudés pour s'assurer que sa fille resterait auprès d'elle. Elle s'était montrée égoïste et cruelle.

En tout cas, Flora et Josh étaient désormais mari et femme, et sa sœur lui avait écrit pour lui annoncer qu'elle attendait un heureux événement. Elle avait trente-trois ans, certes, mais semblait en pleine forme.

Il se dit que lui aussi aimerait avoir des enfants. Avec Eleanor. Elle n'en avait pas eu avec son freluquet de mari. Quand Dougal avait accepté de le prendre à bord pour les conduire à Suez, le pauvre homme était resté cloîtré dans sa cabine durant toute la traversée.

Il avait fallu presque quarante ans à Dougal pour trouver l'amour, et désormais son seul désir était de retrouver Eleanor. Il se rappelait dans le moindre détail sa beauté austère, sa vivacité d'esprit, sa gentillesse, et mille autres qualités.

Pour ne pas perdre le contact avec elle, il avait écrit à un avoué en Angleterre. Un ami d'Adam, un homme digne de confiance. Dougal lui donnait un billet de change sur sa banque à Londres et lui demandait d'aider Eleanor si elle se trouvait dans le besoin et, le cas échéant, de lui acheter un billet pour l'Australie.

Elle allait revenir. Il fallait qu'il y croie.

Alf descendit la passerelle, puis attendit avec impatience qu'on débarque sa malle.

Il se retourna pour dire au revoir à Bridie, et la vit qui courait à la rencontre d'un gars trapu flanqué d'une femme. Ce devait être son cousin Rory. Il avait une mine hargneuse de taureau enfermé, le genre de type qu'on préfère ne pas se mettre à dos.

Tandis qu'il attendait sur le quai en se demandant où aller, elle l'appela.

— Alf, tu as une minute ?

— Autant de minutes que tu veux, répondit-il en la rejoignant.

— Rory, je te présente Alf Walsh, qui m'a bien aidée pendant le voyage. Alf, voici mon cousin Rory Flynn et sa femme Jilleen.

Les deux hommes se serrèrent la main, et Alf salua Mrs Flynn d'un signe de tête.

— Comme je vous l'ai dit, Alf m'a été d'une grande aide à bord. Je pense que nous pourrions lui rendre la politesse. Il se débrouille comme un as avec les chevaux, et il cherche du travail. Connaissez-vous quelqu'un qui a besoin de bras ?

Rory le dévisagea, les yeux à demi clos, une intelligence rusée perçant sous les traits frustes.

— Et avec les vaches, tu sais y faire ?

— Je sais m'y prendre avec tous les animaux, répondit Alf, pris au dépourvu. Si on les traite bien, ils font ce qu'on leur demande. Mais je n'ai jamais travaillé comme vacher, si c'est ce que tu veux savoir.

— J'ai besoin de quelqu'un pour m'aider avec mes vaches. Si tu cherches du travail et que tu es disposé à apprendre, je peux t'embaucher à l'essai. Tu as aidé ma cousine, je fais ce que je peux en retour. Bridie dit que tu n'es pas idiot, et c'est un bon point. Le dernier que j'ai eu était tellement abruti qu'il n'était pas fichu de se souvenir de mes consignes. Il a fait plus de mal que de bien, cet imbécile.

— Tu payes combien ?

Rory hésita.

Alf connaissait la chanson.

— Je n'accepterai aucun emploi avant de connaître le salaire d'un vacher ici, en Australie.

— Comme si j'allais profiter de toi qui as aidé ma cousine !

— Comme si tu n'essayais pas de m'avoir pour le moins cher possible ! Tu n'es pas bête, ça se voit.

Rory leva les yeux au ciel, grimaça un sourire et lança un chiffre.

— C'est une bonne paye, ici. Moins dix shillings pour le vivre et le couvert, ce qui est normal. Tu pourras dormir dans la véranda. Nous avons transformé une partie en chambre, et il ne fait pas froid en cette saison.

Après mûre réflexion, Alf hocha la tête.

— J'ai besoin de toi à l'aube pour la traite, reprit Rory, ça m'arrange que tu dormes à la ferme. Jilleen cuisine bien. Moi, je commence à me faire une bonne renommée, parce que mon lait est bon et sain. Les épiceries veulent être livrées le plus tôt possible, et tu aideras aussi avec les livraisons. On va vers l'été, il faut faire la traite aux premières heures pour éviter que le lait ne tourne.

Alf se tourna vers Bridie, qui rougit en tripotant les cordons de sa coiffe. Elle avait demandé s'il n'y avait pas un emploi pour lui, ce qui prouvait qu'il ne la laissait pas indifférente. Mais était-elle disposée à s'engager ? Et lui, pouvait-il la laisser espérer alors qu'il était déjà marié ?

Il contempla les quais bourdonnants d'activité. Ici, il ne connaissait personne, et on lui offrait une chance, pas plus mauvaise qu'une autre. Bridie ou pas, il allait accepter ce travail. Cela lui donnerait le temps de réfléchir, de s'organiser pour mener son projet à bien. Il le fallait, sinon il n'oserait jamais rentrer au pays.

— C'est d'accord. Donnons-nous un mois à l'essai, pour voir.

Rory tendit sa main.

— Tope là !

Une fois le marché conclu, Alf précisa :

— Tu verras, je ne renâcle pas à la tâche, et j'aime bien les bêtes. Elles ne vous jouent pas de sales tours, ce n'est pas comme les gens !

Bridie bavardait avec la femme de Rory, mais Alf remarqua qu'elle jetait souvent des regards dans sa direction.

S'il avait été libre, il n'aurait pas hésité un seul instant à lui faire la cour. Jamais une femme ne lui avait plu à ce point.

Coquin de sort ! On n'obtenait jamais ce qu'on voulait, et on se retrouvait avec bien autre chose que ce à quoi on s'était attendu. Comme avec Ruth, par exemple. Et voilà que le destin lui envoyait une femme infiniment préférable, comme pour se jouer de lui.

13

Au petit déjeuner, Eleanor et Jacinta semblaient sur des charbons ardents mais, heureusement, Ben était trop occupé à dévorer son assiette pour remarquer quoi que ce soit.

Quentin attendit la fin du repas pour suggérer qu'ils sortent tous faire un petit tour, préférant ne pas poser de questions en présence de Mrs Haslop et des autres pensionnaires.

Il s'était déjà enquis des lieux où ils avaient prévu d'aller, et avait noté par écrit les indications de leur hôtesse pour se rendre au dépôt de bois de Mr Nash, à la maison du capitaine McBride, et chez Adam.

S'il n'avait tenu qu'à lui, il serait allé voir Harriet toute affaire cessante. Mais il ne pouvait pas abandonner ses deux nièces adoptives, alors qu'elles étaient dans tous leurs états.

Dès qu'ils furent à l'abri des oreilles indiscrètes, il demanda :

— Irons-nous chez mon amie Harriet pour commencer, ou voulez-vous voir ces messieurs d'abord ?

Je peux vous accompagner, ou pas, si vous préférez y aller seules.

Jacinta secoua la tête vigoureusement.

— Je n'ai aucune envie de me retrouver seule avec Mr Nash, tout au moins pas la première fois. Et puis j'ai peur que Walsh ne m'agresse si je le croise dans la rue.

— Moi aussi, je préférerais que vous m'accompagniez chez Dougal, oncle Quentin, confessa Eleanor. Demander à un homme s'il a toujours l'intention de vous épouser n'a rien d'évident.

— Mais, il vous a envoyé de l'argent pour que vous veniez jusqu'ici.

— C'est vrai, mais entre-temps il a peut-être changé d'avis. Je crois que nous devrions d'abord aller trouver Harriet. Je sais que vous êtes impatient de la voir.

Il ne chercha pas à nier.

— Très bien. La maison d'Adam n'est pas loin, me semble-t-il.

Chemin faisant, ils dépassèrent le Bazar Deagan et firent une halte pour admirer le terrain soigneusement entretenu et la grosse enseigne au-dessus de l'entrepôt, au sommet de la colline.

— Ce magasin appartient au beau-frère d'Adam, expliqua Quentin. Il a très bien réussi à ce qu'il paraît.

Comme il disait ces mots, un homme qui passait par là s'arrêta.

— Excusez-moi de vous interrompre, mais j'ai cru comprendre que vous cherchiez Adam. Je suis

Bram Deagan, son beau-frère et le propriétaire du bazar.

— En fait, c'est tante Harriet que je suis venu voir, mais j'ai très envie de voir Adam aussi, naturellement. Je le connais depuis tout petit. Je n'ai jamais rencontré votre sœur, Ismay, et j'ai hâte de faire sa connaissance également. Comme l'homme semblait stupéfait, il se présenta : Je suis Quentin Saxby. Adam ou Harriet vous auront peut-être parlé de moi ?

— Oh, mais bien sûr. Le notaire ? Mais Adam ne m'a pas dit qu'il vous attendait. Sait-il que vous êtes là ?

— Euh… non… je voulais lui faire la surprise.

— Vous avez fait un sacré bout de chemin pour cela ! Bienvenue en Australie, monsieur Saxby ! Je suis sûr qu'Adam et Ismay vont être ravis de vous voir. Et Harriet aussi, cela va sans dire. J'espère que vous allez passer un excellent séjour.

Quentin le remercia, puis fit les présentations.

— Enchanté de faire votre connaissance, mesdames. Vous êtes venues rejoindre des parents peut-être ?

Les deux femmes parurent visiblement embarrassées. Craignant d'avoir fait une gaffe, Bram jeta un regard surpris à Quentin, qui décida de le mettre dans la confidence.

— Si vous le permettez, mesdames, j'aimerais échanger deux mots avec Mr Deagan. Pourquoi n'iriez-vous pas faire un petit tour au bazar en attendant ?

Elles se mirent aussitôt à gravir la côte d'un pas rapide, presque comme si elles cherchaient à fuir, Ben sur leurs talons.

— Qu'ai-je dit qui les a contrariées ? demanda Bram dès qu'elles furent hors de portée de voix.

— L'affaire est un peu délicate. Mais étant donné qu'Adam m'a dit beaucoup de bien de vous, et que nous sommes presque des parents, vous et moi, j'aimerais vous demander conseil.

— Les amis d'Adam sont mes amis. Allez-y.

— Si j'ai fait tout ce chemin, c'est parce que les deux êtres auxquels je tiens le plus au monde, Adam et sa tante, sont ici. J'espère pouvoir passer le reste de ma vie auprès d'eux.

Cette fois, ce fut au tour de Quentin de perdre ses moyens, car il n'était pas habitué à se confier ainsi à des étrangers. Il reprit, mal assuré :

— Voyez-vous... Harriet m'a beaucoup manqué, et j'aimerais savoir si... elle ressent la même chose pour moi. Si oui, nous pourrions, euh... disons, remédier à la chose. Nous sommes tous deux... célibataires.

— C'est une femme charmante, assurément, et je vous souhaite tout le bonheur du monde.

— Les deux dames avec qui j'ai fait le voyage ne sont pas à proprement parler des parentes, mais nous nous sommes rapprochés pendant la traversée, et nous avons décidé de nous adopter mutuellement en tant que nièces et oncle. Mrs Prescott a séjourné brièvement dans la colonie l'an passé. Son époux et elle se sont retrouvés bloqués en

Australie-Occidentale, et Mr McBride les a emmenés à Suez sur sa goélette afin qu'ils puissent retourner en Angleterre. Elle est veuve à présent et… euh… elle est revenue ici à l'invitation du capitaine.

Le visage de Bram s'éclaira.

— Ah, mais vous voulez dire que c'est Eleanor !

— En effet. Il vous a parlé d'elle ?

— Parlé d'elle ? Il ne fait que ça. Dieu soit loué. Il aurait eu le cœur brisé si elle n'était pas revenue. Dois-je comprendre qu'elle est libre de toute attache ?

— Oui. Son époux est mort quelques semaines après leur retour en Angleterre.

Bram jeta un coup d'œil au sommet de la colline, comme s'il la cherchait du regard.

— En tout cas, elle est aussi jolie qu'il nous l'a décrite.

— Ainsi donc, vous connaissez leur… amitié.

— C'est plus qu'une amitié, dit Bram avec un sourire en coin.

— Oui, du moins elle l'espère.

— Vous pouvez la rassurer. Dougal est un très bon ami, et il m'a fait l'honneur de se confier à moi. Non seulement il n'a pas changé d'avis, mais il erre comme une âme en peine.

— Il est… au mouillage en ce moment ?

Le sourire de Bram s'évanouit d'un coup.

— Hélas non, et nous avons de mauvaises nouvelles pour lui quand il sera de retour. La goélette qu'Adam dirigeait en tant que capitaine, et dans laquelle Dougal détenait des parts, a essuyé une violente tempête.

Le cœur de Quentin tressaillit.

— Adam est sauf ?

— Oh oui. Il n'y a pas eu de victimes, mais la cargaison a été sérieusement endommagée.

— Ah. Vous voulez dire *votre* cargaison, monsieur Deagan ?

Le sourire de Bram avait complètement disparu cette fois.

— Adam et Dougal avaient quelques marchandises, mais le plus gros de la cargaison était à moi, oui.

— Vous m'en voyez navré. Les pertes sont conséquentes, j'imagine ?

— Oui. Mais on s'en remettra.

— Mais, Adam est ici ?

— Oui. Vous alliez lui rendre visite ?

— En fait, je voulais surtout voir Harriet.

— Si vous le permettez, je me ferai un plaisir de vous montrer le chemin. Je suis heureux que vous soyez là. Nous avons tous besoin de bonnes nouvelles quand le moral est bas. Irons-nous chercher ces dames ?

Quentin réfléchit, puis voyant qu'il pouvait se confier sans crainte à Dougal, dit :

— Un instant. L'autre dame, Mrs Blacklea... cela doit rester strictement confidentiel.

— Vous pouvez compter sur mon entière discrétion, monsieur Saxby.

— Jacinta est veuve, et dans une situation financière précaire. Un homme du nom de Mitchell Nash a écrit à son cousin, en Angleterre, pour lui demander de l'aider à trouver une épouse et... Mrs Blacklea se retrouvant seule au monde, Mr Stanwell lui a suggéré de venir ici pour faire la connaissance de Mr Nash.

— Mais c'est une excellente noùvelle ! s'exclama Bram en souriant de toutes ses dents. C'est moi qui ai insisté, l'an passé, pour que Mitchell se trouve une épouse. Il sera ravi de la rencontrer.

— Vous croyez ? Même si c'est une parfaite inconnue ?

— Vous savez, les dames célibataires ne sont pas légion dans la colonie et un homme a besoin d'une épouse, surtout quand il est père d'un enfant. Les mariages arrangés sont monnaie courante ici, même si cela prend un peu de temps à cause de la lenteur des échanges postaux.

— Jacinta n'aura donc pas l'air d'une... bête curieuse ?

— Absolument pas.

Quentin poussa un soupir de soulagement.

— Elle a apporté une lettre de Mr Stanwell pour Mr Nash, mais j'avais pensé la lui remettre moi-même pour qu'il puisse la lire avant que la rencontre ait lieu. J'aimerais d'abord voir comment réagit votre ami, au cas où il regretterait sa requête...

— Je peux vous assurer qu'il ne regrette rien du tout, même s'il est un peu anxieux à l'idée d'épouser une inconnue. Qui ne le serait pas ? Mais c'est une jolie femme et qui semble de bonne disposition. Quand il la verra, tous ses doutes s'envoleront.

— C'est une personne charmante. Je vous remercie infiniment pour vos conseils, monsieur Deagan. Irons-nous rejoindre ces dames cette fois ?

Ils gravirent la côte et Bram s'immobilisa quelques instants sur le seuil du bazar pour observer les deux femmes, qui étaient en train d'admirer les soieries.

— Est-ce la plus grande des deux qui connaît Dougal ?

— Non, c'est la brune.

— Et le garçon, c'est le fils de Mrs Blacklea ?

— Oui... et c'est un autre sujet de préoccupation pour elle. Elle se demande comment Mr Nash va accueillir l'enfant d'un autre.

— Le garçon m'a l'air d'un brave petit.

— Il l'est. Je me suis beaucoup attaché au jeune Ben.

Au même instant, Eleanor et Jacinta aperçurent Quentin et s'approchèrent des messieurs qui les attendaient.

Bram leur sourit et déclara :

— J'ai proposé à Mr Saxby de lui montrer comment se rendre chez Adam. Puis-je vous accompagner un bout de chemin ?

Quand ils ressortirent dans le soleil, Quentin s'exclama tout guilleret :

— Quel plaisir d'être loin de la grisaille anglaise !

— Le printemps est ma saison préférée en Australie, commenta Bram. Les étés sont trop chauds, mais l'hiver nous avons beaucoup de belles journées.

Jeune fille, Jacinta rêvait de rencontrer un homme doux et bienveillant, mais la pauvreté l'avait obligée à abandonner son rêve pour affronter la dure réalité de la vie aux côtés de Claude Blacklea.

Avait-elle bien fait d'accepter de faire encore une fois un mariage de convenance ? Si l'homme était bon et raisonnable, pourquoi pas ? Elle serait toujours moins malheureuse qu'avec Claude.

De toute façon, rien n'était encore conclu, et l'oncle Quentin lui avait promis de l'aider si elle décidait de ne pas se marier.

Mais toujours est-il que la vie serait infiniment plus facile à la fois pour Ben et pour elle si elle épousait Mr Nash.

Elle avait souvent contemplé son portrait pendant la traversée. Il avait l'air d'un brave homme, pas beau à proprement parler, mais avec un visage avenant. Et puis ce n'était pas un vieillard au moins.

Le problème était qu'on n'apprenait à connaître vraiment quelqu'un que lorsqu'on partageait sa vie.

— Voici mon chez-moi, dit Bram en désignant une vaste bâtisse en bois, haute de deux étages et pourvue d'une véranda au rez-de-chaussée.

Il continua d'avancer jusqu'à la maison contiguë, beaucoup plus petite.

— C'est ici que vit Adam, pour le moment.

— En plus d'être des parents, vous êtes voisins ! s'extasia Quentin.

Avec un grand sourire, Bram recula d'un pas et l'invita à frapper.

La femme qui leur ouvrit était trop jeune pour être tante Harriet. Visiblement surprise de voir des visages qu'elle ne connaissait pas.

Incapable de tenir une seconde de plus, Quentin lui demanda de but en blanc :

— Harriet est là ? Je suis Quentin Saxby, et je…

La femme poussa un petit cri de stupeur, puis s'exclama avec un grand sourire :

— Vous avez fait tout ce chemin pour nous rendre visite ? Oh, Adam et tante Harriet vont être si contents de vous voir ! Malheureusement, il n'y a que ma tante qui est à la maison pour l'instant.

Pivotant sur elle-même, elle cria à la cantonade :

— Tante Harriet, devine qui est là ! Puis se tournant vers Quentin, elle lui fit signe de se diriger au fond du couloir.

S'approchant d'Ismay, Eleanor demanda :

— Pensez-vous que nous puissions les laisser seuls un instant ? Il a quelque chose de très personnel à demander à Mrs Seaton.

Ismay joignit ses mains et s'exclama, ravie :

— J'en étais sûre !

— Elle lui a manqué terriblement.

— Et inversement, même si elle s'efforçait de ne pas le montrer.

Bram présenta ensuite Eleanor, Jacinta, puis Ben à sa sœur.

Mais au lieu d'engager la conversation, ils tendirent l'oreille pour essayer d'entendre ce qui se disait à l'autre bout du corridor.

Quentin gagna rapidement l'arrière de la maison, puis s'arrêta sur le seuil d'une pièce qui faisait à la fois office de cuisine et de séjour.

Debout à côté d'une table où s'étalait une pile de linge à raccommoder, Harriet était en train d'examiner le coin d'un torchon. Quand elle se retourna pour voir qui était entré, sa mâchoire s'affaissa et elle posa une main sur son cœur comme pour l'empêcher d'éclater.

— Pas même une parole de bienvenue ? la taquina-t-il. Alors que je suis venu d'Angleterre pour vous voir.

— Oh, Quentin ! C'est vraiment vous ! J'ai cru que je rêvais.

Elle s'élança vers lui et se jeta dans ses bras.

L'espoir le submergea comme un torrent tandis qu'il déposait un baiser sur ses cheveux, puis un autre sur sa joue.

— Oh, Harriet, vous m'avez tant manqué. Je ne supportais plus d'être loin de vous. J'ai vendu mon étude et acheté mon billet.

Elle leva vers lui des yeux brillants de larmes de joie.

— Vous aussi vous m'avez manqué, mon très cher ami. Vous n'avez pas idée combien.

— Je n'avais pas réalisé à quel point je vous aimais, Harriet. Oh, ma chérie ! Dites-moi que vous m'aimez vous aussi.

Pour toute réponse, elle leva vers lui son visage et lui offrit ses lèvres. Il les effleura d'un petit baiser, puis d'un autre plus pressant.

— Je ne veux plus jamais être séparé de vous. Voulez-vous être ma femme, Harriet ?

Ce n'était pas ainsi qu'il avait prévu de lui demander sa main. Il retint son souffle et attendit.

— Oh oui, mon très cher. (Elle se pencha légèrement en arrière, ses bras toujours passés autour de son cou, et lui sourit avec émotion.) Pourquoi avons-nous perdu tout ce temps ? Nous aurions pu nous marier il y a des années.

— Parce que nous étions tous deux obstinés, et parce que nous avions l'occasion de nous voir souvent. Mais après votre départ, j'ai réalisé combien j'avais été stupide.

Son sourire s'évanouit et elle bredouilla :

— Vous… vous ne voulez pas que nous retournions en Angleterre, n'est-ce pas, Quentin ? Nous pourrions être très heureux ici, vous savez ? Je me suis beaucoup attachée à Ismay – la jeune femme qui vous a ouvert.

— Non, bien sûr que non ! Je veux vivre auprès d'Adam et de son épouse, qui a l'air si charmante et chaleureuse.

Réalisant soudain que son hôtesse ne l'avait pas suivi, il s'écria :

— Oh, mon Dieu ! Ils sont en train d'attendre dehors. Que vont-ils penser ?

— Je me serais jetée dans vos bras, même s'ils m'avaient suivie. Est-ce si grave ?

— Non, ma chère Harriet, mais maintenant que nous nous sommes avoué nos sentiments, il faut aller leur annoncer la bonne nouvelle.

Restés sur le porche, les autres se tournèrent comme un seul homme vers Harriet et Quentin quand ceux-ci sortirent de la maison.

Quentin lâcha la main d'Harriet, puis passant un bras autour de ses épaules, déclara solennellement :

— Mesdames, monsieur Deagan, Ben... Mrs Seaton vient de me faire l'honneur d'accepter de devenir ma femme, et nous allons nous marier dès que possible.

Il y eut de petits cris de joie, puis les deux jeunes femmes s'embrassèrent et embrassèrent Quentin, tandis qu'Ismay embrassait Harriet.

Bram serra la main de Quentin, puis félicita Harriet en lui présentant tous ses vœux de bonheur.

— Il faut que vous veniez tous prendre le thé chez nous dimanche prochain pour fêter cette bonne nouvelle ! s'écria-t-il. Ma femme, Isabella, se fera un plaisir de vous recevoir.

Il sortit sa montre de son gousset et fit claquer sa langue.

— Mon Dieu que le temps file ! Je dois retourner au bazar.

Après son départ, Harriet leur proposa une tasse de thé et une part de gâteau.

— Ça te dit, Ben ? Les garçons ont toujours faim, pas vrai ?

Ben hocha timidement la tête.

Et lorsqu'ils furent tous attablés, elle demanda :

— Eh bien, comment s'est passée la traversée ? Je veux tout savoir.

Quentin expliqua dans quelles circonstances il avait rencontré ses deux compagnes de voyage, puis une fois le goûter achevé, demanda :

— Pourriez-vous m'indiquer où habite Mr Nash, ma chère Harriet ? J'aimerais m'entretenir avec lui seul à seul dans un premier temps. À moins que vous n'ayez changé d'avis et souhaitiez m'accompagner ? dit-il en se tournant vers Jacinta.

Cette dernière secoua la tête, incapable de cacher son anxiété.

— Non, je crois qu'il vaut mieux que vous alliez d'abord lui parler, afin qu'il se sente… libre de changer d'avis.

Il lui tapota l'épaule.

— Je doute qu'il change d'avis, ma chère, mais laissez-moi m'en occuper.

14

Mitchell ne chômait pas dans son dépôt de bois. Avec l'aide de Tommy, il triait les poutres qu'il avait achetées à Adam. Il adorait l'odeur de la résine et le travail physique lui avait toujours plu, au désespoir de sa mère qui aurait préféré qu'il se conduise davantage en monsieur.

Il ne faisait pas encore trop chaud, c'était la bonne période pour remettre de l'ordre dans son stock et s'assurer par la même occasion qu'il n'était pas infesté de parasites qui auraient tout réduit en poussière.

Il se dit avec plaisir qu'on commençait à lui faire confiance. Non seulement il vendait bien ses produits, mais désormais, on le chargeait souvent de petites constructions. Des porches et des vérandas, par exemple, qui étaient faciles à ajouter aux maisons de bois.

Tommy arriva en portant deux grandes timbales émaillées remplies de thé, et ils firent une pause.

Mitchell avait été bien inspiré quand il avait pris le risque d'embaucher Tommy après s'être établi dans la colonie de Swan River. Ancien bagnard en butte à la réprobation tenace de la société, son employé avait accepté de travailler pour un salaire de manœuvre pourvu qu'on le laisse dormir dans un cabanon au fond du terrain. Depuis qu'il était bien nourri, il s'était musclé et avait pris des forces, sans compter qu'il était ravi d'apprendre le métier. Il se montrait désormais d'une aide précieuse.

— J'ai lu dans le journal que le navire postal arrive d'Albany, annonça Mitchell. Si ça se trouve, il y aura une lettre de ta femme, Tommy.

— Ça m'étonnerait, monsieur. Elle n'a jamais répondu aux miennes. J'ai écrit aussi à mes cousins pour leur demander de ses nouvelles, mais pas la moindre réponse jusqu'à présent.

— Donne-leur un peu de temps.

— On ne peut pas lui en vouloir si elle a refait sa vie, vous ne croyez pas ? Elle a dû se trouver un autre homme. Un seul salaire ne suffirait pas à les nourrir, elle et les trois gosses.

— Mais vous êtes mariés !

Tommy rougit et baissa les yeux.

— Enfin… pas vraiment. On a juste dit qu'on l'était.

— Ah ! Mais je suis convaincu qu'elle donnera des nouvelles un jour ou l'autre.

— J'espère que vous avez raison, monsieur. Je l'aimais bien, ma Dora, et les enfants aussi.

— Si tu me donnes son adresse, je lui écrirai et lui proposerai de leur payer le voyage pour venir ici. Je peux le faire, sans problème.

Tommy, n'en croyant pas ses oreilles, sentit les larmes lui monter aux yeux.

— Vraiment ? Vous feriez cela, monsieur ?

— Oui. Tu travailles bien, j'ai envie que tu sois content. Et puis ta femme pourrait se rendre utile, ici.

— Ça, c'est sûr. Elle sait tenir une maison, ma Dora.

— Bon, la question est réglée, alors. Au fait, j'ai mis une annonce dans le journal pour engager une bonne. Il faut que je trouve une remplaçante à Mary le plus vite possible.

— Elle aurait dû vous donner un préavis. Ça ne se fait pas, de filer comme ça du jour au lendemain.

— C'est vrai.

Certes, Mary était une maritorne qui ne faisait rien de bien à part la lessive, mais c'était mieux que rien. La veille, elle avait envoyé un billet truffé de fautes dans lequel elle expliquait qu'elle se mariait et ne reviendrait pas. Elle demandait qu'on envoie les gages qui lui étaient dus à sa nouvelle adresse.

Mitchell allait devoir la payer, même s'il n'en avait aucune envie, après la façon dont elle l'avait laissé tomber.

Et maintenant, c'était à lui de faire à dîner ! Bon, ce serait du jambon, une fois de plus. Au moins, il savait le faire rissoler. Et il achèterait des œufs à la voisine si ses poules avaient pondu. Christopher ne se plaindrait pas. Son fils dévorait avec appétit tout ce qu'on mettait dans son assiette, et en général, il en redemandait.

Quand il vit Bram qui arrivait, Mitchell vida sa timbale et la tendit à Tommy.

— Je vais voir ce que Bram veut. Toi, continue l'inspection du bois.

Son ami était accompagné d'un homme plus âgé à l'air aimable, visiblement un monsieur aisé. Qui sait, un client ?

— Je constate que vous êtes encore à vous tourner les pouces, Mitchell, plaisanta Bram. Cette sciure dans vos cheveux est très seyante !

Mitchell sourit et secoua la tête, envoyant voleter un nuage de poussière.

— Nous réorganisons le stock pour faire de la place aux nouvelles pièces, et nous avons commencé à empiler tout ce qui peut être sauvé.

Il fixa l'inconnu en attendant qu'on le lui présente.

— Voici maître Saxby, qui vient d'arriver d'Angleterre. C'est un bon ami d'Adam.

— Dans ce cas, j'espère que nous deviendrons amis également, maître.

— Moi de même.

Mitchell essuya sa main sur son pantalon pour répondre à celle que lui tendait Quentin. Bram recula de quelques pas.

— Mr Saxby souhaite s'entretenir avec vous d'une affaire personnelle, je vous laisse avec lui. Venez me trouver au Bazar quand vous voudrez, monsieur Saxby. Et si vous avez besoin de quoi que ce soit, n'hésitez pas à me demander.

Mitchell et l'avoué se dévisagèrent un moment.

— Allons dans mon bureau, si vous voulez bien.

— Oui, c'est préférable pour parler de l'affaire qui m'amène.

Quelle affaire pouvait bien amener un avoué chez lui ? Mitchell, les sourcils froncés, escorta Saxby dans la bâtisse qui lui avait servi de maison, et qui désormais abritait le logement de Tommy, le magasin d'outillage, et son bureau.

Une fois qu'il eut fait asseoir son hôte sur une des simples chaises de bois qui meublaient la pièce, il attendit.

— Vous avez écrit à votre cousin, Mr Peter Stanwell, n'est-ce pas ? entama l'homme de loi.

— C'est exact. Vous… êtes au courant de l'objet de ma lettre ?

— Oui, même si je dois vous dire que je n'ai jamais rencontré votre cousin en personne. Sur le navire qui m'amenait en Australie, j'ai fait la connaissance de la dame qui est venue en réponse à votre requête. Elle a une lettre pour vous, de la part de Mr Stanwell. Peut-être vaut-il mieux que vous la lisiez avant que nous ne poursuivions cette conversation.

Mitchell prit la lettre et alla se poster devant la fenêtre, dos à la pièce.

Mon cher cousin,
J'ai été ravi d'avoir de vos nouvelles et d'apprendre que vous êtes bien installé dans la colonie de Swan River.

Vous me demandez comment je me porte. À dire vrai, je n'apprécie guère la vie dans cette paroisse, parce que le propriétaire des terres est un méchant homme qui réagit violemment à tout ce qu'il considère comme une offense. Je parle de lui parce que c'est en rapport avec l'objet de votre lettre, vous verrez bientôt pourquoi.

Je comprends que vous souhaitiez vous remarier et ne trouve rien d'étrange à ce que vous vous adressiez à moi. Vous êtes loin d'être le premier homme des colonies qui demande à sa famille de lui trouver une dame susceptible de convenir. C'est souvent à nous autres ecclésiastiques que l'on s'adresse pour recommander des candidates, même si je doute que nous soyons plus doués que d'autres dans ce domaine.

Je n'avais pas encore commencé à chercher quand le hasard a mis Jacinta Blacklea sur mon chemin. C'est une jeune veuve avec un fils de neuf ans, à peu près l'âge que devrait avoir votre Christopher, si je ne me trompe.

Elle est une parente pauvre du propriétaire, lequel nourrissait des intentions très néfastes. Il voulait lui arracher son enfant et l'élever auprès de lui, comme son héritier, tout en envoyant la mère aux colonies pour se débarrasser d'elle. Elle n'aurait jamais revu son fils.

C'est une mère très affectueuse et la séparation l'aurait détruite. Sans compter qu'il ne serait pas avisé de confier un enfant à Gerald Blacklea. Cet

Malgré ses réticences initiales, Mitchell ne voulait pas se défiler. Il lança d'une traite, comme s'il craignait de changer d'avis.

— Non, non, je souhaite vraiment trouver une épouse, et je serai heureux de rencontrer Jacinta Blacklea. Mais... je ne veux pas précipiter les choses. Et puis, il y a mon fils à prendre en compte.

— Ainsi que son fils à elle.

— Certes. Jamais je ne ferais de mal à un enfant, je vous le garantis, et je suis disposé à lui offrir le meilleur de moi-même. Je pense qu'il faut y aller pas à pas, apprendre à nous connaître avant de nous engager. Les deux garçons devront eux aussi faire connaissance. Je ne demande pas mieux que de prendre leurs frais d'hébergement à ma charge.

— Vous êtes bien certain que vous êtes prêt à aller de l'avant ? Je n'en ai guère l'impression. Jacinta a été malheureuse en ménage, cette fois elle doit choisir avec soin.

— Je ne suis pas du genre à maltraiter une épouse, monsieur, rétorqua Mitchell avec brusquerie, mais il me semble judicieux de voir si nous sommes compatibles avant de décider de nous marier.

— Très bien, nous procéderons comme vous le souhaitez, mais il vaut mieux que je me charge de leurs frais. Au cas où cela ne se passerait pas bien entre vous, je ne voudrais pas que Jacinta se sente votre obligée au-delà du coût du billet.

Quentin se leva et prit son chapeau.

homme terrorise sa femme et sa fille, qui est d'une timidité maladive.

J'ai parlé de votre projet à Jacinta et lui ai montré votre photo. Elle a accueilli avec joie la possibilité de partir loin avec son fils, ce qui semble la seule solution pour échapper à ce Blacklea.

Son caractère doux et aimable m'a fait excellente impression, ainsi que l'affection qu'elle témoigne à son fils. Le fait qu'elle soit jolie mérite aussi d'être pris en compte.

J'ai donc acheté deux billets pour l'Australie avec l'argent que vous m'avez envoyé, et lui donne cette lettre qu'elle vous remettra.

Si vous ne souhaitez pas l'épouser, il conviendrait que vous l'aidiez à trouver une place de gouvernante, ou quelque emploi équivalent. Je crois savoir qu'il y a une forte demande dans les colonies.

Écrivez-moi pour me tenir au courant.
Mes vœux affectueux vous accompagnent,
Votre cousin,
Peter

Quand il eut terminé sa lecture, Mitchell resta pétrifié. Il n'arrivait même plus à penser. Il avait parfois regretté d'avoir écrit à son cousin, mais à d'autres moments il espérait de tout son cœur que celui-ci connaîtrait une dame susceptible de convenir.

Et voilà que c'était arrivé.

Qui était cette inconnue que Peter lui envoyait ? Peu importait qu'elle fût jolie ou non, mais il fallait qu'elle accepte de s'occuper de son fils, qu'elle le traite avec bonté et comprenne qu'à la suite des expériences terribles qu'il avait vécues, Christopher était un garçon peu communicatif.

Pourrait-elle l'aimer et devenir une seconde mère pour lui, alors qu'elle avait déjà un fils ?

Il avait dit à Peter qu'un enfant ne le dérangeait pas mais, curieusement, il avait toujours imaginé que ce serait une fille. Qu'il était bête !

Soudain, il se repentit amèrement d'avoir déclenché tout ce processus. Il ne savait plus quoi faire.

La chaise de son visiteur grinça, le rappelant à son existence.

— Excusez-moi, c'est juste que je ne m'attendais pas à ce que mon cousin trouve quelqu'un aussi vite. Tenez, lisez, dit-il en lui tendant la lettre.

— Vous êtes sûr ?

— Oui. Il vaut mieux que vous et cette dame sachiez ce que Peter écrit à son sujet. Vous pourrez me parler d'elle plus amplement après.

Quentin parcourut la lettre rapidement. Le pasteur avait bien résumé la situation, mais Nash avait raison. Il devait en savoir davantage.

— Vous vous posez sans doute des questions sur Jacinta.

La familiarité affectueuse de l'avoué fit tiquer Mitchell.

— En effet. Je ne peux que me demander ce qui a poussé cette dame à prendre une décision aussi radicale.

— Le désespoir, en un mot comme en c[...] a été maltraitée, d'abord par son époux, p[...] le cousin de ce dernier. N'hésitez pas à me [...] des questions. J'ai voyagé en compagnie de [...] jeunes veuves, Jacinta et Mrs Prescott. Nous av[...] noué une amitié étroite, et désormais je les cons[...] dère comme mes nièces, et elles voient en moi un[...] oncle. Ni elles ni moi n'avons de famille.

— Ah bon ?

Mitchell n'avait pu réprimer la sécheresse de son ton. Mais cela faisait beaucoup à digérer, non seulement qu'on lui envoie une dame pour l'épouser, mais de surcroît qu'elle se soit attachée à ce monsieur au cours de la traversée.

Quentin saisit ce qui le préoccupait.

— Quant à moi, je suis venu dans l'espoir d'épouser une dame du nom de Harriet Seaton, qui habite avec Ismay et Adam Tregear. Peut-être la connaissez-vous ?

Soulagé, Mitchell s'en voulut de ses soupçons.

— Oui, je l'ai rencontrée. C'est une personne charmante. Toutes mes félicitations. J'avoue que je ne sais quoi dire, et encore moins quoi faire.

— Jacinta ressent exactement la même chose que vous, c'est la raison pour laquelle elle m'a demandé de venir vous parler. Si vous avez changé d'avis et ne souhaitez plus vous marier, je vous saurais gré de me le dire d'emblée. Ne vous inquiétez pas de la situation matérielle de Jacinta. Harriet et moi veillerons sur elle et sur son fils.

— Je me marie bientôt, et je dois trouver de toute urgence une maison à louer. Je vous communiquerai notre adresse, Jacinta et Ben habiteront avec nous, bien entendu.

Mitchell, cette fois, avait quelque chose à dire.

— Il n'y a pas beaucoup de maisons correctes à louer à Fremantle, ni même à Perth, d'ailleurs. J'en connais une, où je viens de faire des travaux. Mais peut-être préférez-vous chercher de votre côté ?

— Je serais ravi de votre aide. Ce n'est pas une mince affaire que de s'installer à l'autre bout du monde.

— Et… j'espère pouvoir faire bientôt la connaissance de Jacinta.

Maintenant, Mitchell ne voulait plus perdre de temps. Il n'allait pas attendre que les autres se soient mariés et installés pour en faire autant.

Mr Saxby lui lança un regard qui semblait lire jusqu'aux tréfonds de son âme.

— Je vais lui demander si elle est prête à vous rencontrer dès demain.

— Si vous voulez, et si la maison est toujours libre, je peux vous emmener la visiter demain. Ce serait une bonne entrée en matière, ne pensez-vous pas ? Mrs Blacklea se sentira en sécurité, avec vous à ses côtés. Je vous ferai parvenir un message à la pension.

— Merci, c'est très aimable à vous. Au revoir, monsieur Nash.

Mitchell le raccompagna à la grille et le regarda s'éloigner. La tension qui s'était accumulée en lui au cours de cette brève visite se relâcha et il poussa un gros soupir.

Il savait qu'il s'était montré maladroit. Mais il s'était attendu à tout sauf à apprendre qu'une femme était arrivée pour lui dans la colonie. Il pensait que son cousin lui enverrait une lettre détaillée sur la personne en question, ce qui lui laisserait le temps de se décider.

Lui laisser le temps ! Il se racontait des fadaises ! Cela faisait plusieurs mois qu'il envisageait de se remarier, sauf qu'il restait indécis. Et il n'y avait rien de pire que de ne pas savoir ce qu'on voulait.

Mais il avait besoin d'une épouse et Christopher d'une mère, inutile de se torturer vainement les méninges.

Il devait cesser de tergiverser et aller de l'avant. Advienne que pourra, il aurait de nouveau un vrai foyer. Pas une maison mal tenue par de mauvais domestiques où il se débrouillait tant bien que mal pour faire office à la fois de père et de mère.

Alf ne savait trop quoi penser de Rory Flynn. Une chose était sûre, son nouvel employeur prenait grand soin de ses vaches. Les bêtes étaient bien nourries et la petite ferme qu'il avait prise en location était impeccable, de même que l'étable.

Quant à Jill, c'était une parfaite maîtresse de maison. Bridie et elle s'étaient tout de suite entendues. Heureusement, parce que la maison qu'ils allaient devoir partager n'était guère plus grande qu'une cabane. Les deux femmes trimaient sans interruption. À côté d'elles, Ruth serait passée pour une feignante.

En un rien de temps, elles avaient décidé de la division du travail. Jilleen s'occuperait du potager, ce qu'elle préférait de beaucoup à la cuisine. Quant à Bridie, elle ne demandait pas mieux que de préparer les repas.

Comme promis, on lui laissa l'« annexe », une pièce minuscule aménagée à une extrémité de la véranda. Elle ne pouvait contenir qu'un petit lit sous lequel il devait caser ses bagages. Bridie, pour sa part, n'aurait droit qu'au canapé.

Avant qu'il aille se coucher, elle le prit à part et lui chuchota en hâte.

— Alf, surtout ne parle pas à mon cousin de mes petites économies. Rory n'est pas un mauvais bougre, il ne me laisserait jamais à la rue, mais s'il est au courant, il voudra prendre mon argent en disant qu'il va veiller dessus et je n'en reverrai jamais la couleur. Du coup, je serai obligée de travailler pour eux. À mon avis, il a épousé Jilleen parce que c'est une bosseuse. Il a beaucoup changé. Maintenant, il a des ambitions, il veut devenir riche.

— Je ne dirai pas un mot. Et puis ça ne me regarde pas.

— Un de ces jours, ajouta-t-elle en tripotant un bouton de son corsage, ça pourrait te regarder… si ça te dit.

Il la trouvait fort à son goût, et sa réponse fusa sans qu'il prenne le temps de réfléchir.

— Ça pourrait bien me dire, quand je me serai fait une place ici.

— Je serais rudement contente, ça c'est sûr. On ferait bien équipe pour tenir un pub, tu ne crois pas ?

Il hocha la tête, soupira. Il la regarda de nouveau. Vivre avec une femme comme elle et gérer une taverne en sa compagnie, il n'aurait rien pu rêver de mieux.

Elle glissa sa main dans la sienne. Il l'attira et l'embrassa, espérant que ça n'allait pas s'arrêter là. Après tout, elle avait été mariée.

Mais tandis que son désir se faisait plus pressant, elle posa ses mains sur son torse et le repoussa.

— Ça suffit. Un baiser, rien de plus. Je ne me donne pas si facilement, pas même à toi. Je l'ai fait une fois quand j'étais encore une gamine, et regarde où cela m'a menée.

Il recula d'un pas et prit une profonde inspiration. Ils restèrent quelques instants les yeux dans les yeux, puis Bridie tourna les talons et rentra dans la maison.

Une fois couché, il lui fallut longtemps pour trouver le sommeil. Il s'en voulait de lui avoir laissé entendre qu'elle l'intéressait. Ce n'était pas juste, cette femme méritait mieux.

Mais en un sens, c'était vrai. Il aurait tout donné pour accepter sa proposition. Pas pour l'argent, pour elle ! Il n'avait jamais autant désiré quelque chose, ou quelqu'un, de toute sa vie. Qu'est-ce que son oncle aurait pensé de cette histoire ?

S'il ne menait pas à bien sa mission, comment Mr Blacklea allait-il réagir ? Alf se faisait un sang d'encre à ce sujet. Cet homme était fou, tout le village le savait. Il était parfaitement capable de s'en prendre à sa famille et d'envoyer un autre homme de main en Australie pour tuer Mrs Blacklea et s'emparer de l'enfant. Sans compter qu'il allait aussi vouloir se venger sur lui. Blacklea était connu pour sa rancune, c'est pour cela que les gens avaient si peur de lui.

Dans un trou perdu comme Fremantle, où se cacher ?

L'Australie-Occidentale se révélait bien décevante. Dire que certains choisissaient d'y émigrer ! Pour Alf, c'était incompréhensible. Lui, s'il avait eu le choix, c'est à Londres qu'il se serait installé. Il y était allé une fois, pour l'exposition universelle. Son père avait emmené toute la famille un jour de tarif réduit. Alf avait pris le train pour la première fois, et avait dégusté sa première glace. Il n'avait jamais oublié cette journée, qui restait son plus beau souvenir d'enfance.

Quentin pressa le pas en approchant de la maison d'Adam. Il avait hâte de revoir Harriet.

Ismay lui ouvrit la porte. Elle le gratifia de son radieux sourire et l'escorta au salon.

— Alors, comment cela s'est-il passé ?

Quentin regarda Jacinta, ne sachant s'il pouvait aborder l'affaire devant les autres.

— Ils sont au courant, pour Mr Nash. Ils en savent autant que moi, c'est-à-dire pas grand-chose. À quoi ressemble-t-il ?

— Il est comme sur la photo, et me semble un fort honnête homme.

— Il est toujours en quête d'une épouse ?

— Il ne s'attendait pas à ce que vous arriviez si vite.

— Cela signifie-t-il qu'il a changé d'avis ?

— Non. Mais il ne veut pas agir avec précipitation.

— Lui avez-vous dit pourquoi nous sommes partis en hâte ?

— Mr Stanwell le lui a expliqué dans sa lettre. C'est à vous de lui raconter votre histoire dans le détail.

— J'aime bien Mitchell, Jacinta, intervint Ismay. Vous avez raison, monsieur Saxby, c'est quelqu'un de bien. Il a connu une tragédie, et il a reconstruit sa vie.

— Et son fils, comment est-il ? demanda Ben.

Cela ressemblait si peu à son garçon de poser des questions que Jacinta s'en étonna. Mais elle se dit qu'il était normal qu'il s'inquiète un peu.

— Je ne l'ai pas rencontré, répondit Quentin. Il était certainement à l'école.

— Oh !

— Christopher est un garçon du genre réservé. Je le trouve très gentil.

Ben remercia Ismay de sa réponse.

— Mr Nash connaît une maison à louer, reprit Quentin en s'adressant à Harriet. Si elle est encore libre, il va nous emmener la visiter demain. Quant à vous, Jacinta, vous pourriez habiter avec nous et prendre le temps de lier connaissance avec lui, pour voir s'il vous plaît. Est-ce que cela vous conviendrait ?

— Oui. Ce serait parfait.

— Bien. Il nous fera parvenir un message demain matin. Eleanor, et vous ? Quel est votre programme ?

— Ismay passe me prendre demain matin. Elle va me conduire chez Dougal pour que je voie Linney, sa gouvernante. Celle-ci m'a fait très bonne impression quand nous avons séjourné dans la maison avec mon mari. Je lui laisserai un mot pour Dougal, qu'il trouvera à son retour. Jusque-là, il ne me reste qu'à patienter.

— Dans ce cas, vous pourriez venir chez nous en attendant, si nous louons cette maison. Enfin, s'il y a assez de place.

— Si tante Harriet déménage, pourquoi ne vous installez-vous pas dans sa chambre, Eleanor ? proposa Ismay.

— Vraiment, cela ne vous dérange pas ?

— Pas le moins du monde.

— Eh bien, c'est décidé, conclut Quentin en tirant sa montre de sa poche. Ciel, il se fait tard ! Je pense que nous ferions bien de regagner la pension. Notre logeuse est très à cheval sur l'heure des repas.

15

Mitchell expliqua la situation à son fils. Christopher l'écouta d'un air grave et avec attention, comme toujours, puis jetant un regard circulaire à la pièce en désordre, dit en souriant à son père :

— Ce serait bien d'avoir une maison propre et bien rangée, comme du temps de maman, même si nous n'avions pas beaucoup d'argent.

— Oui, ta mère était une excellente femme d'intérieur, il faut lui reconnaître au moins ça.

Mitchell n'avait pas que des bons souvenirs de sa défunte épouse, mais jamais l'idée de salir son image ne l'aurait effleuré.

— Mais, à supposer que je ne m'entende pas avec le fils de Mrs Blacklea, ou qu'il me rudoie ? fit valoir le garçon, l'air grave.

— Attendons de faire sa connaissance. Sa mère semble être quelqu'un de plutôt agréable. Je ne tolérerai pas que quiconque puisse te maltraiter, note bien.

Christopher souffla, presque dans un murmure :

— Vous ne le saurez peut-être pas.

— Je vais le surveiller de près, je te le promets. Ben est un peu plus jeune que toi, de toute façon, et il sera sans doute plus petit. Il va venir voir la maison avec nous tout à l'heure ainsi je pourrai me faire une idée de ce à quoi il ressemble.

— Si je n'allais pas en cours aujourd'hui, je pourrais le rencontrer moi aussi.

Mitchell sourit.

— Certainement pas. Tu as déjà manqué suffisamment l'école comme ça. Mais je vous présenterai l'un à l'autre avant de décider quoi que ce soit.

Après le départ de Christopher, Mitchell se fit beau. Il portait une chemise propre mais chiffonnée, car il n'avait pas réussi à la repasser, à son grand désespoir. Et comme Mary avait cessé de travailler pour lui, il ne lui restait pas une seule chemise convenable.

Il fallait qu'il trouve une blanchisseuse au plus vite, et qu'il renouvelle sa garde-robe. Mais il était tellement occupé ! Acheter de nouveaux habits supposait non seulement de se rendre à Perth, à vingt kilomètres de là par voie d'eau, mais de trouver un tailleur, puis d'y retourner pour les essayages. Et il fallait aussi qu'il s'achète des sous-vêtements, et se fasse faire des chemises sur mesure.

Une idée lui traversa soudain l'esprit. Il allait demander à son ami Bram. Il saurait certainement comment faire. Peut-être y avait-il des couturières à Fremantle.

Un petit groupe de personnes attendait en bavardant à l'extérieur de la pension de famille.

Il s'arrêta au coin pour les observer de loin : Mr Saxby, Mrs Seaton, et un garçonnet qui devait avoir l'âge de Christopher. L'autre dame devait être Mrs Blacklea. Elle avait les cheveux blonds et semblait anxieuse. Mais une autre jeune femme sortit de la maison en compagnie d'Ismay, et il fut pris d'un doute. Non, le garçon était blond, lui aussi. Ce devait donc être la première.

Ismay l'aperçut et lui fit signe d'approcher, ce qu'il fit, la boule au ventre.

Mr Saxby fit les présentations. Si la dame avec Ismay était Eleanor, la chère et tendre de Dougal, l'autre devait être Jacinta Blacklea. La ressemblance entre le garçon et elle était frappante, et pas seulement à cause de la couleur des cheveux. Leurs traits aussi étaient similaires.

Elle ne lui tendit pas la main, mais le dévisagea d'un air solennel, les mains jointes, comme si elle s'efforçait de contrôler ses émotions. Sans doute était-elle aussi nerveuse que lui à l'idée de cette rencontre. Cette pensée le rasséréna quelque peu. Il n'avait pas envie d'une femme insensible.

— Je suis heureux de faire votre connaissance, madame Blacklea.

— Et moi aussi, monsieur Nash. Permettez-moi de vous présenter mon fils, Ben. Elle posa une main sur l'épaule du garçon, comme pour se donner du courage. Un geste qui devait lui être familier, car Ben ne chercha pas à se défiler, mais sourit au contraire à sa mère.

Mitchell observa le garçon. Il avait l'air calme et posé. Les fortes têtes étaient repérables au premier coup d'œil, mais les enfants calmes n'étaient pas toujours faciles à décrypter, et il était essentiel que Christopher s'entende bien avec lui s'ils étaient appelés à vivre sous le même toit.

— J'emmène Eleanor voir la maison de Dougal, lança Ismay avec son ton guilleret habituel. Nous entrerons si Linney est là, sinon nous reviendrons un autre jour. Ensuite, il faut que je passe dire bonjour à Maura, sans quoi elle se sentira délaissée.

Se tournant vers le petit groupe, elle expliqua :

— Maura est la tante de Bram, mais ils ont presque le même âge. Elle est venue s'installer ici au début de l'année. Nous sommes en train de peupler la colonie de Deagan.

Les deux femmes se mirent en route. Elles n'avaient pas fait dix pas qu'elles se mirent à bavarder gaiement. Comme il les enviait de pouvoir nouer aussi facilement la conversation !

Réalisant que le reste de la troupe attendait qu'il les conduise jusqu'à la maison, il s'arracha à ses pensées pour se concentrer sur les choses importantes.

Il tira de sa poche une clé dorée, qui scintilla au soleil, telle une promesse, ou un bon présage.

Mr Saxby offrit son bras à Mrs Seaton, et en la voyant sourire, Mitchell réalisa combien elle avait dû être jolie étant jeune.

Mr Saxby ne faisait pas non plus l'effet d'un vieil homme. À voir la façon dont elle et lui se regardaient, ils ne pouvaient qu'être... follement amoureux. Cette pensée le réjouit, et copiant le geste de Mr Saxby, il se tourna vers Mrs Blacklea pour lui offrir son bras.

Quand elle le prit, il sentit qu'elle tremblait, et sa nervosité lui plut davantage qu'elle ne le désarçonna. Betsy se serait mise à flirter éhontément avec lui. Mais cette dame regardait droit devant elle, la tête haute et sans rien dire.

Le garçon se mit à marcher à leurs côtés. Lui non plus ne regardait pas Mitchell. Il semblait de constitution robuste et avait à peu près la même taille que Christopher.

— La maison est à deux pas, madame Blacklea, mais il est vrai qu'à Fremantle on n'est jamais loin du centre-ville. Caswell Street donne dans la grand-rue.

— Et votre dépôt de bois ?

Il y avait un léger tremblement dans sa voix, qui lui plut.

— Il est juste à côté de ma maison. Nous pourrons aller le voir ensuite, si vous voulez.

— Je n'ai jamais visité une scierie, dit soudain Ben.

— Dans ce cas, il faut absolument que tu la voies.

— Merci, monsieur. J'aime bien découvrir des choses nouvelles.

— Ma foi, je me ferai un plaisir de te montrer comment cela fonctionne. Mon fils adore venir me donner un coup de main là-bas.

Haussant la voix, il lança :

— Monsieur Saxby, tournez ici, à main gauche.

La maison était charmante mais plus petite que Quentin ne se l'était imaginée. Il lança un regard en coin à Harriet, curieux de voir sa réaction, et elle dit à voix basse :

— Les maisons ici sont en général beaucoup plus petites, Quentin très cher. Est-ce un problème ?

— Pas du tout, du moment que vous êtes à l'intérieur.

Ils échangèrent un sourire complice.

Mitchell lâcha le bras de Jacinta pour ouvrir la porte.

— Je vous précède ?

Il attendit que tous fussent à l'intérieur, à l'abri du soleil, et expliqua :

— Il y a quatre chambres, deux de chaque côté du couloir central, une cuisine sur l'arrière, ainsi qu'un appentis pour la femme de ménage – à condition d'en trouver une.

— Il est donc si difficile de trouver des domestiques ici ? s'étonna Quentin.

— Oui, mais je connais une femme de chambre qui cherche à se placer. C'est la sœur de la bonne d'Ismay, dit Harriet. Tabby n'a que seize ans, mais elle travaille depuis deux ans déjà. Ses présents employeurs partent s'installer à Sydney. Ils lui ont proposé de l'emmener avec eux, mais elle ne veut pas quitter sa famille. C'est une bonne travailleuse, même s'il est impossible de dire combien de temps elle restera. Ici les filles se marient de bonne heure, et rares sont les femmes qui restent célibataires.

Quentin vit Jacinta rougir et baisser les yeux pour cacher sa gêne. La pauvre. Il ne fit pas de commentaire, mais entraîna Harriet à l'intérieur pour explorer les lieux et voir ce qu'il y avait à faire. Une fois la visite terminée, ils se regroupèrent tous ensemble devant la fenêtre de la cuisine pour admirer le jardin sur l'arrière. À sa grande joie, il vit un citronnier couvert de fruits dont certains étaient déjà mûrs. Il y avait d'autres plantes qui semblaient bien pousser, même s'il ne les connaissait pas toutes. Il songea qu'il aurait aimé jardiner, à condition que quelqu'un lui montre comment.

— Irons-nous faire un tour dans le jardin, très chère ?

— Bonne idée, dit Harriet, les yeux pétillants de joie.

Sans doute avait-elle deviné qu'il voulait laisser un moment Jacinta et Mitchell en tête à tête.

— Puis-je venir avec vous, oncle Quentin ? demanda Ben qui s'était approché. J'aimerais voir à quoi ressemble un citronnier de près. Les feuilles ont l'air bien vertes et brillantes.

Linney, la gouvernante de Dougal, n'était pas là, au grand désappointement d'Eleanor, qui ne savait si elle devait être déçue ou soulagée, car elle préférait que Dougal prenne d'abord connaissance de la lettre qu'elle lui avait écrite afin de ne pas avoir à s'expliquer de vive voix.

— Je vais glisser ce pli dans la boîte aux lettres, dit-elle.

— Nous allons la poser sur la table de la cuisine, avec un mot pour Linney. La plupart des gens ne verrouillent pas leurs portes ici, déclara Ismay en entrant sans hésiter.

Un torrent de souvenirs afflua quand Eleanor franchit le seuil. Elle était tellement émue qu'elle s'arrêta quelques instants dans le couloir pour reprendre son souffle. Elle s'était attendue à voir Dougal émerger d'une pièce et accourir vers elle, idiote qu'elle était !

— Entrez ! lui cria Ismay.

Eleanor entra dans la cuisine, où Ismay avait rédigé en toutes lettres et souligné deux fois un petit billet avec la mention :

DE TOUTE PREMIÈRE IMPORTANCE

— C'est très important, vous en conviendrez ? dit-elle à Eleanor. Sans quoi vous n'auriez pas fait le voyage jusqu'ici depuis l'Angleterre, n'est-ce pas ?

— Oui, répondit celle-ci en déposant la lettre adressée à Dougal à côté du petit mot.

Comme si cela ne suffisait pas, Ismay posa un couteau sur la lettre pour la maintenir en place et déclara :

— Il ne manquerait plus qu'elle s'envole.

Eleanor ne dit plus rien quand elles quittèrent la maison et reprirent leur chemin. Tout semblait tellement plus réel maintenant qu'elle avait déposé la lettre.

Pourvu qu'il n'ait pas changé d'avis.

Restée seule avec Mr Nash, Jacinta sentit son visage s'empourprer à nouveau. Il y avait des années qu'elle n'avait pas rougi ainsi, comme une idiote. Mais il fallait qu'elle se ressaisisse si elle voulait lui parler et essayer de découvrir quelle sorte d'homme il était.

— Le passage couvert qui court d'un bout à l'autre de la maison sert à laisser passer l'air et à rafraîchir l'atmosphère par temps chaud, expliqua-t-il. C'est une curiosité locale.

Il avait dit cela d'un ton froid et impersonnel, qui lui procura un frisson d'appréhension. Elle ne se voyait pas finir le reste de sa vie aux côtés d'un homme distant.

Mr Nash poursuivit son exposé :

— Parfois, les gens ajoutent des extensions sur l'arrière lorsqu'ils ont des jardins assez grands pour cela. J'ai commencé à en construire pour certains de mes clients.

Elle décida d'orienter la conversation sur lui.

— Mais le commerce du bois est votre principale source de revenus, n'est-ce pas ?

Réalisant que sa question pouvait paraître intéressée, elle chercha quoi dire pour dissiper tout malentendu. Mais le visage de Mr Nash s'était brusquement fermé, et de crainte d'aggraver les choses, elle changea de sujet :

— Parlez-moi donc de votre fils.

Aussitôt, Mr Nash sembla se détendre, et sa voix se fit plus chaleureuse.

— Christopher a dix ans. Il est d'une nature plutôt réservée, après avoir vécu des moments difficiles. Vous savez ce qui est arrivé à mon épouse, n'est-ce pas ?

— Oui, Ismay m'a mise au courant. Ç'a dû être terrible pour vous deux.

— Oui. J'essaie d'en parler le moins possible et j'aimerais que Christopher mette tout cela derrière lui, mais il fait encore des cauchemars de temps en temps.

— Pauvre petit.

Après cela, elle ne sut plus quoi dire et Mr Nash ne semblait guère plus inspiré. Soudain, il proposa :

— Irons-nous rejoindre les autres ?

— Si vous voulez.

Était-ce une façon de lui faire comprendre qu'elle n'était pas à son goût ? Et elle, que pensait-elle de lui ? À dire vrai, il était plutôt bel homme, plus que sur la photo. Pourquoi avait-il tant de mal à se trouver une épouse ? Car même si les femmes étaient peu nombreuses, un commerçant prospère et bien fait de sa personne était un beau parti, non ?

Sur le seuil, Mr Nash s'arrêta pour observer le vieux couple qui bavardait gaiement dans le jardin.

— Mr Saxby a l'air d'un homme charmant.

— Il l'est. Et très bon. Je suis tellement contente que Mrs Seaton éprouve les mêmes sentiments que lui. Il était inquiet à ce sujet.

— Elle est très aimée ici, c'est une brave femme, avec le cœur sur la main.

Mr Nash ne semblait pas décidé à sortir, de sorte qu'elle attendit. La remarque qu'il fit ensuite la prit de court.

— Votre nom n'est pas commun. Je le trouve plutôt joli.

— Jacinta signifie jacinthe. C'est une de mes fleurs préférées.

Il hocha la tête et lui tint la porte ouverte, ne lui laissant d'autre choix que de sortir la première. Ils n'avaient pour ainsi dire rien appris l'un de l'autre ! Comme ils avaient du mal à trouver un terrain d'entente !

Était-ce parce qu'ils étaient tous les deux nerveux ou parce qu'ils n'étaient pas à l'aise l'un avec l'autre ?

Ben était en train de parler avec Mrs Seaton en faisant de grands gestes.

— Mon mari ne supportait pas quand Ben se montrait expansif, et il le punissait. Mais moi, j'aime que mon fils se comporte comme un garçon de son âge, pas comme un adulte.

— Votre époux était beaucoup plus âgé que vous, si je ne m'abuse ?

— Il était mon aîné de vingt ans. C'était un… mariage de convenance… et Claude était très autoritaire. Mais il m'a au moins donné Ben. Et cela compense largement tous les désagréments.

Sa voix était plus chaleureuse quand il dit :

— Je ressens exactement la même chose pour Christopher et sa mère.

— J'ai hâte de faire la connaissance de votre fils. Et Ben aussi. Je me demandais… pourriez-vous dire à Christopher que Ben n'est pas indifférent, mais qu'il est juste un peu timide en compagnie d'autres garçons ? Il n'est jamais allé à l'école, et n'était même pas autorisé à jouer avec les autres enfants du village.

Mitchell ne put cacher sa stupéfaction.

— Pourquoi le lui avez-vous interdit ?

— Ce n'est pas moi. C'était Claude. Par souci de dignité, disait-il. J'ai essayé plusieurs fois de le faire changer d'avis, mais la moindre contradiction le mettait hors de lui et il déversait sa colère sur Ben et moi. De sorte que j'ai renoncé à le convaincre.

Les autres s'étaient retournés et leur souriaient. Leur tête-à-tête était terminé. Ce qui n'était pas plus mal, songea-t-elle. Leur conversation avait été laborieuse et Mr Nash n'avait rien dit d'important. Mais elle non plus, tout bien considéré.

Elle avait dû passer pour une idiote, ainsi que Claude se plaisait à le lui répéter.

Mitchell suivit Jacinta à travers le jardin laissé à l'abandon, admirant sa silhouette élancée et ses mouvements gracieux. Ce qu'il préférait chez elle, c'était son sourire chaleureux quand elle parlait à son fils.

Il comprit que le couple à côté du citronnier attendait qu'il s'exprime.

— Eh bien, monsieur Saxby, dit-il, la maison vous plaît-elle ? Je crains que vous ne puissiez trouver mieux dans l'immédiat.

— C'est à ces dames de décider, dit Quentin. Harriet, ma chère, qu'en pensez-vous ?

Elle gloussa.

— Je pense la même chose que vous. Nous devrions la prendre si nous ne voulons pas retarder notre mariage. Nous pourrons toujours chercher quelque chose de plus grand plus tard, ou même acheter notre propre maison quand vous vous serez installé.

Il rayonnait.

— Je ne voudrais pour rien au monde retarder notre mariage.

Leurs regards se croisèrent, et l'amour qu'ils éprouvaient l'un pour l'autre était tellement évident que Jacinta en soupira d'envie. Elle chercha son fils des yeux. Il était occupé à observer un petit lézard qui escaladait l'appentis. Son corps gris sombre sur le bois argenté était aussi délicat qu'une pièce de joaillerie. Perdu dans ses pensées, il semblait fasciné par la petite créature.

Mon Dieu, pria-t-elle en silence, *faites que rien ne vienne ternir son enthousiasme. Faites que mon fils puisse jouir pleinement de la vie dorénavant.*

Réalisant que l'oncle Quentin avait pris la parole, elle s'arracha à ses méditations.

— Vous pourriez me présenter au propriétaire, monsieur Nash, afin que nous procédions aux formalités ?

— Je peux vous emmener chez son notaire aujourd'hui même, si vous le souhaitez. Je viens tout juste de rénover la maison et de débroussailler le jardin. Oh, et les quelques meubles que vous avez vus dans la remise ont été laissés par le propriétaire. Il est parti s'installer à Sydney avec sa famille et ne reviendra sans doute jamais dans la colonie. Le notaire m'a dit que je pouvais m'en débarrasser, mais si vous pensez qu'ils pourraient vous servir, cela simplifierait les choses.

— Oui, oui, laissez-les, dit Harriet. J'ai apporté quelques affaires d'Angleterre, mais pas assez pour meubler toute la maison. Se tournant vers son fiancé : Nous allons devoir faire un tour au bazar de Bram, mon cher Quentin. Il a quelquefois des meubles d'occasion à vendre.

Elle hésita avant d'ajouter :

— Ne lui dites pas surtout, mais plus nous lui achèterons de marchandise mieux ce sera pour lui. Il a perdu presque toute une cargaison en provenance de Singapour dans une tempête, et je crois que cela l'a beaucoup affecté. C'est un homme tellement bon. À dire vrai, tous les Deagan sont des gens adorables. Ils ont le don de se faire des amis et de répandre la joie autour d'eux.

Mitchell approuva d'un hochement de tête.

— C'est vrai. Ils nous ont accueillis à bras ouverts, mon fils et moi. Et maintenant, si ça ne vous ennuie pas, je dois faire un crochet par le dépôt de bois avant de rentrer. Mrs Blacklea a exprimé le désir de le visiter et je veux m'assurer que tout se passe bien pour Tommy. C'est un bon travailleur, mais il débute dans le métier.

Tandis qu'ils marchaient, Jacinta ne put s'empêcher de remarquer que la chemise de Mr Nash était fripée et que ses cheveux auraient eu besoin d'une bonne coupe. Pouvait-elle lui demander de lui montrer sa maison sans passer pour une femme vénale ? Il était si difficile de parler de choses personnelles avec un étranger. Pourtant, il fallait qu'ils apprennent à se connaître avant de songer à se marier. Une épouse était à la merci de son mari à tous égards.

Son regard croisa à nouveau celui de Mitchell. Cette fois il lui adressa un petit sourire qui l'encouragea à demander :

— C'est une situation délicate, vous ne trouvez pas ?

Elle retint son souffle, espérant que sa franchise ne l'avait pas choqué.

— Très délicate. À dire vrai, je n'ai pas réfléchi à la façon de procéder au cas où une dame se présenterait ici. Mon unique préoccupation était de trouver une épouse et une mère pour Christopher. Je ne suis pas… très habile pour m'exprimer.

— Je crois que…

Elle s'interrompit, n'osant pas livrer le fond de sa pensée.

— S'il vous plaît, continuez. Je préfère que vous soyez franche avec moi.

— Pour ma part, je préférerais que nous nous parlions sans détour. Je pense que nous devrions apprendre à nous connaître avant d'entreprendre quoi que ce soit qui puisse nous engager l'un envers l'autre.

— Je suis du même avis, approuva-t-il, visiblement soulagé.

— Et nos garçons aussi devraient… apprendre à se connaître.

— Vous avez raison, madame Blacklea. J'ai pu constater combien vous étiez attachée à Ben, et j'apprécie cela. J'aimerais que mon épouse soit une vraie mère pour Christopher. Et que lui et votre fils approuvent notre union si elle a lieu.

— Dans ce cas, et pour commencer, je propose que vous m'appeliez Jacinta. J'ai horreur du nom Blacklea. Les Blacklea m'ont tellement fait de mal, d'abord mon époux, puis son horrible cousin.

Un frisson lui parcourut l'échine au souvenir de Gerald Blacklea.

— Entendu, Jacinta. Et moi, c'est Mitchell.

Elle trébucha et il la rattrapa par le bras. Ils se retrouvèrent un instant tout près l'un de l'autre et ce n'était pas… déplaisant. Il sentait la savonnette et le linge frais, et elle comprit que son contact physique ne la rebutait pas. Bien que calleuses, ses mains étaient chaudes et propres. C'étaient les mains d'un homme qui n'avait pas peur de travailler dur.

— Nous y sommes, dit-il en montrant un enclos où s'empilaient des tas de bois de tailles diverses.

— C'est bien organisé, fut tout ce qu'elle trouva à dire.

Dieu merci, sa remarque sembla le satisfaire.

— C'était un vrai capharnaüm quand j'ai pris possession des lieux, mais tout est en ordre à présent, et j'ai un excellent employé pour me seconder.

Elle allait devoir lui parler de Gerald Blacklea et de la menace qui pesait sur sa tête à cause de Mr Walsh, mais elle songea que le moment était malvenu pour cela.

Mr Nash ne leur proposa pas de leur montrer sa maison. Peut-être parce qu'elle n'était pas suffisamment rangée pour recevoir des visiteurs. Un homme qui vivait seul ne devait pas souvent faire le ménage.

Elle se demanda comment les choses allaient se passer entre Eleanor et Dougal quand le capitaine et elle se retrouveraient en tête à tête. Auraient-ils du mal à communiquer, ou se lanceraient-ils au contraire dans une conversation à bâtons rompus, comme l'oncle Quentin et sa bien-aimée ?

Bram Deagan avait l'air particulièrement heureux en ménage. Cela sautait aux yeux. Il était très affectueux avec sa femme, mais aussi avec sa sœur, et même avec la tante Harriet, qui n'était pourtant pas de la famille.

Cependant, Jacinta devait regarder la réalité en face. Elle se retrouvait dans un pays inconnu avec très peu d'argent et devait pourvoir aux besoins de son fils.

Si Mitchell lui avait déplu, elle n'aurait pas hésité à demander son aide à l'oncle Quentin, même si elle avait horreur de dépendre d'autrui. Mais Mitchell ne lui déplaisait pas. Il lui semblait honnête et courtois.

Avant qu'ils ne prennent congé les uns des autres, Mitchell dit :

— Voulez-vous venir chez moi demain pour que je vous fasse visiter ma maison ? Rien que vous, Jacinta ?

Bien que surprise, elle trouva sa proposition encourageante.

— Volontiers, acquiesça-t-elle.

Il ajouta, confus :

— C'est un peu sens dessus dessous.

C'était donc cela !

— Notre femme de ménage nous a quittés sans prévenir la semaine dernière. Si le désordre ne vous dérange pas trop, nous serons plus à l'aise pour parler si nous ne sommes que tous les deux.

— Le désordre ne me dérange pas. Ce n'est pas le plus important pour moi, à ce stade. Je suis toute disposée à mettre votre maison en ordre... si nous arrivons à nous entendre. Je n'ai pas peur de retrousser mes manches quand il le faut.

Il ouvrit la bouche comme pour dire quelque chose, puis la referma et s'éclaircissant la gorge, demanda :

— Qu'est-ce qui est le plus important pour vous ?

— Savoir si nous pouvons nous entendre. Et nos fils aussi.

Il opina du chef, visiblement soulagé.

— Je suis tout à fait d'accord. Je passerai vous prendre à 10 heures demain matin, si ce n'est pas trop tôt.

— Je me lève de bonne heure, vous savez.

Elle le regarda s'éloigner d'un pas rapide. C'était plutôt bon signe qu'il veuille la voir seul à seul.

Elle aussi voulait le voir en privé et passer un peu de temps avec lui.

16

Vers la fin de l'après-midi, Jacinta décida d'aller faire un tour. Elle appréciait beaucoup ses nouveaux amis mais avait besoin d'être seule pour réfléchir à ce qu'elle allait dire à Mitchell Nash le lendemain.

Pour leur permettre d'échapper à l'exiguïté de leurs chambres à la pension, Ismay les avait tous invités à passer la journée chez elle. Mais sa maison n'était pas grande et il n'y avait pas de recoin où elle aurait pu s'isoler.

Ben était plongé dans une partie d'échecs avec oncle Quentin et manifestait bruyamment sa joie de néophyte à chaque fois qu'il réussissait à lui prendre une pièce. Eleanor retouchait une robe tout en bavardant avec Harriet.

Ismay était descendue au port retrouver son mari. Ensuite, elle comptait passer voir son frère au Bazar, en compagnie de sa tante Maura. Elle avait proposé à Jacinta de se joindre à elles, mais celle-ci avait décliné l'invitation.

— Je sors faire quelques pas, annonça-t-elle quand Ismay fut sortie.

— Voulez-vous que je vous tienne compagnie ? demanda Eleanor.

— Non merci. Je vais rester dans le quartier. Il semble animé, je pense que je n'ai rien à craindre. Il faut que je réfléchisse un peu... Cela ne vous dérange pas si je vous laisse Ben ?

— Pas du tout.

Jacinta marcha d'un pas lent. Elle appréciait ce moment de solitude, et la douceur du soleil hivernal.

Elle heurta par inadvertance un passant qui venait en sens inverse. Reconnaissant Alf Walsh, elle poussa un cri de frayeur. Il lui saisit le bras pour l'empêcher de s'enfuir en courant.

Elle ne voulait pas se donner en spectacle, et il y avait assez de monde dans la rue pour qu'elle ne se sente pas en danger. Si elle criait, on accourrait à son secours.

— Lâchez-moi immédiatement ou je hurle.

Il relâcha sa prise mais lui bloqua le passage.

— Il faut qu'on parle, vous et moi.

— Nous n'avons rien à nous dire.

— C'est Mr Blacklea qui m'a envoyé.

Jacinta avait vu juste. Elle se raidit.

— Il est hors de question que je confie mon fils à cet homme, un point c'est tout.

— Vous le connaissez. Il est riche, et finit toujours par obtenir ce qu'il veut, d'une façon ou d'une autre. Si vous me laissez lui ramener votre garçon, vous pouvez être sûre qu'on s'occupera bien de lui, parce que Mr Blacklea veut un héritier. Vous, je ne vous ferai rien. Je dirai juste au maître que vous êtes décédée et il ne connaîtra jamais la vérité. Vous n'aurez rien à craindre.

— C'est bien cela, il vous a payé pour me tuer ? demanda Jacinta d'une voix étranglée.

Alf se contenta de hocher la tête d'un air penaud.

Elle lui posa la question qui la tourmentait depuis longtemps :

— Mais alors, pourquoi ne pas m'avoir laissée tomber à la mer le soir de la tempête ?

Le souvenir de cet épisode lui donnait encore des cauchemars.

— Parce que j'ai vu quelqu'un arriver.

— Vous mentez. Il n'y avait personne dans les parages. Je voyais parfaitement le pont, alors que vous regardiez vers le large.

Le visage d'Alf se renfrogna un peu plus.

— Vous n'avez pas pu, c'est cela ?

— J'aimais mieux pas. On pouvait facilement trouver un arrangement pour le garçon. Comme ça, tout le monde serait content.

— Moi, je ne serais pas contente, et Ben non plus, entre les griffes de cet homme. Que ce soit clair, je ne renoncerai jamais à mon fils.

— Si le maître le veut, vous le perdrez tôt ou tard.

— Gerald Blacklea est à l'autre bout du monde, et ici, il n'est pas le maître.

— Il reste mon maître, et je dois exécuter ses ordres. Écoutez, moi aussi j'ai des enfants, trois petites filles. Si je n'obéis pas, il s'en prendra à elles.

Et ma famille non seulement habite une de ses fermes, mais elle vit de mon salaire. Si je reviens sans le gamin, nous serons chassés à coup sûr. Je dois ramener votre Ben, je vous dis.

Jacinta le fixa, horrifiée. Soudain, elle ne croyait plus que cet homme était incapable de commettre un meurtre. Il se battait pour ses enfants, lui aussi. Ce qui le rendait d'autant plus dangereux.

— Réfléchissez. Vous verrez que j'ai raison. Alf s'écarta et la laissa passer.

Elle courut à perdre haleine comme si elle avait le diable à ses trousses, se fichant bien des passants qui s'arrêtaient pour la regarder.

Le diable, c'était Gerald, qui continuait de la pourchasser.

Malgré le danger qu'elle courait, elle n'allait pas lui donner Ben, condamner son fils à une vie de malheur. Mieux valait mille fois qu'elle se trouve un protecteur, autrement dit qu'elle se marie. Avec Mitchell Nash ou un autre, peu importe pourvu que ce fût un homme connu et respecté.

Alf était allé en ville pour aider Rory à livrer le lait et se familiariser avec son nouveau métier. Puis Rory, qui avait à faire de son côté, lui avait laissé quartier libre pendant quelques heures.

Il en avait profité pour explorer la ville et apprendre à s'y repérer. C'est par pur hasard qu'il était tombé sur Mrs Blacklea. Un coup de chance, mais de toute façon, il l'aurait retrouvée un jour ou l'autre.

Il pensait lui avoir fait une proposition raisonnable. Pourquoi la refusait-elle sans même y réfléchir ? Elle était pourtant assez jeune pour avoir d'autres enfants, et quel mal y avait-il à offrir à son fils une existence de riche ? Le gamin serait à l'abri du besoin pour le restant de ses jours. Le maître n'était pas immortel, et une fois que le fils aurait hérité, il aurait largement de quoi faire venir sa mère.

Alf reprit sa promenade, enregistrant sans y penser le nom des rues et les différents commerces. Ce qu'il voyait le déprimait de plus en plus. Il détestait cet endroit. Dire qu'il était coincé là, même si ce n'était pas pour longtemps. Il était venu à contre-cœur et avait hâte de repartir.

Il reconnut quelques passagers du navire et se contenta de les saluer d'un signe de tête. Il n'était pas d'humeur à bavarder. Ses pas le conduisirent au port, enfin, si ces quelques quais méritaient le nom de port. Il trouva un pub, entra et commanda une bière.

Son voisin de comptoir commença à lui faire la conversation. Lui non plus n'appréciait pas Fremantle, mais il avait trouvé le moyen de s'en échapper.

— Je pars pour Sydney avec le premier bateau. Sydney est une vraie ville, autre chose que ce trou perdu ! Là-bas, dans la Nouvelle-Galles du Sud, on peut faire fortune. Et si on n'aime pas la ville, il y a plein de petits bourgs dans la région, ce n'est pas comme ici !

— Et pour s'y rendre ?

— On prend le vapeur. Il n'y a pas de route qui traverse le continent, et même s'il y en avait une, il faudrait une éternité pour parcourir les trois mille kilomètres.

— Je n'aime pas beaucoup naviguer.

— Moi non plus, mais c'est le seul moyen d'aller quelque part quand on échoue ici.

Alf vit qu'il était l'heure d'aller retrouver Rory. Il enviait cet homme, il enviait tous ceux qui étaient libres de faire ce qu'ils voulaient.

Lui, il était censé tuer quelqu'un, et cette idée ne lui plaisait pas le moins du monde.

Et après, il allait devoir refaire le trajet en sens inverse, coincé sur un de ces fichus navires avec un gosse qui n'avait aucune envie de rentrer en Angleterre et qui, sans aucun doute, allait faire un tas d'histoire.

La vie n'était pas juste. Certains se pavanaient dans le luxe, tandis que pour les autres, la vie n'était qu'une suite de tracas !

*

Maria Blacklea, plus mélancolique que jamais, s'était installée dans son recoin favori pour profiter des rayons du soleil. Elle ne s'y réfugiait que lorsque Gerald était occupé. Elle avait passé le plus clair de sa vie recluse dans une chambre, à jouer les souffreteuses, elle n'en pouvait plus.

Depuis que Jacinta s'était enfuie, Gerald était d'une humeur massacrante. Maria le trouvait moins vigoureux que d'habitude mais peut-être son imagination lui jouait-elle des tours. Elle n'osait pas l'observer ouvertement. Et depuis que, Dieu merci, ils faisaient chambre à part, elle ne le voyait que sanglé dans ses habits bien coupés.

Le matin au petit déjeuner, elle avait remarqué qu'il avait encore grossi. Pas étonnant, vu sa gloutonnerie. Son ventre était énorme. Les Français avaient beau avoir inventé le joli terme d'embonpoint, en réalité c'était de la graisse et rien d'autre.

Elle se demanda quel pouvoir il avait eu sur ses parents pour qu'ils la donnent à un tel homme.

Elle ferma les yeux. Elle sentait la chaleur du soleil sur sa peau et se laissa bercer par le chant des oiseaux et le bourdonnement des insectes.

C'était son moment préféré, quand elle pouvait s'asseoir un moment seule au soleil, sans les domestiques qui rapportaient tous ses faits et gestes à son mari. Elle ne passait même pas dix minutes par jour avec Elizabeth. Gerald voulait une fille obéissante et soumise. Sa femme étant trop indulgente à son goût, il avait confié l'enfant à une austère gouvernante.

Tout le monde avait peur de son mari, y compris la gouvernante. Quant à la fillette, elle était si terrorisée qu'elle n'osait pas ouvrir la bouche en présence de son père.

Pauvre petite ! Sa vie n'était pas drôle. De surcroît, Maria était certaine qu'un de ces jours,

Gerald la marierait à un homme qui lui ressemblait.

S'il réussissait à faire revenir Ben, il le modèlerait à son image avant de lui faire épouser Elizabeth.

Maria avait beau prier de tout son cœur pour sa fille, il était peu probable que des jours meilleurs attendent Elizabeth.

Pour elle-même, elle ne demandait rien au Seigneur. Elle n'avait pas le moindre espoir. Gerald était un homme robuste et elle disparaîtrait certainement avant lui. S'il n'y avait pas eu sa fille, elle serait morte sans regret.

*

Ils décidèrent sur-le-champ de louer la maison, et de se marier dans la foulée. Il fallait juste le temps de l'aménager et d'acheter des meubles. Quentin supportait de moins en moins la pension, avec son règlement strict, ses ragoûts insipides et ses fritures grasses. Sans compter que leur logeuse les surveillait en permanence. Craignait-elle qu'ils ne chipent les couvertures miteuses ?

Harriet annonça leur plan à Jacinta, qui venait de rentrer.

— Le seul problème, c'est que je ne sais pas quoi porter pour le mariage.

— Demandez à Eleanor, elle a un goût parfait pour les toilettes, et elle pourra retoucher une tenue s'il le faut. C'est grâce à elle que je suis bien habillée. J'étais vêtue comme une pauvresse, parce que mon mari n'avait d'argent que pour les livres. Même le peu que je consacrais à la nourriture et aux habits de Ben réussissait à l'irriter.

— Cela a dû être bien pénible, commenta Harriet avec douceur.

— Oui. Voilà qui me donne une raison de plus pour choisir avec soin mon prochain époux.

— J'aime bien Mitchell Nash, si mon avis vous intéresse. Et je vais suivre votre conseil, pour Eleanor.

Ils demandèrent à Ismay où se procurer du mobilier.

— Allez d'abord voir au Bazar, répondit-elle immédiatement. Si vous voulez faire fabriquer des meubles, vous allez devoir attendre. Bram a tout un stock de seconde main, souvent de bonne qualité, importé d'Europe ou d'Extrême-Orient.

Harriet, ravie, se tourna vers Quentin.

— Qu'en dites-vous, mon ami ?

Sans même lui laisser le temps de répondre, Ismay intervint.

— Allons-y tous ensemble. Jacinta, je sais que vous avez rendez-vous avec Mitchell ce matin, nous pouvons emmener Ben avec nous. Je suis sûre que nous allons bien nous amuser à fouiner dans la réserve. J'y ai fait de belles affaires moi-même.

Ben n'avait pas l'air de trouver cette expédition à son goût.

— Tu vas adorer le Bazar, insista Ismay. Il y a plein d'objets mystérieux, dont certains viennent

331

de Singapour. C'est un vrai plaisir rien que de les regarder.

Jacinta réussit à prendre son fils à part un court instant. Elle s'excusa de ne pas l'accompagner et lui donna quelques pennies à dépenser.

— Si Mr Nash ne souhaite pas m'épouser, nous allons devoir faire attention au moindre sou tant que je n'aurai pas trouvé une solution. Nous ne devons acheter que ce dont nous avons vraiment besoin.

— Je comprends, maman. Papa était avare, n'est-ce pas ?

Elle lui répondit avec franchise. Son fils, tout comme elle, ne gardait pas un bon souvenir de Claude.

— Il détestait dépenser de l'argent, sauf pour lui-même. C'était quelqu'un de très égoïste.

— Je ne serai pas comme lui quand je serai grand.

— Tu n'es pas égoïste, mon fils. En tout cas, regarde bien ce qu'il y a au Bazar. Si tout se passe bien pour nous, un de ces jours nous irons y faire des emplettes, juste pour le plaisir.

En arrivant, le petit groupe aperçut Bram qui regardait dans le vague, l'air soucieux. Dès qu'il les vit, il reprit contenance et les accueillit avec son amabilité coutumière.

À mesure qu'ils expliquaient ce qu'ils cherchaient, son visage s'éclaira et il les conduisit à la réserve.

Peu à peu, il leur dénicha ce dont ils avaient besoin. Quentin constata avec émerveillement qu'il connaissait parfaitement son stock et savait avec précision où chaque article était entreposé. S'il n'avait pas ce qu'ils recherchaient, il ne manquait pas de leur indiquer l'adresse d'un magasin où ils avaient des chances de le trouver.

Bram avait le négoce dans le sang. Il leur décrivit en détail les marchandises qu'il attendait de Singapour.

Le retour de Dougal était imminent. Il leur promit qu'après le mariage, il les aiderait à dresser une liste de tout ce qu'ils pouvaient commander à Mr Lee, son associé à Singapour.

— Dites-moi franchement, cela ne vous dérange pas d'acheter des meubles de seconde main ? chuchota Quentin à sa fiancée tandis qu'ils examinaient quelques babioles. Bram dit que cela prendrait un temps fou de les faire fabriquer.

Elle lui prit le bras, et lui répondit avec un enthousiasme de jeune fille.

— Pas du tout, du moment que le style me convient. Oh, Quentin ! C'est si agréable d'aménager un foyer, ne trouvez-vous pas ? Je pensais en avoir terminé avec ce genre de projet, mais je n'aime guère habiter chez les autres, même si ce sont des gens qui me sont chers. D'ailleurs, si vous n'étiez pas venu me chercher, j'aurais déménagé de toute façon.

— Parfait.

— Et vous ? Jamais nous ne trouverons une maison aussi spacieuse et élégante que celle où vous viviez.

— Peu importe, pourvu que vous soyez à mes côtés.

Elle répondit par un sourire si tendre qu'il ne put s'empêcher de l'embrasser sur la joue.

— Avec vous, Harriet chérie, je me sens comme un jeune homme, lui chuchota-t-il à l'oreille.

C'est Ismay qui remarqua que Ben était sorti de la boutique. Il attendait dehors, traînant ses pieds sur l'allée de gravier.

Elle sourit. Le garçon devait en avoir assez de regarder des meubles poussiéreux. C'était l'heure de l'école, et il n'y avait pas le moindre enfant alentour.

Ismay avait compris que c'était un enfant solitaire. Son père lui avait imposé des règles absurdes, avait expliqué Jacinta. Interdire à son fils de jouer avec d'autres enfants !

Elle alla le retrouver.

— Est-ce que ça te dirait de choisir un livre dans la boutique ?

Il la regarda comme s'il n'avait pas compris sa question.

— J'ai bien vu que tu fourrais ton nez dans la bibliothèque chez moi, mais mes livres ne conviennent pas à un garçon de ton âge. Bram a un stock de livres d'occasion. Si tu veux, choisis-en un, je te l'offre.

Son petit visage s'éclaira, puis se referma aussitôt.

— Je ne crois pas que maman serait d'accord.

— Tu sais, il n'y a rien de mal à offrir un cadeau à un ami. Ces livres ne coûtent pas cher.

— Ah bon ? Alors…

— Allons voir.

Elle l'observa tandis qu'il prenait méthodiquement les ouvrages sur le petit rayonnage, regardait à chaque fois le prix crayonné sur la page de garde et les remettait en place. Il en mit un de côté puis le rangea à regret. Il devait le trouver trop cher. Visiblement, il avait toujours vécu dans la gêne. Elle savait d'expérience ce que cela signifiait.

Ismay n'avait pas oublié son enfance pauvre, loin de là. Et ce devait être encore plus pénible quand on était de bonne famille, avec un père à demi fou qui vous interdisait tout.

Elle prit le livre qu'il avait convoité.

— Celui-ci me semble très intéressant.

— Il coûte trop cher.

— Ben, ce n'est pas la peine d'essayer de m'en empêcher, je n'ai pas de problème d'argent et j'adore faire des cadeaux. Une seule question : est-ce que ce livre te tente ?

Il hocha la tête en silence, tiraillé entre son désir et ses bonnes manières.

Ismay se tourna vers son frère.

— Bram, mon chou, aide-moi à trouver quelques livres pour Ben. Celui-ci, par exemple ? Et celui-là ?

Ben tira sur sa manche.

— Un seul, ça suffit.

— Laisse-moi faire, mon ange.

Bram choisit à son tour quelques ouvrages.

— Les garçons de la colonie adorent celui-ci. Tu ne me dois rien, Ismay. Je n'ai pas envie de prendre l'argent de ma sœur.

— Si je ne te paye pas, ce ne sera pas moi qui fais un cadeau à Ben, pas vrai ?

— Bon, dans ce cas, d'accord.

Ben, les yeux brillants de plaisir, sortit du bazar avec trois livres sous le bras. Sur le chemin du retour, il garda les yeux fixés sur eux et passa plusieurs fois la main sur les reliures.

Une fois rentrée, Ismay se montra préoccupée. Spontanément, elle se confia à Quentin qui se tenait à côté d'elle.

— Mon frère se fait du souci.

— Je crois comprendre qu'il a connu quelques revers financiers.

— Normalement, il pourrait s'en sortir sans problème, il garde toujours de l'argent de côté. Mais cette fichue fabrique de glace a absorbé toutes ses réserves.

— Ah bon ? Il me semble qu'un commerce de glace est une excellente idée sous les tropiques.

— Ce serait le cas si l'entrepreneur n'était pas un incapable.

— Expliquez-moi.

— C'est grâce à la glace qu'Arlen, le fils de Bram, a été sauvé quand il a attrapé la fièvre. Mais elle coûte cher, entre autres parce que le fournisseur n'est pas en mesure de produire de grosses quantités. Bram s'est dit que si on augmentait les capacités, le prix baisserait et il serait possible de sauver d'autres enfants. Il est comme ça, mon frère.

— C'est un homme bon, on ne peut manquer de le remarquer.

Ismay le gratifia d'un large sourire.

— Et comment ! Le problème, c'est que le propriétaire de la fabrique s'y prend mal, malgré tous ses grands discours, et Bram a dû continuer de le financer pour ne pas perdre totalement son investissement.

— Il faut un bon ingénieur, c'est tout.

— Comment comptez-vous en trouver un, ici ?

— Oui, c'est un problème. Nous sommes loin de tout. Mais si votre frère a besoin d'un prêt, je serai heureux de lui venir en aide. Je suis très à mon aise.

— Il n'acceptera pas. Moi aussi, je lui ai offert mes quelques économies. Adam me donne plus que ce dont nous avons besoin. Bram me dit qu'elles me seront utiles un jour. Mais « un jour », pour moi ça ne veut rien dire si c'est maintenant que l'argent pourrait servir. Pourquoi Bram, qui est si généreux avec les autres, n'accepte-t-il pas qu'on l'aide ?

— Je n'ai entendu dire que du bien à son sujet. Il a un don pour se faire des amis. Peut-être préfère-t-il régler le problème tout seul.

— Moi, je trouve que c'est idiot. C'est le meilleur des hommes, mais les Deagan peuvent se montrer de vraies têtes de mule, surtout les hommes.

Ismay changea de sujet. Avec un Irlandais têtu comme son frère, il n'y avait rien d'autre à faire que le laisser suivre sa voie.

Mitchell se présenta à la pension à 10 heures précises. Jacinta était prête et sortit sans le faire attendre. Elle espérait que, cette fois, cela se passerait mieux entre eux.

Il ne sourit pas, la salua d'un léger hochement de tête et lui offrit son bras.

— J'espère, hum… que vous avez bien dormi, Jacinta.

— Pas si bien que cela. L'inaction me pèse. Je ne suis pas assez fatiguée quand arrive l'heure de se retirer. Et je ne peux pas lire au lit parce que cela dérangerait Eleanor. J'ai toujours été très occupée, voyez-vous.

— Comment remplissiez-vous vos journées… avant ?

— Elles se remplissaient toutes seules. Les deux dernières années, je n'avais plus aucune aide, et j'avais à peine le temps de tout faire. Même avant, je n'étais guère aidée, à dire vrai. Sans compter que je m'occupais de l'instruction de Ben, en plus des tâches ménagères.

— J'imagine que vous aviez quelqu'un pour les travaux pénibles, non ?

— Pas les deux dernières années. Claude avait fait une série de mauvais investissements, et nous n'avions plus de quoi payer une bonne. Même si lui trouvait toujours de quoi s'acheter des livres.

— Cela a dû être dur pour vous.

— Au moins, je n'avais pas le temps de m'ennuyer.

— Et en ce moment, est-ce que vous vous ennuyez ?

— Je dois vous sembler bien ingrate. Mais c'est juste que je n'aime pas rester à ne rien faire.

— C'est pareil pour moi.

Il lui lança un regard qui pouvait passer pour de l'approbation, et ajouta :

— J'ai les moyens d'embaucher une bonne ou deux, et de l'aide supplémentaire si besoin est. Je ne cherche pas une épouse qui passe tout son temps en tâches ménagères.

— Qu'attendez-vous exactement d'une épouse ?

— Qu'elle soit une compagne et, en quelque sorte, une aide. J'ai besoin de quelqu'un qui organise les aspects domestiques de ma... de notre vie. Vous avez sans doute remarqué que ma chemise n'est pas repassée. J'ai honte de me présenter dans cet état. Je me suis essayé au repassage quand la bonne nous a quittés à l'improviste. Je ne suis pas doué, j'ai préféré renoncer après avoir brûlé quelques chemises. Je voulais trouver une lingère mais j'ai été débordé, et puis vous êtes arrivée. Au moins, mon fils et moi sommes propres, mais ça s'arrête là.

— Si vous voulez, je peux vous repasser des chemises aujourd'hui.

Mitchell resta si longtemps sans répondre qu'elle se demanda si elle avait commis un impair.

— C'est très aimable à vous. Il conviendrait sans doute que je n'accepte pas cette aide tant que nous ne nous serons pas… fixés, mais si vous êtes disposée à le faire, je vous en serais infiniment reconnaissant. En ce qui me concerne, ça m'est égal, même si un homme dans ma position se doit d'être bien mis, mais c'est surtout pour Christopher. À l'école, tous les garçons ont une mise beaucoup plus soignée que lui et même s'il s'en moque, cela me gêne. Le problème, c'est qu'il salit ses habits en un rien de temps.

— Ben est pareil, répliqua Jacinta en riant. Il doit éprouver une attirance particulière pour la boue, ou c'est la boue qui se jette sur lui !

Mitchell lui sourit, cette fois avec chaleur, et elle le trouva soudain très beau. Comment avait-elle pu ne pas le remarquer auparavant ? Elle était trop tendue, voilà tout, mais aujourd'hui elle se sentait plus à l'aise avec lui.

Ils prirent une autre rue, et il s'arrêta en indiquant de la main une maison sur la gauche.

— Nous sommes arrivés, annonça-t-il.

C'était une bâtisse de bois brut, pas encore peinte, plus grande que celle dans laquelle Quentin allait emménager. Jacinta la trouva bien proportionnée.

— Je n'ai pas eu le temps de terminer l'intérieur, j'ai beaucoup de clients et ils passent en premier, sans compter que je dois préparer les repas et m'occuper de mon fils. Mais ça avance, petit à petit.

Il y avait un petit jardin sur le devant. C'était une simple esplanade que ne fermait encore aucune barrière, et qui attendait d'être plantée.

Mitchell s'arrêta pour la laisser passer, mais elle s'arrêta un instant pour contempler la façade.

— J'aime beaucoup cette symétrie, c'est très harmonieux.

La remarque lui valut un nouveau sourire.

— Je partage votre avis.

Deux larges marches de bois menaient au porche. Jacinta posa une main sur l'ébauche d'une balustrade qui longeait les marches et le porche. Mitchell la dépassa pour ouvrir la porte.

— Ici, beaucoup de gens ne se donnent pas la peine de fermer à clé, mais je préfère être prudent. Après vous, je vous en prie.

En entrant, elle traversa des rais de lumière qui passaient par deux étroites fenêtres de part et d'autre de la porte. Elle y vit un signe muet de bienvenue.

— Si je trouve un bon artisan, je veux faire faire des vitraux pour ces deux fenêtres, je pense que cela irait bien dans l'entrée.

— Oui, ce serait très joli.

Il lui montra les quatre pièces du rez-de-chaussée et les trois chambres à l'étage, puis une vaste mansarde scandée de poutres verticales.

— Je construirai des cloisons un jour ou l'autre, mais pour moi, c'est moins urgent que le reste de la maison.

Enfin, il la conduisit à la cuisine.

— J'ai gardé cette pièce pour la fin. Mon frère, qui est architecte, m'envoie d'Angleterre des revues et des dessins, pour que je me tienne au courant des techniques modernes. J'ai fait de mon mieux pour intégrer les dernières innovations à cette partie de la maison.

— Ces revues doivent être fort intéressantes.

— En effet. J'ai réussi à commander l'équipement pour aménager une salle de bains, et une buanderie derrière la cuisine. Il faut faire venir tout cela d'Angleterre, bien entendu, mais entre-temps j'ai installé des robinets d'eau froide et chaude dans les deux pièces.

— C'est un grand luxe !

— À mes yeux, c'était d'autant plus nécessaire que mon fils et moi n'avons aucune aide pour la toilette.

Il ouvrit une porte au fond de la cuisine et lui montra la buanderie qui, avec l'office, était à angle droit de la maison. Tout l'arrière donnait sur ce qui serait un jour un jardin, en l'état une vaste étendue sablonneuse sans la moindre verdure.

Jacinta adorait la maison. Elle mourait d'envie d'y habiter. Si les pièces spacieuses et équilibrées reflétaient le caractère de l'homme qui les avait construites, cela révélait une nature positive et franche. Elle ne pensait pas se tromper.

Peu de pièces étaient meublées. Elle rêvait de les aménager pour faire de cette maison un véritable foyer, puis s'en voulut de son enthousiasme. Il ne fallait pas mettre la charrue avant les bœufs, et ne pas oublier Ben. C'était un homme qu'elle envisageait d'épouser, pas une maison, si agréable fût-elle.

Elle vit qu'il la regardait. Sur ses gardes, il attendait ses commentaires. Elle lui avait promis d'être franche.

— Je me serais sentie au paradis si j'avais vécu dans une maison comme celle-ci. Elle est magnifique. Et la salle de bains est une excellente idée. Pensez donc ! Ne pas avoir besoin de traîner des seaux d'eau pour remplir la baignoire, puis de nouveau pour la vider.

— J'espère qu'elle fera école. J'envisage d'importer d'Angleterre de l'équipement sanitaire, et de monter une petite affaire ici. L'alimentation en eau courante m'a toujours intéressé, et je suis convaincu que ce secteur va bientôt se développer.

— C'est une riche idée ! À mon avis, les dames de la colonie vont se précipiter pour vous demander d'installer des salles de bains et des buanderies modernes chez elles. D'autant que, d'après ce que l'on m'a dit, il n'est pas facile de trouver des bonnes, ici.

Le visage de Mitchell s'était totalement détendu. Il accueillit avec un plaisir manifeste les compliments qu'elle lui faisait sur cette maison qu'il avait conçue avec tant de soin et d'amour.

— Voulez-vous une tasse de thé, Jacinta ? Cela ne prendra qu'un instant pour allumer le feu, et la bouilloire est restée sur le poêle, l'eau devrait être encore tiède.

— Avec grand plaisir. J'en profiterai pour vous dire quelque chose à mon sujet que vous devez savoir avant que… nous n'allions plus loin.

De nouveau, il se rembrunit. Le cœur de Jacinta se serra, mais elle ne pouvait lui taire plus longtemps qu'on avait envoyé quelqu'un pour lui voler son fils et la tuer. Qui sait de quoi Alf serait capable, quand il aurait compris qu'elle ne lui donnerait jamais Ben ?

Réussissant à grand-peine à avaler une gorgée de thé, elle reposa sa tasse, inspira profondément et tenta de garder son calme.

— Il ne serait pas honnête de ma part de vous cacher les problèmes qui m'ont suivie en Australie.

— Des problèmes ?

Elle hocha la tête et lui raconta toute l'histoire, Claude, le projet de Gerald et la présence d'Alf sur le navire.

— Ce type a essayé de vous pousser par-dessus bord ? Pourquoi n'avez-vous pas porté plainte ? Pourquoi ne l'avez-vous pas fait arrêter ?

— Je ne peux fournir aucune preuve, d'autant qu'il passe pour un héros qui m'a sauvé la vie. Tout le monde l'a félicité !

Jacinta ne put s'empêcher de frémir. À sa grande surprise, Mitchell posa ses mains fortes et chaudes sur les siennes.

Elle leva les yeux, craignant de lire méfiance et mépris dans son regard, mais ne vit que de la compassion.

— Alors, vous me croyez ? demanda-t-elle d'une voix étranglée par l'émotion.

— Et comment ! Seule une comédienne professionnelle pourrait imiter la détresse d'une mère. Et vous n'avez pas une tête de menteuse. Votre fils non plus, d'ailleurs.

Elle le remercia d'un sourire timide.

— C'est vrai. Au contraire, Ben est plutôt du genre à dire la vérité sans réfléchir, quitte à vexer involontairement.

— Tout comme mon Christopher ! Je suis content que vous m'ayez parlé de votre problème. J'ai besoin d'être sûr que vous êtes honnête avec moi.

— Contrairement à votre première épouse...

Ce n'était pas une question, juste un constat.

— Certes. Et je le répète, je ne vous crois pas menteuse.

— Non, mais il m'est arrivé de dissimuler la vérité à Claude pour protéger Ben.

— J'en ferais autant pour mon fils.

Jacinta attendit, mais Mitchell ne dit plus rien et elle se leva.

— Il vaut mieux que je rentre. Et... vous allez devoir réfléchir à ce que vous voulez faire, je veux dire en ce qui nous concerne.

— Pas besoin. Il fallait juste que je parle avec vous, pour vous connaître un peu mieux, sans tous vos amis.

— Une rencontre en tête à tête ne suffit pas pour se connaître, ne croyez-vous pas ?

— Non, mais il ne m'en faut pas davantage pour me décider. Vous devez trouver rapidement un mari qui puisse vous protéger, et moi j'ai besoin d'une épouse, dit-il en indiquant la cuisine en désordre. Même si mon urgence est moins pressante que la vôtre.

Elle ne répondit pas et attendit la suite.

— Il me semble, Jacinta, que si nous décidons d'aller de l'avant, nous devons le faire dès que possible, afin que je puisse vous offrir ma protection. D'ailleurs, continua-t-il en lui prenant la main, nous devrions demander une licence spéciale et nous marier immédiatement.

La soudaineté de sa décision la prit totalement au dépourvu. Elle le regarda, bouche bée, incapable d'articuler un son.

17

Les mains sur les hanches, Bridie déclara, le plus sérieusement du monde :

— Alf, il faut qu'on parle. Allons faire un tour.

— Pour faire des cochonneries ? lança Rory, qui les observait de loin.

— Je fais ce qui me plaît ! rétorqua-t-elle, excédée.

— Pas tant que tu vivras sous mon toit !

— Si c'est comme ça, je m'en vais demain !

Le cousin et la cousine se jaugèrent un instant du regard, puis l'épouse de Rory éclata de rire.

— Elle est veuve, pas vierge. Tu ne peux pas décider à sa place !

— En tout cas, ne comptez pas sur moi pour nourrir une bouche supplémentaire, dit Rory en faisant mine de tapoter un ventre imaginaire.

— Peuh ! Si je ne suis pas tombée enceinte quand j'étais avec Perry, qui n'était pas du genre à bouder son plaisir au lit, ça n'est pas maintenant que ça va arriver.

— Va savoir, dit Rory. En tout cas, fais attention !

Alf suivit Bridie dehors, et une fois loin de la maison, il la prit dans ses bras et lui donna un long baiser qui eut l'heur d'apaiser sa mauvaise humeur.

Lorsqu'elle se dégagea de son étreinte, il ne chercha pas à insister. Il la respectait trop pour cela.

— Qui était la femme que tu as croisée à Fremantle ?

— Comment cela ?

— Rory t'a vu. Il m'a dit que tu avais parlé avec une femme, comme si vous étiez de vieilles connaissances.

Alf était tellement estomaqué qu'il en resta sans voix. Il hésita un moment à l'envoyer promener, puis se ravisa :

— Allons nous asseoir, dit-il en désignant une souche. Il y a deux ou trois choses que je dois t'expliquer.

Quand ils furent assis, il prit sa main dans la sienne, puis déclara tout de go :

— Je suis venu en Australie avec l'ordre de tuer quelqu'un.

Bridie tressaillit puis demanda d'une voix presque inaudible :

— Tu veux dire que tu as tué quelqu'un ?

— Non, j'aurais pu le faire, mais je n'en ai pas eu le courage.

— Qui était-ce ?

— Mrs Blacklea, une passagère qui voyageait en classe cabine.

— La blonde avec le gentil petit gars ? Mais pourquoi ?

— Mon Dieu, qu'est-ce que je vais devenir ? se lamenta-t-il, en se prenant la tête entre les mains.

— Tu vas me raconter toute cette histoire du début à la fin, dit-elle en lui passant un bras autour des épaules.

— Tu vas me détester.

— Je ne crois pas que je puisse te détester, Alf Walsh.

— Walsh n'est pas mon vrai nom. Je m'appelle Alf Pearson, et je... je suis marié et père de trois enfants... en Angleterre.

Elle recula, furieuse.

— Tu es comme tous les autres en fin de compte ! Tu m'as menée en bateau pour pouvoir obtenir ce que tu voulais.

Elle éclata en sanglots et se mit à le bourrer de coups de poing.

— Je ne t'ai pas menée en bateau, Bridie, dit-il en l'attirant contre lui. Je t'aime trop pour ça, et je regrette de ne pas t'avoir connue avant, parce qu'alors je t'aurais épousée et nous aurions été heureux. Il y a des gens qui sont heureux en ménage.

— Moi, je n'étais pas spécialement heureuse avec Perry. On s'entendait à peu près, on travaillait ensemble. C'était un brave homme, mais pas... excitant.

— Ruth n'est pas une brave femme. Je ne l'aime plus du tout. C'est une harpie qui passe son temps à me chercher des poux dans la tête. Je ne veux plus

349

retourner vivre avec elle. Si je le pouvais, crois-moi que je resterais en Australie avec toi.

— Tu ne m'as toujours pas dit pourquoi tu avais accepté de tuer Mrs Blacklea.

— On ne m'a pas laissé le choix.

Il lui expliqua comment Mr Blacklea et son oncle Bernard lui avaient forcé la main. Et quand il lui eut tout raconté, il resta assis sans rien dire, attendant qu'elle lui ordonne de disparaître de sa vie.

Mais contre toute attente, elle lui prit la main et l'embrassa machinalement.

— Comment ont-ils pu penser que tu étais capable de commettre un meurtre, alors que tu es la crème des hommes ?

Il sourit.

— Qu'est-ce que tu en sais ?

— J'ai travaillé dans un pub pendant des années, je sais faire la différence entre la bonne et la mauvaise graine, crois-moi.

— Mais je ne suis pas bon ! Je ne vais pas à l'église.

— Ceux qui vont à l'église sont des moutons qui ne savent rien faire d'autre qu'obéir. Je parie que t'as jamais levé la main sur Ruth, même quand elle te poussait à bout avec ses jérémiades, et que tu sais donner du plaisir à une femme au lit.

Ils restèrent un instant assis en silence, puis elle déclara, songeuse :

— Si tu pouvais choisir...

— Mais je ne peux pas !

— Non, attends. Si tu pouvais faire ce que tu veux, tu choisirais de vivre avec moi ?

— Oh, que oui.

C'est alors qu'il prononça les mots qu'il n'avait jamais dits à une femme :

— Je t'aime, ma Bridie.

Elle le fixa un instant du regard, puis confessa :

— Moi aussi, je tiens à toi, Alf.

Ému, il serra sa main dans la sienne. De quoi aurait-il eu l'air, lui, un homme dans la force de l'âge, s'il se mettait à fondre en larmes ?

— Moi, je pense qu'il faut se battre quand on veut quelque chose, et qu'on devrait réfléchir à un plan pour pouvoir rester ensemble. Mais je vais trouver une idée, t'inquiète.

Il en resta sans voix.

— Tu veux… dire que… tu veux bien de moi, même marié ?

— Évidemment. Mais pour moi toute seule, hein ? Et quand on sera sûrs de notre plan, je dirai à Rory qu'on va se marier.

— Il va mal le prendre. Il ne m'aime guère. Écoute, il y a une chose que j'ai apprise qui pourrait nous aider.

Il lui parla de l'homme qu'il avait croisé au pub et qui se rendait à Sydney.

— Tu vois que tu as des idées quand tu veux, Alf. On va aller à Sydney nous aussi. C'est beaucoup plus grand que Perth, et puis là-bas, personne ne nous connaît. Mais il va falloir qu'on change de nom.

— Je ne demande pas mieux, mais ça ne résout pas mon problème. Je ne veux pas que Mr Blacklea s'en prenne à Ruth et à mes filles quand il découvrira que je n'ai pas fait ce pour quoi il m'a envoyé ici. Je ne me le pardonnerai jamais. À supposer que Blacklea tue ma petite Callie adorée ? Ou qu'il les jette toutes à la rue, ce qui reviendrait pour elles à mourir de faim ?

Bridie le considéra en silence.

— Ton oncle laisserait cet homme s'en prendre à ta femme et tes filles ? Pourtant, tu m'as dit que c'était un bon père de famille.

Alf plissa le front.

— Je ne sais pas. Il pourrait le faire s'il découvrait que je me suis enfui avec toi. Mr Blacklea le terrorise, tout comme il me terrorisait quand j'étais gamin.

— Dans ce cas, nous allons faire en sorte qu'il ne le découvre jamais. Elle jeta un regard par-dessus son épaule et se raidit. Rory nous espionne. Mais qu'il ne compte pas régenter ma vie ! Si j'avais su à quel point il avait changé depuis qu'il est en Australie, je ne serais jamais venue le rejoindre.

De l'autre côté de l'enclos, Rory s'était juché sur sa charrette pour pouvoir mieux les observer. Il ne cherchait pas à se cacher, au contraire, il voulait qu'ils sachent qu'il les avait à l'œil.

— Laisse-moi m'occuper de tout, répéta-t-elle.

— Très bien, dit Alf, qui avait retrouvé le sourire. Et maintenant, on va faire la figue à ton cousin.

— Comment cela ?

— Qu'est-ce que tu dirais d'échanger un baiser ou deux ?

Elle rit.

— Pourquoi pas ? Mais ne compte pas avoir autre chose que des baisers, Alf, pas tant qu'on n'aura pas tout réglé.

Quand ils retournèrent dans la maison, il ne put que se rendre à l'évidence : il la désirait plus que tout. Il ne voulait pas que sa famille souffre, mais il voulait tirer un trait sur son passé, et sur Ruth en particulier.

Bridie allait-elle vraiment trouver un moyen de les tirer de ce mauvais pas, ou se faisait-il des illusions ?

Maudit soit Blacklea ! Et maudit soit son oncle Bernard pour l'avoir mis dans ce pétrin !

Debout sur le pont, Dougal McBride savourait la caresse de la brise sur son visage. Le *Bonny Mary* avait fait la route depuis de Singapour à la vitesse de l'éclair. Plus que quarante-huit heures et ils seraient à Fremantle. Il avait hâte de rentrer, même si ce n'était que pour quelques jours.

Il espérait que tout se passait bien pour Adam, qui s'était mis en route pour Singapour.

Il allait certainement trouver un message de sa part à Fremantle, et inversement, Adam allait trouver un message de Dougal dans chaque port.

Si seulement il avait été possible d'envoyer des télégrammes à l'autre bout de l'océan. En juin dernier, l'Australie-Occidentale avait reçu son premier télégramme, mais la ligne télégraphique ne couvrait que la distance entre Perth et Fremantle, soit vingt kilomètres. De nouvelles lignes avaient été approuvées pour relier d'autres villes de la région, mais il allait falloir du temps avant qu'elles ne soient mises en service. Et on ne pourrait toujours pas envoyer de télégrammes à l'étranger.

Il soupira. Dans cette partie du monde, les nouvelles technologies arrivaient au compte-gouttes. Les gens en Angleterre n'avaient tout simplement pas idée de la taille de ce continent.

Ses associés et lui possédaient à présent trois goélettes. Une qui assurait la liaison Singapour-Sydney, les deux autres reliant Singapour à Fremantle. Il y avait beaucoup d'argent à gagner dans un pays où il fallait tout importer.

Ils ne s'accordaient que de courtes pauses entre deux voyages, même Adam qui avait pourtant une charmante épouse. Adam, Josh, Bram et lui – de même que Mr Lee, leur associé de Singapour – voulaient faire fortune. Avoir de l'argent vous mettait à l'abri des coups durs, vous permettait de pourvoir aux besoins de votre famille, et vous ouvrait de nombreuses portes.

S'enrichir était une des raisons pour lesquelles les hommes allaient tenter leur chance dans les colonies, là où, contrairement à l'Angleterre, la concurrence n'était pas exacerbée et où il existait encore de belles opportunités.

Cette réflexion en appela immédiatement une autre, comme chaque fois qu'il s'interrogeait sur son avenir : Pourquoi voulait-il faire fortune ? Ou plutôt pour *qui* ?

La réponse à cette question récurrente était évidente : c'était pour Eleanor. Il voulait avoir une épouse et des enfants à qui il pourrait offrir une vie confortable. Mais tout dépendait de la foi qu'Eleanor placerait en lui.

Allait-elle faire le voyage jusqu'en Australie pour venir le retrouver lorsque son époux serait mort ? C'était son plus grand espoir, mais aussi sa plus grande interrogation.

Dougal ne cessait de penser à elle. De nombreux mois s'étaient écoulés depuis qu'il les avait débarqués, son mari et elle, à Suez. Avait-il pu se méprendre sur la nature de ses sentiments pour lui ? Ou sur le fait que son mari n'allait pas faire de vieux os ?

Non, Malcolm Prescott était à l'évidence au bout du rouleau. Il était d'une maigreur squelettique et avait le teint d'un moribond. À tel point que Dougal s'était demandé s'il allait tenir le coup jusqu'en Angleterre.

Mais pourquoi ressassait-il sans cesse ces pensées ?

Parce qu'il n'était qu'un romantique impénitent. Il avait atteint l'âge de quarante ans sans jamais tomber amoureux, et voilà qu'il s'était subitement épris d'une femme.

Assise à la table, Jacinta leva sur Mitchell un regard ahuri, incapable de se souvenir si elle avait répondu ou non à sa question.

— J'ai cru un instant que vous alliez vous évanouir. Vous êtes sûre que tout va bien ? lui demanda ce dernier.

Elle hocha la tête.

— Oui, désolée, j'étais… sous le choc.

— Pourquoi cela ? Après tout, vous êtes venue en Australie pour m'épouser.

— Oui, mais je pensais que nous allions apprendre à nous connaître avant. Je ne pensais pas que cela allait arriver aussi vite.

— Je crains que vous n'ayez pas les moyens d'attendre. Vous n'êtes pas en sécurité dans la pension de famille, et si vous devenez ma femme, je serai à même de vous protéger. Cette maison – il fit un geste circulaire – est très sûre. Peut-être plus que nécessaire, mais une fois, j'ai été cambriolé quand j'étais en Angleterre, et après cela, je me suis juré que plus jamais personne ne pourrait s'introduire chez moi.

Baissant les yeux, il murmura :

— À moins que vous n'ayez changé d'avis ? Ce n'est pas grave si vous ne voulez plus m'épouser.

Elle se sentir rougir.

— Je n'ai pas changé d'avis. Simplement, je voulais prendre le temps d'apprendre à vous connaître avant de… de partager votre lit.

Elle frissonna au souvenir de Claude et elle partageant la même couche. Un calvaire !

— Votre mariage était donc à ce point insupportable ? demanda-t-il.

Elle ferma les yeux tandis que les images de Claude l'assaillant physiquement dansaient sous ses paupières. Il était brutal et se moquait d'elle quand il la pénétrait. Et ensuite elle se sentait salie.

Et pourtant, de ces sordides échanges était né leur fils, la lumière de sa vie.

Mitchell la surprit à nouveau en déclarant :

— De ce côté-là, je vous rassure. Nous ne partagerons pas le même lit ni la même chambre tant que vous ne serez pas prête.

— Vous seriez d'accord pour attendre avant de consommer le mariage ?

— Oui. Et je veillerai à ce que vous preniez du plaisir à faire l'amour. C'est le moins qu'un homme puisse faire pour une épouse à qui il tient.

Elle ne voyait pas comment quiconque pouvait trouver du plaisir à faire l'amour, mais ne dit rien. Après tout, ça ne pouvait pas être pire qu'avec Claude.

— Mais pourquoi attendriez-vous ?

— Parce que je veux faire un mariage heureux et partager ma vie avec quelqu'un qui aime être à mes côtés et qui me soutiendra dans les moments difficiles. Je crois que vous êtes cette sorte de femme.

— Je n'abandonne pas ceux que j'aime.

— Même au péril de votre vie, comme ce fut le cas de votre fils. Je veux une femme qui entoure mon fils d'affection et qui, je l'espère en tout cas, pourra me donner d'autres enfants un jour. Je ne cherche pas juste une compagne de lit, Jacinta. Je veux une compagne pour la vie. Et si poser les fondations de notre vie commune prend du temps, eh bien soit.

— J'aimerais moi aussi avoir d'autres enfants, reconnut-elle.

Elle rêvait d'avoir une petite fille qu'elle aurait appelée Katie.

Quand elle regarda à nouveau Mitchell, ce fut comme si elle le voyait pour la première fois. Ses yeux gris étaient graves mais bienveillants et elle y décela même une certaine douceur. Elle se sentait en sécurité avec lui, et il avait même réussi à la convaincre que leurs rapports intimes ne seraient pas insupportables.

— Bien sûr, je vais choyer votre fils comme si c'était le mien, Jacinta. J'aime les enfants. Ben fera partie intégrante de ma famille.

À ces mots, elle sentit les larmes monter à nouveau, des larmes de soulagement, d'espoir et de consolation.

Il la prit dans ses bras et demanda, inquiet :

— J'ai dit quelque chose qu'il ne fallait pas ?

— Non, non, c'est juste que… je suis heureuse et soulagée, bredouilla-t-elle. Pendant toute la durée du voyage, je me suis fait un sang d'encre. Je ne savais pas à quoi m'attendre.

— Oh, dans ce cas, pleurez si cela vous fait du bien. Moi aussi, je suis soulagé, savez-vous ? Je craignais que Peter ne m'envoie quelqu'un qui ne me plairait pas. Mais vous me plaisez, et je pense que nous allons bien nous entendre, surtout si nous nous donnons le temps qu'il faut pour cela.

Elle resta lovée quelques instants contre lui et en retira un certain bien-être. Depuis la naissance de Ben, jamais personne ou presque ne l'avait prise dans ses bras pour la consoler.

Lorsqu'elle se détacha de son étreinte, Mitchell ne chercha pas à la retenir. Saisissant un mouchoir propre mais froissé, il le lui présenta avec un petit hochement de tête.

Elle essuya ses larmes, puis rit avec lui, parce qu'elle se sentait à la fois idiote et heureuse.

— Il y a une dernière chose, dit-elle lorsqu'elle eut retrouvé son calme. Pouvez-vous, s'il vous plaît, m'apporter vos chemises propres, allumer le poêle et me donner un fer à repasser ? Je refuse catégoriquement d'épouser un homme qui porte une chemise froissée.

Il rit, et elle se sentit fondre intérieurement.

À présent, un doux sentiment d'espérance l'envahissait. Et même si elle demeurait encore un peu sur ses gardes, elle sentait que quelque chose avait changé au fond de son cœur.

Quentin dut se rendre à Perth pour obtenir une licence de mariage spéciale, car se marier dans ce pays, où les règles et les obligations n'étaient pas toujours suivies, relevait du défi. Toutefois, le prêtre avec qui il avait parlé lui avait assuré que tout serait fait dans le strict respect des conventions, ajoutant, dépité, que ce n'était hélas pas toujours le cas.

Dieu soit loué, il y avait un petit steamer qui assurait la navette entre la capitale et son port. Pour un shilling et six pence, Quentin peut remonter confortablement Swan River en admirant le panorama, les petits promontoires rocheux, les endroits où le lit de la rivière s'élargissait.

Quand il revint à Fremantle cet après-midi-là, heureux d'avoir pu faire toutes les démarches nécessaires en une seule journée, il décida d'aller faire un tour au bazar pour chercher un cadeau pour sa promise.

Une fois de plus, il trouva Bram, le regard perdu dans le vide et l'air très abattu. Le moment était venu de dire les choses carrément, songea-t-il, car il avait beaucoup de sympathie pour le frère d'Ismay.

— Allons, Bram, dites-moi ce qui vous tracasse. En tant qu'homme de loi, j'ai l'habitude d'aider les gens.

Bram sursauta.

— Désolé, j'étais perdu dans mes pensées. Et je ne veux pas vous ennuyer avec mes histoires.

— Écoutez, les gens avec qui je me suis lié d'amitié semblent tous être très proches de votre famille, et n'ayant pas moi-même de parents proches, je souhaite agir en tant qu'oncle honoraire de votre parentèle. Posant une main sur le bras de Bram, il ajouta : S'il vous plaît, dites-moi ce qui vous tracasse. Un problème partagé est un fardeau en moins.

Mais Bram hésitait toujours. Pour finir, d'une voix marquée par un accent irlandais plus fort qu'à l'ordinaire, il dit :

— Irons-nous dans mon bureau, sur l'arrière ? Nous y serons plus tranquilles pour parler.

Quand ils furent assis, avec la porte fermée, Bram se mit à remuer nerveusement des papiers.

— Eh bien ? demanda Quentin d'une voix douce mais ferme.

— La fabrique de glace est une épine dans le pied, confessa Bram. Je voulais l'agrandir afin de sauver des vies – la glace permet de faire baisser les fortes fièvres auxquelles sont sujets les enfants dans les pays chauds comme celui-ci.

Il soupira et ajouta :

— Mais j'y ai investi beaucoup trop d'argent, parce que je croyais naïvement pouvoir transformer en or tout ce que je touchais.

— Et... ?

— Chilton s'est montré très convaincant. Il me disait qu'il avait besoin de fonds pour améliorer les machines et obtenir un meilleur rendement. Je lui ai prêté un peu d'argent, en échange de quoi j'ai pris des parts dans l'entreprise. Après tout, c'était la seule usine à glace dans cette partie de l'Australie. J'ai pensé que ça pourrait me rapporter un peu. Peut-être pas une fortune, mais des revenus réguliers. Sauf que Chilton n'était pas aussi compétent qu'il le prétendait.

Un autre silence.

— Et donc... ?

— J'ai continué de donner de l'argent à Chilton, encore et encore, alors que je n'en avais pas vraiment les moyens, pour qu'il puisse faire venir des pièces spécialement de Melbourne. Mais les nouvelles machines ne marchent toujours pas. Certes elles produisent plus de glace, mais elles tombent en panne à tout bout de champ.

— Il a l'air en effet totalement incompétent.

— Ce n'est pas un mauvais bougre, et il n'a pas cherché à me rouler. Mais j'aurais dû couper le robinet depuis longtemps, au lieu de quoi j'ai perdu tout ce que j'avais investi. On dégage quelques bénéfices périodiquement, mais pas assez. Et comme un malheur n'arrive jamais seul...

Il s'arrêta, une expression d'angoisse se peignant sur ses traits.

Quentin hasarda :

— Vous avez perdu presque toute votre cargaison dans la tempête.

— Oui, et je comptais dessus pour me renflouer. Malheureusement, presque tout est allé par le fond. De sorte que je ne pourrai pas payer mes factures et acheter d'autres marchandises.

— Permettez-moi d'en parler à certaines personnes, à commencer par Adam.

Bram rougit.

— Mes amis ignorent quelle est ma véritable situation financière.

— Vous ne pourrez pas le leur cacher éternellement. Et ils voient bien que quelque chose ne va pas.

— Sans doute.

— Je suis sûre qu'Adam ne le répétera à personne. En attendant, de combien avez-vous besoin pour vous remettre à flot ?

— Cent livres devraient suffire dans un premier temps. Bram lâcha un petit rire amer. Mais deux cents serait mieux. Sauf que je ne les ai pas. Qui va accepter de prêter de l'argent à un idiot pareil ?

— Moi.

— Non, je refuse de prendre l'argent de parents ou d'amis. Je dois apprendre de mes erreurs.

— Laissez-moi vous dire à combien s'élève ma fortune maintenant que j'ai liquidé tous mes avoirs en Angleterre.

Quand il lui dit le chiffre, Adam resta bouche bée.

— Mais pourquoi êtes-vous venu ici ? Il n'y a quasiment rien à acheter ici, hormis des terres.

— Je suis ici pour épouser la femme que j'aime. L'argent ne fait pas le bonheur, surtout s'il reste à la banque, même s'il rapporte des intérêts. Il sert à être dépensé, en particulier pour aider les gens qu'on aime. Vous le savez mieux que quiconque. J'ai vu comment vous vous occupiez de votre famille et d'Isabella.

— Je l'aime plus que ma propre vie.

— Dans ce cas, laissez-moi vous donner cent livres pour commencer, et ensuite revenez me voir s'il vous en faut cent autres. Et nous n'allons pas signer de reconnaissance de dettes. Ce sera un arrangement à l'amiable.

Après que Quentin eut pris congé, Bram enfouit son visage dans ses mains et fondit en larmes, infiniment soulagé.

Plus tard, lorsqu'il alla informer Isabella de ce miracle, son cœur bondit de joie quand il vit son visage s'éclairer.

Après quoi, il prit sa fille dans ses bras pour la câliner et miss Neala Deirdre Deagan gazouilla d'aise tout en agitant ses petits pieds et ses petits bras.

— Elle te reconnaît, lui dit Isabella.

— Bien sûr qu'elle me reconnaît, ma petite fille chérie. (Il passa un bras autour des épaules de son fils qui s'était approché.) Ah, et toi aussi, Louisa, viens te joindre à nous ! dit-il en attirant sa fille adoptive contre lui.

Au bout d'un moment, Neala cessa de donner des coups de pied et Bram dit :

— Arlen, tu veux bien m'aider à coucher ta petite sœur, je crois qu'elle a besoin de faire un somme ? Louisa, viens, toi aussi.

Après cela, il envoya les plus grands jouer dans le jardin et s'assit à côté de sa femme.

— J'aime la façon que tu as d'inclure tous les enfants quand tu fais un câlin à Neala.

— Elle est leur sœur aussi, et la seule qu'ils auront si nous faisons attention, ma chérie, pour ton bien.

— Si seulement nous avions pu nous rencontrer quand j'étais assez jeune pour te donner d'autres enfants sans prendre de risques.

— Je n'aurais pas fait un bon père à l'époque, je n'étais qu'un garçon d'écurie ignorant et écervelé.

— Les chevaux ne te manquent pas ?

— Pas vraiment. J'ai bien assez à faire avec ma famille et mon commerce.

— Je suis tellement reconnaissante à Quentin Saxby. Il t'a redonné le sourire.

— C'est un homme remarquable. Il veut que nous soyons sa famille d'adoption. Nous avons de la chance et pas seulement parce qu'il a de l'argent. Il a le cœur sur la main, comme un vrai Deagan.

18

Le surlendemain matin, Eleanor et Jacinta aidèrent Harriet à se préparer pour la noce. Contre toute attente, leur logeuse semblait attendrie par cette union. Elle se révéla d'une grande utilité, et offrit même à la fiancée de Quentin un affreux petit vase de céramique.

Tous avaient travaillé d'arrache-pied, et la maison nouvellement louée était prête à accueillir les mariés, même s'ils n'avaient pas eu le temps de la meubler entièrement. Quentin avait hâte de pouvoir enfin vivre avec sa bien-aimée.

Le mariage devait être célébré dans l'intimité. À l'église ne devaient se retrouver que les nouveaux amis et les proches, des Deagan pour la plupart.

Les jeunes amies d'Harriet insistèrent pour qu'elle se fasse belle malgré tout, et se chargèrent de sa tenue.

C'était une robe de soie bleu nuit. Eleanor avait transformé la crinoline en une jupe presque droite devant et agrémentée sur l'arrière d'une petite tournure. Elle avait réussi à dénicher un galon assorti parmi les soieries d'Isabella, qui ornait le devant et le drapé du corsage. L'encolure haute était bordée de dentelle blanche, de même que les poignets.

Une fois prête, la mariée alla se contempler dans le grand miroir du salon sous le regard attendri de la logeuse.

Elle se retourna vers Eleanor, émue aux larmes.

— Vous avez des doigts de fée. Cette robe remonte aux premières crinolines, je l'ai depuis des lustres, mais maintenant voilà que je suis à la mode.

— Ce n'est pas difficile de retoucher quand il y a autant de tissu.

Eleanor remit un pli de la jupe en place, puis recula pour admirer Harriet, qui avait noué ses cheveux blancs en un haut chignon surmonté d'un nœud plat de velours bleu.

— Vous êtes superbe, commenta Jacinta.

— Malgré tout le mal que vous vous êtes donné, je doute que Quentin fasse très attention à ma toilette.

— Les hommes ne remarquent pas les détails, c'est vrai, observa Eleanor, mais il vous trouvera très en beauté, cela ne fait aucun doute.

— Et votre mariage, Jacinta ? Vous avez revu Mr Nash plusieurs fois, mais vous n'êtes guère loquace.

— Mitchell m'a demandé de l'épouser. Je réfléchis.

Ses deux amies échangèrent un regard perplexe.

— Mais n'avez-vous donc pas envie de l'épouser ? demanda Eleanor. Je croyais qu'il vous plaisait.

— Il est beaucoup plus sympathique que ce à quoi je m'attendais, mais mon premier mariage a été un tel désastre que j'ai du mal à m'engager de nouveau... avec tout ce que cela signifie, conclut-elle en rougissant jusqu'à la racine des cheveux.

Harriet lui prit la main.

— Ma chère enfant, la plupart des mariages fonctionnent à peu près bien, et certains sont très heureux. J'ai eu beaucoup de chance avec mon premier époux et je suis convaincue qu'il en sera de même avec Quentin. Il est rare que cela se passe aussi mal que ce que vous avez enduré.

— Mais comment être sûre de quelqu'un avec qui vous n'avez jamais... partagé votre lit ? Il faut attendre d'être mariée pour savoir à qui on a affaire, c'est comme ça.

— Pour ma part, j'ai entièrement confiance en Quentin. Jamais il ne ferait quoi que ce soit qui risque de me déplaire. Vous savez, le lit conjugal peut être source de beaucoup de plaisir.

— J'ai du mal à le croire. Cela ne s'est jamais passé ainsi pour moi.

— Pour moi non plus, ma chère, renchérit Eleanor. Mais je suis sûre qu'avec un homme aimant, il peut en aller autrement.

— Le seul conseil que je puisse vous donner, c'est d'attendre pour vous marier de vous sentir totalement en confiance.

— Mitchell a beau me sembler quelqu'un de très honnête, je crois que je ne pourrai plus jamais accorder toute ma confiance à un homme. Mais il m'a promis de nous protéger, Ben et moi, et j'ai besoin d'aide. Pour mon fils. J'ai revu Walsh en ville hier, et j'avoue que j'étais soulagée d'être accompagnée d'oncle Quentin parce que, du coup, il ne s'est pas approché.

— En tout cas, vous pouvez être certaine qu'aujourd'hui il restera à distance. Nous y veillerons.

— Je ne peux pas passer ma vie à me cacher de lui.

— Au fait, Ben et Christopher ont-ils fait connaissance ?

— Non, pas encore. Hier, Christopher était invité chez un camarade de classe, et comme c'était la première fois que cela lui arrivait, Mitchell a pensé qu'il valait mieux qu'il ne se décommande pas. Il va l'amener au mariage aujourd'hui. Les deux garçons vont pouvoir enfin se rencontrer.

— Comment Ben réagit-il ?

— Il est un peu inquiet mais je pense que tout se passera sans accroc. Christopher est un garçon gentil. Je l'ai trouvé très bien élevé et il n'a montré aucune hostilité envers moi. Pourquoi rejetterait-il Ben ? Bon, assez parlé de nous. Aujourd'hui, c'est vous qui vous mariez, tante Harriet, et maintenant que vous êtes resplendissante, il est temps de nous rendre à l'église.

Les trois femmes retrouvèrent Quentin qui les attendait sur le parvis.

Son visage s'éclaira quand il vit sa promise. Le bonheur des mariés réconforta quelque peu Jacinta. Ce couple était un exemple à suivre.

Peu après, Bram Deagan et sa femme arrivèrent, suivis d'Ismay et Adam en compagnie d'une dame que Jacinta ne connaissait pas. On lui dit qu'elle se nommait Livia Southerham.

Puis ce fut le tour de Maura et Hugh avec leurs quatre enfants, qui faisaient tous plaisir à voir. Jacinta avait déjà rencontré la tante de Bram et l'avait trouvée très sympathique. Maura, enceinte, semblait en pleine forme. Son mari était aux petits soins avec elle.

Eleanor la poussa du coude.

— Regardez tous ces couples sont heureux. Nous pouvons sûrement en faire autant, ne croyez-vous pas ?

Jacinta opina distraitement, les yeux fixés sur Mitchell qui venait d'arriver avec son fils. Il était très élégant, et grâce à elle, sa chemise était impeccablement repassée. Il se dirigea d'emblée dans sa direction.

— Vous êtes ravissante, lui glissa-t-il avant de présenter son fils à Ben.

Jacinta vit que celui-ci n'en menait pas large, mais les parents avaient décidé d'un commun accord de s'abstenir de toute recommandation. Mitchell se contenta de dire aux garçons qu'il espérait qu'ils deviendraient bons amis.

— Et maintenant, allons prendre place à l'intérieur, conclut-il en offrant son bras à Jacinta.

C'est ainsi qu'elle se retrouva comme en famille, aux côtés d'un homme qui, bientôt, allait être son mari. Soudain, ce fut clair dans son esprit. Harriet avait raison, la plupart des couples étaient plutôt heureux. Elle voulait épouser Mitchell, et le plus vite possible, comme il l'avait proposé. Il s'était montré très à l'écoute de ses appréhensions, et il était prêt à patienter avant de partager son lit. Il n'y avait aucune raison qu'il change une fois qu'elle serait sa femme.

Les deux garçons, assis de part et d'autre des parents, se lançaient des regards sans oser se parler.

Le pasteur célébra la cérémonie d'une voix tonitruante. Quand Jacinta entendit les mariés échanger les vœux avec ferveur, elle s'étonna de sentir les larmes lui monter aux yeux. À son propre mariage, elle n'avait même pas écouté, tellement elle était effrayée de cet inconnu d'âge mûr qui se tenait debout à côté d'elle. Maintenant, elle trouvait le serment magnifique.

Lorsque retentirent les mots : « Ceux que Dieu a unis, que l'homme ne les sépare pas », elle comprit que c'était ce qui l'effrayait tant à l'idée d'épouser Mitchell. S'ils s'unissaient, ce serait pour la vie.

Elle leva les yeux vers lui et se rendit compte qu'il l'observait. Son expression était indéchiffrable. Elle espéra que lui non plus ne puisse lire en elle. Mais elle le laissa prendre sa main, et son geste la réconforta.

Après la cérémonie, on lui dit que la réception se tiendrait chez Maura et Hugh, et non chez Ismay.

— Ma tante sait recevoir comme personne, lui chuchota Bram. Elle a été aide-gouvernante dans une grande maison en Angleterre.

— Elle n'est pas partie en Australie pour épouser Hugh ?

— Non, elle a amené ses neveux ici. Leurs parents avaient péri dans une épidémie de typhus en Irlande. Elle a rencontré Hugh et sa fille sur le bateau. Très romantique, n'est-ce pas ? Dans ma famille, on est doué pour le mariage, et pour aider nos amis à trouver l'âme sœur. Ah, je crois que vous n'avez pas encore fait la connaissance de Livia Southerham. Elle est veuve comme vous, et nous sommes ses amis depuis plusieurs années. Elle n'a que nous en Australie.

Bram fit signe à une femme d'une quarantaine d'années de les rejoindre. Il lui serra la main, et la garda dans la sienne.

— Ce sera bientôt à votre tour de trouver un mari, ma chère Livia. Vous n'allez pas rester veuve *ad aeternam*, surtout dans ce pays qui manque si cruellement de femmes.

— Ne commencez pas à jouer les marieurs avec moi, Bram Deagan. J'ai déjà amplement de quoi faire avec mes bonnes.

— Elles continuent de vous chercher un bon parti ? plaisanta-t-il.

— Et comment ! Toutes les deux n'arrêtent pas d'éplucher les petites annonces dans les journaux et sont à l'affût du moindre gentleman. Tout ce que je peux faire, c'est refuser de coopérer. Au fait, j'envisage toujours d'ouvrir une librairie. Les livres sont le seul domaine que je connaisse. Je devrais pouvoir gagner ma vie ainsi, qu'en pensez-vous ?

— Vous serez tellement absorbée par la lecture que vous oublierez de faire payer vos clients, ou vous vous tromperez de prix.

Elle lui assena une petite tape, par jeu, sans sembler le moins du monde offusquée par cette allusion à sa distraction.

— Permettez-moi de vous présenter Jacinta Blacklea. Je crois que vous ne l'avez pas encore rencontrée. Elle est venue pour épouser Mitchell.

Livia tendit la main à Jacinta et fit un signe de tête à Mitchell.

— C'est ce qu'on m'a dit. J'espère que vous serez très heureuse ici. Mitchell est un ami de longue date.

Entendant ces mots, Jacinta se demanda pourquoi Mitchell ne l'avait pas épousée, elle, qui était sur place. L'avait-elle rejeté ?

Tandis que la conversation suivait son cours, Mitchell se pencha vers son oreille.

— Livia est une amie, mais jamais je n'aurais pu la voir en épouse. Vous, je vous ai tout de suite imaginée mariée à moi, même s'il fallait d'abord que nous puissions parler à cœur ouvert.

La réception chez Maura et Hugh étonna Jacinta par son côté décontracté. Les bonnes de plusieurs familles étaient venues prêter main-forte, y compris pour veiller sur les enfants qu'on avait emmenés jouer au fond du jardin. Les adultes furent invités à se servir en premier au splendide buffet chargé de viandes rôties, de tourtes, et de toutes sortes de mets délicieux.

— Du fromage ! s'exclama Adam. Cela fait des mois que je n'en ai pas mangé.

— Ce sont des amis à nous qui le produisent, Cassandra et Reeves, expliqua Isabella à Jacinta. Ils ont une petite ferme à un jour de Perth et ont décidé de se lancer dans la confection de fromages. Avec le climat d'ici, la conservation est un peu difficile, mais ils sont au pied des montagnes et ils ont la chance d'avoir sur leur domaine des grottes où il fait toujours frais.

— Vous connaissez beaucoup de gens, observa Jacinta. Les avez-vous tous rencontrés en Australie ?

— Oui. Je ne connaissais personne quand je suis arrivée, à part Bram. Je n'étais pas rassurée. J'imagine que c'est aussi votre cas, n'est-ce pas ?

— En effet.

— Vous vous ferez des amis facilement ici, j'en suis certaine. On devient vite proches quand le reste de la famille est à l'autre bout du monde.

— Vous croyez ?

— Je le sais d'expérience. D'ailleurs, vous avez déjà pu le constater avec moi. Et puis Mitchell est bien intégré dans la communauté, il s'est fait une excellente renommée avec son travail. Quand nous nous sommes mariés, c'était loin d'être le cas de Bram, qui débutait à peine.

Adam porta un toast affectueux à son oncle et sa tante de cœur, et toute l'assemblée but à leur bonheur.

Bram, à son tour, insista pour prononcer quelques mots, qui firent monter le rouge aux joues de la mariée, ainsi que de Jacinta, d'Eleanor et de Livia. Il proposa qu'on bût à la santé de ces charmantes dames en leur souhaitant de se trouver de bons maris.

Les trois « charmantes dames » lui lancèrent des regards incendiaires.

Il aurait volontiers continué sur sa lancée, mais sa femme le tira par la manche et il reporta son attention sur elle.

— Bram est beaucoup plus joyeux aujourd'hui, et...

Eleanor s'arrêta net et mit une main sur sa bouche. Un homme venait d'entrer.

Jacinta la regarda avec inquiétude.

— Qu'avez-vous ?

— C'est Dougal McBride ! Médusée, elle le vit saluer Bram et Isabella.

Soudain, il l'aperçut et fut incapable de prononcer une syllabe de plus. Il ne fit pas un geste, ne sourit pas, ferma les yeux comme s'il croyait avoir eu une hallucination, puis les rouvrit et la contempla avec avidité, il n'y a pas d'autre mot. Il se fraya un chemin entre les invités, sans même remarquer la présence d'Adam, qui aurait dû se trouver en mer.

Ce n'est que lorsque Jacinta lui donna un petit coup de coude dans les côtes qu'Eleanor réussit à faire un pas.

Lorsqu'ils furent face à face, Dougal se contenta de constater :

— Vous êtes venue.

— Oui.

— Êtes-vous libre, désormais ?

— Oui.

Il saisit sa main et la porta à ses lèvres, puis lui prit le bras et la conduisit à l'extérieur.

Elle l'accompagna sans un mot. Elle avait mille choses à lui dire mais pas au milieu de toute cette foule, et elle savait qu'il ressentait la même chose. Une fois dehors, il se tourna vers elle.

— Votre visage a hanté mes rêves. Vous êtes encore plus belle que dans mon souvenir.

Il était grand, et d'une virilité imposante pour elle, qui avait passé tant d'années aux côtés d'un homme chétif et souffreteux. Dougal était si différent de Malcolm, si merveilleusement normal, qu'elle en avait le souffle coupé.

— Acceptez-vous de venir chez moi, Eleanor ? Nous ne pouvons pas parler ici.

— Bien sûr, Dougal.

Il scruta son regard comme s'il tentait de lire dans ses pensées, puis son visage s'éclaira d'un sourire plein de tendresse.

— Parfait.

Ils marchèrent comme dans un rêve. Les passants qu'ils croisaient n'avaient pas plus de consistance que des fantômes. Certains saluaient Dougal. Il prenait la peine de répondre mais sans cesser de regarder Eleanor sans les yeux.

Il parla enfin, d'une voix profonde et douce.

— Je suis rentré au port ce matin et, Dieu sait pourquoi, j'ai laissé mon second s'occuper du déchargement. J'ai vu le *Bonny Ismay* à quai, endommagé, mais j'avais besoin de rentrer à la maison avant de m'occuper de quoi que ce soit. C'est Linney qui m'a parlé du mariage, et j'étais si content pour Harriet que j'ai accouru aussitôt pour la féliciter.

— Tout le monde se réjouit pour elle.

— Linney ne m'a pas dit un mot à votre sujet.

— Je n'ai pas encore eu l'occasion de passer la voir, peut-être ne sait-elle pas que je suis ici. J'ai aidé tante Harriet avec sa robe de mariage. Nous n'avions que deux jours pour les préparatifs. Mais j'ai fait porter une lettre pour vous. Elle ne vous l'a pas donnée ?

— Je ne lui en ai pas laissé le temps, je suis ressorti sur-le-champ. « Tante » Harriet ? Je ne savais pas que vous aviez de la famille ici.

— Au cours de la traversée, Quentin, Jacinta et moi nous sommes liés d'amitié. C'est avec Quentin que la tante d'Adam vient de se marier, et ils nous ont demandé de les appeler « oncle » et « tante ». Pour moi, ils sont comme une nouvelle famille.

— Cela ne m'étonne guère. En mer, on laisse tomber le vernis des apparences et on apprend vite à se connaître vraiment.

— C'est un peu ce qu'il s'est passé entre vous et moi, n'est-ce pas ?

— En effet. Mais je craignais que vous ne reveniez pas.

— Et moi, je me demandais si vous voudriez encore de moi.

— Vouloir de vous ? Mais être avec vous est ce que je désire le plus au monde. La plus belle surprise de ma vie a été de vous voir aujourd'hui.

Eleanor sentit le bonheur couler dans ses veines.

— J'en suis heureuse.

Elle aurait pu continuer de marcher sans fin à ses côtés. Elle s'était habituée à son bras, et cette simple déambulation la plongeait dans le ravissement. C'était la première fois qu'ils se promenaient ensemble. Ils ne s'étaient connus qu'à bord de son bateau, avec son mari souffrant dans les parages.

Ils avaient tant de choses à découvrir ensemble.

Arrivés devant la maison, ils continuèrent de bavarder sur le perron.

— Quels idiots nous sommes, à rester plantés là, plaisanta Dougal. Venez, nous serons mieux à l'intérieur.

Il ouvrit la porte et s'effaça pour la laisser passer.

Linney pointa la tête à la porte de la cuisine. Elle accueillit Eleanor avec un grand sourire, lui dit qu'elle était contente qu'elle soit revenue, et, fine comme elle était, s'éclipsa promptement pour les laisser seuls.

Dougal conduisit Eleanor au salon et la prit dans ses bras.

— Laissez-moi vous serrer contre moi. Je dois me faire à l'idée que vous êtes vraiment ici. Cela fait si longtemps que j'attends cet instant. Je me demandais ce que nous pourrions nous dire.

Elle se lova contre lui et prononça enfin à voix haute les mots qu'elle s'était jusque-là contentée de ressasser dans son esprit.

— Et si je commençais en vous déclarant que je vous aime, Dougal McBride ?

— Moi aussi, je vous aime, Eleanor. Quand êtes-vous disposée à m'épouser ?

— Je n'ai besoin que du temps que prendront les formalités. Pour oncle Quentin, quelques jours ont suffi. Il faut juste acheter une licence spéciale.

— Eh bien, c'est ce que nous ferons, dit-il en l'attirant tout contre lui. Il est d'usage de sceller ce type d'accord par un baiser.

Pour toute réponse, elle leva le visage vers lui et, de nouveau, le reste du monde disparut quand ses lèvres rencontrèrent celles de l'être aimé.

Ses peurs étaient sans objet. Il l'avait attendue, c'était elle qu'il voulait. Elle avait beaucoup de chance.

Jacinta observa avec une pointe d'envie les retrouvailles d'Eleanor et de Dougal. Ils n'avaient d'yeux l'un que pour l'autre, rien d'autre ne comptait. Quelle ne fut pas sa surprise quand elle entendit Mitchell murmurer, tout à côté d'elle :

— Ces deux-là sont très amoureux, cela saute aux yeux. Je les envie un peu.

— Moi aussi. C'est merveilleux qu'ils aient pu se retrouver.

— Oui, romantique à souhait, comme dans un roman à l'eau de rose.

Sous le sarcasme, elle sentit une pointe de mélancolie.

— Moi, reprit-il, je serais parfaitement heureux avec une union fondée sur l'amitié et le soutien mutuel. Ce serait déjà beaucoup mieux que ce que j'ai vécu avant.

Elle trouva qu'il se montrait un peu trop désabusé.

— Pour ma part, j'accorde une très grande importance à la gentillesse. Et quand… et si je vous épouse, j'espère que vous voudrez bien croire que je ne renie jamais un serment.

— Je sais, répondit-il d'une voix plus douce. C'est pour cela que je vous veux pour femme. Vous ne m'avez toujours pas répondu clairement. Je souhaiterais que nous puissions fixer une date, pour bientôt.

Un reste de jalousie envers Eleanor lui fit répondre d'un ton plus sec qu'elle ne l'aurait voulu.

— Est-ce vraiment le moment de me poser cette question ?

Une jeune fille accourut soudain vers eux.

— Excusez-moi, Ben est tombé, il faut nettoyer ses égratignures.

Jacinta oublia Mitchell et se précipita vers son fils. Celui-ci jouait les stoïques, comme à son habitude, prétendant qu'il pouvait très bien se débrouiller tout seul pour mettre un pansement.

— Comment est-ce arrivé ?

— Nous étions en train de jouer et je suis tombé.

Il n'en dit pas plus et lança un regard noir à Christopher, qui lui rendit la pareille. Mon Dieu, est-ce que ces deux-là avaient déjà trouvé le moyen de se bagarrer ? Voilà qui n'augurait rien de bon.

Et avec Mitchell, elle ne s'était pas querellée, certes, mais il y avait une dissonance entre eux, qui aurait pu dégénérer en dispute s'ils n'avaient pas été interrompus. D'ailleurs, il ne l'avait pas suivie pour voir si elle avait besoin d'aide.

Elle s'était tue pendant tant d'années qu'elle n'avait plus envie de dissimuler ce qu'elle avait sur le cœur. Elle lança sèchement à Ben.

— Nous allons rentrer à la pension pour soigner ton genou. Passons par le jardin, inutile d'inquiéter les autres.

— Je n'ai pas envie de partir.

Elle s'étonna de sa réaction, lui qui ne la contrariait presque jamais.

— Ne proteste pas, s'il te plaît. J'ai mes raisons pour avoir envie de partir.

Elle se tourna vers la jeune fille, qui la regardait d'un air gêné.

— Peut-on sortir sans passer par la maison ?

— Oui, madame Blacklea. Je vais vous montrer.

Ils remontèrent la rue. Ben suivait Jacinta en boitillant.

— Ce n'est pas le chemin le plus court, observa-t-il.

— C'est celui que je connais le mieux.

Il passait devant chez Mitchell. De toute façon il n'était pas là, et elle avait envie de se dégourdir les jambes.

Ben se plaignit parce qu'il n'avait pas envie de faire le détour, mais elle ne lui répondit même pas. Elle avançait, en proie à un tourbillon d'émotions, se contentant de vérifier de temps en temps que son fils la suivait.

Elle ne comprenait pas pourquoi la joie d'Eleanor la perturbait autant. Elle n'avait rien ressenti de tel devant le bonheur de Quentin et Harriet. Presque rien.

Une main lui saisit le bras. Alf ! Elle se rendit compte qu'elle avait complètement oublié de faire attention.

Il l'attira dans une ruelle étroite entre deux maisons. Elle ouvrit la bouche pour appeler à l'aide, mais il fut plus rapide qu'elle et la bâillonna d'une main avant qu'elle ait pu émettre le moindre son.

19

Ben suivait Jacinta en traînant des pieds, mécontent qu'ils aient quitté la fête alors qu'il commençait seulement à sympathiser avec Christopher.

Au début, Christopher et lui s'étaient disputés. Christopher l'avait poussé et il était tombé à la renverse. Mais ensuite Christopher l'avait aidé à se relever et ils venaient tout juste de se rabibocher quand sa mère était arrivée et l'avait grondé devant tout le monde, comme un gamin.

Il en était là de ses pensées quand il releva la tête et comprit que sa mère n'était plus là. Il se mit à courir pour la rattraper et perçut un mouvement à l'orée de son champ de vision. Dans une ruelle transversale, sa mère était en train de se débattre pour essayer d'échapper à un homme qui l'avait empoignée et tentait de la bâillonner. Et l'homme en question n'était autre que Mr Walsh !

Ben voulut voler au secours de Jacinta, mais Mr Walsh le repoussa d'une gifle magistrale qui l'envoya valdinguer contre une barrière.

N'écoutant que son instinct, il se releva et courut chercher de l'aide.

En chemin, il croisa Christopher et Mr Nash qui venaient de quitter la fête. Il s'élança vers eux en criant :

— Venez ! Venez vite. Un homme est en train d'attaquer ma mère.

— Où cela ? demanda Mitchell.

— Par ici, dit Ben en se mettant à courir à toutes jambes.

— Ne t'en fais pas, mon père va sauver ta mère ! lui lança Christopher.

Arrivés au coin de la ruelle, les deux garçons s'arrêtèrent, sachant d'instinct qu'ils devaient rester à l'écart du pugilat.

Ben, terrifié, se pelotonna contre Christopher, qui posa une main réconfortante sur son épaule.

— Je ne veux pas qu'il fasse de mal à ma mère.

— Ne t'inquiète pas, mon père est très fort.

Mais Mr Walsh aussi était très fort.

Furieux, Mitchell fondit sur l'assaillant de Jacinta et, le saisissant par le col, le tira en arrière et lui balança un coup de poing en pleine figure, puis un deuxième.

L'homme tenta de riposter, mais Mitchell, habitué à porter de lourdes charges, avait le dessus.

Il envoya l'homme au tapis, prêt à lui assener un coup de pied pour faire bonne mesure, mais ce dernier roula de côté, se remit en vitesse sur ses pieds, puis détala jusqu'au bout de la ruelle et disparut à la vue.

Mitchell hésita à le prendre en chasse, mais la main de Jacinta se posa sur son bras et il se retint.

— Comment vous sentez-vous ? lui demanda-t-il.

— Je vais bien. Je suis juste un peu… secouée, dit-elle d'une voix tremblante.

Il la prit dans ses bras et la serra contre lui.

— S'il vous avait blessée, je lui aurais mis une telle correction qu'il aurait maudit le jour où il est venu au monde.

Comme elle s'agrippait à lui, il ne put résister à l'envie de déposer un baiser sur ses cheveux, puis sur sa joue. Pour la réconforter.

— Vous êtes sûre que ça va aller, Jacinta.

— Oui.

L'espace d'un instant, le monde autour d'eux sembla s'évaporer, les laissant tous deux enlacés, et se regardant dans les yeux.

Puis la voix de Ben rompit le charme.

— Maman, vous allez bien ? Pourquoi Mr Walsh vous a-t-il attaquée ?

— C'est l'homme dont vous m'avez parlé, Jacinta ?

— Oui.

— Il n'a donc pas renoncé.

— Apparemment pas.

Mitchell fit un pas en arrière, incapable de détacher ses yeux de Jacinta dont la chevelure défaite retombait en cascade dorée sur ses épaules. Jusqu'ici, il n'avait pas réalisé à quel point elle était séduisante, car elle portait toujours un chignon serré qui lui donnait l'air sévère.

Sentant son regard sur elle, elle rougit violemment, et il détourna les yeux, comprenant que quelque chose avait subitement changé. Il la désirait comme un homme désire une femme, et faire d'elle son épouse était devenu aussi important que de donner une mère à leurs deux fils.

Gênée, Jacinta s'empressa de remettre de l'ordre dans sa coiffure et ses vêtements, puis se tourna vers les deux garçons. Elle inspecta l'ecchymose sur la joue de Ben, l'obligeant à se tourner vers la lumière, puis d'un geste quasi automatique, lissa la veste de Christopher et redressa délicatement son col de chemise.

Ce simple geste acheva de convaincre Mitchell qu'il voulait faire d'elle sa femme. C'était d'une mère comme elle que son fils avait besoin.

— Allons chez moi, dit Mitchell, et vous allez me dire tout ce que vous savez. Vous deux, les garçons, allez devant, et restez bien ensemble surtout. Si jamais vous apercevez cet homme, venez vite me prévenir.

Jacinta songea qu'elle aimait l'autorité bienveillante avec laquelle Mitchell avait parlé à Christopher et Ben.

Quand il s'adressa à nouveau à elle, elle remarqua que sa voix était plus douce, et cela lui plut.

Elle prit le bras qu'il lui présentait et ils se mirent en route.

— Je ne sais comment vous remercier pour votre aide, dit-elle.

— Ce fut un plaisir, et j'espère que ce sera bientôt mon devoir en tant qu'époux. Mais il faut que vous m'expliquiez pourquoi cet individu vous poursuit.

Elle inspira profondément et répondit d'une voix toujours tremblante :

— Je ne suis pas à l'aise pour parler de tout ceci dans la rue.

— Bien sûr. Venez, nous serons plus tranquilles chez moi. Et puis ce sera l'occasion pour Ben de voir à quoi ressemble ma maison. Christopher pourra lui faire faire le tour des lieux pendant que nous parlons.

Ils bifurquèrent dans une rue contiguë et trouvèrent les deux garçons qui les attendaient au bout d'une allée. Mitchell sortit une clé de sa poche, la jeta à son fils en disant :

— Allez devant, vous deux. Et toi, Christopher, remets du bois dans le poêle et attise le feu. Nous allons prendre une bonne tasse de thé.

Les deux garçons obéirent aussitôt.

— Pensez-vous que ces deux-là vont s'entendre, Mitchell ?

— Oh, mais oui !

— C'est très important, vous savez.

— Et il est encore plus important que vous soyez en sécurité, répondit-il en souriant. Ne vous en faites pas pour eux.

Mitchell fit quelques pas, puis ajouta :

— L'idée qu'on ait pu vous agresser m'est insupportable.

— Étant donné que Walsh a fait comme s'il m'avait sauvé la vie quand nous étions sur le bateau, je vais avoir du mal à prouver le contraire. Les garçons et vous êtes les seuls à l'avoir vu à l'œuvre aujourd'hui.

— Nous devrions nous marier sans plus attendre. Ainsi, vous seriez en sûreté.

Elle sembla hésiter. Sans doute avait-il lu dans ses pensées, car il précisa :

— Ce n'est pas seulement pour vous protéger, Jacinta. J'ai sincèrement envie de vous épouser. Mais je ne l'ai vraiment compris que lorsque j'ai vu Walsh s'en prendre à vous.

Elle s'attendait à être submergée par la peur du mariage, mais non. Elle n'éprouvait aucune appréhension, juste une légère nervosité.

— Écoutez, je sais que vous ne voulez pas que nous dormions ensemble tant que vous ne vous sentirez pas parfaitement à l'aise avec moi, Jacinta, et je ne vous forcerai à rien. Je regrette seulement que votre vie avec votre époux ait été misérable au point de vous traumatiser.

— Elle était en effet très… misérable. Pour moi et Ben.

— Sachez que jamais je ne prendrai une femme de force, quelle qu'elle soit.

Claude, lui, n'avait jamais eu de scrupules à la violenter. Les mots de tante Harriet lui revinrent en mémoire. *Ne vous mariez pas tant que vous ne serez pas certaine que vous pouvez lui faire confiance.*

Pouvait-elle faire confiance à Mitchell ? Jacinta s'immobilisa et le regarda droit dans les yeux. Il avait un regard franc, et malgré sa force physique, il traitait les garçons et elle avec douceur.

Rassemblant son courage, elle dit :

— J'apprécie votre gentillesse, et oui, je veux bien vous épouser, Mitchell. Ainsi, nous pourrons tous commencer une nouvelle vie – vous, moi, et les garçons.

Elle sentit le feu lui monter aux joues, mais elle ne chercha pas à se détourner, car c'eût été lâche.

Un immense sourire illumina ses traits. Il se pencha pour l'embrasser sur la joue, puis la prit par la main et l'entraîna vers la maison.

Il ne lui faisait plus du tout peur quand ils étaient en public. Et s'il tenait parole, elle trouverait peut-être le courage d'affronter le devoir conjugal, même si elle ne voyait pas comment quiconque eût pu en tirer du plaisir.

Il s'arrêta dans l'allée privative.

— Je vais aller à Perth demain, et demander une licence spéciale. Nous pourrons nous marier dans les deux jours après cela, si vous vous sentez prête.

— Je le serai.

Quand elle entra dans la maison, une impression de bien-être l'envahit, même si les travaux n'étaient pas terminés et qu'il y avait pas mal de désordre.

— Je me sens comme si c'était déjà chez moi, dit-elle, stupéfaite.

— Tant mieux.

Il y eut un bruit de pas à l'étage, puis Christopher se pencha par-dessus la rampe et lança :

— J'ai montré toute la maison à Ben. On peut descendre manger un morceau, papa ?

— Je croyais que vous vous étiez gavés à la fête de mariage.

— Mais c'était il y a des lustres. Tu as faim, toi aussi, Ben, pas vrai ? dit-il en donnant un coup de coude complice à son compagnon.

— J'ai l'estomac dans les talons, lança Benjamin.

— Désolé pour le désordre, dit Mitchell en se tournant vers Jacinta.

— Oh, ça ne me dérange pas. Je serai ravie de vous aider à tout ranger. Je n'avais pas vécu dans une maison aussi grande depuis mon enfance.

Les garçons se ruèrent joyeusement dans l'escalier, puis s'arrêtèrent pour laisser Jacinta entrer la première dans la cuisine et attendirent que Mitchell leur fasse signe d'entrer à leur tour.

— Je n'ai que du pain et de la confiture à vous offrir, dit-il. Vous deux, vous irez acheter un cake chez le pâtissier tout à l'heure. Mais avant cela, nous avons quelque chose à vous annoncer. Il prit la main de Jacinta dans la sienne. Jacinta et moi allons nous marier.

— Tout le monde le savait déjà, dit Christopher comme s'il s'agissait d'une évidence.

— Vraiment ? s'étonna Mitchell.

— Oui. Quand on était à la noce, Brenna m'a dit que sa tante et Mr Beaufort n'arrêtaient pas de se regarder et d'échanger des sourires niais, comme vous, avant de se marier.

— Des sourires niais ? gloussa Mitchell.

— Quand est-ce que vous allez vous marier ? demanda Ben tout guilleret.

— Dans deux ou trois jours. J'espère que tu es d'accord ? dit Jacinta, qui voulait recueillir l'approbation de son fils avant de s'engager formellement.

— Oh oui, maman. Je n'aime pas la pension de famille. Monsieur Nash, votre maison est si belle !

— Elle le sera quand nous l'aurons finie et je compte sur Christopher et toi pour m'aider à faire de menus travaux. Christopher est un vrai petit menuisier maintenant.

— On pourra se servir de vrais outils ? s'enquit Ben, au grand dam de Jacinta, inquiète pour son fils.

— Bien sûr, à condition de ne pas faire n'importe quoi et de respecter les règles de sécurité.

— Promis juré !

— Est-ce que Ben pourra s'installer dans la chambre à côté de la mienne ? voulut savoir Christopher. Il faudra penser à lui acheter un lit, au fait.

— Nous allons devoir acheter beaucoup de meubles.

— Et maintenant, on peut avoir notre pain et notre confiture, avant d'aller chez le pâtissier ?

Jacinta était sur un petit nuage tandis qu'elle coupait le pain et vaquait dans la cuisine, comme si elle avait été chez elle.

Chez elle ! Avoir enfin une vraie maison !

Pendant ce temps, les garçons dévoraient leur goûter en bavardant gaiement.

Ils se comportaient comme s'ils formaient déjà une vraie famille.

La fête de mariage battait son plein, et tandis que tante Harriet et son nouveau mari échangeaient des regards amoureux, Ismay alla trouver Adam, qui devait très bientôt se rendre à Singapour pour informer Mr Lee qu'une grande partie de la marchandise avait sombré et que Bram avait urgemment besoin de refaire ses stocks.

Elle avait la gorge nouée à l'idée de le voir partir et était au bord des larmes. Elle aimait Adam de tout son cœur, mais le voyait si peu ! Ce n'était pas toujours facile d'être une femme de marin.

Mais elle avait bon espoir que les choses allaient changer.

Elle trouva son mari en grande conversation avec Bram et décida de faire d'une pierre deux coups.

— Ah, je te cherchais, Adam. Il faut que nous parlions.

— Je vous laisse, dit Bram à sa sœur.

— Non. Il faut que tu saches ce que je vais dire à Bram. L'idée m'est venue ce matin que je pourrais prendre la mer avec toi, Adam, maintenant que l'oncle Quentin et tante Harriet sont mariés.

Il lui passa un bras autour des épaules.

— J'y ai pensé, moi aussi, mais je ne veux pas prendre de risques. La dernière tempête a non seulement envoyé un bateau par le fond, mais endommagé le *Bonny Ismay*. Je ne me le pardonnerais jamais s'il t'arrivait malheur.

— Mais il y a des femmes de capitaines qui accompagnent leurs époux en mer. Ma décision est prise, je viens avec toi !

Cependant, il continuait de secouer la tête.

— Comment peux-tu sérieusement songer à passer ta vie sur l'eau, à essuyer des grains et à braver la tempête, Ismay ? demanda Bram.

Elle sourit.

— J'aime naviguer et j'ai le pied marin, contrairement à toi. Et puis, il y a aussi des jours calmes et des nuits étoilées. Mais par-dessus tout, j'ai besoin d'être avec mon mari.

Elle posa ses mains sur ses hanches et déclara :

— Je pars avec toi, Adam, que tu le veuilles ou non.

— Ma chérie… ce serait irresponsable de ma part de te laisser m'accompagner.

— L'épouse de ton second vient. Je ne serais pas la seule femme à bord.

— Elle est beaucoup plus âgée que toi.

Il la regarda au fond des yeux, comme s'il cherchait à lire dans ses pensées. Elle s'approcha et prit ses mains dans les siennes. Il était sur le point de céder, elle le sentait.

— Je viens ! dit-elle.

— Tu es sûre, Ismay ?

Elle lâcha un petit cri de joie et se jeta à son cou.

— Absolument ! Et tu vas devoir te faire à l'idée que plus rien ne sera comme avant.

— Je me demande ce que va dire l'équipage.

Elle haussa les épaules.

— C'est toi le capitaine. Ils feront ce que tu leur dis, lança-t-elle en exécutant un petit pas de danse. Quand partons-nous ?

— Dès que le bateau sera prêt. Dans deux jours au plus tard.

Le sourire de Bram s'évanouit quand ils entrèrent dans la maison.

Dieu tout-puissant, protégez-la, pria-t-il. Je ne veux pas perdre ce qu'il me reste de famille.

20

Eleanor et Dougal parlèrent des heures durant. Eleanor, craignant qu'on se demande ce qu'elle faisait, fit porter un message à Jacinta lui expliquant qu'elle était avec Dougal et que tout allait bien.

Tous deux touchèrent à peine le repas que Linney leur avait servi.

— Je vais vous montrer la maison, ma chérie, annonça Dougal quand la table fut débarrassée. Vous choisirez notre chambre, et Linney la préparera.

Elle le suivit, s'émerveillant de découvrir une demeure aussi vaste.

— Vous avez tant de pièces ! Je n'avais vu que notre chambre et le salon quand vous nous avez hébergés, avec Malcolm. Dites-moi celle que vous aimeriez pour nous.

— Celle qu'occupait ma mère. Elle avait choisi la plus belle, vous pouvez me croire. Flora et moi l'avons vidée après son décès. Il faut la réaménager, mais elle jouit d'une très jolie vue.

— Il va falloir un nouveau matelas, dit-elle en constatant que le sommier était nu.

— Tout ce que vous voudrez, ma chérie.

— Tout ce que nous voudrons, corrigea-t-elle.

Elle ouvrit les tiroirs de la commode pour s'assurer qu'ils étaient vides et, satisfaite, commençant déjà à imaginer où elle allait ranger ses affaires.

— Nous allons être heureux ici, je le sais.

Pour toute réponse, il l'enlaça et l'embrassa longuement.

Quand elle s'écarta, elle avait les yeux brillants et sa chevelure brune s'était dénouée.

Il recula d'un pas, le souffle rapide.

— J'ai hâte que vous soyez à moi.

— Et moi, j'ai hâte de vivre tout ce que notre mariage nous apportera, sauf vos départs en mer.

— Je suis marin, je n'ai pas le choix. Êtes-vous prête à l'accepter ?

— Il le faut bien. Peut-être que je pourrais venir avec vous, de temps en temps. Je rêve de connaître Singapour.

— Vous plaisantez ?

— Pas du tout. Quand nous avons navigué ensemble, cela m'a beaucoup plu.

— Alors, pourquoi ne pas y aller en voyage de noces ? Je suis sûr que Mr Lee serait ravi de vous faire les honneurs de sa ville. Nous pourrions en profiter pour acheter ce dont nous aurons besoin pour la maison, et vous faire confectionner des tenues, si cela vous dit.

— Vraiment ? Je peux vous accompagner ?

— Oui. Je n'ai aucune envie d'être séparée de vous. Nous avons le temps de nous organiser, je ne repartirai pas avant une semaine ou deux. J'ai quelques travaux à faire sur le *Bonny Mary*.

— Rien ne me ferait plus plaisir que de naviguer avec vous, lança Eleanor sans l'ombre d'une hésitation.

Il la prit par la taille et la fit valser dans la chambre à demi vide.

— Je suis l'homme le plus heureux de la colonie ! Le plus heureux du monde, même !

Au bout d'un moment, elle dut l'arrêter car la tête lui tournait. Elle appuya la joue contre son torse le temps de reprendre haleine.

Ils redescendirent au moment où l'horloge sonnait la demie.

— Grands dieux ! Il se fait tard, il faut que je parte.

— J'aimerais beaucoup que vous restiez.

— Et que cette logeuse aille raconter à tout le monde que je suis une dévergondée ? Je n'en ai pas pour longtemps, mon chéri.

Il la raccompagna à la pension, et ils restèrent un bon moment sur le perron à se dire au revoir. Il ne l'embrassa pas dans la rue, mais son regard en disait assez long.

Quand Jacinta entendit la logeuse ouvrir la porte d'entrée, elle sortit du triste petit salon de la pension et alla au-devant d'Eleanor.

— Vous avez une minute ? J'ai quelque chose à vous annoncer.

— J'ai tout le temps du monde, pour vous. Est-ce ce à quoi je pense ?

— J'ai accepté d'épouser Mr Nash. Nous allons nous marier dès que possible.

— Je suis très heureuse pour vous. Je l'ai tout de suite trouvé sympathique, et Dougal m'a dit que c'est quelqu'un de bien.

— C'est la vérité. Et Ben et Christopher semblent s'entendre comme larrons en foire.

— Mais alors, pourquoi semblez-vous inquiète ?

— Mr Walsh s'est jeté sur moi quand je rentrais, il m'a entraîné dans une ruelle.

— Est-ce qu'il vous a... fait mal ?

— Non. J'ai voulu crier, mais il m'en a empêchée avec sa main. Heureusement, Ben a tout vu. S'il n'était pas allé chercher Mitchell, je ne sais pas ce que cet affreux type m'aurait fait.

Jacinta préférait ne rien dire du péril auquel elle avait peut-être échappé. Toute allusion directe l'aurait mise dans l'embarras.

— Nous pourrions célébrer un double mariage, dans ce cas.

— Oui. Oh oui, Eleanor, cela me plairait beaucoup.

— Alors c'est entendu. Nous n'avons que quelques jours pour nous confectionner des toilettes. Il faut que nous soyons toutes les deux en beauté pour nos nouveaux maris.

Jacinta ne mentionna pas la condition qu'elle avait imposée à Mitchell, à savoir qu'au début, ils ne dormiraient pas ensemble.

Une fois couchée, elle repensa à ce que lui avait dit Eleanor à propos de ses parents, et à la joie qu'elle avait lue sur le visage de Harriet et Quentin.

Elle commençait à se faire à l'idée que son second mariage s'annonçait beaucoup plus heureux que le premier.

Quand ils sortirent pour leur promenade vespérale, Bridie attendit qu'ils aient tourné au coin de la rue pour ouvrir la bouche.

— Tu ferais bien de me dire ce qui ne va pas, Alf. Qu'est-ce que c'est que ces marques sur ton visage ? Et n'essaie pas de me faire croire que tu es tombé, parce que je sais à quoi ressemblent des traces de coup de poing, crois-moi.

— J'ai tenté une nouvelle fois de parler à Mrs Blacklea, commença Alf d'un ton bougon, et elle s'est mise à hurler, alors j'ai mis une main sur sa bouche pour me donner le temps de lui expliquer ce que nous avions décidé, toi et moi. Je voulais lui demander de nous aider.

— Franchement, ce n'est pas la meilleure façon de s'y prendre pour qu'elle accepte.

— Je n'ai même pas eu le temps. Un type a rappliqué et m'a flanqué son poing dans la figure.

— Quel type ?

— Il s'appelle Nash, il a une affaire de bois.

Bridie leva les yeux au ciel.

— Bon sang de bonsoir, il est connu, et très apprécié. S'il met la maréchaussée à tes trousses, tu es dans de mauvais draps. Tu sais, ce n'est pas une façon de faire, agripper une femme comme cela.

— Comment voulais-tu que j'arrive à lui parler ? J'ai besoin qu'un rupin écrive à mon oncle, ce diable de Blacklea ne croira que quelqu'un de la haute. Sinon, je n'aurai d'autre choix que de rentrer en Angleterre.

— Ça, il n'en est pas question, Alf. Tu restes avec moi, un point c'est tout.

— C'est ce que je veux, tu le sais bien. Mais je ne peux pas laisser mes enfants à la merci de Blacklea. Et donc, à ton avis, quelle est la solution ?

— Je vais aller lui parler.

— Toi ?

— Oui. Une petite conversation entre femmes, expliqua-t-elle tandis qu'un fin sourire se dessinait sur son visage. Je vais lui faire croire que je suis enceinte de toi...

— Mais c'est tout juste si tu me laisses t'embrasser !

— Je ne suis pas aussi bête que ton épouse ! De toute façon, ça m'étonnerait que je puisse avoir un môme, mais n'empêche, je ne veux pas prendre le risque.

— Et comment comptes-tu t'y prendre pour que Mrs Blacklea accepte de te parler ?

— Tout simplement en allant à la pension et en demandant à la voir.

— Et si elle refuse ?

— Je ne bougerai pas tant qu'elle ne m'aura pas reçue. Mais elle ne refusera pas, j'en mettrai ma main au feu.

*

Le lendemain matin, Bridie mit son plan à exécution. Vêtue de sa meilleure toilette, elle frappa à la porte de la pension et demanda à parler avec Mrs Blacklea.

La logeuse lui lança un regard méfiant.

— Qu'est-ce qu'une femme comme vous peut bien avoir à faire avec cette dame ?

— C'est moi que cela regarde. C'est pour une affaire importante.

Jacinta avait entendu depuis le salon où elle faisait de la couture avec Eleanor. Elle attendit que la propriétaire vienne la chercher.

Mais Mrs Haslop insista.

— Une femme de votre espèce n'entre pas chez moi. Partez !

Outrée, Jacinta se précipita dans l'entrée, juste à temps pour empêcher la logeuse de claquer la porte au nez de la visiteuse.

— Je crois que l'on me demande, madame Haslop.

— Je n'autorise pas ce genre de visite dans mon établissement.

Jacinta examina l'inconnue. Malgré sa tenue voyante, elle semblait respectable et montrait un visage avenant.

— Je ne crois pas que nous nous connaissions, lança-t-elle.

— En effet, mais j'ai quelque chose à vous dire concernant votre fils et Blacklea. Cela ne vous déplaira pas, je vous le promets.

Jacinta se raidit.

— Si tel est le cas, entrez, je vous prie.

Bridie gratifia la logeuse d'un sourire de triomphe et suivit Mrs Blacklea dans le petit salon.

Mrs Haslop faillit protester, mais elle se contenta de renifler avec vigueur et alla se réfugier dans l'aile qu'elle occupait à l'arrière de la maison.

— Je m'appelle Bridie Folane, veuve de mon état. Je viens vous parler au sujet d'Alf.

— Si c'est cet homme qui vous envoie, je ne vous invite pas à vous asseoir, répliqua Jacinta d'un ton glacial. Je vous le dis tout de suite, je n'ai aucune intention de parlementer avec lui à propos de mon fils. De plus, je m'apprête à me marier avec un homme qui est très respecté dans la colonie. Si jamais Mr Nash tente de nouveau de m'arracher mon fils, il aura affaire à lui.

— Vous ne pouviez pas faire meilleur mariage, convint Bridie. Mais mon Alf n'a jamais souhaité vous séparer de votre fils. D'abord, permettez-moi de m'excuser pour la façon dont il s'est conduit hier. La délicatesse n'est pas son fort, et il ne sait pas s'y prendre. Mais je vous jure qu'il n'avait aucune intention de vous faire du mal.

— Alors, pourquoi m'a-t-il attirée contre mon gré et bâillonnée ?

— Parce que c'est un benêt. Il voulait seulement vous empêcher de vous enfuir à toutes jambes parce qu'il voulait vous parler. Mais comme je vous le disais, il s'y est pris comme un idiot. C'est pourquoi je viens aujourd'hui vous présenter mes excuses pour son comportement, et vous dire de quoi il s'agit, si vous n'y voyez pas d'inconvénient.

Jacinta scruta le visage de son interlocutrice.

— Très bien, asseyez-vous, finit-elle par répondre.

— Peut-être vaut-il mieux parler en privé ? demanda Bridie en jetant un regard à Eleanor.

— Non. Je préfère que mon amie reste. Elle est au courant de la situation.

— Bon, alors inutile de tourner autour du pot. Alf n'a jamais eu l'intention de vous tuer, ce n'est pas son genre. Mais il a eu peur que s'il n'obéissait pas, ses propres enfants soient en danger. Et maintenant, bon… il ne veut pas rentrer, retrouver son épouse qui est une mégère, mais en même temps, il craint que Mr Blacklea ne s'en prenne à sa famille parce qu'il n'a pas accompli sa mission, parce qu'il ne vous a pas éliminée.

Jacinta prit le temps de digérer cette explication avant de répondre.

— Moi aussi, j'ai peur de Gerald Blacklea, et je crois volontiers qu'il serait prêt à se venger si son ordre n'a pas été exécuté. Continuez, je vous prie.

— Alf et moi, on s'est rencontrés sur le bateau. Bref, en un mot comme en cent, on s'est plu, et j'attends son enfant.

— Mais il est marié !

— Oui, et c'est bien dommage. Mais quoi qu'il arrive, il ne retournera pas avec sa femme. Et si mon Alf et moi, on part à Sydney ou à Melbourne, jamais ce Mr Blacklea ne nous retrouvera. Le seul problème, c'est qu'Alf veut être certain que ses filles ne seront pas en danger.

— Mais pourquoi me racontez-vous tout cela ? demanda Jacinta, perplexe.

— Parce qu'il n'y a que vous qui puissiez nous aider.

— Pourquoi, diantre, vous aiderais-je ?

— Pour que votre fils n'ait plus rien à craindre.

Jacinta échangea un regard avec Eleanor avant de réagir.

— Poursuivez, je vous prie.

— Vous avez voyagé avec maître Saxby, qui a été très apprécié sur le bateau. Ce monsieur était courtois avec tout le monde, les bonnes comme les duchesses. Alf et moi, on s'est dit que s'il écrivait une lettre à l'oncle d'Alf pour lui annoncer que son neveu a péri dans une tempête, celui-ci le croirait, et ce Mr Blacklea aussi, par la même occasion. Mr Saxby pourrait aussi dire que vous êtes partie pour Sydney et qu'il n'a plus aucune trace de vous. Je ne crois pas que Mr Blacklea lancerait quelqu'un à votre poursuite, vu qu'il ne saurait pas par où commencer.

Bridie arrêta de parler et croisa les mains sur ses genoux.

C'est Eleanor qui rompit le silence.

— Il me semble que c'est une bonne idée.

— Vraiment ? Je ne suis pas sûre qu'Oncle...
que maître Saxby sera d'accord.

— Il n'y a qu'à lui demander. Et nous devons en
parler avec Mr Nash. Madame Folane, vous avez
donné à Mrs Blacklea matière à réflexion. Pouvez-
vous revenir ce soir ? D'ici là, nous verrons ce que
ces messieurs pensent de votre stratagème...

Bridie acquiesça et se leva.

— Merci de m'avoir écoutée. Je veux que mon
bébé soit en sécurité, et Alf aussi. Il a beau se
conduire parfois comme un imbécile, j'ai des sentiments pour lui. Il s'y prend mieux avec les chevaux
qu'avec les gens. Je l'épouserais demain si je pouvais. Une dernière chose : ne parlez pas de cette
affaire à mon cousin Rory. Rory Flynn, le fermier
qui vend du lait en ville. Il tuera Alf s'il apprend,
continua-t-elle en indiquant son ventre. Et il me
battra comme plâtre.

Sur le pas de la porte, elle se retourna et sortit
un bout de papier de sa poche.

— Au fait, j'allais oublier. Voici notre adresse.
Si vous voulez nous envoyer un message, assurez-
vous qu'on le remette à moi et à personne d'autre.
Surtout pas à mon cousin, et pas à Alf non plus.

Quand elle fut sortie, Jacinta, sceptique, secoua
la tête.

— Je ne sais quoi penser.

— À mon avis, c'est une excellente idée. Parlons-en
avec Quentin et Mr Nash. Je suis convaincue qu'ils
seront d'accord.

— Vous croyez vraiment, Eleanor ?

— Oui, mais faisons vite. N'oublions pas que les préparatifs des noces nous attendent.

— D'accord. Je vais prendre Ben avec moi. Je ne veux pas le laisser seul, même dans la pension.

Jacinta se demandait quand son fils pourrait enfin mener une vie normale.

— Je crois que Mrs Folane dit vrai, et qu'Alf n'a pas envie de l'enlever. Rappelez-vous qu'il ne vous a pas tuée quand il pouvait le faire, sur le bateau. Nous ne comprenions pas pourquoi, alors.

— Quoi qu'il en soit, je me méfie de ce type comme de la peste.

— Elle, par contre, m'inspire plutôt confiance. Elle n'est pas très raffinée, je vous l'accorde, mais il y a chez elle quelque chose de plaisant.

Jacinta se contenta de répondre par une moue méprisante.

Quentin écouta Jacinta, qui était visiblement agitée. Il lui posa des questions pour être sûr que tous les détails étaient clairs, puis se tut, les sourcils froncés.

— Je me doutais que vous refuseriez, commenta-t-elle. Et je ne vous en veux pas du tout. Moi non plus, ça ne me dit rien, mais…

Il l'arrêta d'un geste.

— Donnez-moi le temps de réfléchir aux conséquences. Il faut que je parle avec Alf avant de me décider.

— Vous envisagez d'accepter ?

— Disons que cela réglerait le problème une bonne fois pour toutes.

— Mais nous serions obligés de mentir, et d'absoudre leur conduite immorale.

— Ces deux-là ne feront de mal à personne, tout compte fait. D'après ce que je comprends, l'épouse légitime d'Alf le déteste, elle serait sans doute plus heureuse sans lui. Un mariage malheureux peut vous gâcher la vie, j'ai vu ça mille fois. Il est si difficile et coûteux de divorcer que c'est un luxe réservé aux riches. Et vous, ma chère Harriet, qu'en pensez-vous ?

— Je suis de votre avis. Jacinta, cette solution vous mettrait, Ben et vous, à l'abri du danger. Ne croyez-vous pas que c'est le plus important ?

— Oui, en effet. Ce qui compte, c'est que Ben soit en sécurité.

— Ainsi que vous-même, ce qui n'est pas rien, répliqua Harriet en lui prenant la main.

— Très bien, c'est d'accord.

Jacinta laissa Quentin se charger de faire venir Bridie et Alf le soir même chez eux.

À l'abri du danger ! Ces mots résonnaient dans sa tête. Leur sécurité valait bien une entorse à la vérité.

— Maintenant, allons voir Mitchell. Il doit être mis au courant.

— Que va-t-il penser de moi, quand il saura que je suis prête à mentir ?

— Il comprendra que vous protégez votre fils, comme toute mère qui tient à son enfant.

Eleanor ne se trompait pas. Une fois informé du projet, Mitchell proposa de se joindre à Quentin pour l'entrevue avec Alf.

— Maintenant que cette question est réglée, dit Eleanor sur le chemin du retour, il est temps de reprendre nos travaux de couture. Je pense que nous pourrions passer chez le boulanger et prendre un pain aux raisins pour ce galopin, ajouta-t-elle en ébouriffant les cheveux de Ben. D'ailleurs, j'en prendrais bien aussi quelques-uns pour nous. Notre logeuse n'est pas un cordon-bleu, c'est le moins qu'on puisse dire.

Ben lui décocha un sourire.

Voyant le regard de Jacinta s'adoucir en se posant sur son fils, Eleanor eut soudain envie d'un enfant à elle.

Le fiancé de son amie lui avait fait bonne impression, et elle était convaincue que ces deux-là pourraient construire un couple heureux. Pour elle, elle savait que le bonheur serait au rendez-vous. Elle s'était inquiétée pour rien. Dougal l'avait attendue, et elle avait hâte d'être sa femme.

Bridie eut du mal à convaincre Alf de l'accompagner chez l'avoué.

— Il va appeler la police, c'est sûr, affirma-t-il, le visage fermé. Ces riches, ils ne pensent qu'à eux.

— À mon avis, ceux-là sont différents. J'ai trouvé Mrs Blacklea sympathique. Et puis de quoi veux-tu qu'ils t'accusent ?

— De l'avoir agressée hier.

— Si jamais ils portent plainte, tu n'auras qu'à dire que tu te faisais du souci pour tes enfants et que tu as perdu ton calme. Mais ça m'étonnerait. Allez, Alf, on doit tenter le coup.

Il prit son courage à deux mains et la suivit en ville. Une fois devant la maison, elle pressa sa main pour l'encourager et le laissa frapper.

Mr Saxby les fit entrer. Il avait la mine grave et solennelle, un vrai monsieur.

Trois dames les attendaient au salon, elles aussi très sérieuses, et malgré toute sa bravade, Bridie fut intimidée. Elle se colla à Alf.

— Asseyez-vous, madame Folane. Monsieur Pearson, vous aussi, à côté d'elle. Dorénavant, je préfère vous appeler par votre vrai nom, si vous n'y voyez pas d'inconvénient.

L'avoué attendit qu'ils soient assis puis s'installa entre les deux groupes.

— Maintenant, expliquez-moi de nouveau ce que vous attendez de nous. Prenez votre temps et donnez-moi tous les détails que vous jugez importants.

— Nous nous sommes dit qu'on pourrait prétendre que je suis décédé. Mais il faut que quelqu'un écrive à mon oncle pour l'informer, et il ne croira pas n'importe qui. Il faut que ce soit un prêtre, ou un gentleman. Et quelqu'un qui sache rédiger une belle lettre.

Maître Saxby l'encouragea d'un signe de tête.

— Continuez.

— Le mieux, ce serait quelqu'un dont mon oncle pourrait vérifier l'identité en Angleterre. Ça convaincrait Mr Blacklea que la lettre dit vrai. Vous êtes un homme de loi, vous avez encore sûrement des relations là-bas.

— Et pourquoi devrais-je mentir pour vous rendre service ?

Alf regarda Bridie, qui prit le relais.

— Parce que vous vous êtes attaché à Mrs Blacklea, évidemment. Et parce qu'elle ne mérite pas ce qu'elle subit, pas plus que mon Alf.

Mr Saxby lui posa quelques questions, si pertinentes que Bridie sentit l'appréhension monter en elle. Si elle avait menti, elle était certaine qu'il s'en serait aperçu, mais elle disait la vérité. Sauf au sujet de sa prétendue grossesse, qui passa comme une lettre à la poste.

Quand tout fut dit, Quentin resta un moment silencieux puis se tourna vers Jacinta.

— Vous n'avez pas changé d'avis ?

— Non. Je pense aux enfants, le mien et les trois filles de Mr Pearson. Je constate que, au moins, il se préoccupe de leur sort.

Bridie reprit espoir. Mais ils prenaient leur temps pour se décider. De toute évidence, c'était la décision de l'avoué qui l'emporterait. Elle jeta un coup d'œil vers Alf qui, les poings serrés, attendait le verdict.

Enfin, maître Saxby reprit la parole.

— Monsieur Pearson, vous avez beaucoup de chance que Mrs Blacklea soit une personne de cœur. Sans sa recommandation expresse, jamais je n'aurais accepté votre proposition.

Alf leva les yeux, soulagé. Quant à Bridie, elle fut réconfortée de constater que tous semblaient avoir accepté son idée.

— Je vais écrire cette lettre à votre oncle, monsieur Pearson, si vous voulez bien me communiquer son adresse. Comment dois-je expliquer votre décès ?

— J'aurais pu tomber malade pendant la traversée, proposa Alf.

— Cela ne me semble pas très avisé, observa Mr Saxby après mûre réflexion. La compagnie de transport tient un registre des malades et des disparus. Puis-je écrire que vous avez été renversé par un cheval fou, ici à Fremantle ? Vous avez tenté de sauver une fillette, et vous vous êtes pris un coup de sabot à la tête. Vous êtes mort de vos blessures, après m'avoir demandé d'écrire à votre famille.

— C'est vous qui décidez, monsieur.

— Parfait.

Bridie espérait qu'Alf n'avait pas oublié ce qu'elle lui avait suggéré. Elle l'entendit pousser un gros soupir, puis il se lança.

— Madame Blacklea, je suis désolé de tout le tracas que je vous ai causé. Sincèrement. Et… votre fils est un très gentil garçon. Je vous souhaite bonne chance.

Il allait ajouter quelque chose, mais referma la bouche et se tint coi.

Jacinta se contenta pour toute réponse d'un petit signe de tête. Bridie se dit qu'elle aurait quand même pu se fendre d'un mot aimable pour ce pauvre Alf. Mais ces riches, ils se fichaient bien que les autres aient la vie dure.

— Voici l'adresse de mon oncle, reprit Alf en extirpant un bout de papier de sa poche. Il vit dans le village à côté du domaine de Gerald Blacklea.

Saxby se leva.

— Je vais écrire la lettre sans attendre. Il est inutile que vous revoyiez Mrs Blacklea, et j'imagine que vous avez hâte de quitter la colonie. Plus tôt vous partirez pour Sydney, mieux cela vaudra.

Une fois dehors, Bridie prit le bras d'Alf et se força à prendre un ton gai.

— Tu vois, ça s'est très bien passé, non ?

— Oui. Tu avais raison, mon chou. Merci, conclut-il d'un ton qui manquait d'enthousiasme.

Elle devait l'occuper. Il ne fallait pas qu'il commence à se demander s'il faisait bien de rester avec elle.

— Allons nous renseigner sur le prochain bateau pour Sydney. Ensuite, nous irons annoncer à Rory que nous partons. Il ne sera pas ravi, mais il faudra bien qu'il se fasse une raison.

Après avoir raccompagné le couple, Quentin regagna le salon.

— Je vais écrire cette lettre tout de suite, de sorte qu'elle parte avec le prochain bateau postal.

Jacinta hocha la tête.

— Vous n'avez pas changé d'avis ?

— Non. Je pense qu'Alf n'a pas menti au sujet de ses filles. À bord, il passait beaucoup de temps avec les enfants. Et puis je connais Gerald Blacklea, je sais qu'il ne reculerait devant rien. Cet homme est le mal incarné, il n'y a pas d'autre terme.

— Malgré tout, nous ne pouvons avoir aucune certitude que Blacklea ne s'en prendra pas à la famille d'Alf. Je vais ajouter que vous vous êtes remariée et que vous êtes partie pour Sydney. Cela devrait le dissuader de vous rechercher.

*

Maria Blacklea, assise au soleil les yeux fermés, profitait d'un rare instant de paix.

— Que diable faites-vous assise ici ?

Elle sursauta et, d'instinct, se recroquevilla. Son mari se tenait debout à côté d'elle. Depuis combien de temps l'observait-il ? Elle ne l'avait pas entendu s'approcher.

— Eh bien ? Répondez-moi. Vous vous êtes installée à côté de la bibliothèque pour m'espionner, n'est-ce pas ?

— Mais non, Gerald. Je souhaitais juste profiter du soleil, à l'abri du vent. Il fait meilleur ici que dans le jardin.

Gerald se tourna vers la fenêtre de la bibliothèque et secoua la tête, la bouche pincée.

— Quel prétexte ridicule ! Et vous-même, vous êtes une femme ridicule. Je me suis montré très tolérant toutes ces années, mais c'est fini. Que ce soit clair.

Il tira sur son bras pour qu'elle se lève et la secoua comme pour appuyer son propos.

— Pas de fils, et rien qu'une fille ! Comme épouse, vous vous êtes montrée totalement inutile. Quoi qu'il en soit, je viens d'apprendre le décès de votre père, annonça-t-il en agitant un feuillet sous son nez, puis il la poussa avec violence sur une banquette avant de poursuivre : Je n'ai plus aucune obligation envers vous. Vous m'entendez, aucune ! Je suis encore en âge de me remarier et d'avoir un fils.

La terreur cloua Maria sur place. Il allait la tuer, elle en était certaine. Elle savait depuis longtemps qu'il rêvait de se débarrasser d'elle.

Gerald se pencha et noua ses mains autour du cou de sa femme. Il avait retrouvé le sourire.

— Je vais vous étrangler, lentement, et cela me procurera un très grand plaisir.

Il resserra sa prise jusqu'à ce qu'elle n'arrive plus à respirer. Elle l'aurait laissé continuer, tant elle était lasse de sa vie avec lui, mais la pensée de sa fille la poussa à résister. Quand elle tenta de lui arracher les yeux, il arrêta sa main.

Elle essaya de toutes ses forces de desserrer la prise sur son cou, en vain. Il était beaucoup plus fort qu'elle et sa tentative le fit rire. Il jouait avec elle, la laissant reprendre son souffle un instant avant de resserrer ses doigts, encore plus fort.

— Maintenant, dit-il à mi-voix. Vous allez mourir, maintenant.

Elle leva les yeux vers son visage écarlate, vers ses yeux qui la regardaient fixement. Elle savait que c'était fini pour elle. Elle cessa de lutter et s'en remit à ce Dieu qui était toujours resté sourd à ses prières.

Cette passivité ne plut pas à Gerald, qui relâcha une nouvelle fois sa prise.

— Battez-vous, pauvre idiote ! Vous ne pouvez pas lutter un peu ? Vous n'êtes vraiment bonne à rien… à rien.

Elle n'avait plus l'énergie de lutter, et fut soulagée quand soudain tout s'obscurcit autour d'elle.

Quand elle reprit connaissance, elle crut un instant qu'elle était morte. Puis elle comprit qu'elle gisait sur la terre humide d'un parterre de fleurs, et qu'un poids sur les jambes l'empêchait de bouger.

Pourquoi lui avait-il laissé la vie sauve ?

Le cerveau embrumé, elle poussa la lourde masse avant de comprendre que c'était Gérald. Faisait-il semblant d'être évanoui ? Peut-être avait-il prévu de lui faire subir de nouveau la même torture.

Mais il ne bougea pas. Elle l'appela d'une voix cassée.

— Gerald ! Levez-vous, je vous en prie.

Il ne réagit pas. Elle avait beau tendre l'oreille, elle ne l'entendait pas respirer. Surmontant sa répugnance, elle souleva une de ses mains, mais ne réussit pas à sentir son pouls.

Elle ne pouvait croire qu'il soit mort, que Dieu lui accorde une telle bénédiction.

Elle poussa de nouveau le corps inerte et réussit tant bien que mal à se dégager. Une épine de ses roses favorites griffa profondément la joue de son mari, mais même cela ne le fit pas réagir.

Enfin, elle réussit à s'asseoir. C'est alors qu'elle se rendit compte qu'il respirait encore.

Elle hurla de terreur, la terreur qu'il la tue, ou la terreur de devoir continuer de vivre avec lui. Il ne se réveillait toujours pas.

Ses hurlements firent accourir des domestiques qui, voyant leur maître sans connaissance, appelèrent du renfort à grands cris.

Un jardinier la porta jusqu'à sa chambre et la déposa sur son lit. D'autres s'occupaient sans doute de Gerald. Elle s'en moquait.

Ce n'est que lorsqu'on lui annonça l'arrivée du Dr Robson qu'elle reprit ses esprits. À son grand soulagement, c'était le fils et non le vieux médecin, qui était un proche ami de Gerald.

Le médecin mit du temps avant de monter jusqu'à sa chambre. Il s'approcha du lit et la regarda avec sympathie.

— Est-ce que mon mari… est en vie ?

— Si l'on peut dire. Il a fait une attaque cérébrale. S'il survit, il sera comme un légume.

La chambre sembla tourbillonner autour d'elle, et elle dut fermer les yeux un long moment.

— Docteur, vous êtes sûr que... qu'il ne pourra plus se lever ? demanda-t-elle quand elle rouvrit les yeux.

Le jeune médecin la regardait d'un air préoccupé. Il lui toucha le cou du bout du doigt, et posa une question à son tour.

— Que vous est-il arrivé ?

— Gerald a tenté de m'étrangler.

— Que dites-vous là ?

— Je suis une femme inutile, incapable de lui donner un fils. Et comme mon père vient de mourir, Gerald s'est dit qu'il pouvait enfin se débarrasser de moi.

— Mais on aurait vu les traces sur votre cou !

— Il se serait débrouillé pour qu'on ne dise rien. Il obtient toujours ce qu'il veut.

Robson s'assit au bord du lit et, d'une main délicate, tourna le visage de Maria d'un côté puis de l'autre.

— Depuis combien de temps vous traite-t-il de la sorte ?

— Depuis que nous sommes mariés.

— J'ai compris que cela se passait mal lors de ma dernière visite, mais vous ne m'avez rien dit, et je n'avais aucune raison d'agir contre la volonté de votre époux. Pourquoi n'avez-vous pas demandé de l'aide à votre famille ?

— Je n'ai pas osé. J'ai une fille. Dites-moi, docteur, demanda-t-elle en posant une main sur sa manche, vous êtes sûr qu'il ne peut pas se rétablir ?

— J'en suis certain. L'attaque a été si massive qu'il ne pourra plus ni parler ni bouger. Il est possible qu'il comprenne ce qui se passe autour de lui, mais son état ne fera que se dégrader progressivement. Il est impossible de garder longtemps en vie des personnes dans son état.

Maria réussit à ne pas montrer son soulagement. Qui était immense.

— Maintenant que je suis rassuré en ce qui vous concerne, reprit le médecin, je vais aller m'occuper de trouver quelqu'un pour prendre soin de Mr Blacklea. Je doute qu'il survive très longtemps.

Elle aurait voulu qu'il soit déjà mort. Tant qu'il ne serait pas enterré dans le caveau de famille, elle ne serait pas rassurée.

Le médecin revint l'après-midi même.

— J'ai trouvé de l'aide pour votre mari, un homme qui a l'habitude de ce type de patients. À moins que vous ne préfériez quelqu'un que vous connaissez ?

— Non, non. Je vous suis reconnaissante de vous en être occupé.

— En outre, vous devrez engager deux hommes vigoureux pour veiller sur lui. Je sais à qui m'adresser. Je les informerai qu'il n'a pas toute sa tête, au cas où il retrouverait en partie la parole.

De nouveau, elle sentit pointer un sentiment de terreur.

— Je vous rassure, c'est très improbable. Mais je veux vous protéger, au cas où.

Maria sentit une vague de soulagement la submerger, si puissante qu'elle se demanda si elle n'allait pas l'engloutir. Puis une nouvelle crainte traversa son esprit.

— Je vous en prie, ne laissez pas votre père s'occuper de lui. Tous deux sont amis.

— Mon père n'est pas bien portant non plus, l'abus de la bonne chère a eu raison de sa santé. J'ai repris son cabinet. Mes parents s'apprêtent à se retirer en bord de mer où ils pourront mener une existence paisible.

Le médecin la quitta sur cette bonne nouvelle.

Maria ne versa pas une larme. Elle se leva, se changea, et noua un foulard autour de son cou meurtri.

Elle s'arrêta un instant devant le miroir. Elle se sentait plus légère, plus jeune, et… presque libre.

C'était à elle, désormais, de diriger la maison. Elle devait d'abord informer sa fille et la gouvernante de la situation, puis rassembler tous les domestiques. Ceux qui s'étaient montrés hostiles à son endroit seraient congédiés. D'autres qui, au cours des ans, lui avaient furtivement manifesté leur soutien, verraient leurs gages augmentés.

Enfin, elle irait à l'église remercier le Tout-Puissant, puis rendrait visite au pasteur.

Souriante, elle ouvrit la porte de la salle d'étude et tendit les bras vers sa fille.

Deux jours plus tard, elle alla voir Gerald. La veille, elle était entrée dans la chambre, mais n'avait pas réussi à s'approcher du lit, n'arrivant toujours pas à croire que son mari ne pouvait plus rien contre elle.

Cette fois, elle se sentait plus brave. Elle marcha d'un pas assuré jusqu'à son chevet et demanda à l'infirmier de la laisser seule avec son mari.

Gerald respirait avec peine et avait le teint cireux, mais quelque chose dans son regard indiqua à Maria qu'il comprenait tout. Elle sentait sa rage impuissante.

— Eh bien, Gerald, c'est moi qui ai gagné. Vous n'en avez plus pour longtemps, ce dont je me réjouis. Pour une fois, le Seigneur a fait œuvre de justice.

Il lui sembla qu'il voulait parler. Son visage vira au pourpre sous l'effort, et sa bouche trembla.

Puis il tressaillit et ses yeux se révulsèrent.

Elle attendit en l'observant attentivement. Mais cette fois, aucun souffle ne souleva son torse. Il était mort.

Maria n'éprouva pas l'ombre d'un regret. Il avait plus que mérité son sort.

— Bon voyage en enfer, murmura-t-elle.

Elle sortit un mouchoir de sa poche et, faisant mine de se tamponner les yeux, appela l'infirmier.

Quand elle alla retrouver sa fille, il lui sembla que toute la maison s'était débarrassée d'un poids et qu'une brise salutaire avait chassé le mal.

21

— Alf et moi, on va se marier ! annonça Bridie sans préambule.

Rory releva la tête de son assiette, furieux.

— Tu mérites mieux que ça.

— Sauf que c'est *lui* que je veux épouser.

Alf intervint :

— On va aller vivre à Sydney et ouvrir un pub. Là-bas, il y a de la clientèle.

— On s'aime, renchérit Bridie en décochant un sourire à Alf, qui lui rendit la pareille.

Rory fronça le nez, gêné par cet étalage de sentiments.

— Une Flynn mérite mieux que ça, répéta-t-il.

— C'est lui que je veux, et puis je ne suis plus une Flynn.

— C'est ton nom de naissance.

— Ne t'en fais pas, dit Alf. Bridie ne manquera de rien. J'y veillerai.

Bridie estimait que la discussion était close. Après tout, elle n'avait pas de comptes à rendre à son cousin.

— Il faut qu'on fasse nos bagages. Le vapeur lève l'ancre demain après-midi, ce qui veut dire que nous devons embarquer dans la matinée. On a eu de la chance d'avoir la dernière cabine.

— Vous n'êtes pas mariés. Vous ne pouvez pas partager la même cabine. Et tu ne vas nulle part avec lui.

— Ne sois pas bête. On se mariera une fois à Sydney.

— C'est hors de question. Je veux une famille respectable et je t'interdis de salir notre réputation. Si cela venait à s'ébruiter, je serais mis au ban de la société.

Elle bondit sur ses pieds, hors d'elle, et s'écria :

— Tu n'as aucun droit de m'en empêcher !

Il se leva et donna un grand coup de poing sur la table.

— C'est la bagarre que tu veux ? Sache que je peux mettre ton Alf au tapis d'une pichenette. À quoi te servira-t-il une fois estropié ? En tout cas, ne compte pas sur moi pour rester les bras croisés.

Il y eut un silence de mort, puis elle s'écria :

— Si tu touches ne serait-ce qu'un de ses cheveux, tu auras affaire à moi.

— Et toi, tu auras affaire à moi, dit Jilleen, prenant le parti de son mari.

— Mais enfin, comment voulez-vous que nous nous mariions avant de partir ? protesta Bridie. Nous n'avons pas le temps. Il faut attendre trois semaines après la publication des bans.

— Les règles ne sont pas aussi strictes ici. Ce qui compte c'est que les gens forment des couples respectables. Et d'ailleurs je connais un prêtre qui peut s'en charger. Pas un de ces curaillons de la grande église.

— Nous aurons tout de même besoin d'une licence spéciale.

— Il vous mariera si je l'exige, se rengorgea Rory. C'est le cousin de Jilleen. Il est à cheval sur la bonne moralité.

— Je ne veux pas me marier à la va-vite, répliqua Bridie. Je préfère attendre et faire un vrai mariage, merci bien.

— C'est à prendre ou à laisser. Soit tu l'épouses, soit ni lui ni toi ne partirez demain.

Alf passa une main autour des épaules de Bridie.

— On va se marier de toute façon, alors quelle importance, ma jolie ?

Elle leva les yeux vers lui et haussa imperceptiblement les épaules.

— Dans ce cas, cours le prévenir, Rory.

— Jilleen et moi on va y aller ensemble. Elle va pleurer et implorer son cousin, pas vraie, ma douce ? Mais avant cela, on doit livrer le lait.

Quand Rory et sa femme furent partis, Bridie murmura à l'oreille d'Alf.

— Tu sais qu'on envoie les gens en prison pour bigamie ? J'aurais préféré qu'il n'y ait pas de cérémonie.

— Qui le saura ?

— Moi, et je n'aime pas ça.

— On n'a pas le choix, ma chérie.

— Non, sans doute pas. Maudit soit mon cousin de malheur.

Cet après-midi-là, Quentin et Jacinta allèrent poster la lettre de très haute importance. Sur le chemin du retour, ils aperçurent un petit cortège qui entrait dans une église non conformiste.

— Que font Pearson et Mrs Folane dans cette église à cette heure-ci ? se demanda Quentin tout haut.

— On dirait qu'ils vont se marier. Comment est-ce possible ?

— Venez, allons jeter un coup d'œil à l'intérieur.

— Ne devrions-nous pas… rester en dehors de tout cela ?

Quentin lui décocha un sourire désarmant de petit garçon.

— Je ne résiste pas à l'envie de savoir.

Elle se laissa entraîner vers l'arrière de la petite bâtisse en bois où ils se postèrent dans l'ombre, près de la porte.

Sur le parvis de l'église, le prêtre se tenait devant Alf et Bridie, Rory et Jilleen derrière eux.

— Ils sont en train de se marier ! murmura Jacinta, stupéfaite.

Quentin resta un instant silencieux, puis murmura en retour :

— C'est de la bigamie. Je devrais les dénoncer.

Mais ni l'un ni l'autre ne souffla plus mot tandis que le prêtre expédiait à toute allure le simulacre de cérémonie, puis ordonnait au marié d'embrasser la mariée.

Rory et Jilleen se dirigèrent ensuite vers la porte, empêchant les deux observateurs cachés dans l'ombre de s'esquiver sans être vus. Rory, qui ne les avait pas reconnus, s'arrêta et demanda :

— Vous attendez votre tour ?

— Non, répondit Jacinta, mais c'est plus fort que moi, quand il y a un mariage, je ne peux pas résister.

Les jeunes mariés arrivèrent à leur tour et se figèrent sur place en reconnaissant Jacinta et Mr Saxby. Alf ouvrit la bouche puis la referma aussitôt sans émettre un son. Bridie regarda tour à tour son époux et Quentin, puis posant un regard implorant sur Jacinta s'approcha et lui glissa à l'oreille :

— Nous partons pour Sydney demain. Rory a insisté pour que nous nous mariions.

Un silence pesant se fit pendant quelques instants, puis Jacinta tira sur la manche de Quentin et dit :

— Allons-nous-en.

— Vous êtes sûre ?

— Absolument, dit-elle, puis ignorant complètement Alf, elle se tourna vers Bridie et lui dit : Je vous présente tous mes vœux de bonheur.

— C'est très gentil à vous, répondit Bridie. Je vous suis infiniment reconnaissante.

— Reconnaissante ? C'est la meilleure ! s'exclama Rory, outré. Tu es ma cousine et aussi respectable que n'importe quelle femme ici.

Bridie tira Alf par le bras et la petite troupe commença à s'éloigner.

— Nous devons absolument les dénoncer, dit Quentin.

— Ils quittent la colonie. Tout ce que je veux, c'est que cet homme soit le plus loin possible de moi. Et puis… elle ne mérite pas d'aller en prison, si ?

— Entendu, lui sourit-il. De toute façon, elle va certainement veiller à ce qu'Alf se tienne à carreau. Vous ne pensez pas ?

Jacinta gloussa.

— Oh, mais si. C'est elle qui va porter la culotte. J'espère juste que les enfants qu'il a laissés en Angleterre ne vont pas mourir de faim.

— Malheureusement, il n'y a rien que nous puissions faire pour eux.

— Non, sans doute pas. Écoutez, j'ai quelques emplettes à faire. Pourquoi n'allez-vous pas retrouver tante Harriet ? Je me sens tout à fait capable de rentrer seule.

Une fois ses emplettes terminées, Jacinta se rendit au bazar Deagan. Elle y trouva Isabella en train de refaire l'étalage des soieries avec l'aide d'une vendeuse.

— Vous avez de si jolis tissus, s'émerveilla Jacinta.

— Mitchell vous offrira peut-être une pièce de soie quand vous serez mariés.

— Oh, jamais je ne lui demanderai une chose pareille ! C'est beaucoup trop cher.

— Même pour une robe du dimanche ? Isabella hésita, puis baissant la voix, ajouta : Je sais que vous et Mitchell allez faire ce qui s'appelle un mariage de convenance.

— C'est exact.

— Saviez-vous que Bram et moi avons fait la même chose ?

La mâchoire de Jacinta s'affaissa. S'il y avait bien deux êtres qui s'aimaient passionnément, c'était Bram Deagan et son épouse.

— Qui plus est, Bram pense que vous et Mitchell êtes bien assortis.

— Comment le sait-il ?

— Il a du flair pour ce genre de choses. J'espère que vous ne m'en voudrez pas d'avoir été aussi directe, dit Isabella en prenant la main de Jacinta dans la sienne. Mais vous avez l'air tellement anxieuse.

— Je ne vous en veux pas du tout. Mon premier mariage n'a pas été heureux, et mon époux ne m'a jamais encouragée à me lier d'amitié avec d'autres dames avec qui j'aurais pu échanger des confidences. De sorte que j'ignore en quoi consiste le bonheur conjugal.

— Ce n'est pas une raison pour gâcher votre vie.

Sur le chemin du retour, Jacinta était perdue dans ses pensées quand Alf surgit au détour d'une rue, lui arrachant un cri de frayeur.

Il se planta devant elle, sans chercher à la toucher ou à l'entraîner avec lui.

Avant qu'elle ait pu faire quoi que ce soit, elle sentit qu'on la poussait de côté et Mitchell s'interposa entre elle et Alf.

— Laissez-la tranquille !

— Je ne l'ai pas touchée, et je n'avais pas l'intention de le faire. Je voulais juste la remercier de… de ne pas…

Un regard suppliant dans les yeux, il confessa, honteux :

— De ne pas m'avoir dénoncé aujourd'hui à l'église. C'est Bridie qui m'envoie.

Alf se mit à marcher à reculons.

— C'est tout. Je voulais juste lui dire merci.

Il tourna les talons et détala comme un lapin.

Mitchell demanda :

— Il ne vous a pas rudoyée au moins ?

— Non. Il ne m'a pas touchée.

— Vous avez l'air bouleversée, remarqua-t-il en lui prenant le bras.

— J'ai juste eu une grosse frayeur. Je le pensais déjà parti. Elle s'appuya un instant contre Mitchell. Merci d'être venu à mon secours.

Il lui sourit et la prit dans ses bras.

— Je m'efforcerai toujours de vous protéger. Je ne vous ferai jamais de mal, et ne laisserai jamais personne vous en faire.

— Je vous crois.

Il pencha la tête, avec l'intention évidente de l'embrasser, mais tout en lui laissant le temps de se dégager de son étreinte. Ce qu'elle ne fit pas. Elle avait envie de sentir ses bras puissants autour d'elle et la chaleur de ses lèvres sur les siennes.

Quand leur baiser s'acheva, il lança avec un sourire espiègle :

— On dirait que vous commencez à vous habituer à moi.

Elle s'était surprise elle-même, mais elle ne chercha pas à nier.

— C'est vrai.

— Tant mieux. Mais où alliez-vous ? Puis-je vous accompagner ?

— Je retournais à la pension. Eleanor et moi devons nous préparer pour la noce, demain. Mais si Christopher et vous avez besoin que je repasse vos chemises, je le ferai volontiers.

— J'ai trouvé une lingère qui va s'occuper de tout. Je ne vous épouse pas pour faire de vous ma servante, Jacinta. Oh, et Bram connaît quelqu'un qui pourra peut-être nous recommander une femme de chambre. Bram est vraiment incroyable. On dirait qu'il connaît tout le monde.

Elle hésita, puis déclara :

— C'est vrai. Sa femme, avec qui je viens de parler, m'a dit qu'il était certain que nous serions heureux ensemble.

— Il me l'a dit à moi aussi. Donnez-moi ne serait-ce qu'une demi-chance, Jacinta, et je ferai votre bonheur.

— La réciproque est vraie, Mitchell, dit-elle sans même avoir besoin de réfléchir, et le sourire qu'elle vit éclore sur ses lèvres lui fit chaud au cœur.

Lorsqu'ils se séparèrent, elle monta directement dans sa chambre pour pouvoir méditer pendant quelques instants en paix sur ce qui venait de se passer.

Rien de bien spécial, somme toute. Et pourtant, elle avait l'impression que le monde avait changé et elle avec. Elle se sentait libérée de la menace que Blacklea avait fait peser sur elle et elle était heureuse, follement heureuse à l'idée qu'elle allait se marier et partager la vie de Mitchell, et même, un jour, son lit.

Mais cet instant de répit fut de courte durée, car Ben déboula en trombe, impatient de lui raconter sa journée chez Christopher.

Elle savait qu'elle ne pouvait pas constamment surveiller Ben, mais chaque fois qu'elle relâchait ne serait-ce qu'un peu sa vigilance, elle se remémorait les menaces de Gerald Blacklea : *Vous le regretterez, Jacinta Blacklea. Jamais je ne vous laisserai en paix !*

Mais il était à des dizaines de milliers de kilomètres et l'homme qu'il avait envoyé à leur poursuite avait renoncé à la tuer. Il fallait donc qu'elle cesse de se ronger les sangs et qu'elle se fie à son instinct, qui lui disait que Mitchell Nash était un homme bon qui n'allait pas se changer en monstre sitôt après l'avoir épousée.

De toute façon, il faudrait des mois avant que Blacklea ne lance quelqu'un d'autre à ses trousses.

De sorte qu'elle allait prendre la vie comme elle venait et faire sienne la devise : *À chaque jour suffit sa peine.*

*

Le matin du mariage, il faisait un temps radieux. Eleanor et Jacinta se levèrent de bonne heure pour faire leur toilette chacune son tour dans la chambre sens dessus dessous.

— J'ai emballé toutes mes affaires à l'exception de la robe que je porte sur moi, dit Eleanor.

— Vous allez faire une bien jolie mariée.

— Et vous aussi. Finalement, on s'en sort plutôt bien pour des veuves, non ?

Elle rit et poursuivit :

— Mais vous devriez vous détendre un peu. Vous sembliez plus sûre de vous hier soir.

— Je l'étais. Mais… le mariage.

En milieu de matinée, les deux dames étaient fin prêtes, parées de leurs robes de mariées que les doigts habiles d'Eleanor avaient admirablement reprises pour les remettre au goût du jour.

Oncle Quentin et tante Harriet vinrent les chercher, afin qu'ils se rendent tous les quatre à l'église. Le neveu de Mrs Haslop et son ami étaient venus avec un char à bras pour prendre les bagages de ces dames et les apporter dans leurs nouvelles maisons.

Quitter définitivement la pension de famille procura à Jacinta un sentiment étrange.

Juste au moment où ils allaient se mettre en route, Bram arriva.

— J'espère que vous ne verrez pas d'inconvénient à ce que je vienne avec vous. Un seul homme n'a pas assez de bras pour trois dames. Madame Blacklea, me ferez-vous l'honneur de vous escorter ?

Elle lui décocha un grand sourire, incapable de résister au charme de cet adorable Irlandais.

— Isabella a insisté pour que je vienne et vous dise combien nous sommes heureux en couple, elle et moi, dit-il sans chercher à tourner autour du pot.

— Elle m'a dit que vous aviez fait un mariage de convenance. J'avoue… que cela m'a surprise.

— Et pourtant, c'est la vérité, même si je suis tombé amoureux d'elle au premier regard.

Jacinta le regarda, stupéfaite.

— Jamais je n'ai entendu un homme parler aussi ouvertement de son affection pour son épouse.

— Suis-je trop direct à votre goût ? Nous pouvons parler de la pluie et du beau temps si vous préférez.

— Non, non. J'aime que les gens disent ce qu'ils pensent.

— Eh bien, sachez que je me sens responsable de votre présence ici, car c'est moi qui ai poussé Mitchell à se trouver une épouse. J'étais un peu soucieux à l'idée que la personne qui viendrait d'Angleterre ne ferait pas l'affaire, mais dès que je vous ai vue, mes doutes se sont envolés.

— Vraiment ?

— Oui. Votre amour pour votre fils est tellement fort qu'il va de soi que vous êtes capable de
donner à mon ami l'affection qu'il mérite.

Elle réfléchit quelques instants, puis demanda :

— Vous jouez souvent les marieurs ?

Il sourit de toutes ses dents.

— Chaque fois que j'en vois la nécessité. Je crois
que je suis doué pour ça.

— Je l'espère en tout cas.

— Je le suis. Vous verrez. Vous êtes exactement
la compagne qu'il faut à Mitchell.

Il s'arrêta de marcher et elle comprit qu'ils
étaient arrivés à l'église.

— Nous y voilà. Je vous présente tous mes vœux
de bonheur.

Bram lui étreignit doucement la main puis suivit
les autres à l'intérieur.

— Vous êtes absolument superbes ! lança l'oncle
Quentin à l'adresse des deux mariées.

Eleanor exécuta une petite courbette espiègle
et Jacinta l'imita.

Dans la nef, ils découvrirent que la famille de
Bram était là au grand complet. Tous se retournèrent pour les regarder entrer.

Dougal et Mitchell se tenaient devant l'autel et
les attendaient.

— Allons-y, dit l'oncle Quentin.

Dès qu'elles commencèrent à longer la travée,
le temps sembla subitement s'accélérer.

Jacinta flottait sur un petit nuage quand elle fit ses réponses, ses yeux plantés dans les yeux de Mitchell.

Lorsqu'ils furent déclarés mari et femme, il déposa un petit baiser sur sa joue, et Jacinta songea, brusquement apaisée : c'est fait.

— Vous ne le regretterez pas, lui glissa Mitchell à l'oreille. Nous allons trouver le bonheur.

— Je le pense, moi aussi.

Après cela, il y eut un moment d'effusion quand la famille de Bram exigea d'embrasser les épouses et de serrer la main de leurs conjoints.

Ils émergèrent ensuite tous ensemble sur le parvis baigné de soleil, où une foule de curieux s'était amassée, puis se dirigèrent vers la maison de Maura où les attendaient le gâteau et le vin d'honneur.

Dougal et Eleanor, rayonnants de bonheur, semblaient avoir oublié le monde autour d'eux.

Tous ces gens étaient si gentils, songea Jacinta, émue. Et Ben, son fils adoré, était en train de rire et de jouer à chat avec son nouveau demi-frère comme n'importe quel garçon de son âge.

Mitchell aussi observait les deux garçons.

— Je crois qu'ils vont bien s'entendre.

— Je crois que nous allons tous bien nous entendre.

L'euphorie de Jacinta dura jusqu'au soir.

Quand les deux garçons, épuisés et heureux, montèrent se coucher, Mitchell et elle s'attardèrent à la cuisine.

— Il est temps d'aller dormir, dit Mitchell en se levant.

Elle sentit son cœur se serrer.

— Je vais vous montrer votre chambre.

Voulait-il dire par là qu'elle avait sa propre chambre ? Ou allait-il insister pour se joindre à elle ?

Elle le suivit, pleine d'appréhension jusqu'à une porte. Là, il s'arrêta, et faisant un pas de côté pour la laisser passer, lui dit :

— Bonne nuit, ma chère.

Avant qu'elle ait pu dire quoi que ce soit, il gagna sa propre chambre située de l'autre côté du palier.

Ainsi donc, il avait tenu parole. Il allait lui donner le temps d'apprendre à le connaître.

Il ne lui avait pas fallu bien longtemps pour se rendre compte qu'il était la bonté incarnée. Elle ôta sa robe de mariée et passa sa chemise de nuit, puis prenant son courage à deux mains, traversa le couloir pieds nus jusqu'à la porte de son mari.

Elle ne frappa pas à la porte, mais l'entrebâilla légèrement et demanda :

— Puis-je entrer ?

Il se tenait debout devant la fenêtre, ses traits éclairés par le clair de lune.

Elle alla droit à lui et le laissa l'enlacer.

— Vous êtes sûre ? lui murmura-t-il à l'oreille.

— Oui, je veux être votre femme.

Elle inspira profondément, se préparant à l'épreuve qui allait suivre.

Mais Mitchell lui demanda sans détour :

— Claude ne vous a jamais donné de plaisir ?

— Non, jamais.

— Je vais m'efforcer d'être le premier à vous en donner, lui promit-il en l'escortant jusqu'au lit.

Puis il la prit dans ses bras et commença à l'embrasser, avec une telle douceur qu'elle sentit son corps se détendre.

À sa surprise, Mitchell ne grimpa pas sur elle pour la chevaucher brutalement. Il lui fit l'amour lentement et avec une telle délicatesse, qu'elle en aurait pleuré de joie.

— Je ne vous ai pas fait mal ?

— Non. Oh, non. Au contraire, vous m'avez donné du plaisir. Je ne savais pas que c'était possible.

— Et il en sera toujours ainsi, je vous le promets.

— Merci, dit-elle en se pelotonnant contre lui.

Elle se sentait si bien qu'elle s'abandonna au sommeil.

Le lendemain matin, quand Jacinta s'éveilla, elle trouva son époux étendu à côté d'elle.

— Merci, Mitchell, lui dit-elle en prenant sa main dans la sienne.

— Pourquoi ?

— Pour m'avoir guérie de mon appréhension, pour m'avoir fait découvrir ce que faire l'amour veut dire.

Il repoussa une mèche de cheveux devant ses yeux.

— Nous allons très bien nous entendre, dit-il.

Soudain, une terrible angoisse l'étreignit à la pensée que Gerald Blacklea allait envoyer un autre de ses sbires pour la tuer. En était-il capable ?

Quoi qu'il en soit, elle avait plusieurs mois devant elle, car les échanges postaux entre les deux pays prenaient une éternité. Pour l'heure, il fallait qu'elle chasse ces pensées négatives et se consacre entièrement au bonheur de son mari, de son fils et de leurs deux garçons.

22

Presque deux mois plus tard, Bernard Pearson trouva en rentrant chez lui une lettre qui l'attendait sur la cheminée.

— Tu as passé une bonne journée ? lui demanda Clara.

— Ça dépend de ce que tu entends par là. Mrs Blacklea n'est pas une patronne difficile, je le reconnais, mais elle gagnerait beaucoup plus d'argent si elle n'acceptait pas que les fermiers payent le loyer en retard quand ils sont malades, et si elle n'envoyait pas tous ces paniers de vivres à des gens comme la vieille Mrs Brooking.

— Elle est gentille, tu ne trouves pas ?

— Ça oui, pour être gentille, elle est gentille. C'est la raison pour laquelle elle m'a laissé rester. Pour ma famille.

— Tu ne vas tout de même pas t'en plaindre ?

— Je ne supporte pas de la voir aussi heureuse depuis le décès de Mr Gerald.

— Il était méchant avec elle. Elle mérite un peu de bonheur.

— Bon, disons que tu as raison. Mais ça ne me plaît pas, cette façon qu'elle a de laisser chacun en faire à sa guise sans mettre la pression.

Il prit l'enveloppe.

— Ça vient d'Australie mais ce n'est pas une lettre d'Alf. L'écriture est trop distinguée.

Étonné, il la tourna dans tous les sens puis finit par l'ouvrir.

Le contenu lui arracha un juron.

— Notre Alf est mort, annonça-t-il en tendant la feuille à sa femme. J'aurais dû me douter qu'il ne combinerait rien de bon.

— Que lui est-il arrivé ?

— Il a voulu sauver une petite fille d'un cheval fou dans la rue. Encore un qui n'a pas compris que charité bien ordonnée commence par soi-même.

— Qu'est-ce que Ruth va faire ?

Bernard haussa les épaules mais prit le temps de réfléchir quelques instants.

— Elle a intérêt à s'en remettre à la générosité de la maîtresse. Si Mrs Blacklea veut gaspiller sa fortune en bonnes œuvres, autant qu'elle en fasse aussi profiter ma famille. Enfin, jusqu'à ce que Ruth se trouve un autre mari.

— Alf et elle étaient mal assortis. Peut-être qu'elle n'aura pas envie de se remarier.

— Il n'était pas fait pour elle. Trop volage, et en plus il lui faisait un enfant après l'autre. Mais elle n'est pas du genre à rester longtemps seule. Elle trouvera bientôt un autre gars prêt à partager son lit.

Il se coucha en bâillant.

— Heureusement que tu ne m'as pas fait le même coup, lança-t-il à sa femme. Un enfant par an, je n'aurais pas tenu.

— Tu aurais tenu quoi qu'il arrive. Toi, tu as eu de la chance de me trouver.

Il sourit dans l'obscurité de la chambre.

— Ma foi, tu n'as pas tort !

— J'ai entièrement raison, tu le sais bien.

Le lendemain, Bernard se présenta à la grande maison et demanda à parler à la maîtresse.

Il lui tendit la lettre et lui expliqua la situation sans y aller par quatre chemins.

— Votre époux a envoyé mon neveu en Australie à la poursuite de la veuve de Claude Blacklea, dans le but de la persuader de lui confier son fils, pour qu'il soit élevé ici. Si elle refusait, il avait pour ordre de la tuer. Mais c'est Alf qui est mort, et il laisse au village une veuve avec trois enfants.

Maria lut la lettre avec attention.

— Il faut que je vérifie les références que ce monsieur vous indique. Votre neveu aurait pu tout simplement décider d'abandonner sa femme et ses enfants et de rester en Australie.

— Ça m'étonnerait qu'Alf fasse une chose pareille, madame.

— Quoi qu'il en soit, si je dois prendre cette famille à ma charge, je dois m'assurer qu'on n'essaie pas de me berner.

Bernard la regarda avec un respect nouveau. Au début, elle avait eu grand besoin de son aide pour gérer le domaine et il avait pris soin d'entretenir cette dépendance, craignant qu'elle ne le congédie comme elle l'avait fait avec d'autres. Il ne voulait perdre ni son emploi ni sa maison. Mais peu à peu, elle avait pris de l'assurance, et il commençait à éprouver une certaine admiration à son égard.

Il avait intérêt à rester son allié.

— Comment procéder, madame ? Allez-vous écrire à ces personnes de référence ?

— Non, je préfère leur rendre visite. Pensez-vous que votre épouse pourrait m'accompagner ? J'ai remarqué qu'elle ne manque pas de jugeote.

— Elle ne demandera pas mieux, j'en suis sûr, madame. Il faudra sans doute que je sois aussi du voyage, pour les arrangements pratiques.

— Non, je veux que vous restiez ici pour veiller sur le domaine. Et puis je dois apprendre à me débrouiller.

— Mais…

— Si cela vous ennuie que votre épouse vienne avec moi, je trouverai quelqu'un d'autre.

— Je suis heureux que vous emmeniez Clara, madame. Je suis juste inquiet pour votre sécurité.

— Votre inquiétude n'a pas lieu d'être. J'apprends à m'adapter à ma situation. Vous aussi, vous devrez vous adapter à ma façon de faire.

Elle le fixa sans ciller et il lut dans son regard comme une mise en garde. Après lui avoir laissé le temps de digérer ses paroles, elle l'envoya chercher son épouse.

Clara réagit avec un enthousiasme auquel il ne s'était pas attendu. Elle refusa de se laisser commander et lui répliqua qu'elle était assez grande pour savoir ce qu'elle avait à faire et pour veiller sur la maîtresse.

Pearson sentit la moutarde lui monter au nez. Rien ne marchait plus comme avant. Mais la paye était bonne, et il se fit une raison.

Maria et Clara s'absentèrent pendant quatre jours, et Clara ne donna pas de nouvelles. La patience de Bernard Pearson était à bout.

Quand il vit la calèche qui arrivait de la gare, il sortit précipitamment de son bureau de régisseur et courut à leur rencontre.

Les deux femmes arboraient un air satisfait. Maria le gratifia d'un sourire.

— Vous devez avoir hâte de savoir comment cela s'est passé. Venez prendre le thé avec nous, je vous raconterai.

Discrètement, il enjoignit à sa femme de lui parler en premier. Sans succès. Celle-ci l'ignora et suivit sa maîtresse à l'intérieur.

Maria s'assit sur le petit sofa qu'elle affectionnait et regarda autour d'elle avec un plaisir manifeste.

Le majordome était parti réaliser son rêve, ouvrir une pension pour messieurs, et c'est la femme de chambre qui apporta le plateau.

La maîtresse versa le thé pour tous les trois, puis sucra le sien et le sirota à petites gorgées comme il sied à une lady. Bernard bouillait d'impatience. Elle finit par reposer sa tasse.

— Bien, monsieur Pearson, je crois que le moment est venu de satisfaire votre curiosité. L'auteur de la lettre est bel et bien maître Quentin Saxby. On m'a montré d'autres lettres de sa main, il n'y a aucune erreur possible. J'ai pu constater qu'il jouit d'un grand respect, autrement dit nous pouvons être assurés que ce qu'il a écrit est véridique.

— Au moins, nous sommes fixés, marmonna Bernard.

— Je prends à ma charge la veuve de votre neveu.

— Elle va avoir besoin de…

— Je verrai moi-même ce dont elle a besoin. Ce n'est pas votre travail. Maintenant, je dois aller voir ma fille. Il est temps que Clara reprenne sa place dans votre foyer.

Elle les raccompagna à la porte, un geste de politesse que jamais son mari n'aurait imaginé faire pour des employés. Une fois dehors, Bernard ne put se contenir plus longtemps.

— Je veux entendre tous les détails, Clara.

— D'accord, mais ce soir. Avant, je dois m'assurer que tout est en ordre à la maison, et toi, tu as du travail. Madame est une bonne maîtresse, je te conseille de ne pas lui déplaire. Tes manières anciennes, c'est terminé.

Mrs Blacklea se montrait d'une efficacité redoutable, même si elle dépensait son argent pour des gens qui ne le méritaient pas. Il allait avoir du mal à se remplir les poches avec elle. Et pour couronner le tout, sa femme ne se laissait plus commander.

Décidément, le sort vous réservait parfois de sacrées surprises.

Le lendemain, Maria écrivit à maître Saxby pour le remercier de l'avoir mise au courant de la regrettable disparition d'Alf Pearson, et pour l'informer du décès subit de son époux.

Ce dossier clos, elle réfléchit à la façon de faire comprendre à Pearson que les règles avaient changé et que, désormais, c'était elle qui décidait. Elle préférait le garder. Avec lui, au moins, elle savait à qui elle avait affaire.

Elle avait à cœur d'aider ses paysans à améliorer leurs conditions de vie, et pouvait enfin inculquer la joie de vivre à sa fille.

Pour la première fois depuis très longtemps, l'existence lui souriait. Jamais elle ne s'était sentie aussi bien. Elle ne voulait pas se remarier. Quant à Elizabeth, jamais elle ne la laisserait tomber entre les mains d'un chasseur de dot.

L'ampleur de la fortune que Gerald avait amassée l'avait laissée pantoise. Elle imaginait avec délice la tête qu'il aurait faite s'il avait su qu'elle l'employait pour venir en aide aux nécessiteux. Elle regrettait juste de ne pas pouvoir le lui dire en face. C'était peut-être peu charitable de sa part mais il avait fait de sa vie un cauchemar pendant quinze longues années. Elle n'aurait pas détesté pouvoir lui rendre, modestement, la monnaie de sa pièce.

Épilogue

Australie, 1872

La lettre arriva chez Quentin dans la chaleur caniculaire d'un après-midi de février. Il l'ouvrit, la lut et appela sa femme.

— Harriet, j'ai reçu un courrier, venez voir.

Elle parcourut à son tour la brève missive, puis leva vers son mari un visage réjoui.

— Notre chère Jacinta peut maintenant dormir tranquille. Son inquiétude ne l'a pas quittée, bien qu'elle ne la montre pas. Même Mitchell n'a pas réussi à la convaincre que Ben n'a rien à craindre.

— Cette lettre devrait avoir raison de son angoisse. Allons l'informer de ce pas.

Ils la croisèrent dans la rue et purent lui annoncer la nouvelle : Gerald Blacklea était décédé quelques mois auparavant.

Jacinta ferma les yeux et sembla vaciller sur ses jambes. Quentin craignit qu'elle ne s'évanouisse.

Elle se reprit et, bien qu'encore pâle, leur adressa un regard soudain rasséréné.

— Merci de m'avoir informée aussitôt. Je dois aller annoncer la nouvelle à Mitchell.

Sur ces mots, elle fit demi-tour et s'éloigna presque au pas de course.

Elle se précipita dans le bureau qui jouxtait le dépôt de bois. Son mari était en grande conversation avec Bram.

— Oncle Quentin a reçu une lettre de la femme de Gerald Blacklea. Il est mort, Mitchell, depuis plusieurs mois ! Dire que nous ne le savions pas.

Elle éclata en sanglots.

— Je vous laisse profiter de cette bonne nouvelle. Nous reprendrons plus tard.

Jacinta se précipita dans les bras de Mitchell. Celui-ci s'assit et installa sa femme sur ses genoux.

Le torrent de larmes se tarit rapidement. Mitchell tira un mouchoir de sa poche.

— Ça va mieux ? demanda-t-il en lui essuyant le visage.

— Mille fois mieux.

— Je t'aurais protégée quoi qu'il arrive.

— Je sais, mais je ne voulais pas que tu te mettes en danger. Ça y est, cette histoire est enfin derrière nous. Nous avons deux garnements à élever, et un troisième en route. Je suis heureuse, comme jamais ne n'aurais cru pouvoir l'être. Je t'aime, Mitchell, conclut-elle en déposant un baiser sur la joue de son mari.

— Si tu veux que je te croie, tu dois m'embrasser mieux que cela.

Elle entreprit de le convaincre.

Bram rentra chez lui en vitesse pour annoncer la bonne nouvelle à Isabella.

— Tu as de quoi être content ! lança-t-elle d'un ton faussement fâché. Blacklea est mort, et grâce à tes bons soins, tes amis sont mariés ! Mais maintenant, nous devons penser au Bazar. Nous n'avons pas encore récupéré les pertes que nous a occasionnées la tempête. Heureusement, la dernière cargaison s'est bien vendue. Mais même si la fabrique de glace ne te coûte plus d'argent, on ne peut pas dire qu'elle marche bien.

— Nous allons nous en sortir, et je te promets qu'à l'avenir je réfléchirai un peu plus avant de me lancer dans des investissements. Cela dit, il reste une dernière personne que je voudrais voir mariée avant de prendre ma retraite comme entremetteur, plaisanta-t-il.

— Et qui donc ?

— Livia, bien sûr. Il faut lui trouver quelqu'un.

— Livia ne se remariera jamais. Cela fait des années que ses deux bonnes tentent de dénicher le parfait candidat, et si elles n'ont pas réussi, personne ne le pourra.

— Peut-être ont-elles besoin d'un peu d'aide ? observa-t-il avec un sourire malicieux.

— Bram Deagan, occupe-toi de tes affaires !

— Entendu. Je ne m'en mêlerai pas… sauf si je repère un bon parti. D'ici là, je propose que nous organisions une petite réception pour fêter ça.

— Fêter quoi ?

— La fin des tracas pour Jacinta. Officiellement, nous trouverons un autre prétexte, bien sûr. Mais trêve de bavardage, mon épouse chérie. Je te signale que cela fait des heures que tu ne m'as pas embrassé, conclut-il en attirant sa femme à lui.

Cet ouvrage a été composé
par Facompo à Lisieux (Calvados)

Impression réalisée par
CPI France
en mai 2024
pour le compte des Éditions Archipoche

Imprimé en France
Rang de tirage : 01
N° d'édition : 831
N° d'impression : 3056248
Dépôt légal : juin 2024